BESTSELLER

Sophie Irwin creció en Dorset y se mudó a Londres al terminar la universidad. Cree que las comedias románticas son la mejor clase de libro que existe, que están ahí para hacernos felices y que las mejores lo consiguen una y otra vez, no importa las veces que las releas. Su primera obra, *Manual para damas cazafortunas* (Plaza & Janés, 2022) fue un éxito internacional alabado por la crítica y por los lectores. *Manual para damas afortunadas* es su segunda novela.

Puedes seguir a Sophie Irwin en sus cuentas de X e Instagram:
 @SophieHIrwin
 @sophie.irwin

Biblioteca

SOPHIE IRWIN

Manual para damas afortunadas

Traducción de
Xavier Beltrán

DEBOLS!LLO

Papel certificado por el Forest Stewardship Council®

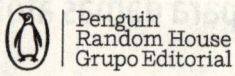

Penguin
Random House
Grupo Editorial

Título original: *A Lady's Guide to Scandal*

Primera edición en Debolsillo: julio de 2024
Primera reimpresión: octubre de 2024

© 2023, Irwin Editorial Limited
© 2023, 2024, Penguin Random House Grupo Editorial, S. A. U.
Travessera de Gràcia, 47-49. 08021 Barcelona
© 2023, Xavier Beltrán, por la traducción
Diseño de la cubierta: Penguin Random House Grupo Editorial
basado en el diseño e ilustración originales de Libby VanderPloeg

Printed in Spain – Impreso en España

ISBN: 978-84-663-7517-7
Depósito legal: B-9.255-2024

Compuesto en Comptex & Ass., S. L.
Impreso en Liber Digital, S. L.
Casarrubuelos (Madrid)

P 3 7 5 1 7 7

Para Freya,
el alcohol de nuestros cócteles

«Obligada a conducirse prudentemente en su juventud, con la edad se volvía cada vez más romántica: esa era la consecuencia lógica de su iniciación antinatural».

JANE AUSTEN, *Persuasión*

1

Harefield Hall, 1819

Vamos, Eliza, seguro que eres capaz de derramar una lágrima —le susurró la señora Balfour a su hija—. ¡Es lo que se espera de la viuda!

Eliza asintió, aunque sus ojos siguieron secos como de costumbre. Por más años que se hubiese pasado interpretando el papel de hija obediente y de esposa abnegada, no conseguía llorar cuando se lo pedían.

—Recuerda que hoy es probable que nos veamos inmersos en una trifulca —siseó la señora Balfour mientras lanzaba una significativa mirada hacia la biblioteca, donde estaban sentados los parientes del fallecido conde de Somerset. Nueve meses después del cortejo fúnebre, todos habían vuelto a reunirse en Harefield Hall para la lectura del testamento y, por la gélida expresión de los ojos que se clavaban en ellas, al parecer la señora Balfour no era la única que se preparaba para una batalla.

—La situación de Eliza quedó estipulada en el acuerdo de matrimonio: quinientas libras al año —le aseguró el señor Balfour a su esposa con un susurro—. No hay razón para que Somerset quiera ponerlo en duda. Será la partida más nimia de la herencia.

Hablaba con amargura, pues ni la señora Balfour ni él habían aceptado por completo las circunstancias de Eliza, que habían cambiado sustancialmente. Una década atrás, el matrimonio de la joven Eliza Balfour, de diecisiete años, con el conde de Somerset, veinticinco años mayor que ella, había sido el enlace de la temporada, y los Balfour habían cosechado los frutos de esta unión colmadamente. Al cabo de un año de la boda, su hijo mayor se había casado con una heredera, a su segundo hijo lo habían nombrado capitán del Regimiento Real de Lincolnshire y habían enmoquetado toda Balfour House con terciopelo.

Sin embargo, nadie había esperado que la primavera pasada el conde, de constitución fuerte, sucumbiese tan deprisa a una inflamación de los pulmones. Y ahora, viuda a los veintisiete años y sin un hijo que heredase el título, la posición de Eliza no resultaba envidiable. Quinientas libras al año... Había gente que podía, y de hecho lograba, vivir con mucho menos, pero en aquel asunto Eliza estaba de acuerdo con su padre. Diez años de matrimonio con un hombre que había sido más cariñoso con sus caballos que con su esposa, diez años de aislamiento en la fría e imponente Harefield Hall, diez años de desear la vida de la cual podría haber disfrutado si las circunstancias hubiesen sido ligeramente distintas... Teniendo en cuenta lo que —y a quien— Eliza se había visto obligada a renunciar, quinientas libras al año le parecían una miseria.

—Si al menos ella le hubiese dado un hijo... —se quejó el señor Balfour quizá por quinta vez.

—¡Lo intentó! —le espetó la señora Balfour.

Eliza se mordió la lengua con fuerza. La señorita Margaret Balfour, su prima, le apretó la mano por debajo de la mesa, y el reloj dio las doce y media. Ya llevaban media hora esperando al nuevo conde, cuya presencia permitiría que diera comienzo la lectura. A Eliza se le formó un nudo en el estómago. Seguro que aquel hombre llegaría pronto. Seguro, sí.

—Es una vergüenza —masculló la señora Balfour con la misma sonrisa plácida y tranquila tallada en el rostro—. Ya han pasado nueve meses, y encima llega tarde. ¿Acaso no es una vergüenza, Eliza?

—Sí, madre —respondió Eliza de forma automática. Siempre le resultaba más fácil asentir, si bien el extraño retraso claramente era culpa del viejo conde, no del nuevo, puesto que fue el viejo conde quien dejó por escrito que no se leyera su testamento hasta que se hubiesen reunido todas las partes involucradas. Como en el mes de abril el nuevo conde de Somerset —el sobrino del esposo de Eliza, el presuntuoso heredero del capitán Courtenay— se encontraba destinado en las Indias Occidentales cuando murió su tío, y como las condiciones de navegación del siglo XIX habían hecho gala de una lentitud sin precedentes, su demora era comprensible. Angustiosa pero comprensible.

Todos los que estaban reunidos en la biblioteca llevaban varios meses a la espera, y la avanzada hora de aquel día empezaba a hacer mella en ellos: la honorable señora Courtenay —la cuñada del viejo conde y madre del nuevo— miraba fijamente hacia la puerta; su hija, lady Selwyn, tamborileaba impaciente con los dedos; mientras que lord Selwyn intentaba calmar los nervios entreteniendo a los presentes con distintas historias en las cuales pretendía dejar clara su superioridad.

—Y le dije: «Byron, muchacho, ¡es necesario que lo escribas!».

A su lado, en el centro de la estancia, el abogado de los Somerset, el señor Walcot, revolvía sus papeles sin cesar con una tensa sonrisa. Todo el mundo se impacientaba, pero probablemente nadie tanto como Eliza, quien sentía, con cada tictac del reloj de pared, cómo sus nervios alcanzaban nuevas y peligrosas cotas. Después de diez años, de diez largos años, ese día volvería a verlo. No le parecía siquiera real.

«Tal vez no venga». Una vida de decepciones le había inculcado la virtud de prepararse para lo peor: quizá él se había equivocado de fecha o quizá el carruaje había sufrido un espantoso accidente, o quizá había decidido regresar a las Indias Occidentales en lugar de tener que verla de nuevo. No era propio de él llegar tarde, siempre había sido muy puntual. O, por lo menos, aquel caballero al que Eliza conoció era puntual. Puede que hubiese cambiado.

Finalmente, no obstante, cuando el reloj marcó tres cuartos, la puerta se abrió.

—El honorable conde de Somerset —anunció Perkins, el mayordomo.

—Mis más sinceras disculpas por la tardanza —dijo el nuevo lord Somerset al irrumpir en la estancia—. La lluvia ha vuelto traicioneros los caminos...

La reacción de Eliza fue instantánea. Su corazón empezó a latir más rápido, su respiración se entrecortó, sintió un nudo en el estómago y se levantó, pero no porque fuese de educación hacerlo, sino porque el hecho de reconocer a aquel hombre reverberó con tanta fuerza en su interior que la impulsó a levantarse. Después de haberse pasado tantos meses imaginándose aquel momento, seguía sin estar en absoluto preparada para enfrentarse a él.

—¡Oliver, querido! —La señora Courtenay corrió hacia su hijo con los ojos brillantes, con lady Selwyn a la zaga, y Somerset abrazó primero a su madre y luego a su hermana. La señora Balfour chasqueó la lengua, reprobadora, al presenciar esa falta de protocolo —debería haberse dirigido en primer lugar hacia Eliza—, pero Eliza no le dio importancia alguna. En muchos sentidos, lo vio igual que siempre. Todavía era muy alto, todavía tenía una cabellera abundante y los mismos ojos fríos y grises que el resto de su familia, y todavía se movía con un aire de tranquila seguridad que siempre había sido típico de él. Tras una década de carrera naval, sus hombros eran más anchos de lo que habían sido cuando era joven y su pálida piel se había oscurecido bajo el sol. Le favorecía. Le favorecía mucho.

Somerset soltó las manos de su hermana y se giró hacia Eliza. Atribulada, esta se sintió de pronto consciente de que los años no habían sido tan clementes con ella. De menor estatura, con el pelo castaño y unos ojos grandes y oscuros muy comunes, siempre había pensado que parecía una especie de animal nocturno sobresaltado, pero en esos momentos temía, por culpa del atuendo negro que exigía su estado de viuda y por la silueta enjuta y cansada después de varios meses de incertidumbre, que se asemejase más bien a un roedor.

—Lady Somerset —dijo el conde haciéndole una reverencia.

Su voz tampoco había cambiado.

—Milord —contestó Eliza. Notó cómo le temblaban los dedos, y los apretó sobre las faldas al hacer una torpe inclinación, mientras se preparaba para enfrentarse a la mirada de él. ¿Qué vería en sus ojos? ¿Rabia, quizá? ¿Recriminación? No se atrevía a albergar esperanzas de hallar calidez. No se la merecía. Ambos se alzaron a la vez y al fin, después de tanto tiempo, se miraron a los ojos. Y cuando examinó los de él, vio... nada.

—Mi más sincero pésame por su pérdida —dijo. Sus palabras eran educadas y su tono, neutro. Su expresión tan solo podía describirse como cortés.

—Gra-gracias —balbució Eliza—. Espero que el viaje haya sido agradable.

Las cortesías se escapaban de la lengua de Eliza sin pensar, lo cual era muy positivo, ya que en esos momentos era incapaz de pensar.

—Tan agradable como cabía esperar con el tiempo que hemos tenido —respondió él. No había ningún indicio, ni en su comportamiento ni en su postura ni en su tono, de que estuviese experimentando la misma agitación que le revolvía a

Eliza la mente. De hecho, no parecía que verla lo hubiese afectado lo más mínimo. Como si en realidad no se conocieran.

Como si en realidad aquel hombre no le hubiese pedido un día que se casara con él.

—Sí... —se oyó decir Eliza, como si hablase desde una gran distancia—. La lluvia... ha sido despiadada.

—En efecto —asintió Somerset con una sonrisa; sin embargo, no era una sonrisa que ella le hubiera visto esbozar con anterioridad. Era educada. Formal. Insincera.

—Me alegro de verte, muchacho, me alegro mucho. —Selwyn se había adelantado con la mano tendida, y Somerset le devolvió el apretón con una sonrisa que de pronto volvía a ser cálida. Se dirigió hacia el centro de la estancia, alejándose así de los Balfour y dejando a Eliza perpleja.

¿Qué ocurría? Después de todo el tiempo que habían estado separados, de todo el tiempo que Eliza se había pasado preguntándose dónde estaría él y si sería feliz, rememorando una y otra vez los momentos que compartieron, después de todas las horas que había pasado lamentando los acontecimientos que habían conspirado para mantenerlos alejados, ¿aquel iba a ser su reencuentro? ¿Un breve y único intercambio de trivialidades?

Eliza se estremeció. El frío del mes de enero había impregnado el aire durante toda la mañana —la orden de su esposo de que no encendiesen las chimeneas hasta que se hiciese de noche había trascendido su fallecimiento—, pero en esos instantes Eliza estaba completamente helada. Una década entera viviendo separados por océanos y Oliver —«Somerset»— nunca le había parecido tan distante como en aquel momento.

—¿Comenzamos? —apuntó Selwyn. Antes incluso de que Selwyn se hubiese casado con la sobrina del viejo conde, los dos caballeros habían sido grandes amigos, pues sus tierras eran colindantes, pero por la misma razón su relación había padecido altibajos. De hecho, la última reunión de negocios que habían mantenido antes de la muerte del viejo conde se había convertido en una disputa a gritos que había dejado en silencio a toda la casa; y, aun así, por el entusiasmo que lucía el rostro de Selwyn, era evidente que aquel día esperaba recibir una herencia sustanciosa.

Con un asentimiento, el señor Walcot extendió los papeles delante de sí, y los Balfour, los Selwyn y Courtenay observaron desde los lugares que ocupaban respectivamente, ambiciosos y hambrientos. La escena serviría para pintar un cuadro dramático. Al óleo, con vivos colores, quizá. A Eliza le hormigueaban los dedos, ansiosos por coger un pincel.

—Este es el último testamento de Julius Edward Courtenay, el décimo conde de Somerset...

La atención de Eliza se esfumó en tanto el señor Walcot empezaba a enumerar las numerosas vías por las cuales el nuevo conde iba a convertirse en un hombre muy rico. La señora Courtenay parecía a punto de ponerse a gritar de la alegría y lady Selwyn reprimía una sonrisa, pero Somerset fruncía el ceño. ¿Lo intimidaba la enorme cantidad de dinero? ¿Lo sorprendía acaso? No debería. Incluso a pesar de la austeridad del viejo conde, Harefield Hall seguía siendo un verdadero santuario que daba fe de la opulencia de la familia: desde las tazas de té de porcelana hasta las sillas de palisandro de la India, pasando por las paredes cubiertas de cuernos, pieles y trofeos de caza y por los cuadros al óleo que mostraban las plantaciones de azúcar que llegaron a poseer, Harefield lucía su riqueza con orgullo. Y tras oír unas cuantas frases breves, el nuevo conde de Somerset lo poseía todo. Había pasado a ser uno de los hombres más ricos de Inglaterra, y también uno de los más codiciados. A partir de ese momento, cualquier dama inglesa soltera iba a rendirse a sus pies.

En cuanto a Eliza... A partir de ese mismo día, podría seguir viviendo en Harefield para servir al nuevo conde hasta que este se casara, cuando debería mudarse a Dower House, en la linde de la finca, o regresar a la casa de su infancia. Ninguna de esas opciones resultaba demasiado emocionante. Volver a Balfour para vivir de nuevo bajo la minuciosa vigilancia de sus padres sería espantoso, pero quedarse allí, tan cerca de un hombre que claramente no sentía nada por ella, mientras la propia Eliza se había pasado una década suspirando por él… Sería una suerte de tortura.

—«A Eliza Eunice Courtenay, la ilustre condesa de Somerset»…

Eliza ni siquiera prestó atención al oír su propio nombre, pero, por el modo en que el señor Balfour se recostó en el asiento, bastante relajado, estaba claro que todo lo que el señor Walcot había comunicado obedecería al acuerdo de matrimonio. La actual condesa tendría el futuro asegurado. En su opinión, los años que se extendían ante ella serían grises y desprovistos de toda emoción.

—«… A consecuencia de su diligencia y obediencia»…

Qué deprimente que la describieran de esa forma, como si fuera un sabueso fiel. Sin embargo, su madre se animó; le brillaban los ojos con avaricia, pues sin duda alguna esperaba que el viejo lord le hubiese dejado a Eliza algo más… Una joya muy cara de su colección, quizá.

—«Y si no hay por su parte ningún deshonor al condado de Somerset»…

Qué propio del viejo conde añadir una cláusula moral a la minúscula herencia que habría considerado apropiada. Mezquino hasta el final.

—«… Le dejo en herencia mis propiedades de Chepstow, Chawley y Highbridge».

La cabeza de Eliza empezó a prestar atención de pronto. ¿Qué era lo que acababa de decir el señor Walcot?

De repente, una estancia en la que había reinado el silencio y la calma se volvió estruendosa.

—Repite la última parte, ¿quieres, Walcot? ¡Debo de haberla oído mal! —exclamó Selwyn dando un paso adelante.

—Sí, señor Walcot. ¡No creo que eso sea lo que dice el testamento! —La voz de la señora Courtenay sonaba aguda y estridente mientras se levantaba de la silla. El señor Balfour también se puso en pie y tendió una mano como si quisiese leer el documento por su cuenta.

—«A Eliza Eunice Courtenay, la ilustre condesa de Somerset, a consecuencia de su diligencia y obediencia, y si no hay por su parte ningún deshonor al condado de Somerset, le dejo en herencia mis propiedades de Chepstow, Chawley y Highbridge».

—¡Es ridículo! —Selwyn no se lo creyó—. Julius iba a dejar en herencia esas tierras a nuestro hijo pequeño, a Tarquin.

—¡Eso me dijo a mí también! —asintió lady Selwyn—. Me lo prometió.

—La situación de lady Somerset estaba prevista en el acuerdo de matrimonio, ¿no es así? —añadió la señora Courtenay—. ¡En el acuerdo no se menciona nada de esto!

—¿Acaso las tierras del condado no están vinculadas al título? —dijo Margaret, perpleja, a quien la señora Balfour mandó callar.

—Si esa es la herencia del viejo conde, si así es como figura en su testamento, ¡no hay discusión posible! —insistió el señor Balfour a todos los presentes.

Al parecer, habían olvidado que Eliza estaba allí.

—Las propiedades de Chepstow, Chawley y Highbridge las heredó el conde de su madre, y por lo tanto él podía hacer con ellas cuanto gustase —dijo el señor Walcot con calma.

—¡Es ridículo! —protestó Selwyn de nuevo—. ¡No puede tratarse del documento correcto!

—Le aseguro que lo es —respondió el señor Walcot.

—¡Y yo te digo que no es correcto, hombre! —se acaloró Selwyn, dejando atrás ya cualquier pretensión de alegría—.

Lo leí hace tiempo y nombraba a Tarquin como su heredero. ¡Lo vi!

—Eso era antes —terció el señor Walcot—. Pero el viejo conde me pidió corregir esa parte de la herencia solo dos semanas antes de morir.

El rostro morado de Selwyn se puso blanco.

—Vuestra discusión —susurró lady Selwyn.

—Hablamos de un préstamo... Eran negocios —exhaló Selwyn—. Es imposible que..., no puede ser que...

Vaya, así que habían discutido por eso: Selwyn le había pedido un préstamo. Eliza podría haberlo advertido de la absurdez de la petición; de hecho, Selwyn debió de estar tan desesperado que no tuvo presente que el viejo conde, un hombre indefectiblemente austero y orgulloso en extremo, consideraba que cualquier mención a su economía era el mayor acto de impertinencia.

—Le aseguro que en este punto, así como en todos los demás, el viejo conde fue muy claro —les informó el señor Walcot con voz tranquila—. Las tierras son ahora propiedad de lady Somerset.

Selwyn se giró hacia Eliza.

—¿Qué palabras venenosas le susurraste al oído? —le espetó.

—¡Cómo se atreve...! —La señora Balfour hervía de indignación.

—¡Selwyn! —lo llamó Somerset, con voz fría y reprobadora, y Selwyn dio un paso atrás y se apartó de Eliza.

—Mis disculpas... No pretendía... Ha sido una lamentable falta de modales...

—¿Qué ocurre con la cláusula moral? —Lady Selwyn no se acobardó—. ¿Mi tío añadió algún comentario, alguna indicación, para saber a qué clase de comportamiento se refería?

—No veo la relevancia que tiene —exclamó la señora Balfour—, pues la reputación de mi hija es intachable.

—Ya que a mi tío le pareció apropiado incluirlo en su testamento, yo sí veo la relevancia que tiene, señora Balfour —le dijo lady Selwyn con dureza.

—No pretendemos ofender —intervino la señora Courtenay—. Lady Somerset sabe que le profesamos un gran cariño.

Lady Somerset no sabía absolutamente nada de eso.

—Lo único que el viejo conde especificó es que la interpretación de dicha cláusula depende del nuevo conde de Somerset, y de nadie más —contestó el señor Walcot.

Selwyn, lady Selwyn y la señora Courtenay abrieron la boca para protestar, pero Somerset los interrumpió.

—Si la herencia obedecía al deseo de mi tío, ni que decir tiene que yo no le veo ningún problema —anunció con voz firme.

—Por supuesto, por supuesto. —Selwyn había recobrado un poco de cordialidad—. Pero, querido muchacho, creo que nos correspondería a nosotros decidir qué clase de comportamiento supondría...

—No estoy de acuerdo —dijo Somerset, hablando con confianza y en absoluto molesto por las miradas fulminantes que le lanzaban sus familiares—. Y a excepción de que lady Somerset haya cambiado mucho desde la última vez que estuve en suelo inglés, es incapaz de provocar incluso que alguien arquee una ceja.

Eliza agachó la cabeza con las mejillas coloradas. En el pasado, mientras que ella había admirado la firmeza de carácter de que hacía gala Somerset, este se había quejado de lo contrario.

—Exacto —asintió la señora Balfour con satisfacción.

—Pero dada la curiosa naturaleza de esa cláusula —prosiguió Somerset—, creo que debería quedar solamente entre nosotros. A fin de cuentas, a ninguno de nosotros le gustaría dar pie a rumores.

Hubo asentimientos por parte de todos los presentes: los

Balfour asentían con entusiasmo y los Selwyn con reticencias, en tanto la señora Courtenay parecía de nuevo a punto de echarse a llorar.

Hubo una pausa muy larga.

—¿Cuántas libras de beneficios generan esas tierras al año? —preguntó Selwyn.

El señor Walcot miró brevemente sus anotaciones.

—De media —dijo—, generan unos beneficios de cerca de nueve mil libras anuales. Sumado a la disposición de su arreglo de matrimonio, en conjunto es una renta de diez mil libras anuales.

Diez mil libras anuales.

Diez mil libras todos los años.

Eliza era rica.

Eliza era muy rica.

Más rica que lady Oxford o que lady Pelham, dos célebres herederas, las joyas de sus respectivas temporadas; más rica que la mayoría de los lores de Whitehall, donde se reunía el gobierno. ¿Sería verdad? Su esposo jamás había sugerido que Eliza fuera para él más que una decepción constante. Inferior a su primera esposa en todo y, al mismo tiempo, igual de incapaz de darle un hijo. Y resultaba que su rencor, su desagrado hacia el comportamiento de Selwyn, lo había empujado a mostrarle a Eliza una generosidad que ella jamás había sentido en la vida de él. Diez mil libras anuales. Había convertido a Eliza en una mujer muy rica.

Eliza tenía la sensación de que el hilo que la ataba a la normalidad acababa de desenrollarse y que estaba dando vueltas y más vueltas. No podría haber repetido nada de lo que ocurrió durante el resto de la lectura del testamento; solo recordaba que había terminado porque todo el mundo empezó a levantarse y ella, de forma automática, los imitó. La expresión de «diez mil libras anuales» rebotaba en su cabeza como el más sonoro de los ecos y le impedía pensar en nada más.

—¡Diez mil libras! —le susurró Margaret, emocionada, al oído cuando salieron—. ¿Entiendes lo que significa?

Eliza ladeó la cabeza, ya fuese para asentir o para negar, no lo sabía.

—¡Eso lo cambiará todo, Eliza!

2

Al día siguiente, por la tarde, Eliza se encontraba en las escaleras que daban a Harefield, dispuesta a despedirse de sus invitados. Solo iba a quedarse Margaret, que había sido la compañera de Eliza desde la muerte del conde y que iba a seguir siéndolo durante otra quincena, y Eliza se moría por volver a tener Harefield para ella sola. Oyó antes que vio a sus padres: el señor Balfour lanzaba órdenes a los sirvientes y la señora Balfour reprendía a las criadas; en cuanto atravesaron las puertas de roble, Eliza respiró hondo para armarse de valor.

—Podrás hacerlo —le susurró Margaret al oído. Había quedado claro, en el tiempo que había transcurrido desde la lectura del testamento, que el señor Balfour esperaba administrar el dinero de la nueva fortuna de Eliza. Esta iba a ser su última oportunidad para abrirles los ojos a sus padres.

—Nos veremos dentro de unas pocas semanas, por supuesto —dijo la señora Balfour.

—No te retrases. Los caminos serán cada vez peores —le indicó el señor Balfour.

—Me preguntaba si… —empezó a decir Eliza, insegura.

—Para entonces, todos tus asuntos financieros más acuciantes se habrán resuelto —terció la señora Balfour—. ¿Verdad que sí, esposo mío?

—Sí, ya he hablado con el señor Walcot.

Como era el adiós más sentido que podía darle a su hija, el señor Balfour asintió en dirección a Eliza y desapareció por las escaleras, dejándola a ella con su madre, la adversaria más imponente.

—Pensaba que tal vez... —dijo Eliza.

—Creemos que lo mejor sería que convirtieras al muchacho de Hector en tu heredero —se apresuró a añadir la señora Balfour.

Hector era el hermano pequeño de Eliza.

—No sé si...

—Creo que Rupert es la mejor opción. —La voz de la señora Balfour eclipsó la de Eliza.

De toda la camada noble de su hermano, Rupert era el peor de todos.

—Creo que preferiría...

—El señor Balfour dejará listos los papeles en cuanto vuelvas a casa. —La señora Balfour le dio una palmada a Eliza en la mejilla para poner fin a la cuestión.

«No es vuestra», le habría dicho Eliza a su madre si hubiera sido más valiente. «No es vuestra fortuna y no tenéis derecho a gastarla, asignarla ni gestionarla sin mí».

—Sí, madre —suspiró Eliza, derrotada.

—Decidido, pues. Adiós, nos vemos pronto. Y recuerda que sigues siendo la condesa, querida. No permitas que los Selwyn te pisoteen.

A Eliza no se le escapó la ironía del consejo procedente de la señora Balfour —a Margaret tampoco, que apenas contuvo una carcajada—, y, tras darle una última indicación, la señora Balfour se marchó.

—Sé que es tu madre y mi tía —dijo Margaret mientras la veían subir al carruaje—, pero si la viera a punto de perder el equilibrio en un acantilado, tal vez a punto de caer al océano, yo dudaría en salvarla. Jamás la empujaría, pero te aseguro que dudaría en salvarla.

A diferencia de Eliza, la forma habitual de comportarse de Margaret era decir exactamente lo que pensaba en el preciso instante en que lo pensaba; un rasgo que, en opinión de sus familiares, era el motivo por el cual no se había casado. Eliza estaba aún dando gracias por que la señora Balfour no hubiese oído aquello cuando una tos hizo que ambas se dieran la vuelta. Somerset había aparecido en la puerta y, por su expresión burlona, había oído el comentario poco respetuoso de Margaret. Eliza se ruborizó en representación de Margaret.

—Ah —murmuró esta, sin sonar demasiado preocupada.

—Fingiré que no lo he oído —respondió Somerset, divertido. Cuando eran jóvenes, había entablado una buena relación con Margaret y, al parecer, estaba dispuesto a seguir consintiendo sus descortesías.

—Te lo agradecería —dijo Margaret.

Somerset sonrió. Su sonrisa atravesó sus reticencias del mismo modo en que el sol brillaba entre las nubes, y Eliza se quedó sin aliento. A continuación se giró hacia ella, y la calidez desapareció tan deprisa como había hecho acto de presencia.

—Su padre me ha informado de que pretende regresar a Balfour, milady —le dijo. Aunque habían establecido contacto visual directo, Eliza tuvo la impresión de que Somerset miraba a través de ella.

«¡Mírame!», quería gritarle Eliza. «Estoy aquí, ¡mírame!».

—Sí —respondió en cambio, con voz tan baja como un ratoncito—. En efecto.

Las damas no gritaban, independientemente de la provocación de que fueran objeto.

Somerset asintió, y su expresión no reveló nada en absoluto. ¿Estaba aliviado? Debía de estarlo.

—Si es lo que deseas —dijo.

No. No era lo que ella deseaba en absoluto. Pero ¿qué otra alternativa le quedaba?

—Puedes llevarte cualquiera de los carruajes para el viaje, por supuesto —prosiguió el heredero—. Y si quieres que te acompañe alguno de los criados de la casa…

—Muy amable —terció Eliza.

—No es nada. —Y lo dijo como si lo pensara de verdad. ¿Habría algo más exasperante que esa impasibilidad suya?

—Sin embargo, te lo agradezco —insistió Eliza.

Se hizo un breve silencio.

—No es necesario que me lo agradezcas —murmuró Somerset—. No es más que mi deber como cabeza de familia.

Una puntualización que fue, de hecho, más exasperante que su impasibilidad. Deber. Familia. Dos palabras que quemaban.

—¡Adiós, mi querida lady Somerset! —canturreó lady Selwyn con fingida dulzura al llegar hasta la puerta—. No tenemos palabras para darle las gracias por su hospitalidad.

—Adiós, milady. —La señora Courtenay, una actriz no tan hábil como su hija, no sonrió.

—¡Pórtate bien a partir de ahora! —exclamó Selwyn señalando a Eliza con un dedo—. No querríamos tener que arrebatarte esa fortuna, ¿verdad que no?

—¡Selwyn! —lo regañó Somerset con aspereza.

—¡Lady Somerset sabe que estoy de broma!

—Por supuesto que lo sabe —asintió lady Selwyn. Pasó la mirada de Somerset a Eliza, y su expresión se endureció—. Somerset, ¿me puedes ofrecer un brazo para subir al carruaje?

—¿El brazo de tu esposo no te servirá, Augusta? —le sugirió el aludido suavemente—. Tengo unos cuantos asuntos que tratar con lady Somerset.

Lady Selwyn le lanzó a Eliza una mirada penetrante como si fuera culpa suya, pero retrocedió a regañadientes para unirse con su esposo y su madre.

—Estaré fuera de la ciudad durante la próxima quincena —le dijo Somerset a Eliza—. Si necesita mi ayuda o consejo para algo, no dude en escribirme.

Eliza asintió.

—Que tenga un buen día, lady Somerset —dijo inclinando la cabeza sobre la mano de ella.

—Igualmente, lord Somerset —respondió a su vez. Era espantosamente irónico que compartiesen el mismo apellido. Era la cruel broma del destino a lo que podrían haber tenido si la madre de Eliza no hubiera insistido tanto en conseguir un título para su hija... y si la propia Eliza no hubiera sido tan fácil de doblegar.

En cuanto Somerset levantó la cabeza, se miraron a los ojos. Y ya fuera porque Somerset había bajado la guardia ahora que iba a marcharse o porque lo sorprendió sin más la repentina cercanía del rostro de ella, cuando intercambiaron una mirada su máscara de neutralidad desapareció. Su expresión educada se demudó de pronto, pareció afectado incluso, y su mano enguantada apretó la de ella. Y Eliza sintió que por fin la veía.

No como si fuera una desconocida cualquiera ni como si fuese un deber un tanto inconveniente que debiese resolver. La vio por quien era: ella, Eliza, y él, Oliver; dos personas que tiempo atrás se habían conocido tanto como era posible conocer a alguien. Y aunque el instante no duró más de dos segundos —el tiempo que tardaba el corazón en latir tres veces—, fue como si alguien le hubiera hundido una mano en el pecho y se lo hubiera estrujado.

—¡Somerset! ¡Date prisa, muchacho!

Y el momento terminó. Somerset le soltó la mano como si lo hubiese quemado.

—Adiós, señorita Balfour —dijo a toda prisa—. Aunque me habría gustado que fuera en circunstancias más alegres, me ha gustado verlas a las dos.

Bajó las escaleras corriendo y subió al carruaje.

—Lo mismo digo —susurró Eliza al espacio vacío que él había dejado tras de sí; como siempre, demasiado tarde.

—¿Entramos? —le propuso Margaret al ver su expresión. Eliza asintió.

Se dirigieron al salón de la primera planta. Era la menos ostentosa de todas las estancias, con las cortinas devoradas por las polillas y las alfombras brocadas descoloridas, pero era la preferida de Eliza, ya que en la pared colgaba un paisaje marino que había pintado su abuelo. Obra de un artista de talento superior y de cierto renombre, el cuadro, en el que se veía un barco minúsculo navegando en el frío e inconmensurable océano, lo había traído hasta Harefield la antigua condesa, y hacía las veces de consuelo diario para Eliza. Un duradero recordatorio de las tardes maravillosas que había pasado junto a su abuelo aprendiendo a pintar en los días más sencillos de su niñez, antes de que le pusieran faldas más largas y le recogiesen la melena en un tenso peinado, cuando Eliza había creído ingenuamente que tal vez podría seguir desarrollando su veta artística.

—¿Le apetece una taza de té, milady? —le preguntó Perkins en voz baja.

—Ah, creo que necesitamos algo que sea bastante más fuerte que el té —respondió Margaret mientras se quitaba el sombrero de encaje del pelo rojizo y las zapatillas de satén de los pies—. ¡Unas gotas de brandi, si no es molestia!

Ni un mínimo arqueo de ceja reveló que a Perkins le sorprendiera una petición tan impropia de una joven dama, tras lo cual regresó enseguida con una bandeja con el mejor coñac del viejo conde.

—Gracias —dijo Eliza, y el mayordomo les sirvió la cantidad de coñac adecuada para unas damas. Cuando se marchara rumbo a Balfour, Eliza echaría de menos a Perkins.

—¡Sí, gracias! —asintió Margaret, aunque, en cuanto el hombre salió de la habitación, cogió el decantador de cristal y llenó los vasos de ambas hasta arriba.

Eliza añoraría sobre todo a Margaret. Los últimos nueve

meses, atrapada entre las paredes de Harefield durante el periodo estricto en que debía durar su luto, quizá habrían sido interminables si Margaret no hubiera estado con ella. Contar con su prima, con su mejor amiga, tan cerca después de tantos años separadas había sido una alegría inesperada, pero a partir de ahora...

—¿Vamos a brindar por nuestro regreso inminente al seno de nuestras queridas familias? —le preguntó Eliza al aceptar el vaso.

—Ni hablar —negó Margaret—. Creo que es una pésima idea.

—Lo sé —dijo Eliza, pues su prima había dejado muy claro lo que pensaban al respecto—, pero no puedo quedarme aquí, Margaret. Ha sido muy educado y amable conmigo, pero creo que habría preferido la hostilidad a la nada absoluta.

No era necesario que Eliza aclarase a quién se refería.

—Han pasado diez años —terció Margaret—. Es imposible que tú...

Eliza bebió un sorbo del vaso. El brandi le quemó la garganta al descender.

—Sé que es absurdo —dijo—, pero cuando lo he vuelto a ver...

Se acordaba del sobresalto que embargó su cuerpo y su alma en cuanto lo vio entrar en la estancia.

—Es como si me hubiera caído un rayo encima —dijo, sonrojada al dejarse llevar y hablar con tanto sentimiento y pretensión.

—Qué incomodidad —observó Margaret—. Me hace estar agradecida por no haberme enamorado nunca. ¿Estaba tal como lo recordabas?

—Mejor incluso —lamentó Eliza con amargura—. Innecesariamente apuesto, de hecho. ¿No podría haberse vuelto un poco más desagradable?

—¿Estás segura de que es apuesto y no tan solo muy alto?

—le preguntó Margaret—. Me he dado cuenta de que a menudo se confunde lo uno con lo otro.

—Estoy segura —asintió Eliza antes de beber otro trago de brandi.

—Dower House está lo bastante lejos de Harefield —dijo Margaret—. No te resultará difícil evitarlo desde ahí. ¿De verdad no lo vas a soportar?

Eliza negó con la cabeza.

—¿Vivir a las afueras de su vida? —dijo—. ¿Siempre deseando compartirla con él, mientras prospera y se casa y tiene hijos con otra mujer? No, no podré soportarlo.

Pero, una vez más, al pensar en la alternativa —volver a Balfour con su madre—, se estremeció.

—Pero si regreso con mis padres, no dejarán de importunarme y de acosarme —masculló—. Creo..., creo que desapareceré sin más. No me quedan suficientes fuerzas para resistirlo.

—¿Verdaderamente has sido tan desgraciada estos últimos años? —le preguntó Margaret en voz baja.

Eliza no respondió. Había evitado contarle a Margaret, en las cartas semanales y en sus escasas visitas, detalles de su matrimonio, pues no quería que la viese como una esposa dramática ni consentida. Y, si bien el viejo conde no había sido el esposo que ella habría elegido ni la vida de condesa de Somerset una vida que hubiese disfrutado, los últimos años no habían estado faltos de alegrías. Era solo que, en una existencia dedicada a esforzarse por complacer a un hombre cuya inclinación natural era desaprobarlo todo, Eliza había tenido que conformarse con pequeños placeres. Hasta que empezó a preocuparse por haberse vuelto ella misma tan pequeña como para que fuesen a guardarla sin problemas en un armario con la vajilla, donde esperaría hasta que la requiriesen para volver a adornar la mesa.

—Es inútil preocuparse por eso —dijo Eliza tras hacer una pausa—. Regresaré a Balfour. No tengo otra opción.

Se sintió patética y desolada, y esperó que Margaret dijese algo apropiado que la consolase mientras, tal vez, le acariciaba el pelo.

—Debo decir que creo que estás exagerando sobremanera —le soltó Margaret con mordacidad.

No era en absoluto lo que Eliza tenía en mente.

—¿Disculpa?

—¿Acaso has olvidado que ahora eres una de las mujeres más ricas de Inglaterra? —Margaret se incorporó y señaló con gesto acusador a Eliza, que observó el movimiento con cierta alarma, puesto que se acercaba peligrosamente a un carísimo jarrón de la dinastía Ming.

—No lo he olvidado —contestó—, pero no estoy segura de que cambie nada, Margaret. Estoy tan atrapada como antes.

—En ese caso, desperdiciarás tu fortuna si vas a adoptar una actitud tan terriblemente derrotista —dijo Margaret negando con la cabeza.

—¿Dónde quieres que vaya si no? —quiso saber Eliza. Pensaba que Margaret la comprendía.

—¡Donde quieras! —le espetó Margaret—. Ahora te puedes permitir instalarte donde más te apetezca. ¿No lo has pensado?

En realidad, no, no lo había pensado. La señora Balfour siempre le había dicho que las únicas mujeres solteras que se instalaban por su cuenta eran o muy excéntricas o muy ancianas, o acaso ambas cosas. Eliza no era lo primero ni lo segundo.

—Margaret, un poco de seriedad.

—No he perdido la seriedad en ningún momento.

—¿Y qué voy a hacer? —le preguntó Eliza.

—¡Ay, todo lo que desees, Eliza! —exclamó Margaret—. ¿De veras te sientes tan ninguneada que ya no hay nada que quieras hacer?

Eliza se la quedó mirando, sorprendida ante el ataque de su prima.

—¿Que ya no hay nada que desee hacer? —repitió—. ¿Nada que desee? Margaret, deseo... un sinfín de cosas.

—¿De verdad? —le preguntó, tan escéptica que Eliza empezó a perder los nervios.

—De verdad —insistió—. Deseo ponerme vestidos que haya elegido yo. Estoy harta de llevar conjuntos anticuados. Y deseo pasarme el día pintando si es lo que prefiero. ¡Y deseo gastar dinero en todas las frivolidades que se me antojen!

Al parecer, Eliza no podía parar, y las palabras brotaban de sus labios.

—Deseo encender el fuego de día, deseo ir donde me apetezca y, sobre todo, sobre todo, Margaret, desearía haberme casado con el hombre al que amaba, no al que me ha atado el deber. Pero no fue así. Y no hay nada que pueda hacer para cambiar eso, así que discúlpame si, después de una vida en que se me han negado todos y cada uno de mis deseos, ahora te parezco derrotista.

Eliza se enjugó los ojos, enfadada. La señora Balfour al fin habría visto atendido su deseo de lágrimas, pero ya era demasiado tarde como para que pudieran darles algún uso.

—Bueno —dijo Margaret tras un breve silencio—, tal vez no seas capaz de lograr todo eso, pero si te instalas en algún lado bien podrías intentar...

—Nunca me lo permitirían —la interrumpió Eliza—. Soy una viuda y es mi primer año de luto. Las reglas...

—E-li-za. —Margaret separó las sílabas como reprimenda—. Ya no eres la apocada señorita Balfour. Eres una condesa. Posees diez mil acres de tierras. Eres más rica que toda nuestra familia junta. ¿No ha llegado el momento de romper las reglas?

Una vez más, Eliza miró fijamente a su prima. Nada de lo que le había dicho era exactamente inadecuado, pero el modo en que había dispuesto los hechos, como si Eliza contase con algo de poder... No parecía cierto.

—Es tu oportunidad de vivir de una vez una vida que te pertenezca —insistió Margaret—. No puedo soportar que la desperdicies... ¡Ay, qué no haría yo por estar en tu lugar!

Margaret estaba inclinada hacia delante, apretando las manos delante de ella, y Eliza deseó de pronto que la fortuna hubiera terminado en las manos de su prima, no en las suyas. Porque Margaret, más valiente y más inteligente, y sin duda más franca que Eliza, seguramente aprovecharía mejor la ocasión. Y se la merecía. Se merecía algo más que ir pasando de familiar en familiar para cuidar de los niños, menospreciada e infravalorada, atrapada también, como la última hermana soltera. Tal vez no se dijera en voz alta, pero Eliza sabía que su familia consideraba a Margaret incorregible, una simple solterona. No era justo.

La injusticia empezaba a quemarle a Eliza en el pecho, más ardiente que el brandi. Su esposo había dicho en su testamento que era una mujer obediente y diligente. Somerset había asegurado ante todos los presentes que ella era incapaz de provocar que alguien arquease una ceja. Y así era como todo el mundo la había visto siempre. Era la razón principal por la cual el viejo conde quiso casarse con ella; percibió la timidez de Eliza como una prueba de su maleabilidad, y durante todos los años que duró el matrimonio Eliza jamás le dio motivos para que pensara lo contrario. Pero quizá Margaret llevaba razón. Quizá había llegado su oportunidad. Quizá había llegado por fin la oportunidad de las dos.

—No podría hacerlo sola —murmuró Eliza—. Vivir sola sería de todo punto inapropiado.

—La alta sociedad está plagada de solteronas y viudas a las que podrás invitar para que te hagan compañía —dijo Margaret restándole importancia de golpe—. Cualquier mujer respetable se sumaría a tu causa… Yo iría, pero Lavinia vuelve a estar embarazada.

—Lavinia es una arpía —comentó Eliza.

—Pero es una arpía muy fértil —terció Margaret—. En cuanto nazca el bebé, me mandará llamar, y mi madre insistirá en que vaya y… será el fin. Tendrás que hacerlo sin mí.

Sin Margaret, la determinación de Eliza se derrumbaría al cabo de una semana.

—¿Cuándo se espera que dé a luz? —le preguntó Eliza.

—Si todo va bien, a mediados de abril. —Pensativa, miró a su prima—. Pero… Lavinia no me necesitará hasta entonces.

—¿Y si le escribo a tu madre y le suplico que me hagas compañía durante otros tres meses?

—Solo hasta que nazca el bebé —dijo Margaret en tanto una sonrisa empezaba a formarse en sus labios—. Tres meses no suponen una petición descabellada.

Un breve silencio se instaló entre ellas.

—Tendríamos que ir con muchísimo cuidado —la avisó Eliza.

Una sonrisa de oreja a oreja le iluminaba ya la cara a su prima.

—No es broma, Margaret. Si los Selwyn ven un destello de indecencia, empezarán a sacar a colación la cláusula moral. Necesitamos pensar en un motivo por el cual no ir a Balfour, uno que todos acepten.

—¿Adónde podríamos ir? ¿A Londres?

—A Londres… —Eliza se entristeció. Apenas había visitado la ciudad desde su primera (y última) temporada. Se imaginó a Margaret y a ella viviendo allí, libres e independientes para ir a todas las galerías y a todos los museos que se les antojara. En mayo se inauguraría la Exposición de Verano de la Academia Real, un acontecimiento al que ella no había asistido desde que tenía diecisiete años… Pero no.

—No puedo vivir en Londres mientras siga de luto —rezongó—. Sería una deshonra inmediata.

—A otra ciudad, pues —sugirió Margaret—. A una ciudad con suficientes distracciones como para mantenernos ocupadas, aunque no puedas ir a ningún gran acontecimiento público. ¿Qué te parece Bath?

Bath. Eliza lo meditó.

—Sí —aceptó al fin—. Allí hay distracciones de naturaleza reposada, y podría decir que el médico me ha recetado pasar una temporada en sus aguas. Nadie sabrá que es mentira.

—Yo visitaré las bibliotecas, asistiré a conciertos y conoceré a gente nueva e interesante —dijo Margaret con voz soñadora.

—Así es —asintió Eliza—. Y yo... Yo...

Le tembló la voz y le entraron las dudas. En su cabeza apareció de repente la expresión reprobadora de la señora Balfour, y Eliza se desanimó ante la mirada fulminante que imaginaba. La decepcionaría mucho. A su padre también. Se mordió el labio y miró hacia el cuadro de su abuelo, que colgaba en la pared, ese pequeño y valiente barco que permanecía a flote gracias a un esfuerzo abrumador. Margaret emitió un suave ruido de aliento, como el que habría proferido alguien para calmar a un caballo asustado, y Eliza respiró hondo un par de veces.

—Y yo me convertiré en... ¿una dama que va a la moda? —propuso.

—Sí —respondió Margaret al instante.

—Y pintaré —continuó Eliza, ya con voz más firme.

—Todo el día, si es lo que deseas.

—Y... ¡y nunca volveré a casarme obligada! —aseguró con la garganta muy seca de pronto—. Eso... queda en el pasado.

Delante de ella, Margaret alzó el vaso en el aire.

—¡Por esto sí que quiero brindar! —exclamó—. ¡Por Bath!

3

En sus veintisiete años, Eliza había hecho muy pocas cosas para ofender, desagradar o acaso sorprender a la alta sociedad. Por lo tanto, había algo especialmente emocionante en su huida de Harefield Hall; aunque tardaron dos semanas en organizarse, aunque habían avisado a todos los miembros de la familia Balfour acerca de su decisión y aunque viajarían en un carruaje oficial del condado de Somerset, Eliza seguía pensando que su escapada era tan ilícita como si se hubieran fugado como alma que lleva el diablo hacia Gretna Green para contraer nupcias.

—¿Tu madre ha vuelto a escribirte hoy? —le preguntó Margaret cuando se subieron al carruaje, seguidas por Pardle, la dama de compañía de Eliza. Como el trayecto era breve, apenas veinte millas, y la mañana de febrero tan radiante, Eliza había optado por que la calesa las llevase directamente a Bath a fin de disfrutar de la calidez del sol sobre la piel. El equipaje de ambas se les había adelantado junto a Perkins y a dos doncellas, que eran los únicos otros miembros de la casa que Eliza había decidido aceptar con ella. Después de haber despojado a Harefield del mayordomo, lo cual no habría hecho si el mismo Perkins no se lo hubiera pedido específicamente, se sintió demasiado culpable como para pedir que la acompañaran más criados de la casa.

—Habrá una carta suya esperándonos cuando lleguemos, sin duda —respondió Eliza.

Como era de esperar, ninguno de los miembros del clan Balfour había visto con buenos ojos su decisión, pero animada por las arengas de Margaret y por la excusa ficticia de una recomendación médica, Eliza se había mantenido firme. Y cuando ninguna de las cartas de la señora Balfour —que abarcaron desde la reprimenda inicial hasta las súplicas finales— resultó eficaz, Margaret había recibido el permiso, si bien a regañadientes, para que pudiera ir con ella hasta que naciera el hijo de Lavinia y la reclamaran.

—¿Y has sabido algo ya de Somerset? —preguntó Margaret.

Eliza no respondió y fingió recolocarse las faldas. Con ladrillos calientes a los pies y mantas en el regazo, estarían lo suficientemente cómodas hasta que se detuvieran para tomar un refrigerio. No obstante, Eliza se había puesto de todos modos su vestido más cálido, y anticuado, para el viaje —una especie de túnica negra, de manga larga y cuello alto—, y encima una gruesa capa de lana y un sombrero un tanto incómodo que le dificultaba un poco girar la cabeza.

—¿Todavía no le has escrito? —dedujo Margaret—. ¡Eliza!

—¡Ya lo haré! —prometió a la defensiva.

La aprobación de Somerset a su plan era tan importante como la de la señora Balfour, por supuesto, ya que solo él contaba con la potestad para quitarle su fortuna; y si bien Eliza se había sentado una decena de veces a escribir la carta, en cada intento fue incapaz de garabatear ni una sola palabra. ¿Cómo se suponía que iba a escribirle una nota formal a un caballero con quien en el pasado había intercambiado cartas de amor?

—Le escribiré en cuanto lleguemos —aseguró Eliza.

Miró por última vez la intimidante extensión de Harefield. Recordaba con sumo detalle cuánto le había asustado cuando la vio por primera vez, con diecisiete años y temblando por los nervios, con la preocupación de que fueran a asesinarla en el interior. Pero había sobrevivido, y ese día se marchaba no siendo la timorata señorita Balfour ni una tímida esposa, sino como la independiente lady Somerset.

—Marchémonos, Tomley —pidió con el tono más rotundo que fue capaz de verbalizar, y el carruaje arrancó con buen ritmo, aunque tambaleante.

El cochero habitual de Eliza estaba enfermo y el joven Tomley cogía las riendas de una forma más desenfadada; Eliza puso un mohín cuando dieron un brinco sobre un terrón del camino. Por suerte, ni Margaret ni ella eran propensas a marearse.

—¿Qué es lo que deseas hacer primero? —le preguntó Eliza al cabo de un rato mientras abría su portafolio. Se esperaba que cualquier dama de alta cuna cultivara sus habilidades, pero bajo la influencia de su abuelo, un respetado miembro de la Academia Real, Eliza había recibido una educación artística avanzada muy poco común, aunque no le proporcionaba la destreza para dibujar en una calesa que traqueteaba sin parar sobre las irregularidades del camino.

—Estaremos muy limitadas por tu periodo de luto, por supuesto. Aunque no te culpo a ti, claro que no…

—Agradezco tu comprensión —terció Eliza, distraída. ¿Debería pedirle a Tomley que redujera el ritmo? Iba a ser el primer viaje importante que emprendía sin padre ni esposo que se encargara de esas cuestiones, y no estaba segura de cuánto debía involucrarse ella. El sendero se había vuelto muy estrecho, seguramente tanta velocidad era inadecuada, ¿verdad?

—Pero ante nosotras se abren muchas posibilidades igualmente. Los jardines de Sydney, además de las termas… ¡Cuidado, Tomley!

Más adelante, en el camino había un gran socavón, justo

antes de una curva pronunciada. Tomley tiró de las riendas con fuerza hacia la derecha para esquivar el hoyo en el mismo momento en que una silla de posta giraba la curva a toda velocidad. La colisión fue al mismo tiempo rápida y lenta. Tomley hizo virar a los caballos y el otro conductor intentó desesperadamente hacer que el suyo se detuviera, pero fue demasiado tarde y el choque resultó inevitable. Las ruedas se estamparon con un escalofriante chasquido y astillas de madera salieron volando por los aires. Eliza y Margaret se abrazaron con desesperación cuando el carruaje rebotó en dirección contraria, y los cojines de los asientos, las mantas y los bolsos salieron despedidos.

La calesa se ladeó una vez, dos veces, y pareció a punto de volcar por completo… Pero al final se enderezó con un estruendoso retumbo. Los dos carruajes se detuvieron al fin, y el silencio se instaló en el lugar del accidente, a excepción de los trinos de los pájaros, que cantaban desde los árboles en una irónica paz.

—¿Estás bien? —jadeó Eliza.

—Creo que sí —dijo Margaret levantando las manos para ponerse bien el sombrero.

—¿Pardle? ¿Tomley?

—Sí, milady —respondió Pardle, aferrada a uno de los lados de la calesa con los nudillos blancos.

—Disculpe, milady, disculpe —balbuceó Tomley mientras saltaba del carruaje para detener a los caballos. Los animales estaban aterrados, con los ojos casi fuera de las cuencas y soltando espumarajos por la boca. En el extremo contrario del camino, el otro conductor hacía lo mismo.

Eliza se pasó las manos por los brazos en un acto absurdo para comprobar que tenía todas las extremidades intactas. De milagro, tanto ella como Margaret estaban ilesas, aunque su prima se encontraba pálida bajo las pecas y la propia Eliza notó cómo empezaba a estremecerse con violencia.

El silencio lo rompió el lento crujido de una puerta al abrirse, y un hombre bajó del otro carruaje. Era alto, tenía el pelo oscuro y ondulado, así como tez morena; a diferencia del desaliño de Eliza y Margaret, el único indicio en su ser que daba fe del accidente era el ángulo de su sombrero, que había pasado de una posición elegante a una precaria. Observó la escena un tanto sorprendido y se fijó primero en su cochero, luego en la calesa y, finalmente, en Margaret y en Eliza.

—¿Pretenden robarme? —les preguntó, con más curiosidad que alarma—. ¿Se trata de un atraco?

Eliza se lo quedó mirando. ¿Acaso se había golpeado la cabeza durante el accidente?

—N-no, ¡por supuesto que no! —tartamudeó.

—¿Pretenden asesinarme? —preguntó el hombre.

—¡En absoluto! —exclamó Eliza. ¿Qué diablos…?

—En ese caso, ¿cuál ha sido su perversa intención? —dijo el caballero con el ceño fruncido—. Estaba en medio de una apacible cabezada, ¿saben?

Eliza lo contemplaba boquiabierta. ¿Quién demonios era aquel hombre? Su piel insinuaba que descendía de una familia de la India, lo cual era infrecuente en un ambiente tan rural, y la silla de posta privada sugería cierta influencia, así que tal vez fuese un rico mercader que viajaba a una ciudad cercana. Pero un mercader no se dirigiría a ella de esa forma.

—¡No teníamos ninguna intención! —se indignó Margaret.

—¡Conducía a una velocidad de escándalo, milord! —El cochero del hombre, después de haber calmado a sus caballos, estaba acusando a Tomley con un dedo.

—¡Y tú también! —replicó este.

—¿Coincidimos en que la culpa es de ambas partes, pues? —propuso Eliza a toda prisa antes de que la sangre llegase al río.

—Un veredicto que me parece un tanto precipitado —terció el caballero. Una sonrisa empezaba a torcerle los labios, como si lo tentara la posibilidad de considerar divertido aquel incidente—. ¿Acaso no debería el jurado escuchar debidamente las pruebas antes de que deliberásemos?

—¡Me alegro de que el accidente le resulte tan entretenido, señor! —le soltó Margaret con aspereza.

—Yo también —asintió el aludido—. El sentido del humor es ciertamente el mayor tesoro de un hombre.

Perpleja, Eliza se colocó bien el sombrero. Aquel no era en absoluto el viaje tranquilo que había planeado. Si hubiese creído que las lágrimas ayudarían a resolver el aprieto, ya habría empezado a llorar. A esas alturas ya deberían haber llegado casi a Peasedown y deberían estar buscando un lugar donde descansar, no detenidas en mitad de la nada, manteniendo una conversación con un desconocido caballero tan extraño que rozaba el disparate.

—Tomley —lo llamó—, ¿podemos continuar?

El cochero negó con la cabeza.

—Los radios de la rueda izquierda se han partido —dijo examinándolos con ojo crítico—. Pero no se preocupe, milady, Peasedown está a solo tres millas de aquí. ¡Iré con uno de los caballos y regresaré con un carretero!

—¿Y nos dejarás aquí? —dijo Margaret.

Incluso si Eliza no hubiera vestido ropa de luto, no resultaba muy adecuado quedarse abandonada y desprotegida en un camino cualquiera. En aquellas circunstancias, era de todo punto inapropiado. Pero ¿qué alternativa había? Eliza levantó los ojos hacia el cielo. No iba a llorar. No iba a llorar. Pero ¿por qué debía ocurrir aquel desastre precisamente ese día, cuando había decidido empezar de nuevo?

—Dios me libre de intervenir. —La voz del caballero interrumpió sus divagaciones. Para su desgracia, ese hombre seguía hablando con tono divertido—. Pero ya que mi carruaje parece estar intacto, tanto que resulta vergonzoso incluso,

¿me permiten que me ofrezca a llevarlas a Peasebury o a Peaseton, donde puedan descansar a cubierto del frío?

Era una propuesta tentadora. Si bien, al sopesarla, Eliza sintió un escalofrío que la recorrió entera, como si su cuerpo estuviera de acuerdo con aquel hombre, terminó negando con la cabeza y rechazando la oferta.

—Es muy amable por su parte, señor, pero no lo puedo aceptar —respondió.

—Sí que soy muy amable —asintió el caballero—. Y me temo, y le ruego que no me considere un maleducado, que debo insistir. No puedo dejarlas aquí, en el camino.

—Pero debe hacerlo —dijo Eliza.

—No puedo. Va en contra del código de honor de los caballeros que nos hacen memorizar a todos en Eton. «Uno jamás debe abandonar a una damisela en un sendero para que la devoren los osos».

Eliza volvió a preguntarse si se había dado un golpe en la cabeza.

—En Inglaterra no hay osos salvajes —puntualizó Margaret.

—Eso tendrá que comentárselo a los de Eton —dijo el caballero con voz grave.

—No lo conocemos de nada —terció Eliza—. No sería apropiado.

—Eso puede solucionarse fácilmente si nos presentamos —asintió el caballero antes de hacer una magnífica reverencia—. Soy Melville.

Margaret dio un brinco. Tomley soltó un sonoro jadeo.

«Oh». Cómo no.

La familia Melville era una de las estirpes más antiguas de la aristocracia británica, y cada nueva generación parecía eclipsar a la anterior con sus actos infames: el séptimo conde, Jack el Loco, se hizo famoso por dilapidar una fortuna con partidas de cartas; el octavo conde, por huir al cumplir dieciocho años y regresar una década más tarde con una noble india como esposa. Para no faltar a la tradición familiar, los enredos románticos del noveno y más reciente lord Melville aparecían casi todas las semanas en los folletos de chismorreos, aunque él y su hermana, lady Caroline, eran célebres también por sus proezas literarias: lady Caroline por una novela política vagamente fictícia y Melville por los versos románticos que habían hechizado a las mujeres de la alta sociedad.

Eliza observó a Melville y decidió que era tan apuesto y corpulento como a menudo lo describían, aunque no blandiese un alfanje, como siempre se lo había imaginado. También advirtió que, si bien vestía ropa más informal que elegante, el corte delicado de su abrigo de montar y el fulgor de sus botas altas y de su alto sombrero de piel de castor daban fe de que pertenecía a la alta sociedad. Analizó el rostro del caballero y en ese momento, al reparar en las cejas arqueadas del hombre, se dio cuenta de que no había intentado ocultar el evidente escrutinio al que lo estaba sometiendo.

—¿Y bien? —dijo Melville con los brazos extendidos como para animarla a seguir examinándolo. Eliza se ruborizó—. ¿Acepta mi propuesta altruista y generosa?

—Si me lo permite, milady… No creo que sea adecuado —dijo Tomley entre dientes. Pardle asintió de forma entusiasta con la cabeza.

Eliza vaciló, totalmente perdida. Por un lado, que la relacionaran con un hombre famoso por sus conquistas, y al que tal vez cabía describir como un canalla, era indeseable. Por el otro, no podían permanecer en un frío camino durante las horas que tardase Tomley en regresar. Miró hacia Margaret, que se encogió de hombros. La decisión era de Eliza.

—El antiguo señor no querría que… —aclaró Tomley con retintín.

—El antiguo señor no está aquí, sin embargo —lo interrumpió Eliza—. Es mi decisión, y… no me gustaría que nos retrasáramos más. Tomlcy, si nos ayudas a bajar del carruaje, después puedes seguirnos con los caballos e ir a buscar los servicios del carretero.

—Permítame… —El conde le ofreció a Eliza una mano y, en un abrir y cerrar de ojos, tanto las dos damas como Pardle se encontraban en el interior de la silla de posta, que era sumamente cómoda. Tras una breve pausa, Melville también entró y le entregó a Eliza su portafolio manchado de barro antes de sentarse en el asiento opuesto.

El carruaje se puso en marcha. Se hizo el silencio en tanto Eliza y Margaret observaban a Melville. Eliza se exprimió el cerebro para dar con algo interesante que decir, pero tenía la mente en blanco.

Por suerte, Melville parecía más que dispuesto a conducir la conversación.

—¿Adónde van a viajar hoy estas damas? —preguntó con educación.

—A Bath —lo informó Margaret—. Vamos a mudarnos allí durante el tiempo de luto que le queda a mi prima.

—Ah, por supuesto… La acompaño en el sentimiento —dijo Melville.

Eliza todavía no sabía cómo responder a las condolencias. Fingir tristeza por la pérdida, cuando la pena que sentía difería de lo que esperaba la alta sociedad, le pareció vulgar, aunque no hacer ningún comentario al respecto sería indecoroso.

—Gracias —dijo tras hacer una pausa—. ¿Adónde se dirige usted, milord?

—Voy de acá para allá —contestó—. Hoy ha sido un poco más allá de lo que me habría gustado… ¿Es usted artista, milady?

Eliza no comprendió de inmediato el cambio de tema hasta que siguió la mirada del caballero, clavada en su portafolio.

—No debería describirme a mí misma con términos tan elevados —dijo.

—¿Por qué no? Es evidente que tiene talento.

—¿Cómo es posible que lo deduzca? —le preguntó, sorprendida.

—El cuaderno estaba abierto. No he podido evitar mirarlo. Ha dibujado el retrato de...

Melville hizo una pausa en la que flotaba un interrogante, y Eliza se dio cuenta, con una punzada de vergüenza, de que no se habían presentado.

—¡Discúlpeme! —exclamó con las mejillas sonrojadas—. Soy lady Somerset y ella es mi prima, la señorita Balfour.

Él ladeó la cabeza.

—Ha dibujado el retrato de la señorita Balfour con gran destreza —dijo.

Eliza no sabía qué responder a aquello, así que optó por cambiar de tema.

—Nos gustan mucho sus poemas, milord —dijo.

Debía de ser la milésima vez que le confesaban tal cosa, pero Eliza no era lo bastante literata como para urdir un cumplido más original.

—Es muy amable por su parte —dijo Melville cortésmente.

—Estamos muy impacientes por leer sus nuevas obras —añadió Margaret con un ápice de lisonja en la voz—. ¿Sabe cuándo...?

Melville había publicado *Perséfone* en 1817 y *Psique* en 1818, dos textos románticos en los que remodelaba historias antiguas, y todo el mundo aguardaba su nueva publicación como agua de mayo.

—Me da la impresión de que sus alabanzas no son más que una treta para sonsacarme información —comentó Melville—. Me temo que mi respuesta no las satisfará: todavía no he escrito nada nuevo.

—¿Por qué no? —preguntó Eliza antes de que pudiera evitarlo, una impertinencia de la que se arrepintió en cuanto vio que Melville arqueaba una ceja.

—La inspiración me es esquiva —dijo sin más.

—Tal vez lo inspire la aventura de hoy —sugirió Margaret astutamente—. Y descubramos que su nueva obra empieza con un accidente de carruajes… O un accidente de cuadrigas, supongo.

Eliza le lanzó a Margaret una mirada reprobadora. ¿Acaso no veía que Melville deseaba poner fin a esa conversación? Pero el conde parecía más cómodo con las preguntas de su prima que con las suyas.

—Oh, incluso un accidente de cuadrigas sería demasiado anodino para mis protagonistas —contestó divertido—. ¿Quizá después del accidente de cuadrigas las rescata de una turba homicida un guerrero de otra época? Si mi bella dama perdona la licencia artística, por supuesto.

Miró hacia Eliza con los labios sonrientes y las cejas alzadas en un gesto burlón. Esta lo observó con detenimiento. ¿Estaba coqueteando con ella? Seguramente no. De todos modos, parecía esperar que le respondiese, expectante, como si creyera que a Eliza se le ocurriría de la nada una réplica graciosa o remilgada con la que contestar, pero no hubo suerte…

—No soy bella —dijo.

—Conque no lo es —asintió Melville—. En ese caso, disculpará que sea incapaz de verla bien debajo de un tocado tan espléndido.

Señaló hacia el sombrero de Eliza. Debajo del complemento, ella se sonrojó sintiéndose menos a la moda que nunca.

Un golpe en el techo del carruaje los llevó a todos a levantar la vista.

—Al parecer, nos estamos acercando a Peaston —anunció Melville.

—Le estamos agradecidas por su ayuda —dijo Eliza de modo un tanto definitivo.

—Ah, no se va a librar de mí tan fácilmente, milady —saltó Melville—. Las acompañaré hasta que se instalen en algún sitio mientras su cochero se ocupa de arreglar la rueda.

Se detuvieron al fin y Melville hizo amago de bajar del carruaje.

—No, no —lo interrumpió Eliza a toda prisa. Por más que de corazón le agradecía que las hubiera rescatado, seguía pensando que no era inteligente que todo el pueblo las viese acompañadas de un hombre soltero, y menos aún de uno con una reputación tan curiosa—. No quisiéramos retrasarlo más aún. Somos perfectamente capaces de encargarnos nosotras de todo —le aseguró.

Melville la miró con atención.

—De acuerdo —dijo, y se recostó en su asiento—. Si es lo que prefiere.

Margaret abrió la puerta y un mozo corrió hasta la silla de posta para ayudarlas a bajar.

—Espero... —añadió Eliza mientras su prima y su dama de compañía descendían del carruaje—. Espero que podamos contar con su... discreción en lo que respecta a lo que ha sucedido hoy.

Las cejas de Melville se alzaron de nuevo.

—¿Cree que soy dado a los chismorreos? —le preguntó, educado, y Eliza supo sin lugar a duda que acababa de ofenderlo.

—N-no, es que... —tartamudeó.

—Le aseguro, milady, que si apareciera en los folletos de chismes de esta semana, no sería por una razón tan aburrida como esta.

Eliza se sonrojó al comprender la insinuación de él y enseguida aceptó el brazo del muchacho. Melville cerró la puerta tras ella.

—Que tenga un buen día —le deseó a través de la ventanilla— y un buen viaje.

Su cochero arrió a los caballos antes de que Eliza pudiera responder.

—Dios santo —murmuró, un tanto aturdida.

—Le mandaré una carta a mi hermana en cuanto lleguemos a Bath —dijo Margaret con alegría—. Y tú deberías escribirle a lady Selwyn... ¿Acaso no se considera una mecenas de las artes? Se pondrá verde de la envidia.

—¡De ninguna de las maneras le voy a escribir a lady Selwyn! —exclamó Eliza volviendo en sí y girándose hacia la posada—. No deberíamos contárselo a nadie. Recuerda las condiciones de mi fortuna, Margaret, y la estridente personalidad del conde: mi reputación no es una moneda que podamos permitirnos gastar.

—¿De qué sirve que a una le ocurran acontecimientos emocionantes si no puede alardear de ellos? —gruñó Margaret.

Un fuego ardiente, un descanso excelente y la noticia de que el carruaje estaría reparado al cabo de unas pocas horas no hicieron nada para aliviar el nerviosismo de Eliza. Al final llegaron a Bath con unas cuantas horas de retraso nada más. Como a esas alturas ya era de noche, no pudieron ver gran cosa de la ciudad mientras recorrían sus calles, pero cuando Eliza entró en la casita de Camden Place, su nuevo hogar, el alivio la embargó. Perkins había seleccionado un alojamiento que era tan fiel a los gustos de Eliza que esta casi creía que la casa se había construido y amueblado exclusivamente para ella; con un comedor, dos salones, tres dormitorios y aposentos para los criados repartidos en las cuatro plantas, la casa era cómoda, elegante y espaciosa, y lo más lejos posible de la austera grandiosidad de Harefield.

—Todo está perfecto, Perkins —dijo al inhalar el delicado aroma de una taza de té preparado con esmero. El mayordomo, incapaz como siempre de hacer gala de grandes emociones, se limitó a inclinar la cabeza.

—¿Necesita algo más? —le preguntó.

—No, gracias. —Pero Eliza añadió en un arrebato—: Aunque… ¿podríamos encender la chimenea? ¿Todas las que haya?

Eliza se había cansado de pasar frío.

4

La alta sociedad ya no consideraba Bath un enclave tan moderno como un siglo antes, y en los últimos años la ciudad se había llenado más de gente mayor de salud delicada que de personas pudientes y a la moda. Para Eliza, sin embargo, era la ciudad más espléndida que jamás hubiese visto. Toda la localidad parecía haberse diseñado con la elegancia siempre presente en el pensamiento: las calles curvadas que semejaban un anfiteatro y las plazas bellas y espaciosas estaban todas construidas con las mismas piedras pálidas que, en un día despejado, refrescaban la vista de cualquiera con su brillo. Rodeada de las altas colinas de Claverton, el campo se hallaba lo bastante cerca como para que el ambiente fuera muy agradable, mientras que la propia ciudad se encontraba dotada de jardines, tiendas, bibliotecas y dos impresionantes salas de reuniones. Era una ciudad que ofrecía, en resumen, una asombrosa gama de posibilidades para dos mujeres que estaban, por primera vez en el caso de ambas, totalmente a cargo de su tiempo.

Durante la primera semana se adentraron poco a poco en la comunidad de Bath. Si bien Eliza escribió su nombre y el de Margaret en las suscripciones de las dos salas de reuniones, fue más bien un gesto de cortesía hacia los maestros de ceremonia que por una intención real de utilizar cualquiera de los divertimentos que se ofrecían. Eliza ya había superado diez meses de luto, así que los días en que su reclusión fue más estricta —cuando tuvo que evitar a toda la alta sociedad por completo— ya quedaban atrás, pero la llegada de la condesa de Somerset a la ciudad con su boato de viuda fue lo bastante extraordinaria como para llamar la atención. Con tantas miradas posadas en ella, debía eludir cualquier censura: Eliza podía visitar las termas, quizá las tiendas de Milsom Street y asistir a un concierto o a dos, incluso organizar unas cuantas cenas muy selectas, pero hasta que no transcurriera un año y un día de la muerte del viejo conde no podría asistir a fiestas grandes ni a reuniones, así como tampoco mostrarse demasiado en público. Los bailes estaban estrictamente prohibidos hasta que pasaran otros seis meses, por supuesto. En el caso de una dama de la aristocracia, el luto era una cuestión muy seria.

Por lo tanto, con el decoro en mente, Eliza y Margaret eran conscientes de que en sus primeras incursiones en la comunidad de Bath debían comunicar, tanto como el recato de los buenos modales les permitiesen, la pena de Eliza y, además, su fragilidad. A este respecto, la mente veloz y la lengua afilada de Margaret resultaron indispensables, puesto que mentir dejaba a Eliza con incertidumbre y la ponía en un aprieto, mientras que su prima no tenía problema alguno en adornar la verdad cuanto fuese necesario.

—La conmoción la ha dejado débil —le dijo Margaret en voz baja a lady Hurley, la viuda más glamurosa de Bath en su primera visita a las termas en tanto Eliza, con un grueso velo, apuraba un vaso de una de las aguas minerales más famosas y curativas (y repugnantes) de Bath—. El doctor aseguró que padecía una grave fluralgia —les explicó a los maestros de ceremonias cuando los recibieron en su casa, a la que habían acudido con el objeto de darles la bienvenida a Bath.

—¿Qué es la fluralgia? —le preguntó Eliza a Margaret cuando se quedaron a solas.

—No tengo la más mínima idea —respondió su prima con una sonrisa—, pero sonaba bien, ¿verdad?

Para cuando el señor Walcot, el abogado de los Somerset, les hizo una visita el tercer día, Margaret se había acostumbrado a explicar el estado delicado de Eliza, tanto emocional como físico, hasta tal punto que el hombre pareció creer que la joven condesa estaba al borde de la muerte.

—¿Está segura de que se encuentra bien, milady, como para gestionarse por su cuenta? —le preguntó con rostro alarmado—. Se me ha ocurrido que su padre...

—Ah, ya me siento mucho mejor —se apresuró a decir Eliza. El señor Balfour sin lugar a duda estaría en mejores condiciones para supervisar sus tierras, pues contaba con la experiencia y los conocimientos de los que ella carecía, pero... era la primera vez que Eliza poseía algo, y descubrió que no estaba dispuesta a renunciar a nada de ninguna de las maneras—. Si es tan amable de recomendarme a un administrador y de ayudarme con unos cuantos asuntos... —Su voz se fue apagando mientras se ruborizada.

—Ya estoy asistiendo al nuevo lord Somerset en cuestiones de cariz parecido —respondió el señor Walcot, reacio—. Y habrá muchas cosas que aprender, milady. ¿Está segura de que se ve capacitada para ello?

Eliza le dedicó al señor Walcot una tensa sonrisa.

—Eso creo —dijo intentando sonar firme.

—Si está segura... —El abogado no parecía convencido—. El nuevo conde sería alguien en quien confiar sin problemas si algún día se siente apurada. Me sorprende que no mencionase su llegada en la última carta —musitó el señor Walcot—. Si lo hubiera sabido, habría podido visitarla mucho antes. Pero ¡el conde tenía sus razones, sin duda!

Y era cierto, como también lo era el hecho de que Eliza todavía no le había escrito. Su determinación por evitar aquella tarea rayaba en lo enfermizo.

—Es posible que mi carta todavía no le haya llegado —mintió—. La decisión de venir a Bath la decidimos recientemente porque...

—Debido a su fluralgia —intervino Margaret para ayudarla.

El ceño fruncido del señor Walcot reapareció, y durante el tiempo que duró la visita, Eliza debió esforzarse para expresar el equilibrio justo entre una persona capaz y otra embargada por la tristeza que consiguiese convencer al abogado.

Bajo el manto de la pena, los primeros días en Bath de Eliza y Margaret fueron intensos, caros y emocionantes. Exploraron de principio a fin todas las tiendas de Milsom Street: probaron muestras de colonias en la *parfumerie*, devoraron con la mirada los diamantes en la joyería de Basnett y merodearon entre las estanterías de la biblioteca de Meyler. Allí oyeron una risita procedente de unas jóvenes que le pedían al acosado encargado el nuevo tomo de poesía de lord Melville.

—¡He leído en el periódico que ya debe de haberse publicado! —aseguró una de ellas ante la negativa del rostro del bibliotecario.

—¿Qué dirían si supieran que llegamos a conocerlo? —le susurró Margaret a Eliza al oído.

—¡Calla! —la reprendió con firmeza, y su prima puso los ojos en blanco.

Unas cuantas puertas más allá se alzaba la tienda de arte del señor Fasana, cuyos estantes estaban repletos hasta los topes con bellos materiales —caballetes, paletas, pinceles y brochas que iban del grosor de una aguja al de una rama de árbol, y cajas de acuarelas de tonos que Eliza no supo nombrar— y cuyos dependientes eran tan expertos que Eliza se sintió un tanto abrumada. Quería comprar la mitad de la tienda, pero como aquello no haría más que despertar sospechas, se conformó con adquirir unos cuantos pinceles, una caja de acuarelas y un libro titulado *El arte de pintar* que recordaba que había tenido su abuelo.

—¿Aquí también…? ¿Aquí también hacen mezclas de pinturas al óleo? —preguntó al dependiente con timidez. Su abuelo había mezclado sus propios colores, un laborioso proceso que consistía en moler los pigmentos naturales y combinarlos con distintos líquidos hasta conseguir la consistencia deseada, pero las pinturas al óleo tan solo se podían comprar directamente de los minoristas.

El señor Fasana, que había salido de la trastienda para servir a la noble clienta, se sorprendió ante aquella petición. Era habitual que una dama utilizase acuarelas, pero los aficionados casi nunca optaban por la pintura al óleo, debido a los desastres que terminaban haciendo y a que se requería cierta habilidad para usarla correctamente.

—Sin problema, pero ¿me permite que le sugiera una combinación de pinturas pastel que tal vez sean mejores para que las emplee su señoría?

—Ah… Sí —respondió Eliza, acobardada ante la incredulidad del señor Fasana y ante la mirada curiosa de los demás clientes. ¿Y acaso las pinturas pastel no le irían igual de bien?—. Sí, gracias.

La última visita fue a la modista. Eliza y Margaret estaban muy acostumbradas a frecuentar sombrereros; exhibirse en una sucesión de vestidos que no dejaban de cambiar era un principio clave para la calidad de vida de cualquier dama. Hasta el momento, sin embargo, el armario de ambas se había debido a las preferencias de otras personas: el de Eliza a las de su esposo, que prefería los vestidos pasados de moda que lucían las mujeres de su generación, y el de Margaret a las de su madre, que creía que los vestidos recargados con infantiles tonos suaves dotarían a su hija de una eterna juventud.

—Hace años que con estos vestidos me siento como un pastel de carne hinchado —dijo Margaret en alto al entrar en la tienda de madame Prevette, y era tal el estado de sus atuendos que madame Prevette chasqueó la lengua para mostrarse de acuerdo. En un abrir y cerrar de ojos, dispuso a Eliza y a Margaret en unas tarimas de la trastienda para mostrarles piezas mientras sus ayudantes corrían de un lado a otro con rollos de seda, crepé y lana de todos los colores habidos y por haber, como si las dos se encontraran en el centro de un huracán de la moda.

Acariciaron con las manos telas de encaje, muselina, algodón y gasa, y escogieron vestidos para cada ocasión imaginable bajo los ojos críticos y brillantes de madame Prevette. Eliza, por supuesto, tan solo podía vestir de negro hasta el mes de abril, pero para la francesa —que había huido a Inglaterra en cuanto estalló la revolución— era el más emocionante de los retos, y para ello hizo cambios en el estilo y el corte de cada vestido: los adornos, los bordados y los volantes añadían el interés que por lo general aportaban los colores. Margaret, que solo guardaba una lejana relación con el conde gracias al matrimonio, ya había dejado de vestir de luto, así que le asignaron vestidos matutinos azules y verdes, vestidos nocturnos de morado intenso y prendas para pasear de corte militar, todo acompañado de sombreros, chales y guantes a juego.

—Tendré listos los primeros vestidos dentro de una semana —le prometió madame Prevette a Eliza cuando al fin afirmaron haber concluido su visita, que era un plazo espléndidamente corto, y Eliza se lo agradeció sobremanera. Al girarse hacia Margaret, vio que su prima pasaba una mano con avaricia por un grueso abrigo de piel de marta cibelina.

—¿Te gustaría tenerlo? —le preguntó Eliza. La cuenta ya era larga y abultada.

—Es muy bonito —respondió Margaret, lo cual no era una negativa. Eliza echó un ojo al precio y notó cómo sus cejas se arqueaban por sí mismas. Un gasto indecente, habría dicho su esposo. Pero él no estaba allí. Y en esos momentos era Eliza quien decidía qué gastos merecían la pena.

—Nos llevaremos dos —terció Eliza.

—Aseguran que el dinero no compra la felicidad —dijo Margaret, incapaz de ocultar su radiante sonrisa al marcharse de la tienda, seguidas por un nuevo criado cargado de cajas.

—Una teoría que quiero poner a prueba —prometió Eliza.

Fiel a su palabra, madame Prevette envió la primera caja de vestidos al cabo de una semana y así, el segundo miércoles tras su llegada a la ciudad, Eliza y Margaret estaban por fin preparadas para su primera salida a un concierto en la nueva sala de reuniones, que se les antojó totalmente adecuado siempre y cuando Eliza se presentase con discreción, se quedase sentada en silencio durante el entreacto y se marchase de inmediato al final. Aunque no hubiese sido adecuado, en cuanto Eliza vio en el espejo un reflejo de Margaret y de ella misma con sus nuevos vestidos de noche, habría sentido la tentación de asistir de todos modos.

Racionalmente, Eliza sabía, desde luego, que ponerse un vestido nuevo, por más que fuese a la moda, no alteraría su aspecto de forma demasiado radical. Aun así... Al verse en el vestido de crepé negro, adornado con un dobladillo de terciopelo negro, Eliza se sintió transformada: ya no era una viuda anticuada que se ocultaba debajo de una ingente cantidad de lana negra, sino una persona elegante. Bajo los efectos del vestido, también se percató de que en las últimas semanas su rostro no estaba tan demacrado, su pelo era más espeso y los círculos oscuros que tenía bajo los ojos se habían atenuado hasta perder protagonismo y resultar más chispeantes que temerosos. En cierto modo indescriptible, era como si todo su ser se contagiase del corte superior de su nueva ropa, y se veía más alta, más erguida y más animada de lo que había estado en años.

Tal vez fuese absurdo conceder tanto poder a los vestidos, los peinados y los lazos, pero al ver a Margaret, de quien Eliza jamás había oído expresar ni siquiera un comentario satisfactorio de pasada acerca de su aspecto, mirarse en el espejo con los ojos como platos, vulnerable y tan encantada con el reflejo que Eliza creyó que se le partiría el corazón por la ternura, no le pareció absurdo. El vestido de crepé verde mar de manga corta, de hombro bajo y adornado solo con un lazo sencillo alrededor del corpiño, contrastaba enormemente con el pelo rojizo y la piel pálida y pecosa de Margaret, y resaltaba su silueta.

—Parece demasiado bueno para ser cierto —dijo Eliza con un movimiento de brazo que pretendía abarcar los vestidos, la casa y la totalidad de su nuevo estilo de vida—. ¿Tú también sientes lo mismo?

Margaret resopló, roto ya su trance con el espejo.

—Quizá lo sentiría si no fuera por las cartas constantes de nuestras madres —dijo—. O si no fuera por los Winkworth.

Los Winkworth eran sus vecinos de Camden Place: la señora Winkworth, una incansable arribista; su esposo, el almirante Winkworth, un caballero arisco sin habilidades a la vista; y su hija, la señorita Winkworth, la joven más callada que Eliza hubiese conocido nunca. A Margaret le habían caído todos mal de forma instantánea y violenta.

—La señora Winkworth es una de las mujeres prominentes de la alta sociedad de Bath. Deberíamos esforzarnos un poco con ella —le recordó Eliza a Margaret.

—Detesto esforzarme —repuso su prima con rotundidad.

Envueltas en gruesos abrigos, se marcharon acompañadas tan solo por Staves, un criado. Las colinas de Bath hacían que el tráfico ecuestre fuese difícil y por ende infrecuente, pero como la mayoría de los destinos eran accesibles a pie, no causaban problema alguno, salvo cuando llovía, en cuyo caso uno siempre podía alquilar una silla de manos o un coche de caballos. Las nuevas salas de reuniones, ubicadas en las afueras acabadas de construir, estaban formadas por una gran sucesión de edificios que presumía de contar con un salón de baile de cien pies de ancho, una sala de conciertos y una sala de juegos. Todas las estancias estaban amuebladas con extravagancia e iluminadas con candelabros de cristal que colgaban de los lujosos techos. En cuanto entraron, Eliza miró alrededor con sumo interés, pues había oído que en las paredes había cuadros de Gainsborough y de Hoare, pero tan solo habían dado unos cuantos pasos cuando se detuvieron y vieron que la familia Winkworth al completo se les aproximaba. Todos lucían un aspecto un tanto ovino: la señora Winkworth era una oveja bonita, la señorita Winkworth era una delicada cordera, y el almirante Winkworth, una cabra sin el carisma propio de esos animales.

—Buenas noches, señora Winkworth —la saludó Eliza, que disfrazó su consternación con entusiasmo.

—¡Debería haberme comentado que asistirían a la actuación de esta noche! —la amonestó la señora Winkworth—. ¡Las habríamos acompañado hasta aquí!

Y por eso precisamente Eliza no se lo había comentado.

—Mil perdones —dijo Eliza.

—Venga, únanse a nosotros. Nos reuniremos en la sala Octogonal —las animó la señora Winkworth haciéndoles señas. Margaret le dio un deliberado pisotón a Eliza en el pie.

—De hecho, creo que nos vamos a sentar en… —intentó decir Eliza. Tal vez no fuese acertado enemistarse con la señora Winkworth, pero aquella familia no iba a ser la primera opción de Eliza para granjearse amistades en Bath.

—Esperaba presentarles a cierta gente —dijo la señora Winkworth con una dureza en su tono almibarado que a Eliza le recordó tantísimo al de la señora Balfour que de inmediato capituló y la siguió hasta la sala Octogonal, donde las engulleron el zumbido de numerosas voces, el crujido de numerosas sedas y el brillo de numerosas joyas. Eliza respiró hondo para recomponerse. Cualquiera diría que el tiempo que fue la condesa de Somerset, durante el cual había sido la anfitriona en Harefield Hall de muchas batidas de caza, la había curtido y desprovisto de nerviosismo, pero se había encontrado tan fuera de lugar entre los tipos de alta cuna que el viejo conde consideraba amigos suyos que la experiencia le había arrebatado confianza social, en lugar de proporcionársela—. Lady Somerset, señorita Balfour, ¿me permiten que les presente a algunos de mis amigos más íntimos...?

Mientras la señora Winkworth les presentaba a los miembros del grupo, quienes hicieron una reverencia o inclinación de cabeza para saludar a su vez a Eliza, la mujer se las ingenió, sin llegar a mentir del todo, para dar la impresión de que Eliza y ella se conocían mejor de lo que se conocían en realidad, quizá deseosa de usar la gloria prestada del título de Eliza para impulsar su estatus. Eliza, mientras tanto, no hacía más que intentar recordar los nombres —el señor Broadwater llevaba gafas, la señora Michels portaba un turbante enorme— y concentrarse en no retorcerse las manos por los nervios.

—Y este es el señor Berwick, nuestro célebre artista...

Eliza clavó la mirada en el caballero en cuestión sin fingir interés.

—Ay, señora Winkworth, no debería elogiarme tanto —dijo con una humildad que no convencía a nadie y una reverencia hacia Eliza—. Es usted casi peor que el señor Benjamin West, el presidente de la Academia Real; como bien sabe, lady Somerset. Para mi vergüenza, canta alabanzas de mí en cualquier oportunidad que se le presenta.

Debido al discurso presuntuoso del señor Berwick, el interés de Eliza se redujo.

—Permita que la acompañe profundamente en el sentimiento por su pérdida, milady —prosiguió el señor Berwick—. Aunque los artistas somos personas empáticas de verdad, sigo sin poder imaginar cómo debe de sentirse.

Eliza esperaba de corazón que no pudiese.

—Ha sido una época muy dura —mintió.

Hubo murmullos de empatía entre los presentes.

—Si un poco de distracción le sirve de utilidad, sería un honor para mí invitarla a posar para uno de mis retratos —le propuso el pintor—. En estos momentos posa para mí madame Catalani, pero un cuadro de usted sería un privilegio mayor si cabe. Una evocadora elegía a la pena de una viuda…

Miró hacia el horizonte como si se lo estuviera imaginando.

—Me temo que no sería del todo apropiado, señor Berwick… —empezó a oponerse la señora Winkworth.

—¡Queridas lady Somerset y señorita Balfour! ¡Estáis bellísimas! —Lady Hurley llegó a tiempo para interrumpir a la señora Winkworth a media frase. Saludó a Eliza con un apretón en el brazo, una cercanía que, siendo también una dama, no le costó nada aceptar, aunque tan solo se hubieran visto tres veces. Entre tanto, la señora Winkworth las observaba con mirada celosa.

—Sus pendientes son preciosos —le dijo Margaret.

Lady Hurley, que llevaba un vestido de terciopelo carmesí, magníficamente adornado con volantes plateados, era una bella viuda de edad indescifrable, humor alegre y senos generosos.

—Ah, ¿estas antiguallas? Un regalo de mi difunto esposo. —Lady Hurley restó importancia a los diamantes del tamaño de una nuez con un elegante gesto de una mano—. Debo decir que es un placer ver al fin las salas llenas de gente.

—¡Espléndido! —asintió el señor Fletcher con efusividad. Por lo menos diez años más joven que lady Hurley, el apuesto señor Fletcher era su fiel caballero y la acompañaba a todas partes con absoluta devoción.

—Bath corría el peligro de volverse un poco anodino, ¿verdad que sí? —preguntó lady Hurley a nadie en particular.

—No estoy de acuerdo —respondió la señora Winkworth con brusquedad—. Como Camden Place rebosa gente todo el año, nunca nos vemos privados de compañía. Aunque sí me imagino que debe de ser algo anodino en Laura Place, lady Hurley. ¿Se ha alquilado ya el número cuatro? Calculo que habrá transcurrido un año desde que se marcharon los últimos residentes.

Ya en la quincena que había transcurrido desde su llegada, Eliza había presenciado una docena de mofas nada sutiles: el viejo esposo de lady Hurley había conseguido su título en la ciudad, y era por todos conocido el desdén de la señora Winkworth hacia un origen tan mundano, pero lady Hurley tan solo sonrió.

—En ese caso, le complacerá saber que, efectivamente, la semana pasada se alquiló el número cuatro —dijo—. ¿Conoce a lord Melville? Su hermana, lady Caroline, y él han alquilado la casa durante tres meses.

La señora Winkworth puso una cara como si de pronto una alcachofa se le hubiera quedado atascada en la garganta, la señora Michels abrió mucho los ojos y el señor Broadwater se aclaró la garganta, asombrado. Eliza y Margaret intercambiaron una mirada de incredulidad. Desde que llegaron a Bath, sus días habían sido tan intensos que no habían tenido demasiado tiempo para pensar en Melville; además, conforme se fueron desvaneciendo los moratones, el accidente en el camino hacia Bath había adoptado la cualidad de sueño. Que Melville se instalara en Bath, precisamente allí, parecía bastante improbable, y, por las preguntas que todos le lanzaban a lady Hurley, no eran las únicas en llevarse una sorpresa.

—¿Es eso cierto, lady Hurley?

—¿Cuánto tiempo se quedarán?

—¿Es tan encantador como dicen?

—Ay, ya saben que soy demasiado discreta como para dar alas a los rumores —contestó lady Hurley rebosante de satisfacción—. Pero bien se lo pueden preguntar ustedes mismos, pues los he invitado a unirse a nosotros esta noche... ¡Ah! ¡Ahí están!

5

Lady Hurley no podría haber planeado un momento dramático más perfecto. Al mismo tiempo, todos se giraron hacia la puerta en el instante preciso en que los Melville la cruzaban: lord Melville vestido con un abrigo larguísimo, calzones y medias de seda, y a su lado su hermana, casi tan alta como él y luciendo un bellísimo vestido de satén de un azul celestial que resplandecía contra su tez morena. Lady Hurley les hizo señas con una mano bien enjoyada, y a medida que la pareja se les aproximaba sin prisas, más cabezas se volvieron hacia ellos y más cuellos se alargaron para verlos bien. Por los murmullos y susurros de emoción que empezaron a adueñarse de la estancia, los habían reconocido.

—Dios. Santo. Bendito —exhaló Margaret desde el lado de Eliza, pronunciando cada palabra como si fueran varias frases separadas.

—Buenas noches, milord, milady —los saludó lady Hurley con voz alta y petulante—. ¡Me alegro mucho de que hayan venido!

—Es un placer —respondió lady Caroline con tono bajo y musical—. Conocí a madame Catalani el año pasado, en Roma. Ardo en deseos de volver a oírla cantar.

El poder tripartito de la reputación literaria de lady Caroline, su fascinante halo de moda y su referencia a un viaje por

Europa enseguida le resultaron irresistibles a Margaret, quien abrió la boca con ansia y dio un paso adelante como si quisiera entablar al instante una conversación con lady Caroline… hasta que Eliza le puso una mano en el brazo en un gesto de precaución. Todavía no las habían presentado como era debido.

—¿Me permiten que les presente a mi querida amiga, lady Somerset? —dijo lady Hurley, y Eliza se obligó a no perder la calma. Melville seguramente accedía a su petición de discreción en lo que respectaba a su último encuentro, pero cuando se miraron a los ojos Eliza le lanzó una mirada significativa por si acaso. Melville arqueó las cejas con una leve sonrisa en los labios.

—Lady Somerset —la saludó—. Nos encontramos de nuevo.

Ay, Dios.

—¿Ya se conocen? —se apresuró a preguntar lady Hurley—. ¿Cómo es posible? Lady Somerset, creía que hacía muchos años que no visitaba Londres.

—¿Le gustaría contar a usted la historia o la cuento yo? —inquirió Melville con un destello malvado en los ojos. El corazón de Eliza comenzó a galopar—. Es muy graciosa.

—Nos conocimos hace muchos años en un… baile —soltó Eliza antes de que Melville pudiera articular palabra.

—Eso no parece tan gracioso —terció lady Caroline.

—Estoy convencida de que no nos lo habrán contado todo —asintió lady Hurley con un intrigado movimiento del abanico.

A Eliza le dio la sensación de que se hallaban bajo una luz muy intensa e intentó encontrar a la desesperada una respuesta a la pregunta que pudiera al mismo tiempo satisfacer la curiosidad de los presentes, mantener su reputación intachable y evitar insultar a Melville, pero no se le ocurrió ninguna respuesta mágica. Por suerte para ella, en ese instante los interrumpió el maestro de ceremonias, que indicó que había llegado el momento de tomar asiento.

—¿Nos adelantamos, lady Somerset? —le propuso Melville tendiéndole la mano.

Tras dudar unos segundos, Eliza la aceptó.

—No creo ser un hombre al que se olvide con facilidad —dijo Melville mientras se dirigían hacia la sala de conciertos—. ¿Quizá se ve envuelta en accidentes de carruajes con tanta frecuencia que el recuerdo de mi persona ha perdido todo significado para usted?

—Yo… No, yo no… No es… —tartamudeó Eliza—. Es que creo… No me gustaría que… los pormenores de nuestro encuentro fueran del dominio público. Como comprenderá, fue un encuentro tan inusual que sus circunstancias fácilmente podrían dar alas a toda clase de rumores. ¡Re-recuerdo que el día en cuestión le mencioné la necesidad de ser discretos al respecto!

La última frase la dijo un tanto a la defensiva, y Melville sonrió.

—Conque eso mencionó —asintió acompañándola hacia las primeras filas de sillas y no a la localización más apartada que Eliza había planeado—. Qué memoria tan lamentable la mía. ¿Puedo elogiar el encantador tocado que lleva esta noche?

—Ah… Sí —dijo Eliza, perpleja—. Supongo que sí.

—Creo que es una grata mejoría que ahora me permite verle la cara —prosiguió él—. Le queda muy bien.

—¿Mi cara…?, ¿me queda bien? —repitió Eliza lentamente.

—Es una suerte, ¿verdad que sí?

Durante unos segundos, Eliza se preguntó si Melville estaba coqueteando con ella, pero de inmediato lo descartó como una opción improbable. Las conquistas de Melville solían contarse entre las damas más carismáticas y elegantes de la alta sociedad —lady Oxford y lady Melbourne si había que hacer caso a los rumores—, algo que Eliza no era en absoluto.

A medida que el resto del público se sentó tras ellos, la fila que ocupaban fue objeto de miradas ansiosas y de cabezas que se volvían, aunque Melville parecía imperturbable y Eliza supuso que estaría de sobra acostumbrado a llamar tanto la atención. No era necesariamente su ascendencia india lo que provocaba la intriga: desde los lascares que trabajaban en barcos mercantes ingleses hasta los artesanos que vendían bienes en la mayoría de los mercados, pasando por los hijos de los comerciantes de la Compañía Británica de las Indias Orientales que estudiaban en escuelas públicas de Inglaterra y por las niñeras y criadas que se ocupaban de los niños de la aristocracia, las personas indias no eran infrecuentes en Inglaterra. Sin embargo, los Melville, que formaban parte tanto de la nobleza india como de la inglesa, habían sido una fuente de fascinación nacional desde que nacieron.

Incluso cuando apareció madame Catalani, la atención del público estaba claramente dividida —la mitad miraba hacia su fila, y la mitad, hacia el escenario—, hasta que la soprano empezó a cantar con una voz tan cristalina, tan pura y teñida de emoción que los atrapó a todos.

—¿Comprende el idioma italiano? —Melville se inclinó hacia Eliza para poder susurrárselo al oído.

—No —admitió ella.

—Yo tampoco. ¿Sobre qué cree que está cantando?

—No lo sé —dijo Eliza sin más, aunque no era cierto. Catalani imprimía tanto significado a cada nota, tanta pena, que Eliza no necesitaba entender las palabras para saber a qué emoción le estaba cantando: al desamor. Nadie podía escucharla sin recordar épocas de gran melancolía de su propia vida, y la mente de Eliza se trasladó inexorablemente hasta Somerset, antes de que pudiese expulsar de sí esos pensamientos.

El entreacto llegó demasiado pronto para el gusto de Eliza, y esta había estado tan embelesada con la gloriosa música que tan solo recordó su intención de permanecer devotamente sentada cuando ya se encontraba en el salón del té y lady Hurley terminó de hacer el resto de las presentaciones. Al parecer y por fortuna, el misterio que envolvía el modo en que se habían conocido Eliza y Melville se había visto sustituido por una nueva línea de investigación.

—¿Cuánto tiempo llevan en Bath? —La señora Winkworth lanzó la primera pregunta.

—Un día —contestó lady Caroline.

—¡Y medio! —intervino lady Hurley.

—Sí, no deberías olvidar ese medio día, Caroline —la regañó Melville.

—¿Es la primera vez que visitan nuestra ciudad? —preguntó el señor Berwick.

—Ah, no. Cuando era más joven, pasé un mes entero aquí porque a mi madre se le antojó que recibiese una buena educación.

—Ah, ¿en el Seminario para Jóvenes Damas de Bath? —preguntó la señora Michels—. Señorita Winkworth, ¿no fue allí donde estudió?

—Sí, en efecto —terció la señora Winkworth hablando en lugar de su hija, como si esta fuese una niña pequeña.

—¿Por qué solamente un mes? ¿No le gustó la ciudad? —se interesó el almirante Winkworth, cuyo bigote ya temblaba al anticipar una ofensa.

—Mejor dicho, a la ciudad no le gusté yo —respondió lady Caroline con un encogimiento de hombros tan elocuente como elegante—. Pero como ya sabía decir en francés todo lo que una mujer debía saber, mi madre me permitió regresar.

Eliza ansiaba preguntarle qué frases en francés consideraba lady Caroline que eran indispensables, pero se contuvo; fuese cual fuese la respuesta, seguro que llevaba a la señora Winkworth a taparle los oídos a su hija con las manos.

—¿Y en esta segunda visita le está gustando más Bath? —le preguntó Margaret, sumándose encantada a la conversación.

—Tanto como me puede gustar en un solo día —dijo lady Caroline con frialdad.

—En un día y medio, Caroline —la corrigió Melville—. Es la segunda vez que olvidas esa mitad.

—¿Cuánto tiempo tienen previsto quedarse? —quiso saber Margaret.

—Ah, pues tanto tiempo como seamos bienvenidos —dijo Melville.

—Tenga cuidado, milord —terció lady Hurley agitando de nuevo el abanico con gesto coqueto—. Si esa es su única condición, terminará quedándose aquí muchísimo tiempo.

—¿Acaso sería un destino tan horrible? —Melville se inclinó hacia delante más de lo que en general se consideraba apropiado—. Ahora que he visto los diamantes de Bath con mis propios ojos, no tengo prisa alguna por marcharme.

Lady Hurley centelleaba ante la atención recibida. A su lado, el señor Fletcher había hinchado el pecho como un palomo molesto y, junto a él, la señora Winkworth sacudía el abanico con tanta agresividad que parecía a punto de echar a volar. La escena fue tan maravillosamente ridícula que Eliza intentó con todas sus fuerzas grabar a fuego cada detalle en su memoria para que así, al regresar a casa, pudiese pintarla. Deberían bastar los lápices y las acuarelas para expresar las complejidades de la expresión.

—¿Tiene la intención de escribir mientras esté aquí, milord? —preguntó la señora Michels.

—No —respondió Melville. Como no pareció afectarlo la marea de ojos inquisitivos, se sacó una tabaquera del bolsillo y se la ofreció a la persona que estaba junto a él, la señorita Winkworth, que se ruborizó tanto como si hubiera sido una caja con un anillo.

—Debe poner fin a nuestra tristeza —dijo lady Hurley—. ¿Cuándo podemos esperar que publique de nuevo?

—Hemos venido a Bath a descansar —comentó lady Caroline.

—Un descanso bien merecido, sin duda —intervino el señor Berwick—, pues he oído decir que su gremio no conoce límite alguno... Me habló al respecto lord Paulet, a quien creo que nos une un amigo en común.

—¿De veras? —dijo Melville con un diminuto fruncido de ceño entre sus cejas.

—Gracias principalmente a su apoyo, me aceptaron en la Academia Real —presumió el señor Berwick—. Les estoy muy agradecidos a los señores Turner y Hazlitt por que nos presentaran.

Melville bajó la vista al suelo por la sorpresa.

—Ten cuidado por dónde pisas, Caro —dijo—. Hay muchos grandes nombres por el suelo.

Ante aquel comentario, Eliza no pudo evitar soltar la más débil de las carcajadas; al oírla, Melville le guiñó un ojo a escondidas. Sí que estaba coqueteando con ella; a fin de cuentas, un guiño era el gesto más coqueto que podía hacer un ojo. Vaya. Aquello resultaba... totalmente inapropiado. Eliza era una viuda en su primer año de duelo, y Melville debería saberlo. ¡Su reputación de libertino era bien merecida, sin duda! Pero la indignación no le resultó convincente a Eliza ni en los confines de su mente. Había pasado tanto tiempo desde la última vez que Eliza había recibido una mirada parecida de un caballero —y nunca por parte de uno tan buscado como Melville— que no pudo sino sentir calor en su interior.

—Creo que debemos regresar a nuestros asientos —dijo el señor Broadwater con voz bronca.

Después de que Eliza se sentara, esa vez un poco alejada de Melville, no se resistió a mirarlo de reojo; no se podía negar que era muy apuesto, ¡y que también tenía un carruaje muy elegante! Sin embargo, cuando vio que él le devolvía una mirada burlona, giró la cabeza enseguida.

La actuación terminó con un murmullo general de aplausos y vítores, y al poco madame Catalani se relajó y se mezcló entre los asistentes. Se pegó de inmediato a Melville e inició una conversación animada que requería que ella le tocase a él el brazo muy a menudo. Pero Eliza y Margaret no podían quedarse; habían puesto a prueba los límites del comportamiento indecoroso y se dirigieron hacia el ropero.

—¡Por el amor de Dios! —exclamó Margaret inapropiadamente cuando esperaban para recuperar los abrigos.

Eliza estaba de acuerdo con su prima. La quincena que llevaban en Bath había sido más variada e interesante que toda su vida hasta ese momento, pero la llegada de los Melville a la ciudad… Era como si un vino que ya era delicioso de pronto empezase a burbujear; y, por más que el coqueteo de Melville debería preocuparle a alguien cuya existencia dependía de una conducta prístina, ella también bullía de emoción.

—Luego —le prometió Eliza.

Encenderían el fuego, le pedirían té a Perkins y hablarían de todo. Pero tuvieron que esperar tanto tiempo a que los criados localizaran sus abrigos que, para cuando salieron del edificio —Staves ya se había alejado para detener un coche de caballos—, vieron que los Melville las habían adelantado. Se encontraban a poca distancia en la calle adoquinada; lady Caroline jugueteaba con el cierre de su capa y Melville cambiaba el peso de un pie a otro, nervioso.

—Vayamos a desearles buenas noches —susurró Margaret dispuesta a acercarse, pero antes de que pudiera decir nada retumbó la voz de Melville.

—Date prisa, Caroline. Deseo poner fin a esta noche tan tediosa. Nunca jamás había tenido que soportar una compañía tan desabrida. No consigo comprender cómo vamos a sobrevivir aquí.

—Entre ellos no hay ni un ápice de gracia —asintió lady Caroline—. Esperemos poder regresar en breve a Londres.

—Esperemos y recemos —añadió Melville—. Que Dios nos libre de los pueblerinos, de las solteronas y de las viudas… ¡Qué gente más apocada!

A Eliza le ardía la cara. Se quedaron donde estaban, contemplando a los Melville.

—Supongo… —dijo Margaret, en cuya voz ya no había ninguna clase de emoción—, supongo que somos aburridas en comparación con la compañía que suelen frecuentar.

—No somos aburridas —protestó Eliza mientras intentaba controlar las temblorosas comisuras de su boca—. Y… y au-aunque lo fuésemos, no mereceríamos esa falta de respeto.

Estaba indignada y enfadada y a punto de echarse a llorar, todo al mismo tiempo. Cuando apareció el carruaje, se sentó rígida en su interior y se aferró las manos para guardar la compostura tanto como pudo.

No era la primera vez que le caía mal a alguien. Al contrario, una vida entera llena de desprecios y desaires significaba que por lo general iba por el mundo esperando ser objeto de censura, pero esa noche no se lo esperaba. De él no se lo esperaba. El rostro de Eliza lucía un tono escarlata por la humillación. Le costaba creer que apenas unas horas antes se había emocionado al recibir los halagos de la atención del conde, cuando en todo momento eso era lo que él estaba pensando en realidad. Qué boba era.

En un acuerdo tácito, Eliza y Margaret fueron directas a sus respectivas habitaciones al llegar a casa. Ya no experimentaban deseo alguno de revivir la velada, pero tampoco fueron capaces de dormirse enseguida. Después de que Pardle ayudase a Eliza a desvestirse, se quedó sentada e inmóvil en la cama, en tanto las palabras de los Melville se repetían en su mente como una canción infantil cantada hasta la saciedad: tediosa, desabrida, sin gracia. Los insultos le habrían dolido menos de haber estado convencida Eliza de que eran mentira. Pero de hecho... «Obediente y diligente», así la había descrito su marido en su testamento; «incapaz de provocar incluso que alguien arquee una ceja», la había menospreciado Somerset durante la lectura del testamento; y, después de haberlo visto en tan solo dos ocasiones, Melville parecía pensar bastante mal de ella. Eliza había creído que al ir a Bath y no a Balfour había demostrado valentía, pero no era cierto, ¿verdad que no? Pues había sido la valentía de Margaret, y no la suya, la que las había conducido hasta allí. Y desde que se instalaron en la ciudad, ¿acaso Eliza no se había dejado llevar por las opiniones y los deseos de los demás, como siempre?

El modo correcto de actuar cuando uno se siente especialmente inútil es intentar animarse con pensamientos y distracciones más alegres. En ese momento, sin embargo, Eliza se vio tentada por la idea más atractiva de hacerse sentir todavía muchísimo peor.

Se levantó y se dirigió al escritorio que se alzaba en el rincón de su dormitorio para abrir un cajón y extraer la cajita de madera que ella misma había guardado allí unas semanas antes. La colocó sobre la mesa y se sentó delante de la caja.

Eliza debería haber quemado lo que contenía tiempo atrás. Pero con diecisiete años lo había guardado en Harefield y diez años más tarde lo había llevado hasta Bath. Quizá la colección que contenía la caja explicaba en cierta forma por qué las llamas del cariño de Eliza por Somerset seguían titilando incluso entonces; siempre que el recuerdo amenazaba con extinguirse, podía abrir la caja y recordar cuánto se habían querido en el pasado.

Encima de la montaña de papeles del interior de la caja había un retrato. No era el mejor dibujo de Eliza, tan solo un esbozo con lápiz de la cara y el torso de Somerset, esbozados de memoria y no con el modelo presente; de ahí que careciera de detalles y de precisión. No obstante, cualquiera sabría, nada más mirar el dibujo, que la artista amaba al sujeto retratado. El abuelo de Eliza siempre había dicho que su nieta dibujaba tanto con el corazón como con las manos, y ahí estaba, claro como el agua, en los trazos cuidadosos del lápiz, el esfuerzo que había invertido para capturar cada detalle de los ojos de él… Su expresión…, en fin, esa expresión lo decía todo. La sencillez con que el Somerset del dibujo la miraba, como si fuera una mujer infinitamente preciosa, era idéntica a como la había mirado tiempo atrás.

Eliza cogió el retrato y lo dejó a un lado. Debajo se encontraban las cartas, que debido a los años transcurridos se habían vuelto finas y amarillentas. La tinta había palidecido con el paso del tiempo, pero Eliza no necesitaba poder leer las palabras. Era capaz de contar la historia que vivieron tan solo por la letra: al principio, la de él era impecable y precisa, y acompañaba las flores que le había mandado después del primer encuentro que tuvieron. El suyo había sido un cortejo muy tradicional, y ella contaba con las tarjetas de baile, todas llenas con el nombre de él, para demostrarlo. Se conocieron en un baile, danzaron en otro, hablaron y coquetearon en jardines y en partidas de cartas y en excursiones a las carreras, y al cabo de unas semanas se mandaban cartas y cartas de confesiones mutuas con una letra que se tornaba veloz, apretada y apremiante, hasta llegar a la última de la caja, que concluía con las palabras que Eliza había recorrido con los dedos más veces de las que conseguía recordar. «La profundidad de lo que siento por ti es tal que necesito hacer algo al respecto. Mañana le voy a hacer una visita a tu padre».

Era el último objeto de la caja. Cualquiera podría casi engañarse y pensar que así era como terminaba su historia. La pregunta para obtener el permiso del padre, la concesión de dicho permiso, la pregunta formulada y respondida. Matrimonio. Hijos. Felicidad. Pero no había ocurrido así. Y el hecho de que las últimas y amargas palabras que se habían dirigido las hubieran pronunciado, y no escrito, no las volvía menos ciertas.

—Debes decirles que no aceptarás, Eliza —la había apremiado él, pálido como la luna que los observaba—. Debes decirles que tenías un acuerdo previo.

—Lo he intentado —le susurró ella con voz rota—. No me escuchan.

—¡Pues haz que te escuchen! —le imploraba—. ¡No pueden obligarte a aceptarlo a él!

—No puedo desafiar a mis padres, debes comprenderlo —le suplicaba intentando cogerle las manos, pero él se apartó—. Los beneficios que el enlace supondrían para mi familia... No puedo ir en contra de sus deseos.

—¡Con mi tío, Eliza! No puedes... Es imposible que vayas a hacerme esto.

Eliza intentó hacerle entrar en razón, creía que se moriría si no la entendía, pero no lo había conseguido. Él tan solo veía debilidad en su decisión.

—Eres demasiado apocada —le había dicho Somerset al final—. Eres demasiado apocada, Eliza.

Y, como le ocurría entonces, aquellas palabras le dolieron porque parecían verdad.

Eliza cerró la caja de golpe. Se acabó. No podía permitir que las palabras de Somerset la siguieran persiguiendo, así como tampoco podía permitir que las de Melville arruinasen la vida que Margaret y ella se estaban construyendo allí. Y si era incapaz de demostrarles a ambos caballeros que sí tenía aplomo, por lo menos iba a demostrárselo a sí misma.

Eliza sacó un nuevo folio de un cajón. Quizá su negación a escribir a Somerset se debía a algo más que a la incomodidad de mandarle una misiva. Quizá sabía que escribirle con tono formal sería definitivo y que él le respondería del mismo modo; y que iba a añadir a la caja una carta que daba fe, sin lugar a duda, de que su relación romántica había acabado ver-

73

dadera y definitivamente. Pero es que había acabado. Y ya no podía eludir la verdad durante más tiempo. Había llegado el momento de obligarse a no tolerar que los hechos le ocurrieran sin más y empezar a actuar por su cuenta.

Eliza redactó una nota breve donde le deseaba a Somerset que se encontrase bien y en la que le informaba de su decisión de permanecer en Bath en el futuro inmediato; asimismo, le pedía disculpas por haber tardado en escribirle. Cuando hubo terminado, dobló el papel, lo cerró con un sello de cera y escribió la dirección de él en el dorso. La enviaría al día siguiente. Era un paso pequeño, pero le pareció un buen inicio. Eliza no volvería a ser una mujer apocada nunca más.

6

Eliza no estaba acostumbrada a considerarse una persona que se enfadase con regularidad. Había sentido rabia, por supuesto, pero siempre la había embargado como una emoción visitante. Por lo general, no servía de nada pasar mucho tiempo enfadada. Por lo general, uno tan solo debía seguir adelante. De ahí que a Eliza le maravillara despertarse a la mañana siguiente bastante llena de rabia. En algún punto mientras dormía, la humillación, la pena y el intento de determinación de la noche anterior se habían mezclado en una curiosa alquimia para crear una cólera incandescente que jamás había experimentado. ¿Cómo se atrevía Melville a decir esas cosas sobre ella, sobre Margaret, cuando no habían hecho nada en absoluto para merecerlo? ¿Cómo osaba destrozar Bath para ella?, ¿cómo se atrevía a considerarse superior a todos? ¡Cómo se atrevía! El descaro de aquel hombre era incomprensible.

Una indignación furibunda era curiosamente energizante. Eliza no tenía necesidad, de hecho, de tomar ninguna de las dos fortificantes tazas de café durante el desayuno, aunque se las sirvió de todos modos.

—¿Hoy nos vamos a quedar en casa? —sugirió Margaret, taciturna—. Se ha levantado un viento que parece muy frío.

Al parecer, por la noche Eliza y Margaret habían emprendido unos caminos emocionales diferentes por completo, ya que su prima estaba abatida mordisqueando con desgana una tostada de pan.

—¡No! —exclamó Eliza—. Vamos a ir a Milsom Street en cuanto hayas terminado.

Salieron de Camden Place con un paso vivo que provocó las protestas de Margaret y fueron las primeras clientas del día en entrar en la tienda del señor Fasana.

—¡Me gustaría comprar unas cuantas pinturas al óleo! —anunció en cuanto cruzaron la puerta, lo que sobresaltó al dependiente, que dio un brinco. Y cuando apareció el señor Fasana, Eliza se aferró a la rabia que sentía, que sorprendentemente le hacía las veces de escudo emocional, y la llevó a hacer un pedido de pinturas que a la luz del sol abarcaban todos los colores, desde el bermellón hasta el sepia, del azul de Prusia al amarillo de la India. El señor Fasana prometió hacer el envío a final de aquel mismo día.

—¿Eso será todo, milady? —le preguntó.

—Sí —respondió Eliza. Y luego añadió—: No.

Y, acto seguido, procedió a hacer un pedido de tal envergadura —caballetes y paletas, una docena de retazos de papel, pinceles que iban del tamaño de una aguja al de un dedo, lápices enjoyados y lápices de cerdas, telas, lienzos y paneles de madera que el señor Fasana aceptó prepararle— que Margaret comentó nada más salir de la tienda:

—Tal vez habría sido más fácil que le hubieras dicho al señor Fasana lo que no deseabas comprar.

Pasaron a la biblioteca de Duffield, donde Eliza firmó una suscripción a la revista *Anuales de bellas artes* y cogió prestados todos los libros de agricultura que encontró.

—¡No debe de ser tan difícil saber de esos asuntos! —le soltó, desafiante, a Margaret—, ¡diga lo que diga el señor Walcot!

A continuación se detuvieron brevemente en la tienda de

madame Prevette para pedir un par de conjuntos de montar —iban a tener un establo en la ciudad, pues esa libertad bien merecía levantar unas cuantas cejas— antes de dirigirse al fin hacia las termas.

—Mañana —decidió Eliza con paso aún más rápido que al inicio de la jornada— quizá le pida al señor Fasana el nombre de un maestro de dibujo, ya que puede que vuelva a las clases. ¿Por qué debería terminar la educación de una mujer una vez que se casa? ¿A ti te gustaría recibir clases de francés, Margaret? Sé que siempre has querido aprenderlo, y ahora mismo nos lo podemos permitir sin problemas.

—¿Te encuentras bien? —le preguntó su prima—. Te veo un tanto agitada.

—Estoy muy bien —aseguró Eliza—. Tan solo creo que nos corresponde empezar a perseguir nuestros sueños con un poco de energía, Margaret. ¡No volveré a ser apocada nunca más!

—Ah —dijo Margaret—. Ya sé qué ocurre.

—¡Lady Somerset!

Eliza y Margaret se dieron la vuelta y vieron que, por segunda vez en dos días, se encontraban ante la señora y la señorita Winkworth.

—¡Buenos días! —gritó la señora Winkworth—. ¿Se dirigen hacia las termas también? Vayamos todas juntas.

—Maravilloso —masculló Margaret entre dientes con la voz teñida de sarcasmo.

—¿Disfrutó anoche del concierto, milady? —le preguntó la señora Winkworth a Eliza—. No duró demasiado, ¿verdad? Si me lo permite, la veo con aspecto algo cansado.

«No, no se lo permito», pensó Eliza con irritación.

—Nos gustó mucho el concierto —respondió—. ¿A ustedes qué les pareció?

—Bueno —empezó a decir la señora Winkworth con gran énfasis—, no sé si es un gran acierto que lady Hurley haya alentado a los Melville. Es imposible que sea consciente de la reputación de la familia… El esposo de lady Hurley compró su título, ¿saben?, así que no debemos suponer que esté versada en tales complejidades.

La señora Winkworth se esforzó sobremanera en hacer gala de finura en comparación con lady Hurley, si bien decidió pasar por alto que el almirante Winkworth había amasado su fortuna muy recientemente durante el tiempo en que trabajó en la Compañía Británica de las Indias Orientales.

—¡Qué escándalo cuando el viejo conde escogió a una mujer tan… exótica para casarse! Nunca he visto nada parecido. —La señora Winkworth hizo una pausa como si esperase que Eliza o Margaret le suplicaran que prosiguiese. No se lo pidieron. Por más rabia que Eliza sintiese hacia Melville o hacia lady Caroline, seguía sin querer oír comentarios desagradables—. Y aunque detesto los rumores —continuó la señora Winkworth en voz baja—, se cuenta que el viejo conde se pasó el tiempo que estuvo en la India vestido de musulmán y asistió a todas las festividades y Dios sabe a qué más…

—Si la antigua reina aprobó el enlace, no veo por qué alguien debería ponerlo en entredicho —la interrumpió Eliza.

Los Melville eran parientes lejanos de la reina Carlota por parte de la madre de la soberana, y su amistad pública con la antigua lady Melville sirvió en gran medida para suavizar la entrada de la dama en la alta sociedad.

—Dios la tenga en su gloria —añadió la señora Winkworth al instante. Y luego, como si no pudiese contenerse—: Sea como fuere, no creo que sus motivos para visitar Bath sean tan inocentes como aseguran. ¡Y los rumores de Londres tarde o temprano llegarán hasta aquí!

Por suerte, la conversación se detuvo cuando arribaron a las termas. Ubicadas en un bonito edificio, tanto por dentro como por fuera, con dos hileras de grandes ventanales y perímetro de columnas corintias, las termas era el lugar donde uno podía deleitarse con las famosas aguas curativas de Bath, ya fuese bañándose en las piscinas de la planta inferior como bebiéndolas en la planta superior, que era la opción más habitual. Sin embargo, su importancia era tan social como médica, pues los residentes y los visitantes gustaban de reunirse durante el día para pasear por la sala, saludar a los amigos y estar atentos por si aparecía algún recién llegado.

En todas las visitas que había hecho Eliza hasta el momento, la sala había albergado una emocionante multitud, con murmullos de conversación que apenas se oían por encima de los violines que tocaban a diario desde la una de la tarde, pero aquel día había un considerable gentío. Y el motivo para el cambio saltó a la vista enseguida: los Melville eran el centro de atención en el medio de la sala. Ese día, lady Caroline llevaba un vestido matutino de crepé verde, de una tela que se ajustaba a su silueta a la perfección, cuya elegante simplicidad hacía que el resto de las mujeres allí presentes pareciesen portar trajes demasiado recargados.

—Y resulta obvio que vamos a ver mucho a lady Caroline, en todos los sentidos —dijo la señora Winkworth de manera tajante.

—Creo que está bellísima —opinó la señorita Winkworth, tan bajo que Eliza pensó que no la habría oído si no hubieran estado tan cerca. Por desgracia para la muchacha, su madre también la había oído.

—Su vestido es inmoral… y no deberías admirarlo —la reprendió con dureza—. ¿Quieres que lady Somerset te considere una disoluta?

La señorita Winkworth levantó la mirada hacia Eliza con unos ojos grandes y asustados que parecían pertenecer a una niña de ocho años, no a una joven de dieciocho.

—Yo no creo que sea una disoluta —se apresuró a comentar Eliza—. A mí también me gusta el vestido de lady Caroline.

—¡Buenos días! —Lady Hurley y el señor Fletcher aparecieron ante ellos, seguidos al poco por la señora Michels y el señor Broadwater—. ¡Qué mañana tan fantástica!

—¡Espléndida! —añadió el señor Fletcher. En el poco tiempo que hacía que Eliza conocía al caballero, tuvo la sensación de que sus opiniones sobre cualquier persona, situación y conversación podían dividirse en tres categorías: «espléndido», «no es del todo adecuado» y, cuando la situación lo requería, «no lo sé, ¡que me aspen!».

—¿Ha venido a beber un poco de agua hoy, lady Hurley? —le preguntó Eliza.

—En efecto, el señor Fletcher irá a buscarme un vaso. ¿Te apetece uno?

—Ah, sí, si no es una gran molestia, señor Fletcher —aceptó Eliza—. ¿Será capaz de llevar tantos vasos?

—No lo sé, ¡que me aspen! —respondió el caballero, pero se marchó diligente.

—¡Menudo vocabulario! —saltó el señor Broadwater para reprobarlo—. Y además delante de damas.

—Ah, nos trae sin cuidado. —Lady Hurley barrió la sala con la mirada—. Al parecer, nuestros nuevos vecinos están causando una gran sensación, ¡sin duda!

—¡Como siempre deben causar las personas queridas! —asintió el señor Berwick, que apareció a la izquierda de lady Hurley y saludó con una inclinación de cabeza. A diferencia del peinado impecable del día anterior, ese día su pelo lucía una especie de desorden elegante. No costaba comprender de dónde había salido esa inspiración—. En breve voy a pedirle a lord Melville que pose para mí cuando le resulte conveniente… ¿Sabían que no ha posado para un retrato desde que era pequeño?

Unos murmullos de interés recibieron la noticia, y Eliza sintió una punzada de celos; no porque quisiera pintar a Melville, pues desde la noche anterior lo que deseaba era mandarlo a Jericó, sino porque le asombró la tranquilidad con que el señor Berwick los informaba a ese respecto. Ella solamente había sido capaz de dibujar a los miembros de su propia familia y, si bien había mujeres artistas de renombre, por supuesto, los escándalos y las calumnias aguardaban a cualquier mujer que buscase conseguir algún logro público. Incluso el abuelo de Eliza, su guía y mentor, había considerado inadecuado que las mujeres pudieran entrar en la Academia Real.

—Puede pintarlo si lo desea, señor Berwick —dijo lady Hurley—, pero seré yo quien les organice su primera velada en Bath. Por desgracia estaré fuera de la ciudad el viernes y el domingo, pues de lo contrario ya lo habría dispuesto todo.

—¿Acaso es tan urgente? —le preguntó Eliza, divertida por el deje de fastidio de la voz de lady Hurley.

—¡Sí, no quiero que nadie se me adelante en el último momento! —exclamó la viuda—. Lady Keith fue la anfitriona de madame D'Arblay cuando llegó a Bath, la señora Piozzi tuvo a los estudiantes persas el noviembre pasado, pero ¡yo estoy decidida a conseguir a los Melville!

La señora Winkworth emitió un corto resoplido, quizá por la incredulidad que sentía al escuchar a lady Hurley proclamarse rival de unas damas tan distinguidas, pero Eliza la ignoró.

—¿No le preocupa en absoluto que hayan venido a la ciudad unas personas tan… galantes? —le preguntó la señora Michels a lady Hurley mientras el señor Berwick se marchaba hacia lord Melville.

—¡Un fuerte halo de indecoro los envuelve! —aseguró el señor Broadwater.

—Ay, por favor —se burló lady Hurley—. Es una bendición que visiten Bath personas tan a la moda, y sobre todo dos con una inteligencia privilegiada.

—La inteligencia es recomendable, pero ¡un exceso de ella es fatídico en una mujer! —se lamentó el señor Broadwater. Lady Hurley y Margaret profirieron sendos graznidos de rabia, en tanto la atención de Eliza se desviaba un poco de la conmoción. Sus ojos se clavaron de nuevo en los Melville. Al ver hablar al conde, cuyo público asentía con la cabeza, divertido, sintió el mismo hormigueo en la punta de los dedos que la noche anterior. ¿Tal vez dibujar a Melville perdido en el mar, privado de entretenimiento y próximo a una muerte segura, le ofrecería satisfacción a su rabia? El conde, como si presintiera que lo observaban, desplazó la vista y la miró. Las miradas de ambos se cruzaron. Él levantó un brazo para saludarla.

Y Eliza, que ni una sola vez había cedido a la mala educación, le dio la espalda y miró hacia otro lado para negar la existencia de aquel hombre; un gesto muy directo.

Aun mientras lo hacía, a Eliza le costaba asimilar su osadía. Se le aceleró el corazón y le cosquillearon las palmas. En veintisiete años, jamás le había dado la espalda así a nadie. Había permitido que los desaires y los insultos pasaran sin respuesta, y se había tragado el orgullo una y otra vez con una plácida sonrisa hacia el mundo, pero... se acabó. Se acabó. Tras aceptar un vaso del señor Fletcher con una sonrisa de agradecimiento, bebió un sorbo... y estuvo a punto de atragantarse al oír una voz baja pero muy familiar.

—¿Acaba de darme la espalda?

Eliza se volvió deprisa y vio que Melville estaba frente a ella con la cabeza ladeada. Abrió la boca, horrorizada.

—Yo... Eh... —tartamudeó ruborizándose.

—¡En efecto! —exclamó él, intrigado y encantado.

Eliza lo miró asustada. No había esperado tener que hablar con el conde. ¿Acaso no era esa la razón por la que uno le daba la espalda a alguien, para así no tener que dirigirse a esa persona?

—¿Puedo preguntarle por qué? —dijo Melville.

No parecía ofendido, incómodo ni turbado siquiera, y ese hecho, más que tranquilizar a Eliza, no hizo sino avivar su indignación. ¿De veras se creía tan superior a ella que no le afectaba lo más mínimo que le diera la espalda?

—Vamos, milady —insistió Melville cuando vio que no le respondía—. ¿De qué manera la he ofendido?

Eliza, con la furia que sentía del día anterior al rojo vivo, se irguió cuan alta era.

—De todas las maneras posibles —contestó con el tono más desafiante que consiguió sin levantar la voz. Aunque a su alrededor todo el mundo estaba sumido en otras conversaciones, no quería arriesgarse a que nadie la oyese.

—Qué falta de consideración la mía —dijo Melville con un parpadeo—. ¿Me permite que le pida que me lo cuente con más detalle?

Como la precaución ya se la había llevado el viento, parecía inútil intentar recuperarla.

—Anoche oímos lo que le dijo a lady Caroline cuando se marchaban del concierto. —Eliza se movió un poco a un lado para alejarlo del grupo más cercano de posibles entrometidos.

—Tendrá que recordármelo… —murmuró Melville.

—«Que Dios nos libre de los pueblerinos, de las solteronas y de las viudas… ¡Qué gente más apocada!» —lo citó Eliza.

—Ah… Qué desafortunado que oyesen un comentario tan irreflexivo como conciso.

Eliza lo observó boquiabierta.

—¿De verdad no siente vergüenza alguna? —le preguntó.

—¿Por qué debería sentirla? —dijo con aquella irritante sonrisa en los labios—. A fin de cuentas, fue usted, y no yo, quien cometió el pecado de escuchar a escondidas.

Para su horror, Eliza notó que se le acumulaban lágrimas de frustración en los ojos, y pestañeó para contenerlas.

—Y me alegro de haberlo hecho, pues ahora sé lo que piensa de verdad —le soltó con la voz más serena que pudo—. Y aunque fuéramos todos tan aburridos como su hermana y usted parecen creer, seguiríamos sin merecer tamaña falta de amabilidad.

Su voz remató la frase con más temblores que al principio y, ante aquella emoción tan palpable, el sentido del humor abandonó la expresión de Melville.

—Me ha dado una lección de humildad, milady —aseguró, por fin tomándola en serio—. Estas últimas semanas han sido… difíciles para Caroline y para mí, aunque no es excusa. Tiene razón, fue muy desagradable por mi parte. Lo lamento.

La disculpa parecía sincera. Eliza se tomó unos instantes para asimilarla, pues no sucedía a menudo que un caballero admitiese haber cometido un error, independientemente del delito. En todos los años que estuvieron casados, el conde no lo había hecho jamás.

—Gracias —respondió al fin, y asintió para aceptar sus disculpas. Eliza vio por encima del hombro que empezaban a atraer a un público formado por damas impacientes—. No debería monopolizar su atención —añadió—. Creo que la señora Donovan desea hablar con usted.

—Me trae sin cuidado —aseguró Melville, despreocupado—. Yo quiero hablar con usted.

Eliza lo miró con indecisión, puesto que sospechaba que era broma. Tal vez hubiera aceptado las disculpas de Melville, pero nunca volvería a cometer el error de tomarse en serio los coqueteos del conde.

—¿Acaso le sorprende tanto? —le preguntó Melville.

—Ayer mismo me consideraba apocada —le recordó.

—Milady, deberá olvidar la escena a la salida del concierto si vamos a ser amigos —dijo.

—¿Es que vamos a ser amigos? —Eliza se sobresaltó.

—En efecto, es lo que más deseo en la vida —afirmó llevándose una mano al corazón—. Debe venir a cenar con nosotros a Laura Place… Y la señorita Balfour también.

—No puedo —negó Eliza.

—¿Por qué no?

—Todavía no asisto a cenas fuera de casa —respondió Eliza señalándose el conjunto de viuda—. Y ni siquiera hemos intercambiado visitas matutinas. Sería... extraño. La gente hablaría.

—Y qué cambio drástico de circunstancias supondría eso —soltó Melville con sequedad.

Eliza se sorprendió. ¿De veras a aquel hombre le importaban tan poco los rumores y los chismes que lo seguían dondequiera que fuese?

—La alta sociedad ha hablado de mí desde el día que nací —prosiguió Melville como si hubiera leído los pensamientos de Eliza en su rostro—. Si ahora empezase a preocuparme por sus opiniones, tendría que recluirme de inmediato en un convento.

—Querrá decir en un monasterio —comentó Eliza, sin reparar en las implicaciones malsanas del comentario de él.

—No, en un convento —insistió Melville—. ¿Acaso no merezco un poco de diversión?

Antes de que lo pudiese evitar, Eliza soltó una escandalizada carcajada.

—¡Sabe reír! —exclamó Melville con una sonrisa victoriosa.

—Milady, milord, ¡buenos días! Espero no interrumpir.

—La señora Donovan por fin había reunido el valor de aproximarse, acompañada de sus tres hijas. Todas sujetaban un ejemplar de *Perséfone* y, como era obvio, esperaban que el autor se los firmara.

—¡En absoluto! Discúlpenme —dijo Eliza ignorando la mirada lúgubre que le lanzó Melville. Se alejó para ir a buscar a Margaret. Sin lugar a duda, agradecía la interrupción: era imposible predecir qué iba a decir Melville a continuación, y, si bien resultaba bastante divertido, Eliza no estaba para nada acostumbrada a poner a prueba su ingenio con tanto ahínco.

—¿Le has dado la espalda? Eliza, dime que no —le comentó Margaret cuando regresaban a casa a pie.

—¡Sí! —asintió Eliza, sin ni siquiera intentar ocultar cuán satisfecha estaba ahora que solo tenía de público a Margaret, y a Pardle unos pasos más atrás—. ¡Y lo he obligado a disculparse! ¡Nunca había obligado a un caballero a disculparse!

Cuando llegaron a Camden Place, Eliza se dio cuenta de que se le habían desatado los cordones de un zapato, así que se detuvo de manera automática y se agachó para atárselos, sin dejar de hablar.

—Ni a mi padre ni a mi esposo ni a ninguno de mis hermanos...

—Somerset —dijo Margaret.

Eliza frunció el ceño mientras ataba los cordones.

—Con Somerset no estoy tan segura —reflexionó en voz alta.

—No, Eliza. Somerset está aquí.

Y Eliza levantó la vista, siguió la dirección que habían tomado los ojos de Margaret y vio que, en efecto, unas yardas más adelante, y de forma absolutamente incomprensible, el conde de Somerset salía por la puerta principal de la casa de ella.

7

Eliza tardó unos largos instantes en entender por completo lo que estaba viendo.

—¿Qué demonios...? —le susurró a su prima.

—¡Levántate! —la apremió Margaret, pero Eliza no la oyó. Era tan improbable que Somerset estuviese allí, en Bath, saliendo de su casa, que no era capaz de creer lo que le decían sus ojos. Se quedó agachada donde estaba, observándolo.

Somerset había dejado atrás la entrada y al cabo de dos escalones ya las había visto.

—Lady Somerset —la saludó, y vio, seguramente con sorpresa, que Eliza estaba agachada—. ¿Por qué estás...?

Aquel comentario por fin reactivó a Eliza.

—¡Milord! —Se irguió de pronto—. No esperábamos...

Se levantó tan deprisa que la sangre abandonó de repente su cabeza y se tambaleó. Margaret le agarró el brazo izquierdo para estabilizarla y Pardle corrió hacia delante con las manos extendidas.

—¡Lady Somerset! —exclamó Somerset dando un veloz paso adelante—. ¿Te has mareado?

La fría indiferencia de que había hecho gala en la lectura del testamento se había evaporado. Con el ceño fruncido, la miraba como si estuviera... ¿preocupado?

—Estoy…, estoy bien —respondió Eliza, embargada por la vergüenza ante su falta de gracia—. Es que mi zapato…

—Tal vez deberíamos llevarla dentro —le propuso Somerset directamente a Margaret por encima de la cabeza de Eliza, como si esta se acercara a los cien años.

—Muy bien —asintió Margaret, y miró desconcertada a su prima.

—¿Puedes caminar, milady? —le preguntó Somerset.

—¡Por supuesto que sí! —aseguró la aludida. ¿Acaso una dama no tenía derecho a sufrir unos instantes de debilidad sin que la considerasen totalmente impedida?—. No es necesario…

Estaba a punto de afirmar que era muy capaz de caminar sin ayuda, pero en ese momento Somerset le rodeó la cintura con un brazo para afianzarla y, con un sobresalto, Eliza se dio cuenta de que, después de todo, no le importaría que la ayudase un poco.

—¡Milady! —exclamó Perkins alarmado en cuanto los vio entrar en el recibidor y reparó en que a Eliza la sostenía el conde.

—Tal vez podrían preparar un vaso con un poco de licor para su señoría —dijo Somerset con voz tranquila— y llevárselo al salón de inmediato.

Pardle desapareció en dirección a la cocina, obediente. Eliza se debatía entre el desconcierto por el inesperado giro de los acontecimientos, la indignación por el modo en que Somerset lanzaba órdenes a los criados y la reticente admiración por la forma eficiente en que el conde lo disponía todo. Por qué parecía tan convencido de que le sobrevendría un desmayo, eso ella no lo sabía, pero era innegable que se comportaba con decisión.

No la soltó hasta que hubieron subido las escaleras y accedido al salón, cuya puerta les mantenía abierta Perkins, y al poco Eliza se sentó en el sofá.

—Vaya, gra-gracias por tu ayuda, milord —dijo Eliza con poco aliento mientras decidía que lo mejor que podía hacer era dejar atrás el incidente como si nunca hubiera sucedido—. Espero que tu familia esté…

—Quizá valdría más que no hablases hasta que hubieras bebido un poco de licor —le propuso Somerset, interrumpiendo con firmeza las galanterías de ella en tanto Pardle reaparecía con una bandeja.

Eliza aceptó un vaso y despachó a la criada con una sonrisa.

—Estoy bien —intentó explicarle de nuevo a Somerset—. Ha sido por culpa de mi zapato.

—La pobrecita está confundida —dijo Margaret con una chispa malévola en los ojos. Eliza la fulminó con la mirada.

—Señorita Balfour, ¿podrías tener siempre a mano unas sales revitalizantes por si lady Somerset vuelve a desvanecerse? —le preguntó Somerset.

—Lo intentaré —titubeó Margaret—. Puede que Pardle sepa dónde hay.

Salió de la habitación con un ritmo que no sugería urgencia. Eliza, que desistió de encontrarle sentido a lo acontecido, sorbió obediente el licor mientras observaba a Somerset con la cabeza gacha. El conde se sentó en la silla contraria, pero con cierta tensión y en el borde, como si esperase que ella fuese a desmayarse de nuevo en cualquier momento.

—No te esperábamos en Bath —dijo Eliza tras hacer una larga pausa.

—Yo tampoco lo esperaba —respondió Somerset—. He venido directamente desde el despacho del señor Walcot, que me ha informado acerca de tu presencia en Bath… y de tu salud. Debo confesar que desconocía que estuvieras tan enferma.

«Ah». El comportamiento de Somerset empezaba a cobrar sentido. Eliza era consciente de que Margaret había exagerado la descripción de su supuesta enfermedad con el señor Walcot. Dios sabía cómo habría descrito el abogado su «fluralgia» como para haber provocado la visita inmediata de Somerset, cuando en Harefield parecía incapaz de abandonar su compañía con suficiente premura.

—No es tan grave —dijo.

—Según el señor Walcot, era bastante grave —insistió Somerset.

—Ha sido un malentendido —le aseguró Eliza—. No era grave, y ahora estoy bastante bien ya.

No le gustaba tener que mentirle, pero tampoco podía contarle toda la verdad.

—Me alegro —dijo Somerset—. Por cómo me lo ha contado...

Se interrumpió.

—Solo fue un poco de cansancio —lo informó ella.

Pero Somerset volvía a fruncir el ceño.

—En ese caso, ¿por qué no se me ha informado de tu traslado a Bath? La gravedad de tu salud habría explicado la omisión, pero si no es tan grave...

Ay, Dios.

—¿No recibiste mi carta? —le preguntó Eliza con el tono agudo y estridente que siempre adoptaba su voz cuando debía mentir de forma inesperada—. Te escribí... para anunciarte el cambio de planes, pero quizá se ha... retrasado un poco.

Somerset arqueó una ceja con educada incredulidad.

—¿Puedo preguntar cuándo enviaste la carta?

Ay, Dios bendito.

—No estoy del todo segura —respondió Eliza—. Había tantas cosas que hacer...

El conde la miró con expresión fría una vez más.

—Milady —dijo tras una pausa—, soy consciente de que mi tío estaba decepcionado por deber contar conmigo como su heredero. Me dejó bien claro que era un pobre sustituto para un posible hijo, por lo cual quizá jamás invirtió en educarme acerca de la gestión y administración de las tierras. Y quizá seas de su misma opinión. Sin embargo, no puedo cumplir con mi deber como cabeza de esta familia si no me respetas.

—¡Santo Dios, no! —exclamó Eliza, un tanto escandalizada—. No tenía nada que ver con... Te respeto, de veras que sí.

—Pero he tenido que enterarme de tu paradero por boca del señor Walcot, quien se ha sorprendido mucho al ver que yo no estaba al corriente —dijo con voz seca—. La vergüenza que he sentido ha sido considerable, te lo aseguro.

Por la reprimenda, Eliza empezó a sentirse como una niña pequeña.

—Debería haberte escrito mucho antes —concedió—. He sido desmesuradamente descortés.

Somerset asintió, hasta cierto punto apaciguado.

—¿Sigues teniendo la intención de regresar a Balfour cuando te hayas recuperado por completo? —le preguntó.

—Yo... todavía no lo sé —admitió Eliza.

Ya estaban a mediados de febrero, y Eliza tan solo contaría con otras ocho semanas con Margaret antes de que a esta la reclamaran en alguna parte. Por más que en Bath se sintiese como en casa con cada día que pasaba, la idea de permanecer allí sin Margaret, de encontrar una nueva compañía, era demasiado desalentadora como para valorarla.

—Ya veo.

Somerset bajó la mirada hasta su sombrero, que seguía cogiendo con las manos, y empezó a darle la vuelta lentamente. El gesto resultaba familiar. Era el que solía hacer cuando estaba nervioso e intentaba reprimirlo. Eliza lo recordaba con sumo detalle dándole vueltas a su sombrero la primera vez que la visitó en la casa de los Balfour de Londres.

—Sé que... —empezó a decir Somerset con la mirada fija en el sombrero— que la naturaleza de nuestros encuentros en el pasado provoca cierta incomodidad en nuestras circunstancias presentes.

—Tal vez no sea una situación ideal —dijo Eliza con la boca muy seca.

—Ciertamente no lo es —asintió Somerset, y levantó la vista—. Y no me gustaría pensar que es esa incomodidad la que te impide permanecer en Harefield, si es donde deseas vivir. Allí siempre tendrás tu lugar, te lo prometo.

Era muy propio de él hacer aquella promesa. Siempre había sido un hombre honorable sin remedio.

—Gracias —respondió Eliza de corazón—, pero somos felices aquí, en Bath. Nos ha proporcionado un cambio de escenario que ni Balfour ni Harefield nos habría dado.

Somerset asintió.

—Lo entiendo… Imagino que sería difícil que todo te recordara a él constantemente —murmuró.

Eliza guardó silencio. Era consciente del deseo que sentía, inapropiado en extremo, de confesarle al conde cuán poco amor había habido entre ella y su esposo. De decirle que, en los años en que habían estado casados, ningún tipo de afecto nació entre ambos, que el abismo que los separaba no hizo sino enfriarse más todavía con cada mes que transcurría sin que tuvieran descendencia. Pero sería inapropiado. Y, al fin y al cabo, él no querría oírlo.

El sonido de unos fuertes pasos en las escaleras anticipó el regreso de Margaret y, cuando ella entró, Somerset se puso en pie.

—¿No hay sales en la casa? —le preguntó este con una sonrisa.

—¡Ay, qué cabeza tan olvidadiza tengo! —soltó Margaret a la ligera—. No te vas a ir ya, ¿verdad, Somerset?

—Me temo que sí —contestó—. No hace falta que te levantes, lady Somerset.

Tras cumplir con su deber y con su honorable misión, no

había motivos para prolongar su visita. Eliza intentó no llevarse una decepción.

—¿Regresas a Harefield esta noche? —le preguntó Eliza.

—Esta noche no. Tengo más asuntos que tratar con el señor Walcot mañana por la mañana —dijo Somerset tras una breve pausa. Le dio varias vueltas al sombrero una vez más, y añadió—: Quizá… podría venir a visitarte mañana, si te parece conveniente.

—Me lo parece —dijo Eliza conteniendo la emoción que la recorría—. Me lo parece, sí.

—En ese caso, nos vemos mañana. Lady Somerset, señorita Balfour. —Las saludó con una inclinación de cabeza.

Las primas aguardaron hasta oír cómo se cerraba la puerta principal de la casa. Y, en ese preciso instante, Margaret se precipitó hacia la ventana para contemplar la marcha de Somerset por la calle.

—¡Se ha ido! —exclamó—. ¿De qué habéis hablado en mi ausencia? He intentado escucharos desde las escaleras, pero hablabais con voz muy baja.

—De poca cosa —respondió Eliza, un poco aturdida. ¿Aquello acababa de ocurrir? ¿Acababa de ocurrir de verdad?—. Me ha asegurado que me recibirán con los brazos abiertos en Harefield si deseo regresar.

—Pero no lo deseas —la tanteó Margaret.

—Pero no lo deseo —le confirmó Eliza—. Pero ha sido muy amable por su parte sugerírmelo. Cuando ha pensado que estaba enferma, ¿a ti te ha parecido que estaba… preocupado?

—Creo que sí, muy preocupado.

—¿Y aliviado al saber que ya me encontraba bien?

—Muy aliviado. —Margaret asintió vigorosamente con la cabeza.

—Y mañana pretende volver —dijo Eliza, en parte porque creía que se lo había imaginado.

Entonces, tal vez a él no le resultase indiferente del todo. Eliza se puso una mano sobre los labios e intentó no sonreír. «No cometas el error de albergar esperanzas ahora», se contuvo a sí misma. «Se ha pasado media visita reprendiéndote, por el amor de Dios».

«Pero ha sido amable», protestó una vocecilla soñadora. «Y quiere volver».

—¿Crees...? —Eliza se interrumpió.

—¿Creo...?

—Es que... se ha comportado con gran amabilidad hacia el final —dijo—. ¿Puede ser una señal de que algún día... quizá me perdone?

—¿Que te perdona? —Margaret frunció el ceño de pronto—. ¿Por qué?

—Margaret, ya sabes por qué.

—No comprendo por qué sigues sintiéndote tan culpable —replicó su prima—. Era una situación imposible para ambos, pero solo tú tuviste que soportar las consecuencias... casándote con la vieja cabra, en tanto él se quedaba libre y sin responsabilidades.

—Se alistó en la Marina, Margaret —puntualizó Eliza—. No creo que eso pueda considerarse una libertad sin responsabilidades.

—¿El qué?, ¿navegar por el Atlántico a bordo de un barco con los amigos? Mucha gente pagaría por disfrutar de tal diversión.

Las nociones que tenía Margaret de la Marina eran claramente limitadas.

—Siempre me ha caído bien Somerset —continuó—, pero si sigue resentido por aquello tantos años después, es evidente que no merece que le dediques ni un solo pensamiento más.

—Tal vez deberíamos tomar un refrigerio —propuso Eliza mientras se levantaba del sofá para hacer sonar la campanita.

No le apetecía discutir. Margaret siempre había sido la defensora más férrea de Eliza, y esta la quería mucho por ello, pero no había estado allí cuando Somerset se enteró de la traición de Eliza. De haber estado allí, quizá comprendería mejor por qué su prima sentía tantos remordimientos.

—Milady. —Perkins había aparecido junto a la puerta—. Acaba de llegar un envío del señor Fasana y como es, en fin, bastante más grande que los anteriores, me preguntaba dónde querría que…

—¡Ah! —exclamó Eliza al recordar la gran cantidad y el gran tamaño de las compras que había hecho aquella mañana—. Quizá podría dejarlo todo aquí mismo, de momento.

Perkins hizo una pausa educada.

—¿El caballete también?

Eliza miró alrededor. Ese salón ya albergaba un piano, y añadir un caballete no haría sino restarle a la estancia espacio, además de incitar preguntas de cualquier visitante que entrase allí. De visitantes como Somerset al día siguiente.

«Quiere volver».

—Tal vez debamos colocarlo todo en el salón de abajo —dijo con aire distraído.

Perkins asintió con rapidez. Con la eficiencia que lo caracterizaba, no tardó ni una hora en remodelar el salón de la planta de abajo: quitó dos sillas para poner el gran caballete, que había situado a cierta distancia de la ventana para que Eliza pudiera disfrutar de luz natural y que, al mismo tiempo, se mantuviera oculta de los transeúntes. Vació las estanterías para dejar espacio a todos los cuadernos de dibujo de Eliza, que todavía estaban en blanco. Y trasladó una cómoda de la sala para guardar las pinturas. Con la mente de Eliza llena de agitación, resultó ser la distracción perfecta; mientras Margaret leía su libro, aovillada en el sofá, ella probó las nuevas pinturas. Retrató la luz rosada del anochecer con un róseo que se extendía como una crema bajo su pincel, y empezó a dibujar a Margaret con un carmín que respetaba a la perfección el tono de sus rizos pelirrojos. Cuando la noche se volvió cerrada y las velas se consumieron casi del todo, Eliza volvió a sellar las pinturas —que se encontraban en el interior de tiras formadas por piel de vejiga animal atadas por arriba— con un hilván y las cambió por un lápiz, con el que dibujó de memoria las escenas del concierto: la expresión de Melville al coquetear con lady Hurley, el fastidio del señor Fletcher, la mirada crítica de la señora Winkworth...

Para cuando Eliza dejó a un lado los materiales, el fuego de la chimenea casi se había apagado y le empezaban a doler los ojos, así que se sintió lo bastante tranquila como para retirarse al fin.

Al día siguiente, se prometió mientras se desvestía, estaría preparada. Nadie la sorprendería agachada en la calle como si fuera un mocoso mugriento. Estaría calmada, serena y sosegada, y todo saldría bien.

8

Aunque las horas frecuentes en que la gente se visitaba —entre el mediodía y las tres de la tarde— dejaban buena parte del día libre, Margaret y ella no se fueron a hacer ninguno de sus recados. A fin de no perderse la visita de Somerset, se instalaron en la sala para aguardar su llegada.

—¿De qué creéis que vais a hablar? —le preguntó Margaret a su lado.

—De los asuntos habituales, supongo —contestó Eliza. Esa misma mañana acababa de hacer una lista—. Le preguntaré si hay novedades de su familia, de Londres, de…

Margaret puso una mueca.

—¿De qué solíais hablar? —añadió—. Cuando estabais en pleno cortejo, me refiero.

—¿Cuando nos conocimos? Hablábamos de libros, de nuestros amigos en común, del progreso de la guerra.

—¿Y luego? —insistió Margaret.

Y luego… En algún punto entre los retazos de conversación en los bailes, en los jardines y en el teatro, la cautela natural de él y la timidez natural de ella desaparecieron lo suficiente como para que descubrieran no solo las vueltas análogas que daban sus mentes, sino también la profundidad de los ojos del otro.

—¿Por qué estás tan interesada? —preguntó Eliza en lugar de responder. Ensimismarse en aquella nostalgia tan solo serviría para ponerla más nerviosa.

—Como nunca he tenido ninguna relación amorosa con nadie, no me queda otra opción que interesarme por la tuya —terció Margaret encogiéndose de hombros.

—¿De verdad nunca has sentido debilidad real por nadie? —quiso saber Eliza.

—Ha habido hombres con los que me ha gustado coquetear —dijo Margaret tras meditar al respecto—. Pero no tanto como para valorar casarme con uno de ellos. Supongo que ser una viuda rica como tú es algo a lo que me gustaría aspirar, pero ¿cómo se cerciora una de que el caballero en cuestión morirá pronto?

—No sin arriesgarse a hacer una larga visita a la cárcel de Newgate.

El reloj dio las doce. Hubo ruidos en la planta inferior. La puerta.

Eliza se levantó. Aquel día se había vestido con esmero con un traje ajustado de crepé negro que el cuello alto volvía recatado, y se alisó la parte delantera con una mano.

—Es un conjunto muy favorecedor —le susurró Margaret.

Eliza oyó los murmullos de Perkins y luego pasos que subían las escaleras. Le había pedido al mayordomo que hiciera pasar de inmediato a los visitantes en cuanto llegasen —llegase—. Respiró hondo. Aquel día no había motivos para sentir nervios. No era más que una visita matutina. Solo algo de lo más anodino.

Perkins abrió la puerta.

—Lord Melville y lady Caroline Melville, milady —anunció.

—¡No! —exclamó Eliza, totalmente descolocada.

—¡Buenas tardes! —los saludó Margaret para intentar disimular la metedura de pata de su prima.

—Buenas tardes —dijo Melville al entrar en la habitación,

con una mirada un tanto perpleja—. ¿Esperaban a otra persona?

—No, por su-supuesto que no. ¡No esperamos a nadie! —aseguró Eliza demasiado alto.

—Melville, me habías dicho que nos habían invitado —dijo lady Caroline girándose hacia su hermano.

—¡Y así es! —le aseguró él—. Pero ahora que lo pienso…, quizá solo superficialmente.

¡Ojalá! Eliza apenas había mencionado la posibilidad de pasada.

—¿Deberíamos irnos? —preguntó lady Caroline con una ceja alzada dirigida hacia Eliza.

Eliza deseaba más que nada ser capaz de responder con sinceridad. Somerset llegaría en cualquier momento y ella no estaba en absoluto preparada para hacer malabares con dos clases de invitados distintos; por no hablar de lo que pudiera pensar el conde si encontraba a Eliza tomando el té con dos de las personas más propensas a coquetear de toda Inglaterra.

—¡No, no, desde luego que no! —les aseguró sin embargo, retorciéndose las manos sobre las faldas—. Siéntense, por favor. ¿Les puedo ofrecer algún refrigerio?

—Sería muy amable por su parte —contestó lady Caroline mientras se sentaba con elegancia en la silla delante de Eliza. Melville, en cambio, ignoró su invitación y se acercó a la ventana para contemplar la calle.

—¡Encantador! —dijo.

Eliza miró a lady Caroline con impotencia y sin ningún pensamiento en la cabeza. Con otros visitantes, tal vez habría comentado la decepcionante naturaleza del cielo gris pálido del día, pero como sabía que lady Caroline ya la consideraba aburrida, no quiso plantearle aquel tema.

—Le debo una disculpa, señorita Balfour. —Lady Caroline tomó la palabra en primer lugar—. Melville me ha contado que oyeron nuestra conversación a la salida del concierto, que fue terriblemente desagradable. ¡Qué maleducados fuimos! ¡No sé cómo han podido perdonarnos!

—No les hemos perdonado —se apresuró a saltar Margaret antes de que Eliza respondiese—. Quizá con el tiempo.

Eliza reprimió un gemido, pero lady Caroline no parecía ofendida. Más bien observó a Margaret con atención como si recalculase lo que pensaba de ella.

—Qué lengua tan afilada —la felicitó.

—No lo sabe usted bien —le espetó.

—Pero el miércoles por la noche no se la oímos.

—El miércoles por la noche me comporté como era debido.

—Una agonía espantosa —dijo lady Caroline—. Me alegra comprobar que ya está curada.

Las dos se sonrieron. Pero fue Eliza quien decidió pensar que se sonreían y no, como tal vez fuese más preciso, que se enseñaban los dientes.

—¿Les puedo ofrecer algún refrigerio? —repitió con alegría cuando Perkins volvía a entrar en la estancia. Su bandeja de refrigerios, que por lo general estaba bien cargada de opciones, era más frugal que de costumbre, con solo una cafetera, porciones de tarta y frutas. Al verla, Eliza le lanzó una mirada de agradecimiento, a la que él respondió con el menos perceptible de los asentimientos; siempre podía confiar en que Perkins se percataría de todos los detalles. A ella le correspondía despachar a los Melville con la mayor de las celeridades posible. Solo eran las doce; no había razón alguna para que las dos visitas se solapasen—. ¿Quiere leche, milord? —le preguntó Eliza mientras le tendía una taza a lady Caroline.

—Estoy decepcionado —respondió él desde el lugar que ocupaba, donde examinaba el cuadro de la pared, un bonito paisaje que ella había comprado a un artista que la semana anterior había exhibido sus obras en las termas.

—Vaya, pues si prefiere té, le pediré… —empezó a decir Eliza.

—Esperaba encontrar sus paredes cubiertas de sus propios cuadros —dijo Melville como si Eliza no hubiera tomado la palabra—. Pero no creo que este lo haya pintado usted.

—No, no, por supuesto que no. —Le sorprendió que Melville se hubiera acordado de ese detalle—. Es mucho mejor que el arte al que podría aspirar yo.

—¿Usted dibuja? —le preguntó lady Caroline observando a Eliza por encima del borde de su taza.

—Un poco —contestó.

—Y también pinta… maravillosamente bien —intervino Margaret.

—¿Con acuarelas? —se interesó lady Caroline.

—Y un poco con pinturas al óleo —admitió Eliza.

—Impresionante. No es algo que se suela enseñar a una mujer. —Lady Caroline miró a Eliza y luego a Margaret—. Creo que las dos son bastante más interesantes de lo que aparentan.

La anfitriona no supo si se trataba de un cumplido, así que se limitó a dar un sorbo a su taza antes que a responder.

—No sé si se trata de un cumplido —comentó Margaret.

—No sé si lo he dicho como tal —le respondió lady Caroline—. No deberían ocultarlo.

La conversación se les estaba escapando de las manos… y Melville todavía no se había sentado. De hecho, en ese momento inspeccionaba las estanterías.

—Milord, ¿le interesa probar un poco de pastel? —le preguntó Eliza, desesperada.

—¿Dónde están sus pinturas? —preguntó—. Aquí no veo rastro de ninguna de ellas.

—Las guarda arriba —terció Margaret. Eliza la fulminó con la mirada.

—¿Me permite verlas? —saltó Melville de inmediato.

—Espero que perdone mis reservas. —Eliza negó con la cabeza—. No estoy acostumbrada a mostrarle mis cuadros a alguien a quien apenas conozco.

—En ese caso, tan solo habrá que empezar a conocernos —dijo Melville acercándose por fin al sofá. Eliza miró hacia el reloj. Habían vuelto al plan original. Todo saldría bien.

Por supuesto, fue en ese instante cuando Eliza oyó el inconfundible ruido de cascos sobre la calle e irguió la cabeza de pronto hacia la puerta.

—Santo Dios, ¿qué ocurre? —preguntó lady Caroline.

—Debe de ser Somerset —soltó Margaret. Eliza la observó aterrada. ¿Cómo diablos iba a encontrarse con él delante de los Melville? Y ¿Somerset se sorprendería, y acaso se llevaría una decepción, al hallar a Eliza en una compañía tan extraña? Deseó que lady Caroline no estuviera tan bella con su vestido a la moda londinense. Las posibilidades de que el conde se enamorara inmediata e irremediablemente de ella parecían muy altas.

—Ah, una visita familiar, pues —dedujo lady Caroline.

—No es un familiar mío —negó Eliza en un acto reflejo.

Lady Caroline arqueó una ceja con curiosidad y Eliza se ruborizó de nuevo ante su falta de educación.

—Dicho esto —se apresuró a añadir—, como ha pasado tanto tiempo fuera, no creo que sea...

Eliza alargó el cuello para intentar oír ruidos de la planta inferior, pero en vano.

—¿No se han visto demasiado? —le preguntó lady Caroline.

—En efecto —asintió ella—. Solo cuando él era el señor Courtenay, cuan-cuando vivía en Inglaterra. —Al parecer, Eliza había perdido el don de la elocuencia—. Pero ¡solo a veces! Y fue hace muchos años, por supuesto, y ahora...

—Me interesa enormemente que nos hable de sus viajes —la interrumpió Margaret con firmeza antes de que su prima añadiese más detalles innecesarios por culpa de los nervios—. Habrá vuelto con historias emocionantes, sin duda.

—No debería tener las expectativas muy altas —la aconsejó Melville—. He oído decir que es un tipo sombrío.

—No lo es —exclamó Eliza de inmediato, y lady Caroline enarcó ambas cejas.

Se oyó el ruido de alguien que llamaba con fuerza a la puerta principal, y Eliza miró hacia la puerta de la estancia con ansia y sin pensar.

—Ah, ya veo —dijo lady Caroline como si lo comprendiese todo—. Vamos, Melville. Debemos irnos. —Y se levantó.

—Pero es que todavía no he probado el pastel —rezongó Melville.

—Ah, no sientan la necesidad de marcharse... —dijo Eliza.

Desde el recibidor les llegaba la voz de Somerset, y también la de Perkins.

—He recordado unos recados que debo hacer con urgencia —aseguró lady Caroline—. Vámonos, Melville.

Eliza no sabía si estaba más avergonzada o agradecida. Qué humillante era que alguien la hubiera leído con tanta facilidad y qué amable era lady Caroline por ofrecerle su ayuda.

—El conde de Somerset, milady —anunció Perkins.

Somerset vaciló en el umbral de la puerta durante unos segundos, por lo visto sorprendido al ver la estancia tan llena.

—Buenos días, milord —lo saludó Eliza con voz temblorosa. Era imposible evitarlo ya—. ¿Me permites que te presente a lord Melville y a lady Caroline Melville?

—Buenos días —dijo Somerset. A medio camino de una inclinación de cabeza, su mente asimiló el apellido que acababa de oír—. ¿Melville? —repitió.

—Sí, ¿me conoce? —le preguntó el aludido inclinando la cabeza a su vez.

—Solo conozco su reputación, milord —dijo Somerset con una indirecta.

—Ah, y ahora ya llega hasta las Américas, ¿no es cierto? Qué maravilloso me parece alcanzar por fin el otro lado del Atlántico.

La expresión de Somerset se endureció. Siempre había desaprobado a los caballeros que trataban a la ligera los sentimientos que despertaban en las mujeres.

—«Maravilloso» no es la palabra que yo habría escogido —comentó Somerset lentamente.

Eliza no supo si Melville había percibido la frialdad de la voz de Somerset, pero si la había detectado no parecía en absoluto molesto.

—Admiro a los hombres que analizan con sumo detalle el vocabulario —terció Melville como si pretendiera elogiar al conde—. ¿Qué le parece, pues, «impresionante»? ¿O «pionero»?

La expresión de Somerset se volvió más seria aún.

—No, ya lo tengo: ¡«*extraordinaire*»! —exclamó Melville—. Si no le importa que tome prestado un vocablo del francés.

—Ya nos marchábamos —intervino lady Caroline.

—No por mi culpa, espero —dijo Somerset.

—No, vamos a hacer un recado urgente, si bien todavía desconocido —respondió Melville haciéndole una garbosa reverencia a Eliza—. Lady Somerset. Lord Somerset. Señorita Balfour.

Y se fueron. Tras su partida se instaló un largo silencio entre ellos.

—No estaba al corriente de que lord Melville se hallaba en Bath —dijo Somerset con el ceño fruncido hacia la puerta, como si los Melville todavía estuviesen allí.

—Lady Caroline y él han llegado hace poco —se dio prisa en aclarar Eliza—. ¿Te gustaría tomar asiento?

—¿Y os conocéis bien? —le preguntó Somerset al sentarse.

—En absoluto —le aseguró Eliza.

—Aunque parecen bien dispuestos a cambiar esa situación —añadió Margaret con una curva en los labios.

—Ya veo —murmuró Somerset.

—¿Todo marcha de forma adecuada en Harefield? —le preguntó Eliza—. Ayer olvidé preguntarlo.

Los lugares comunes sin duda despojarían la estancia del ambiente tenso.

—Sí, perfectamente —contestó Somerset, aunque seguía con el ceño fruncido—. Estamos renovando el ala este; la humedad se había vuelto ya... —Al presentir que su comentario podría interpretarse como un insulto a la antigua señora de Harefield, se apresuró a añadir—: ¡Algo muy común en estas casas tan viejas, por supuesto!

Pero esa no fue la parte de la frase en la que ella se había fijado.

—¿«Estamos»? —preguntó, incapaz de contenerse.

—Sí —asintió él—. Con la supervisión del administrador, claro.

—Me alegro —dijo muy aliviada. Obviamente, era imposible que el conde se hubiese casado o comprometido sin que ella lo supiese; qué temor tan absurdo le había atravesado la mente—. Pero espero que no te resulten incómodas las obras que te rodean.

—No creo que... —empezó Somerset, pero se interrumpió para cambiar de opinión—. De hecho, sí, son bastante molestas. Me quedaré en Bath durante la próxima quincena para evitar lo peor de la reforma.

Durante unos segundos, Eliza creyó que lo había oído mal.

—¿Te... que-quedarás? —balbució—. No lo sabía. Ayer no dijiste nada al respecto.

—Ayer no sabía cuál era el alcance real de las obras —respondió.

—Qué coincidencia tan oportuna —comentó Margaret, y Eliza sabía que su prima también sospechaba que Somerset estaba disimulando. Pero ¿por qué iba a mentirles? A no ser que fuera porque..., a no ser que fuera que...

Pero seguro que eso no eran más que ilusiones suyas.

—Será más fácil gestionar los negocios desde aquí —dijo Somerset con voz calma—. Y también me gustaría estar cerca de... —Hizo la pausa más breve del mundo, y a Eliza se le aceleró el corazón—. De mi hermana —terminó diciendo—. Vive solo a cinco millas al sur de Bath, si lo recuerdas.

—Sí, por supuesto —asintió Eliza—. Bueno, creo que nos ha encantado oír tus novedades.

Y se quedaba bastante corta. La sorpresa de Eliza daba paso a un mareo. ¡Una quincena! Dos semanas enteras con la presencia del conde...

—Mi ayuda de cámara volverá a Harefield a por más cosas mías —anunció Somerset con un tono más desenfadado—. Quería preguntarte si hay algo que te gustaría que trajésemos hasta Bath. Te llevaste muy pocas cosas, aunque fue tu hogar durante muchos años.

Eliza sintió una punzada en el pecho. Qué amable era con ella.

—Jamás podría llevarme nada —objetó Eliza.

—Podrías. De hecho, insisto en que te lleves algo.

La mente de Eliza se desplazó brevemente hasta el cuadro marino de su abuelo que estaba colgado en el salón, la mejor pintura de todas las que adornaban Harefield, que no lucía como sin duda alguna merecía, pero enseguida descartó aquella idea. Era demasiado valiosa, y, aunque tal vez Somerset no conociese su valor, lady Selwyn seguramente sí.

—¿De qué se trata? —le preguntó Somerset. Siempre había sido capaz de leerla con suma facilidad—. Debes decírmelo.

Pero Eliza no podía arriesgarse a que el conde la considerase una mercenaria.

—La tetera del salón del ala este —dijo recordando su segundo objeto preferido de la casa—. Si nadie más...

Una sonrisa se abrió paso en el rostro de él, la primera de toda la tarde.

—¿Una tetera? Eres consciente de que era tu oportunidad para pedir los diamantes de la familia, ¿verdad? —la provocó. No era un deje que ella esperase oír en la voz de Somerset, y el rubor cubrió sus mejillas.

—Si algún día bebieras el té que prepara, lo entenderías —aseveró.

—En ese caso, tal vez antes de aceptarlo debería probarlo. ¿Estás segura de que no puedo convencerte para que te lleves nada de mayor valor? —le rogó.

Eliza negó con la cabeza y la sonrisa de él se ensanchó.

—Qué propio de ti pedir algo tan nimio —dijo—, desear tan pocas cosas para ti.

Eliza podría haberle dicho que no se trataba de abnegación, que no había nada que desease menos que el peso opresivo de los diamantes de la familia en el cuello, pero no se lo diría, no cuando él la miraba de aquella forma. Como se había acostumbrado a mirarla antes de que todo se derrumbase.

—No has cambiado —murmuró el conde.

Las sonrisas de ambos desaparecieron en cuanto se miraron a los ojos. El peso de todo cuanto había sucedido, de todo cuanto habían sido el uno para el otro, pareció cernerse sobre los dos como una pesada carga.

—A mí no me importaría quedarme los diamantes si nadie más los quiere —terció Margaret rompiendo así el momento.

—Veo que tú tampoco has cambiado, señorita Balfour —dijo Somerset mientras negaba con la cabeza sonriendo—. Tu estado de ánimo es tan alegre como siempre.

—Hay cosas que ni siquiera las aguas de Bath pueden curar —comentó Eliza, y Margaret se echó a reír, si bien Somerset dejó de sonreír.

—¿Cómo te encuentras tú? —le preguntó a Eliza con gesto serio, como uno se interesaría por una anciana tía postrada en la cama.

—Me encuentro bien —contestó Eliza.

—¿Acaso no tiene buen aspecto? —intervino Margaret.

Eliza le lanzó una mirada de reproche.

—Sí. Tienes buen aspecto —murmuró Somerset. Miró a Eliza de arriba abajo—. ¿Un vestido nuevo?

—Sí —dijo ella con la boca seca.

—Te queda bien —aseguró, y era un cumplido que no perdía valor por su sencillez—. ¿Sigues yendo a disfrutar de las aguas curativas?

—Sí —respondió—, aunque más para ir de visita con nuestros nuevos amigos que por cualquier otra razón.

—Nuevos amigos —repitió Somerset—. ¿Y consideráis así a los Melville?

—No —se apresuró a negar Eliza.

—Sí —dijo Margaret al mismo tiempo.

El conde volvió a fruncir el ceño.

—Es decir —aclaró Eliza—, tan solo los hemos visto unas pocas veces, así que no creo que podamos considerarlos...

—No me gustaría excederme, milady, pero pediría cautela en lo que respecta a los Melville. Las historias que he oído...

El modo prudente en que hablaba, como si seleccionara sus palabras con mucho cuidado, espoleó la curiosidad de Eliza.

—¿Son historias de naturaleza escandalosa? —preguntó,

sin querer parecer demasiado interesada en los detalles, pero no obstante interesada. ¿Qué había oído Somerset sobre Melville en el poco tiempo que llevaba en el país?

—No son historias que vaya a repetir delante de unas damas —afirmó con rotundidad.

—Qué aburrimiento —masculló Margaret. Y, si bien Eliza admiró el sentido del decoro de Somerset, no pudo sino estar de acuerdo con ella en secreto.

—Solamente diré que no recomendaría su amistad —dijo Somerset—. Una mujer de… Una mujer de tu posición debería ser precavida.

La protectora precaución resultaba encantadora, y Eliza sintió la breve tentación de alentarla… Pero no, sería demasiado injusto.

—Los Melville son muy alegres —exclamó—. Pero en el tiempo que hace que los conocemos, que no deja de ser bastante limitado, esa es la máxima prueba de su indecencia.

No había necesidad alguna de mencionar el accidente de carruaje ni los insultos que habían oído, pues ambas escenas parecían, de pronto, lejanas en el tiempo; irrelevantes incluso ante el animado Somerset que había ido a visitarla. «Dos semanas enteras».

—Si pasaras más tiempo en su compañía, estoy segura de que coincidirías conmigo —añadió.

—Supongo que lo veré por mí mismo —dijo Somerset, aunque enarcando las cejas en un gesto que sugería cuánto lo dudaba.

El reloj marcó la una. El conde se levantó para marcharse.

—Os deseo buenos días —dijo—. ¿Tenéis la intención de visitar las termas mañana por la mañana?

—Así es —asintió Eliza.

—Nos veremos allí, pues. —Tras dedicarles una breve inclinación de cabeza, se marchó.

—Ay, Dios santo —exclamó Eliza cuando habían oído el

inconfundible ruido de la puerta principal, que se cerró tras él. Somerset iba a quedarse en Bath. Iba a quedarse en Bath y al día siguiente volverían a verse—. Ay, Dios bendito.

—Nuestra estancia en Bath está a punto de volverse sumamente interesante, sí —opinó Margaret con la felicidad propia de un gato que se encontrase ante un gigantesco cuenco de leche para él solo.

9

Que aquella noche Eliza no durmiese en absoluto no fue ninguna sorpresa. Se pasó horas en vela y terminó —como se había vuelto una costumbre en la última semana— llevándose el portafolio a la cama con la esperanza de que el arrullo del lápiz tranquilizara su mente. Pero aunque intentó dibujar la elegancia de Camden Place o las vistas exteriores de las termas, dos imágenes cálidas y reconfortantes, cada vez que lo intentaba acababa esbozando el salón de aquel día: la sonrisa burlona de Margaret al discutir con lady Caroline, el atento escrutinio de Melville hacia sus estanterías y a Somerset... Nuevamente a Somerset. El sombrero que sujetaba con las manos, el fruncido de ceño, la mirada provocadora que le había lanzado...

Se durmió al fin asida al cuaderno, que dejó manchas de carboncillo en las sábanas, ante las cuales Pardle puso mala cara.

—¿Hoy el vestido de lana, milady? —le preguntó la criada.

—Creo que el de seda —decidió Eliza. Era mucho más elegante que el que llevaría por lo general a las termas, por supuesto, pero teniendo en cuenta que aquel día era una ocasión muy especial, le resultó lo más apropiado. El ansia que sentía por estar de nuevo junto a Somerset era inigualable, y tuvo que recordarse en dos ocasiones que la necesidad para aquella urgencia había quedado atrás. Hasta el mes de marzo tal vez lo vería a diario: en las termas, en las salas de reuniones, en la iglesia... Tras años de austeridad, parecía un aluvión de riquezas, y las diez de la mañana se hacían de rogar. Cuando el reloj marcó menos cuarto, Eliza y Margaret salieron y avanzaron por las calles adoquinadas de Bath con tanta celeridad como se aceptaba en damas de cierta alcurnia.

Se quedaron junto a la entrada, deseando buenos días a media docena de conocidos, en tanto Eliza barría con la mirada el recibidor buscando desesperada a Somerset. Al fin lo encontró, en el centro del vestíbulo, hablando con la señora y la señorita Winkworth.

—Pobre hombre —observó Margaret.

Con el corazón en un puño, Eliza estuvo de acuerdo e hizo amago de aproximarse, pero su prima la sujetó del brazo.

—Nos veremos envueltas en una conversación con ella también —dijo negando con la cabeza—. Deja que él venga hasta nosotras.

—¿Cómo demonios es posible que se hayan presentado tan deprisa? —se lamentó Eliza mientras intentaba captar la atención de Somerset. No se consideraba de buena educación acercarse sin más a una persona y empezar a hablar; una debía esperar, o pedirle a un conocido mutuo, que la presentaran formalmente. Como aquella era la norma que la señora Balfour insistía en que obedecieran los demás, si bien ella misma se consideraba exenta de esa condición, tal vez no sorprendiese a nadie que la señora Winkworth pensara del mismo modo. A Eliza tan solo le quedaba esperar que Somerset no se hubiera ofendido por la naturaleza invasora de la mujer.

—Supongo que la señora Winkworth solo ha necesitado ver el anillo que lleva él para hacer las presentaciones —dedujo Margaret, cuyos pensamientos habían viajado en la misma dirección que los de Eliza.

—Quizá lo invite a dar mañana un paseo con nosotras —le

susurró a Margaret en tanto esperaban—. Lady Hurley mencionó que a menudo va a pasear por los jardines de Sydney después del oficio del domingo, así que todos podríamos ir juntos.

Aquella ilusionante propuesta se adueñó de su cabeza en el preciso instante en que Somerset levantó la vista y se fijó en ellas por fin. Tras disculparse con las mujeres Winkworth, se acercó. A Eliza le pareció más alto, más corpulento y más elegante que el día anterior, puesto que el sol que se filtraba por los grandes ventanales lo bañaba de luz dorada.

—Buenos días, milady. Señorita Balfour —las saludó. Sus ojos repararon breve y ¿quizá? apreciativamente en el vestido de Eliza—. Tienes muy buen aspecto.

—Gracias —respondió. La seda había sido la decisión correcta—. Veo que ya has conocido a las Winkworth.

—Son vuestras vecinas, si no lo he entendido mal —asintió—. Según la señora Winkworth, al parecer ya las había conocido en la ópera, aunque no guardo recuerdo alguno de ese encuentro. Y como la señorita Winkworth no debía de tener más de ocho años en aquel momento, no puedo sino poner en tela de juicio la veracidad de la historia.

Margaret resopló.

—Espero que no hayan sido demasiado agobiantes —dijo Eliza.

—Han sido encantadoras —terció Somerset—. Pero la señora Winkworth sí que ha criticado con sumo detalle la postura de su hija. —Hizo una pausa y terminó añadiendo con tacto—: ¿Sabéis? Tengo la extraña sensación de que la señora Winkworth me recuerda a alguien...

Eliza vio una sonrisa burlona temblar en las comisuras de la boca de Somerset y notó cómo sus propios labios se curvaban en una imitación que no podía contener.

—Yo también tuve la misma sensación al conocerla —dijo intentando hablar con voz serena.

—Ya me lo había parecido.

Eliza, absurdamente satisfecha por que la reticencia de Somerset se hubiese atenuado más aún desde la última vez que se vieran, apenas pudo reprimir una sonrisa. Las dos semanas siguientes se extendían ante ella, y visualizaba un centenar de encuentros parecidos a aquel, con Somerset más y más relajado en su presencia.

—¿Has visto hoy al señor Walcot? —le preguntó.

—En efecto, por más que le gustaría enviarme a Jericó —contestó—. Hay muchas cosas que debo aprender sobre los asuntos que conciernen a un terrateniente si pretendo llevar a cabo bien mi deber.

Había muchos caballeros que solo daban valor a las tierras por la riqueza y los privilegios que les proporcionaban, pero eran pocos quienes daban más importancia a los deberes que contraían con las personas que las habitaban y las trabajaban. A Eliza no le sorprendió que Somerset perteneciera al segundo grupo.

—Tengo suerte de que el señor Walcot haga gala de la paciencia de un filósofo —añadió con una mueca autocrítica.

Eliza arqueó las cejas. Ella no lo había presenciado.

—No me cabe duda de que yo soy la alumna más lenta —le aseguró a Somerset con ironía. En su segunda reunión con el señor Walcot, le había quedado clarísimo.

—¿Tu padre ya no está gestionando tus asuntos? —le preguntó Somerset.

—No, pero la semana que viene he quedado con un administrador —contestó—. Quiero hacerle muchas preguntas. Es probable que me considere bastante estúpida.

Al leer detenidamente los textos farragosos que había cogido prestados de la biblioteca, le había impresionado la cantidad de cosas que había que saber.

—No digas tonterías, Eliza —terció Margaret—. Eres de lejos más inteligente que la mitad de los lores que conozco.

—Sin contar con la compañía presente, por supuesto —añadió Eliza de manera significativa asintiendo hacia el conde. Margaret se giró para contemplarlo como si se hubiese propuesto evaluar su inteligencia en aquel instante y lugar.

—Te ruego que no me comuniques las conclusiones que extraigas, señorita Margaret, pues estoy seguro de que no vas a alabarme —dijo Somerset con voz seria, pero ojos divertidos. Se volvió hacia Eliza—. Estoy de acuerdo en que lady Somerset cuenta con inteligencia y con bastante sentido común, pero si algún día puedo servir de ayuda…

Eliza vaciló. Ya había vuelto a rechazar la sugerencia del señor Walcot de que su padre o su hermano —o cualquier hombre, para el caso— estuviese mejor cualificado para gestionar las tierras, y le preocupaba que aceptar ayuda en ese instante significara capitular. Por otro lado, reunirse con Somerset y estar muy cerca de él mientras repasaban las cuentas tal vez tuviese su atractivo.

—Es muy amable por tu parte —dijo—. Las tierras de Chepstow en particular son un tanto confusas.

Somerset arrugó el entrecejo, pensativo.

—Tal vez harías bien en consultar a mi cuñado acerca de Chepstow, ya que las tierras lindan con las suyas.

Como Eliza sentía una gran aversión por Selwyn y como Selwyn sin lugar a duda se molestaría por la consulta después de la desagradable situación vivida en la lectura del testamento, era una sugerencia poco adecuada.

—Una idea maravillosa —mintió Eliza—. Lo haré sin falta en nuestro próximo encuentro.

—Podrás hacerlo hoy mismo —dijo Somerset— porque ha acompañado a mi hermana a visitar Bath… ¡Ahí están!

Eliza se giró y vio, con creciente temor, que efectivamente se les acercaban lord y lady Selwyn.

—¡Lady Somerset! —chilló Selwyn—. ¡Qué alegría verte!

Intercambiaron reverencias e inclinaciones de cabeza, y

lady Selwyn se tomó unos instantes para mirar a Eliza de arriba abajo.

—Nos preocupamos mucho al oír que estabas enferma, milady —dijo con clara falsedad—. Pero veo que no había ninguna necesidad. ¡Estás como una rosa!

Lo dijo de tal modo que parecía un insulto, y Eliza se sonrojó. La seda había sido un error.

—No sabía que iban a visitar Bath —comentó.

—Ah, solo hoy —respondió lady Selwyn con una sonrisa afilada—. En cuanto me refirieron que mi hermano pretendía pasar una quincena en una posada, ¡supe que era mi deber como hermana venir a buscarlo!

—Mi hermana cree que El Pelícano es una especie de infierno —le contó Somerset a Eliza—. Pero allí estoy muy bien. La posada está cerca de mi abogado, de mi administrador y de todas mis tierras.

—¡Sancroft también! —insistió lady Selwyn—. Y así estarías en familia. Aquí no conoces a nadie, solo a lady Somerset.

—Olvidas a la señorita Balfour —terció Somerset.

—Qué descuido tan imperdonable —dijo lady Selwyn. Posó una fría mirada sobre Margaret durante unos segundos antes de ignorar su existencia por completo—. Deberías por lo menos regresar con nosotros para una breve visita… A las niñas les encantaría volver a verte.

Al oír hablar de sus sobrinas, Somerset se suavizó a ojos vista.

—Y tengo entendido… —intervino Selwyn inclinado hacia delante como si fueran a revelar un gran secreto— que esta noche la cocinera preparará ternera.

Y asintió efusivamente. Somerset se rio.

—Me gusta mucho la ternera —dijo.

Eliza lo miró, paralizada. ¡Los Selwyn se lo iban a llevar! El conde acababa de llegar, tan solo había empezado a comportarse de forma normal en presencia de Eliza y, después de un solo día de la prometida quincena, los Selwyn se lo iban a llevar. Tal vez al principio para una visita, pero la expresión de satisfacción de lady Selwyn le confirmaba a Eliza que, en cuanto Somerset se encontrase en la casa de su hermana, no regresaría.

—Venga, lady Somerset, tú también deberías suplicárselo —añadió lady Selwyn—. ¿Verdad que coincides en que Somerset no debería cenar a solas en una posada? Sería una gran tragedia.

Eliza no podía permitirlo. La vieja Eliza quizá habría cedido, quizá habría aceptado sin más su destino por infeliz que la hiciera, pero la nueva Eliza no.

—De hecho —saltó—, iba a pedirle…, a invitar a Somerset a cenar en Camden Place para presentarle un poco a la alta sociedad. Esta noche.

Rechazar aquella propuesta sería de mala educación, y las cejas del conde se unieron en tanto los ojos de lady Selwyn se fijaban claramente en el vestido negro de Eliza, pero esta continuó:

—Ahora que ya han pasado diez meses de mi luto, mi madre me ha sugerido que organice algunas cenas reducidas en casa. Solo con cinco o seis amigos, nada que sea demasiado formal.

Su madre no le había sugerido tal cosa, pero si la señora Balfour, la mujer más puntillosa que cabía imaginar, lo consideraba aceptable, entonces seguramente Somerset no plantearía objeción alguna.

—Pero, por supuesto, no me gustaría impedir que visitaras Sancroft —añadió Eliza—. Aunque si lo único que lady Selwyn desea es evitar que cenes solo…

Somerset dejó de fruncir el ceño.

—Qué casualidad —dijo lady Selwyn con voz sedosa—. ¿Puedo preguntar quién más asistirá a la cena?

Eliza la miró, afligida.

—Pues nuestros buenos amigos, por supuesto… —empezó a decir mientras repasaba mentalmente a todas las personas con quienes pudiese contar para una cena aquella misma noche, y por desgracia tuvo que recurrir a—: ¡Los Winkworth! Nuestros vecinos. Y también, cómo no, pues…

—Los Melville —propuso Margaret con tacto.

—¿El conde? —quiso saber lady Selwyn.

—¿Está en Bath? —Selwyn estaba atónito.

—Sí, acaban de llegar —les confirmó Eliza sin intentar sonar alarmada. El ceño fruncido de Somerset había aparecido de nuevo. «Maldición». ¿Por qué había tenido que recurrir Margaret a la única familia a la que Somerset ya parecía despreciar? ¡Las únicas personas a las que conocían con quienes el conde sin duda no querría cenar!—. Y también serviremos ternera —añadió desesperada.

—Será un placer asistir a la cena —aceptó Somerset—. Y mi hermana se quedará tranquila sabiendo que no estaré solo y abandonado en las mesas del Pelícano.

Eliza sonrió, aliviada. Se hizo un silencio, durante el cual los Selwyn y Somerset la miraron expectante.

—Por supuesto, habríamos pensado en invitarlos de haber sabido que estarían de visita —añadió a regañadientes—. Es una lástima que regresen a Sancroft esta noche.

No era ninguna lástima.

—¡Eso tiene fácil solución! —exclamó lady Selwyn—. Retrasaremos nuestro regreso hasta mañana por la mañana. Seguro que podremos hospedarnos en El Pelícano.

—Una idea fantástica, querida —asintió Selwyn con la sonrisa que le había robado a Eliza—. ¿A qué hora debemos llegar?

—Como en Bath se come tan pronto, supongo que no nos sentarás a la mesa más tarde de las seis —propuso lady Selwyn.

Eliza no encontró una vía de escape. Su mente ágil la había abandonado.

—A las seis… seis y media —murmuró—. Es espléndido que puedan unirse a nosotros.

Después de hacer unas grandes reverencias, Margaret y ella se disculparon.

—Te ruego que no me consideres ordinariamente pragmática —le dijo Margaret conforme se alejaban—, pero ¿puedo preguntarte por qué los has invitado a lo que parece, desde todos los ángulos, una velada ficticia?

—¡Ya lo has visto! —le siseó Eliza—. Los Selwyn iban a… a tentarlo con la ternera para llevárselo, y he entrado en pánico, Margaret, y solo he dicho…

Eliza empezó a caer en la cuenta del vasto alcance de las consecuencias de una invitación tan espontánea.

—¿Qué he hecho? —se lamentó deteniéndose en lo alto de las escaleras—. ¡Organizar una cena estando todavía de luto! Mi madre me cortará la cabeza. Debemos cancelarla de inmediato. Ay, pero entonces Somerset irá a Sancroft y los Selwyn saldrán victoriosos… Pero ¿cómo no vamos a cancelarla, por el amor de Dios?

—No pasará nada —la tranquilizó Margaret cogiéndola del brazo. Al ver que Eliza no respondía a su presión, chasqueó la lengua como si estuviera arriando a un caballo y le apretó el brazo con más fuerza. Eliza empezó a caminar—. Se hará en la intimidad de nuestra propia casa, y ¡la mitad de los asistentes son prácticamente familia!

Aquello era una exageración, aunque Eliza comprendía a qué se refería, si bien.,,

—No tenemos más invitados —gimió.

—Iremos directamente a ver a los Winkworth y luego a los Melville —dijo Margaret—. Hablaré con Perkins y pronto no será una velada ficticia. —Le dio un golpecito a su prima—. ¿De acuerdo?

—De acuerdo —respondió Eliza, agradecida—. ¡Sí! Y... ¿no he dicho también que serviríamos ternera?

—Así es. —Margaret apretaba los labios como si intentase no echarse a reír—. Hasta a mí me ha parecido una propuesta muy osada.

Eran casi las once de la mañana de un sábado. Las posibilidades de que la cocinera pudiera preparar un plato de ternera eran casi nulas, y Eliza soltó otro gemido desconsolado.

Margaret y ella se separaron en Camden Place. Eliza, acompañada de una desconcertada Pardle, primero se dirigió a casa de los Winkworth con la esperanza de entregar rápido la invitación —y de que la aceptaran sin problemas—, pero no encontró a nadie. Eliza les dejó una nota rogándoles que asistieran y disculpándose por avisar con tan poca antelación; si la señora Winkworth la recibía a tiempo, Eliza sabía que iría. Pero si no la recibía a tiempo...

Eliza se marchó a toda prisa hacia Laura Place, donde se dio cuenta de que no recordaba en qué casa vecina de lady Hurley vivían los Melville. ¿Era la número cuatro o la número ocho? Hizo una pausa mientras pensaba, desesperada, en pedirle a Pardle que empezara a llamar a todas, pero entonces el ruido de una puerta al abrirse le hizo volver la cabeza y vio que Melville salía por la puerta de la número cuatro, hablando obviamente con alguien por encima del hombro.

—¡Melville! —gritó Eliza, que se animó al instante.

El conde se sobresaltó.

—Santo Dios —dijo. Miró alrededor hasta encontrar a Eliza y se llevó una mano al pecho—. ¿Tiene la intención de matarme?

—Disculpe.

—¿A qué se debe el placer, si bien un tanto dudoso, milady? —le preguntó pasándose las manos por el abrigo como si quisiera sacudirse la sorpresa de encima—. La invitaría a pasar, pero resulta que salía hacia la ciudad.

—¿Me permite que lo escolte? —le preguntó Eliza. Se ruborizó de inmediato al reparar en la extraña verbalización de su propuesta.

—¿Escoltarme? —repitió Melville, divertido—. ¿Se refiere a proteger mi virtud de los bandidos?

Pero le ofreció un brazo, y Eliza lo aceptó sin contestar. Comenzaron a caminar, y ella pensó en la mejor manera de extenderle su invitación. En un mundo ideal, con una encantadora espontaneidad y no con una desafortunada tardanza.

—Esta noche tenía la intención de hacerle una visita —dijo Melville—. Una que, quizá, sea un poco más larga que la anterior.

Por las emociones vividas por la mañana, Eliza había olvidado por completo el precipitado desenlace de la visita de los Melville, y le empezó a arder la cara con renovada humillación.

—Le pido disculpas de corazón —musitó—. No era mi intención darles la impresión de que debían acortar su visita.

—No tiene importancia. Caroline me explicó que está usted enamorada de Somerset... Pero siento cierta curiosidad: ¿no se trata de su sobrino?

Eliza se quedó sin aliento.

—Yo-yo-yo... —tartamudeó—. ¿Cómo se atre-treve? ¡Por supuesto que no es mi sobrino! ¡Y no estoy enamorada de él!

—No se lo comentaré a nadie, si eso es lo que le preocupa —le aseguró Melville.

—¿Si eso es lo que me preocupa? —repitió Eliza—. Milord, está haciendo grandes esfuerzos para preguntarme lo más intrusivo e indecoroso... Mucha gente lo consideraría una gran impertinencia.

—Espero que usted no sea como esa gente —dijo él—. Me resultan tediosos.

—Tal vez debamos pasar a cuestiones más tradicionales —propuso Eliza intentando recuperar las riendas de la conversación, desesperada—. Por ejemplo, ¿qué le parece el buen tiempo de que estamos disfrutando?

—¿Y durante cuánto tiempo debemos hablar del tiempo —preguntó Melville mirando dudoso hacia el cielo— antes de tratar asuntos más interesantes? ¿Qué la llevó a casarse con su esposo? ¿El título de condesa?

Estaba decidido. Eliza debería perder la cabeza para querer invitar a aquel hombre a la cena. De ninguna de las maneras. Tendría que cancelar la velada. Quizá podría fingir ante Somerset que sus invitados se ausentaban debido a un malestar... Pero aquella mentira llevaba consigo la inmediata amenaza de la verdad. Podría fingir que era ella quien se encontraba mal... A fin de cuentas, Somerset ya creía que estaba enferma, pero ¿de verdad confiaba en que las Winkworth, sinceras y directas como ya habían sido con Somerset, no mencionarían la invitación entregada con poca anticipación y retirada con gran premura? En todos los posibles escenarios, Eliza quedaría humillada. Imaginó el gesto engreído de lady Selwyn si se enteraba de que la cena se había cancelado tan de repente y el fruncido de ceño de Somerset ante un comportamiento tan descortés.

Negó con la cabeza. No podía cancelar la cena. Tendría que intentar sacar lo mejor de la velada.

—Mi intención al ir a visitarlo hoy —dijo Eliza con terquedad— era invitarlos a lady Caroline y a usted a una pequeña cena que voy a organizar.

—¿Habrá baile? —preguntó Melville.

—¡En absoluto! —exclamó Eliza. De negro no se podía bailar.

—Una lástima —terció el conde—. ¿Cuándo sucederá tan dichoso acontecimiento?

—Ah... De hecho, esta noche. Ha sido una decisión espontánea, espero que me disculpe por avisar con tan poca antelación.

Melville la miró de reojo como si sospechara que no le estaba contando toda la historia.

—¿Asistirá alguien más? —preguntó, suspicaz.

—Somerset —respondió—. Y los Selwyn. Y espero que los Winkworth.

—Ah. Verá, después de meditarlo largamente, y debido a la atención que merecen mis compromisos previos, me temo que no podré asistir.

—¿Qué compromisos previos? —quiso saber Eliza.

—Me he comprometido a pasar el menor tiempo posible con los Winkworth —dijo Melville—. Resulta que los aborrezco; a todos menos a la señorita Winkworth, a quien tan solo considero aburrida.

—¡Solo ha estado una vez con ellos!

—Y me ha parecido suficiente.

—No es una excusa adecuada —protestó Eliza.

—¿Por qué iba a necesitar una excusa? La cuestión es bien sencilla: no suena a una velada que fuera a disfrutar. ¿Por qué íbamos a asistir?

Eliza se detuvo en seco en la calle y se giró para enfrentarse a Melville, tan frustrada con él, y con todo, que bien podría echarse a llorar.

—Creía que quería granjearse mi amistad, milord —dijo, desesperada—. Y ¿qué es la amistad sino mostrar amabilidad en estos casos?

Melville se la quedó mirando durante un rato.

—Quizá podamos llegar a un acuerdo —sugirió.

Eliza levantó la vista al cielo y le pidió al Señor paciencia en silencio.

—¿Qué clase de acuerdo? —preguntó al fin, sin dejar de contemplar el cielo.

—Si asistimos… —dijo Melville lentamente, como si intentase pensar en qué era lo que deseaba—, deberá enseñarme sus pinturas.

Eliza lo miró, sorprendida.

—En ese caso, es algo muy sencillo de solventar —accedió. Había esperado una petición más ofensiva.

—Es lo que le he pedido desde el principio.

—Acepto —afirmó Eliza ignorando su comentario—. Espero su llegada a las seis y media.

Y se apresuró a marcharse.

—¡¿A las seis y media de la tarde?! —le gritó Melville con voz claramente aterrada. Eliza no se giró para responder.

La velada no fue un desastre inmediato. De hecho, antes de que llegaran los invitados, todo avanzaba de forma favorable: Eliza regresó a casa y encontró una nota de aceptación de la señora Winkworth y el comedor adornado con preciosas flores frescas, y se enteró de que Perkins y la cocinera habían conseguido planear un menú delicioso que, milagrosamente, incluía ternera. Y en cuanto ella y Margaret se hubieron vestido para la cena —Eliza con una camisola de gasa italiana negra, que se ataba en el centro con un broche azabache, y su prima con un vestido de seda de Berlín que iba a juego con sus ojos—, sintieron tal satisfacción ante sus respectivos reflejos que Eliza empezó a albergar la esperanza de que, a pesar de la naturaleza impulsiva del plan, y a pesar de que era imposible encontrar un grupo de personas más variopinto, la velada no saldría demasiado mal.

Fue una esperanza que duró hasta la llegada de los Winkworth, diez minutos antes de lo previsto. Tan pronto como supieron que aquella noche también asistirían los Melville, su placer por haber sido invitados a la cena con muchos miembros de la nobleza se desplomó drásticamente.

—¿Tú lo sabías? —le preguntó el almirante Winkworth a su esposa.

—Lady Somerset no lo mencionaba en su nota —respondió la mujer.

—¿Hay algún problema? —se interesó Eliza. Era consciente de que a los Winkworth no les caían bien los Melville, pero había esperado que sus pretensiones sociales bastaran para sobrellevar su aversión.

El almirante Winkworth se acarició el bigote con el suficiente vigor como para barrer el suelo.

—Cuando estuve destinado en Calcula, milady, era habitual que los soldados contrajeran nupcias con mujeres nativas del país, pero que un miembro de nuestra nobleza se case y mezcle su sangre inglesa con la de...

—¡Lord Melville y lady Caroline son mis invitados! —lo interrumpió Eliza—. Debo pedirles que los traten con educación.

—Si me permite hablar con franque... —empezó a decir el almirante.

—¡No! —exclamó Eliza—. No, lo siento, pero preferiría que no lo hiciese, señor.

El corazón de Eliza latía a una velocidad frenética. Intercambió una rápida y aterrorizada mirada con Margaret.

—Si no están cómodos en su compañía, entonces... —La voz de Eliza se fue apagando. No podían pedirles a los Winkworth que se marchasen, ¿verdad? No. El reloj marcaba y media, y oyó que la puerta principal se abría de nuevo en la planta inferior. Era demasiado tarde.

—¡Por supuesto que lo estamos! —terció la señora Winkworth lanzándole a su esposo una mirada reprobadora—. ¿No es cierto, querido?

—El honorable conde de Melville y lady Caroline Melville —anunció Perkins.

—Buenas tardes —susurró Eliza.

Como de costumbre, los Melville estaban muy elegantes: lady Caroline con un vestido satén gris paloma, con un encaje blanco que recorría la falda, y el pelo adornado con perlas, y Melville con un abrigo negro ceñido, chaleco y calzones blancos, con los bucles un tanto húmedos por la lluvia que había empezado a caer.

—¡Vaya! —dijo con una recargada reverencia ante Eliza—. Somos puntuales.

—Parece muy orgulloso de sí mismo —apuntó Margaret, con más calma de la que Eliza se veía capaz de sentir.

—Ay, es una verdadera proeza —le aseguró lady Caroline—. Hace años que no somos puntuales.

—En la Marina azotábamos a los que llegaban tarde —saltó el almirante Winkworth.

Hubo un silencio momentáneo.

—Resulta claro como el agua por qué los militares están siempre tan tristes, pues —observó lady Caroline.

Margaret se echó a reír, el almirante Winkworth gruñó, la postura de la señora Winkworth se volvió muy tensa y su hija permaneció callada, temblando de la ansiedad; de ahí que, cuando al poco anunciaron a Somerset, Eliza estuviera a punto de desmayarse del alivio. Incluso le agradó la presencia de los Selwyn.

—Somerset, sin duda ya ha conocido a lord Melville y a lady Caroline —dijo—. Pero a lord y lady Selwyn no creo que…

—No, no nos conocemos, ¡y me parece una verdadera burla! —declaró lady Selwyn con el rostro arrugado por la sonrisa—. Tenemos tantos amigos en común que deberían habernos presentado hace años.

Lady Selwyn era encantadora cuando así lo decidía y a Melville sin duda alguna lo convenció, pues el conde le devolvió el saludo con una inclinación de cabeza y una sonrisa propia.

—¿Qué clase de amigos son? —preguntó con fingida rabia—. Habría que reprenderlos con severidad por tamaña ofensa.

—Southey, por ejemplo —terció Selwyn tomándose la pregunta de forma literal—. Scott. Sheridan.

—Santo Dios, Sheridan —murmuró la señora Winkworth, muy impresionada.

—Que ahora está muerto, por supuesto —le dijo Selwyn.

—Y creo que ya conoces a la señora y a la señorita Winkworth, Somerset —añadió Eliza—. Pero quizá no al almirante...

—No, todos conocemos de antes a su señoría, ¿verdad que sí, querido esposo? —La señora Winkworth dio un paso adelante.

—En las carreras, ¿cierto? —asintió el almirante Winkworth.

—En la ópera, tengo entendido —lo corrigió Somerset con suavidad. Miró a Eliza a los ojos y ella agachó la cabeza para ocultar una sonrisa.

¿Algún día dejaría de sentir tanto pasmo por la simple presencia de él? Unos instantes antes le embargaban los nervios y, una mirada del conde después, de pronto tenía diecisiete años y estaba tan emocionada como si fuera a asistir por primera vez a un baile. Al rato, Perkins apareció para anunciar que la cena estaba lista y Eliza trasladó la fiesta a la planta de abajo, un poco más tranquila. Los Selwyn, que se habían erigido en los villanos del día, se convertían de pronto en su salvación; y, siempre y cuando Somerset siguiera sonriéndole, estaría contenta.

Se sentaron de acuerdo con el género y el rango de cada uno: Eliza a la cabeza de la mesa, con Melville y Somerset a ambos lados, lady Selwyn y lady Caroline al lado de los dos y luego el almirante Winkworth y Selwyn, Margaret y la señora Winkworth, y por último la señorita Winkworth al final. El extremo de la mesa quedó vacío, por supuesto, y cuando tomaron asiento lady Selwyn lanzó una mirada apenada hacia allí.

—Un triste recordatorio de que esta noche mi querido, mi

queridísimo tío debería estar aquí con nosotros —comentó a todos los presentes.

Como lady Selwyn había asistido sonriente y sin problemas a cenas después del funeral, a Eliza le costaba creer que su pena fuera verdadera, pero el comentario cayó como un jarro de agua fría sobre la mesa.

—He oído decir que era un gran hombre —gruñó el almirante Winkworth.

—El mejor —asintió Selwyn, adulador.

Eliza caviló para encontrar un nuevo tema de conversación.

—Pero, por supuesto, es lady Somerset, y no yo, quien merece sus condolencias —prosiguió lady Selwyn antes de que a Eliza se le ocurriera nada—. Nunca he visto a una pareja más enamorada que mi tío y ella.

Aquella mentira era tan inesperada que dejó a Eliza sin habla. A su lado, Somerset se removió incómodo en la silla, y Eliza le lanzó una mirada rápida y preocupada, pero los ojos de él evitaron los suyos. Consciente de su posición aventajada, lady Selwyn extendió una mano en su dirección.

—Admiro tu fortaleza, milady —dijo con la voz teñida de falsa empatía—. El mero hecho de contemplar su silla me deja al borde de las lágrimas… Me pregunto cómo consigues soportarlo.

Al oírla, a Eliza le regresó la voz.

—Su admiración es muy grata, milady, pero innecesaria —le aseguró—. Como el último caballero que ocupó esa silla, tengo entendido que era un tal señor Martin, está muy vivo y bien de salud, contemplarla no me provoca dolor alguno.

—En efecto, no hay la más mínima necesidad de llorar por ninguno de nuestros muebles —asintió Margaret—. ¿O acaso es la madera de roble la que la pone triste, lady Selwyn?

Su réplica hizo que la petulancia desapareciera de la mirada de lady Selwyn, y lady Caroline soltó una divertida carcajada. Sin embargo, los ojos de la señora Winkworth barrieron la mesa, y Eliza prácticamente se la imaginaba urdiendo los rumores que empezarían a circular a partir de la mañana siguiente.

—Creo que la lluvia durará bastante —comentó Eliza con fingida alegría. Los criados empezaron a servir el primer plato: sopa blanca, seguido de cabeza de bacalao y el prometido lomo de ternera, acompañados de unas cuantas mollejas, pastel de carne de cerdo y verduras cubiertas de mantequilla derretida.

Afuera estalló un sonoro trueno.

—Creo que tiene razón —dijo lady Caroline con sequedad.

—Solo en Inglaterra la lluvia se considera una buena conversación —dijo Selwyn con afectación—. En París los estándares son más elevados, ¿no está de acuerdo, lady Caroline?

—¿Ha pasado mucho tiempo en París, lady Caroline? —le preguntó Margaret ignorando a Selwyn.

—Sí, es de lejos mi ciudad europea preferida —respondió—. Yo optaba por trasladarnos allí en primavera, pero Melville lo consideró demasiado caro, así que… vinimos a Bath.

Su tono despreciativo tuvo el efecto de irritar tanto a Margaret como a la señora Winkworth, una alianza improbable por otra parte.

—Creo que nosotras nos consideramos muy afortunadas —terció Margaret.

—¿Tal vez haya todavía una posibilidad de que cambie de opinión? —le planteó la señora Winkworth.

—Estupendo, Caroline, has ofendido a media mesa con un solo comentario —saltó Melville—. ¿Deberé ser tu padrino si la señorita Balfour te reta a un duelo?

—En absoluto. —Lady Caroline negó con la cabeza—. Eres pésimo disparando, Melville.

Hubo unas cuantas risas por la mesa. Como al fin habían pasado a un terreno más seguro, Eliza le preguntó a la señora Winkworth, que era íntima amiga de los dos maestros de ceremonias, qué conciertos iban a poder disfrutar durante el mes siguiente. Aquellos derroteros fueron bastante bien: la señora Winkworth agradeció los cumplidos y Selwyn estuvo tan encantado de demostrar sus conocimientos musicales que el debate duró hasta el segundo plato.

—Y ahora, Melville, debo preguntárselo —empezó a decir Selwyn con voz rotunda mientras llegaban platos de perdiz y cangrejo para llenar la mesa, acompañados de estofado de pollo y crema de espinacas—. ¿Cuándo podemos esperar que publique una nueva obra?

—Aguardamos con gran impaciencia la aparición de nuevos textos suyos —añadió lady Selwyn.

—Como todo el mundo —masculló lady Caroline sobre su copa.

—Lamento decepcionar a una dama —respondió Melville—, pero es mi deber: no estoy escribiendo nada.

—¡No me diga! —exclamó Selwyn—. Pero si toda la alta sociedad está ansiosa por leer sus palabras de nuevo.

Melville se encogió de hombros y bebió un trago de vino.

—Uno nunca sabe cuándo recibirá la visita de lady Inspiración.

—Estoy celoso, Melville. —Somerset tomó la palabra por primera vez en varios minutos.

El aludido se giró para observarlo.

—¿Por qué razón? —se interesó.

—Debe de ser agradable tener siempre preparada una razón que justifique su impotencia. En el ejército, esas excusas no resultan convincentes.

—¿Usted ha experimentado algún problema con su mosquete? —le preguntó Melville.

Somerset se atragantó con un sorbo de borgoña.

—¿Está escribiendo usted algo nuevo, lady Caroline? —saltó Eliza casi a voz en grito.

—En efecto —asintió—. Una secuela de *Kensington*, de hecho.

—¿De veras? —preguntó Eliza, sobresaltada. Ya habían transcurrido tres años de la publicación de *Kensington*, la polémica novela de lady Caroline; una sátira que se había burlado tanto de los lores y de las damas de los círculos políticos que se había ganado la prohibición de entrar en Almack's desde entonces. Eliza pensó que aquella dura consecuencia era motivo suficiente para evitar que lady Caroline prosiguiera con la historia.

—Hay muchas figuras importantes de la alta sociedad que todavía no han pasado por mi pluma —dijo lady Caroline.

—¿Debemos tener miedo, lady Caroline? —terció la señora Winkworth con picardía—. Si pretende escribir esa novela en Bath, ¿va a incluirnos a nosotros en ella?

—Depende, señora Winkworth —respondió—. ¿Tiene usted intención de hacer algo interesante?

La señora Winkworth cerró la boca de pronto y Margaret soltó una carcajada, en tanto los ojos de lady Selwyn recorrían a los presentes y Selwyn negaba con la cabeza en gesto censurador. El almirante Winkworth, por fortuna, estaba demasiado ocupado con la cabeza del bacalao como para prestar atención a la conversación.

—Tengo una pregunta, Melville —dijo Somerset—. ¿Fue solo la economía lo que los llevó a elegir Bath en lugar de París?

Eliza había creído que aquella conversación ya había terminado, pero al parecer no.

—La buena compañía también desempeñó un papel —contestó Melville—. Y también… el paisaje.

—¿En su hacienda no disfruta de un buen paisaje?

—Alderley Park es demasiado grande para dos personas. Se la hemos dejado a unos amigos para que otros puedan disfrutar más del entorno.

—Un gesto caritativo en gran medida. —Somerset pinchó una flor de brócoli con una violencia inusual.

—Vaya, muchas gracias, Somerset. Me halaga que lo piense.

—No era necesariamente un cumplido.

Había una nueva tensión en el ambiente, una que Eliza no comprendía del todo.

—Sin embargo, he decidido tomármelo como tal.

—En ese caso, puede que me haya expresado mal.

—Ah, no todo el mundo es un artífice de la palabra.

—¡Creo que ya estamos preparados para el último plato, Perkins! —exclamó Eliza.

El mayordomo, el único auténtico aliado de Eliza durante la velada, vació la mesa en un abrir y cerrar de ojos, y acto seguido dispuso un postre sencillo formado por frutas en conserva, pastel de Saboya y un plato de castañas asadas.

En el comedor reinaba el silencio. Todos parecían un tanto cansados del combate dialéctico, y Eliza se estrujó el cerebro para encontrar un tema neutral y sencillo del que todos pudiesen hablar, uno que no fuera espantosamente aburrido ni alarmantemente polémico. No se le ocurrió nada. No soportaba mirar hacia Somerset. Seguro que el conde sentía haber aceptado su invitación, pues la propia Eliza ya lamentaba de corazón habérsela extendido.

«Piensa en algo», suplicó Eliza a su mente. «En cualquier cosa».

Al final, el rescate llegó de una dirección inesperada.

—¿Se encuentra bien la señorita Selwyn, milady? —preguntó la señorita Winkworth con voz tan baja que sin duda no la habrían oído si en la mesa no hubiesen estado todos tan callados.

—Así es —asintió lady Selwyn levantando la vista del plato—. ¿La conoce?

—Fueron juntas a la escuela —presumió la señora Winkworth.

—¿De verdad, señorita Winkworth? —intervino Somerset con una sonrisa. Bajo su amable mirada, la señorita Winkworth pareció reunir el suficiente valor como para tomar la palabra, pero cuando separó los labios fue su madre quien habló:

—Sí, así es. Winnie siempre desea que vuelvan a encontrarse.

—Tal vez esté de suerte —continuó Somerset, mirando directamente a la señorita Winkworth como si hubiese respondido ella y no su madre—. Mi hermana está valorando alquilar habitaciones en Bath en primavera.

—¡No me diga! —se interesó la señora Winkworth inclinada hacia delante.

—Todavía no está decidido —dijo lady Selwyn—. Pero quizá presentamos un poco en sociedad a Annie aquí antes de marcharnos a Londres en abril para la temporada.

—¡Una idea brillante! —asintió la señora Winkworth—. La experiencia la beneficiaría indudablemente.

—Estoy de acuerdo —dijo Somerset—. La primera temporada de una persona puede llegar a ser muy... abrumadora.

Al otro lado de la mesa, sus ojos se clavaron en los de Eliza durante unos segundos. La condesa se preguntó si estaba recordando lo mismo que ella: los bailes que disfrutaron juntos, las confidencias, las conversaciones entre susurros...

—¿Tan pronto van a presentar a la señorita Selwyn? —preguntó.

Annie era tan solo una niña la última vez que Eliza la vio, con ojos enormes y pelo enmarañado y una lengua tan afilada que ni siquiera lady Selwyn había sido capaz de domarla.

—Ya ha cumplido diecisiete años —respondió Selwyn.

—Es casi una anciana —masculló Margaret entre dientes, y Eliza la reprendió con la mirada, si bien su corazón se entristeció al pensar en la ausente muchacha.

—Nosotros hace justo un año que disfrutamos de la presencia de Winnie en Bath —dijo la señora Winkworth— con la esperanza de desproveerla de un poco de timidez antes de que se dirija a Londres.

La señorita Winkworth se sonrojó.

—A nadie le importa un poco de timidez si la persona es tan encantadora como la señorita Winkworth —dijo Somerset.

—Exactamente —asintió Eliza con una oleada de afecto por la amabilidad de él.

—Un poco está bien —gruñó el almirante Winkworth—. Un exceso es fatídico.

El rubor de la señorita Winkworth se volvió de color azafrán.

—¿Tienen en mente a algún candidato para la señorita Selwyn? —se interesó la señora Winkworth.

Eliza esperaba, por el bien de Annie, que su madre no fuese tan ambiciosa como la de ella. El paso de la juventud a la adultez no era fácil en ningún caso, como bien recordaba Eliza; se notaba de pronto el peso de las expectativas, así como aparecían las reprimendas constantes, la necesidad acuciante de ser más refinadas y más bellas y más todo, y la sensación agobiante y espantosa que una llevaba consigo al creer que no bastaba.

—Sí —asintió Selwyn—. Nadie permite que su hija se case con un donnadie.

—No, por supuesto que no —dijo Margaret con voz más grave en una clara imitación del tono de Selwyn—. Nadie permite que las mujeres tomen sus propias decisiones.

Eliza contuvo un gemido de desesperación. ¿Era necesario que lo imitase?

—Es lógico —terció lady Caroline—. ¿Dónde demonios nos llevaría eso?

¿Era demasiado pronto para que las damas se retirasen a tomar el té?

—Por supuesto, lord y lady Selwyn jamás querrían que la

señorita Selwyn contrajera un matrimonio sin cariño —intervino Somerset para defenderla con presteza—. ¡Solo le darán consejo!

Eliza bajó la mirada. «Consejo» era una palabra inocua, pero ella sabía mejor que la mayoría cuán insistente podía ser, cuán inexorable. Quizá lord y lady Selwyn no obligaban a Annie a casarse con el hombre que habían elegido ellos. No, tan solo la presionarían y la incitarían, le aconsejarían dejar atrás el egoísmo y le recomendarían que pensara en sus hermanos, que pensara en sus primos, en la familia. Le asegurarían que el primer amor desaparecía, que el cariño marital aparecía gracias a la compañía y cercanía; le prometerían que al cabo de un año tendría a un bebé en el regazo y que para entonces el recuerdo del muchacho que antes le importaba tanto se habría perdido en la oscuridad... Un consejo de ese tipo no era inocuo. Una no podía resistirse. La presión sería tan alta, y aparecería en tan repetidas ocasiones, que al final sería más sencillo, y hasta un alivio, capitular sin más.

—Sí, ¡aconsejarla es imperativo! —exclamó la señora Winkworth—. Nadie querría que la señorita Selwyn se casase con alguien inferior a ella.

Eliza notó cómo esbozaba una sonrisa un tanto amarga. Los ojos de Somerset se clavaron brevemente en ella y se alejaron al poco. Eliza se preguntó si él también había reparado en la ironía de que ahora se encontrase en el otro lado de la discusión, cuando tiempo atrás había sido él, sin título ni fortuna que lo recomendase, quien había sido considerado inferior a ella.

—¿Y qué ocurrirá si los sentimientos de ella no obedecen a sus consejos? —preguntó Margaret. Lady Selwyn arqueó una ceja y no respondió.

—Creo que es poco probable —dijo Selwyn.

—Y llegados a ese punto —añadió Somerset—, Annie sin duda defendería sus emociones.

—¿Alguien ha probado ya el pastel de Saboya? —preguntó Eliza tras decidir que no soportaría seguir escuchando aquella conversación. Habría preferido que retomaran cualquiera de los temas espinosos anteriores antes de proseguir analizando el futuro de Annie.

—Sí, delicioso —contestó Melville cediendo a la mirada suplicante de Eliza—. Tal vez debamos ofrecer una ración de nuevo...

—Y en el caso de que sucediera ese supuesto —presionó Margaret a Somerset—, ¿tú, siendo el cabeza de familia, cederías a los deseos de la muchacha?

Eliza intentó desesperadamente llamar la atención de Margaret. No comprendía qué intentaba conseguir su prima, pero no era de su agrado. Si se estaba refiriendo a la historia de Eliza a sabiendas, aquel no era el momento. ¿De qué serviría ya?

—Sin duda —aceptó Somerset. Los labios de lady Selwyn formaron una fina línea, pero se mantuvo en silencio. Era demasiado educada como para contradecir a su hermano delante de tantos testigos.

—¿Y si se enamorase de un hombre pobre? —preguntó lady Caroline.

—Yo... Nosotros... —Somerset se interrumpió. Bajo las miradas idénticas y juzgadoras de Margaret y de lady Caroline, su cuello empezó a ruborizarse.

—Eso es imposible —afirmó Selwyn.

—Esa opción está descartada —asintió su esposa.

—¿Porque jamás se le ocurriría desobedecerles? —dedujo Margaret.

—Porque... —intervino Somerset—. Porque lo hablaríamos y...

Se interrumpió de nuevo, incapaz de esgrimir una respuesta satisfactoria.

—Defiéndase, señor, defiéndase —lo animó Melville.

Somerset le lanzó una mirada furibunda.

—Annie es consciente de cuál es su deber —terció Selwyn—. Entraría en razón.

Eliza cerró los ojos con fuerza durante unos segundos y deseó ser capaz de hacer lo mismo con sus oídos.

—No será necesario obligarla a nada —espetó Somerset. Su mirada voló de nuevo hacia Eliza, apresurada y a la defensiva, antes de fijarse en Margaret.

—Si la señorita Selwyn es como la recuerdo —murmuró la señorita Winkworth lanzándole una sonrisa a Somerset—, tiene suficiente personalidad como para dar a conocer su opinión.

—Exactamente —asintió Somerset de pronto. Miró de nuevo a Eliza—. Si aquí hay alguna mujer apocada y con poca personalidad, no se trata de Annie.

Fue como si alguien le hubiera lanzado a Eliza un cubo de agua helada. Se quedó sin aliento, con la sensación de que le habían arrebatado el aire. Los siete rostros de la mesa se giraron hacia ella, pero no les prestó atención, pues seguía observando a Somerset, afectada de la cabeza a los pies.

—Milady... —murmuró Melville.

Eliza se levantó sin tomar la decisión consciente de hacerlo. Las patas de su silla emitieron un dramático chirrido contra el suelo.

—Creo que ha llegado el momento de que las damas nos retiremos a tomar el té —dijo. Apenas oía su propia voz por encima de los frenéticos latidos de su corazón—. Margaret, si no te importa conducir a todos al salón, yo... —se interrumpió con un breve jadeo—. Yo volveré enseguida.

11

Eliza salió corriendo de la estancia y subió las escaleras sin apenas saber hacia dónde se dirigía y con la única certeza de que necesitaba estar a solas. Solo unos instantes, para recomponerse sin que nadie la viera. Entró en su habitación, cerró la puerta y se recostó sobre la madera con los ojos cerrados mientras intentaba respirar. Incluso entonces fue incapaz de soltarse por completo, pues los sollozos, que amenazaba con querer liberar su garganta, no eran lágrimas silenciosas y propias de una dama a las que pudiera abandonarse durante unos minutos antes de enjugarse la cara y regresar serena a la velada. Aquellas lágrimas serían espantosas y ruidosas. Le hincharían los ojos, le enrojecerían las mejillas y todo el mundo lo vería; y, a pesar de que ya había montado una escena, a pesar de que todos habían presenciado su angustia, Eliza se cubrió la boca con una mano y contuvo la congoja en su interior.

Somerset no la había perdonado. Y Eliza no había esperado exactamente que lo hiciese, pero ser testigo de una prueba irrefutable, tan clara la rabia en sus palabras como el cielo un día despejado, y del fuego que ardía en sus ojos... Había sido una conmoción, nada más. No la había perdonado. No podía, no lo haría nunca, y toda esperanza secreta que hubiese abrigado ella acerca de su reencuentro era absurda. La velada misma era absurda. ¿De verdad había pensado que si conseguía reunir suficientes motivos para que pasaran tiempo juntos en Bath, lejos de las lenguas venenosas de su familia…? ¿De verdad había creído que tal vez se enamoraría de ella de nuevo?

Se había pasado el día recorriendo Bath, horas delante del espejo, minutos peinándose por las ganas de ver a un caballero que la despreciaba en extremo. Un caballero que la había insultado en su propia cena, a plena vista de todos sus invitados, con palabras que quizá hubiese unido tan solo para hacerle daño. Eliza se apretó una mano sobre el pecho por si el dolor fuese a desaparecer con un poco de presión física. Lo único que había obtenido con aquella cena era reabrir una herida que debería haber sanado hace tiempo… Aun así, por lo menos sabía que lo soportaría. Con el paso de los años se había acostumbrado a soportar esa clase de dolor.

Respiró hondo para recomponerse. Echó los hombros hacia atrás, se tragó los recuerdos y abrió la puerta para encaminarse hacia las escaleras. Había llegado el momento de entrar de nuevo en la batalla. Por más que desease echar a todos sus invitados y padecer las consecuencias, debería salvar cuanto quedase: una hora más de sorber el té y de mantener una educada cháchara, y todos podrían despedirse y poner fin a aquella espantosa y humillante velada. Eliza se dirigió hacia el salón, pero al cruzar el descansillo oyó ruidos provenientes de la sala donde pintaba. Preocupada por si había dejado la ventana entornada, abrió la puerta de par en par y se encontró con Melville, que inspeccionaba los lienzos que estaban apoyados sobre la pata de la mesa.

—¿Lord Melville? —musitó, insegura. ¿Cuál era el modo adecuado de referirse a alguien cuando lo sorprendía en un lugar donde obviamente no debería hallarse?

—Disculpe que haya entrado sin permiso —dijo sin sonar demasiado sincero—. Me dijo que podría ver sus cuadros.

—No creí que se refiriera a esta noche —respondió Eliza con voz débil. De haberlo sabido, se habría preparado y no le habría dejado vía libre para hurgar por su cuenta entre sus pinturas—. ¿Ha dejado solos al almirante Winkworth, a Selwyn y a Somerset tomando una copa de oporto?

—Me he visto obligado —le aseguró con su volumen de voz habitual. Eliza lo chistó y miró hacia atrás, preocupada. Si los encontraban allí, juntos y solos, sin duda se alzarían varias cejas, y el salón estaba un par de puertas más allá. Melville obedeció y bajó la voz al proseguir—: Winkworth estaba enumerando sus asesinatos durante el asedio de Seringapatam, Selwyn elaboraba una lista con todos los cuentos clásicos que deberían inspirarme y Somerset se ha inmerso en un deprimente silencio. He tenido que recurrir a un descanso.

Eliza sintió una repentina punzada de culpabilidad.

—Lo siento —dijo—. ¡Qué noche tan horrible! Nunca les habría tenido que pedir que viniesen. De haber tenido conocimiento de que Winkworth…

Dejó la frase inconclusa. Había sabido que por lo menos la señora Winkworth sentía aversión por los Melville, pero en ese momento solamente le había importado su cena.

—No deberíamos volver a compartir mesa con ellos —murmuró Melville sin dejar de mover las manos entre los lienzos, y Eliza asintió.

—Qué noche tan horrible —repitió.

—El estofado me ha gustado —dijo Melville con un amago de sonrisa.

—Ah, en ese caso, puedo morirme tranquila —se la devolvió Eliza.

Melville sujetó otra pintura bajo la luz de las velas.

—Tiene mucho talento, ¿sabe?

Eliza hizo una pausa.

—¿Se está… burlando de mí? —le preguntó. Con Melville nunca se sabía.

—¿Por qué iba a burlarme? No fingiré ser un experto, pero estos cuadros son tan fantásticos como los que he visto en la Academia Real. ¡Cuánta emoción es capaz de retratar!

Pasó a un paisaje que mostraba una tormenta espeluznante que se cernía sobre Harefield Hall.

—¿Se trata de Harefield? —preguntó.

Eliza asintió en silencio, un poco aturdida por la admiración que detectó en los ojos de él.

—No me había dado cuenta de que detestaba ese lugar —observó—. Por cómo lo ha pintado..., tan frío, tan desolado. ¿Ha valorado la posibilidad de exhibir sus cuadros?

Eliza soltó un divertido resoplido de sorpresa y negó con la cabeza.

—Y, aun así, debe de haber invertido horas —prosiguió Melville—. Tanto esfuerzo...

—Son solo para mí —dijo Eliza—. Aunque eso no les resta valor.

Melville se la quedó mirando durante unos segundos antes de seguir pasando cuadros con sumo cuidado sin dejar de dedicarle cumplidos, hasta el punto de que Eliza pudo olvidar su desazón entre halago y halago. Atrás quedaba cualquier temor que hubiese sentido al verlo allí, contemplando las pinturas que solo Margaret había visto, y estaba tan abrumada ante las alabanzas, y tan necesitada de oír más, que olvidó por completo lo que el conde iba a encontrar entre los cuadros.

—¿Ese soy yo? —preguntó Melville de pronto.

—¡No lo mire! —exclamó Eliza adelantándose con las manos extendidas.

Pero era demasiado tarde. El conde había extraído la pintura y la había levantado para examinarla mejor: un retrato de sí mismo, inclinado para coquetear con lady Hurley, mientras la señora Winkworth y el señor Fletcher los observaban con mala cara.

—¡Sí que soy yo!

—Es que…, es que… —balbució. ¿Qué iba a decir? Era imposible negarlo—. Es que aquella primera noche en el concierto, usted… Y me llamó la atención… Y a menudo pinto escenas que han tenido lugar durante el día; espero que no le importe…

—Es muy fiel a la realidad —dijo mientras lo analizaba—. Aunque creo que soy un poco más alto.

La tierra, obstinada e inútil y desconsiderada, decidió no tragarse a Eliza por completo.

—Deberíamos regresar a la fiesta. Nuestra ausencia habrá sido evidente ya —dijo.

—¿Sabe? El señor Berwick ha intentado convencerme de que pose para él —comentó Melville ignorando el último comentario de ella.

—Eso he oído. —Eliza puso una mano sobre la puerta.

—Le he dicho que no.

Eliza hizo un gesto hacia el pasillo.

—Aunque me han aconsejado que tal vez… ayudaría incluir un retrato en la cubierta de mis textos.

—Quizá podríamos hablarlo en otro momento…

—Si se lo pidiera a usted, ¿lo haría? —le preguntó Melville en voz baja y con los ojos clavados en los de ella.

—No entiendo…

—¿Aceptaría ser mi retratista?

Parecía una pregunta seria, pero podría no serlo.

—No sé dónde está la broma —se quejó—, pero le pido que lo deje correr y nos reunamos con los demás.

—No es una broma —le aseguró Melville—. Es usted una excelente pintora y retrata a los demás, a mí y a la gente, con gran detalle, pero sin caer en favorecerlos en extremo.

Eliza se quedó observándolo. Cuando era pequeña, a menudo había imaginado escenas parecidas: un lord joven y apuesto al que su arte conquistaba tanto que terminaba por pedirle un retrato —y, al tiempo, la mano en matrimonio—. Pero aquellas cosas no ocurrían en la vida real. Era ridículo. Aunque tuviese suficiente talento —no lo tenía—, los rumores que provocarían, la inadecuación de protagonizar tal escándalo... Eliza se pasó una mano por la frente, que le empezaba a doler. Era demasiado. Después de todo lo que había sucedido esa noche, era incapaz de gestionar aquello también.

—Me gustaría mucho que lo hiciera usted —insistió Melville al ver que ella no respondía.

—Me halaga, milord, pero debería pedírselo a un profesional.

—Por lo que veo, usted es una profesional.

—¿Acaso no acaba de admitir que no es un experto?

—Verá, estaba siendo modesto —le explicó Melville con una sonrisa que Eliza no le devolvió.

—Debo negarme.

—¿Por qué?

—Hay muchos motivos —le aseguró—. Es inconcebible.

—¿De veras?

Deseó que Melville abandonara aquella cuestión. Ya era bastante duro haber rechazado una vez algo que se moría por aceptar.

—Está siendo muy amable, milord, pero no tengo el talento que su amabilidad me otorga. No tengo educación, formación ni experiencia. Y la gente hablaría.

Melville ladeó la cabeza a un lado, luego al otro.

—¿Es porque no desea hacerlo? —dijo.

—Yo... —Eliza se quedó sin habla. Si la situación fuera distinta, si el mundo fuera distinto, ya habría aceptado. Tal vez incluso se lo habría pedido ella a él, como había hecho el señor Berwick. Pero que quisiese hacerlo, que fuese la clase de oportunidad con que había soñado desde que cogió por primera vez un pincel, no significaba que pudiera hacerlo. Era impensable, ¿verdad?

—No la voy a presionar —dijo Melville ante la falta de respuesta por su parte—. Si no quiere hacerlo, es totalmente…

—No —lo interrumpió Eliza—. No, sí quiero… Podría…

Su voz fue perdiendo fuerza. Melville aguardó en silencio, con más paciencia de la que ella le habría supuesto, en tanto Eliza se esforzaba por poner en orden sus pensamientos. Era imposible pensar con claridad con tantas emociones. No podía.

—Tal vez deberíamos… hablarlo —decidió.

—Me encanta hablar —asintió Melville de repente y, al fin, accediendo a lo que implicaba la puerta abierta, la siguió para bajar por las escaleras.

Eliza entró en el salón. Lady Caroline estaba a punto de terminar una divertida anécdota que incluía a una monja parisina, un guante y un reloj de pared que había provocado las carcajadas de Margaret. Lady Selwyn y la señora Winkworth se giraron al ver que llegaba Eliza.

—¿Se encuentra bien, milady? —le preguntó la señora Winkworth.

—Estoy bien —respondió Eliza con sequedad.

—Ha estado tanto tiempo ausente que hemos empezado a preocuparnos.

—No era necesario.

—Me ha parecido oír que lord Melville también ha subido las escaleras —se aventuró lady Selwyn—. Juraría que sí…

—Si tanto le preocupa oír cosas —le espetó Eliza—, creo que debería comentárselo a su médico.

—Lady Hurley pone la mano en el fuego por el señor Gibbes, si necesita una recomendación —intervino lady Caroline con mirada malévola por encima de su taza de té.

—Ah, yo no me fiaría de lady Hurley —dijo la señora Winkworth inclinada hacia lady Selwyn—. Es una de las personas más estrafalarias de Bath… Puede que se pasee con aires de grandeza, pero desprende el olor inconfundible de la capital. Mi esposo a veces la llama lady Alboroto.

Lady Selwyn soltó una risilla.

—Qué ingenioso —saltó Margaret con voz plana.

—Lady Hurley ha sido muy amable con Melville y conmigo —aseveró lady Caroline con una ceja arqueada.

Lady Selwyn dejó de reírse de pronto y la señora Winkworth se sonrojó, pero los caballeros se unieron a ellas antes de que tuvieran tiempo de replicar. Eliza les sonrió para darles la bienvenida, pese a que no podía mirar hacia Somerset, pues sabía que no lo conseguiría sin notar una nueva humillación humedeciéndole las mejillas.

—¿Han disfrutado del *digestif*? —preguntó lady Selwyn.

—En efecto —respondió Somerset—. El almirante Winkworth y yo hemos descubierto que hemos estado destinados en el mismo puerto en numerosas ocasiones.

—Ah, qué maravilla —celebró la señora Winkworth con entusiasmo.

—Yo también he visitado muchos de esos puertos —añadió Melville, y se sentó junto a Margaret—, pero creo que en una misión bastante distinta.

Margaret se rio abiertamente, en tanto Eliza contenía una sonrisa.

—Es un piano magnífico, milady —exclamó la señora Winkworth—. ¿Lo toca?

Eliza miró hacia el instrumento en cuestión y negó con la cabeza.

—Me temo que está tristemente abandonado.

—¿No tiene aptitudes musicales? —preguntó Melville mientras se servía una taza de té.

—No tengo ni voz ni ritmo —confesó.

—¡Para la desesperación de tu esposo! —saltó Selwyn con una risotada.

Margaret lo fulminó con la mirada.

—¿Recuerdas, lady Somerset —añadió lady Selwyn con otra risa—, la noche en que se anunció vuestro compromiso, cuando te hizo cantar para nosotros en Grosvenor Square?

—Sí —asintió con pesar. A fin de cuentas, no solía suceder que una persona olvidase con facilidad haber vivido su peor pesadilla.

—¡Te mostraste muy reacia! —intervino Selwyn—. ¡Enseguida comprendimos el porqué!

Eliza pensó que nunca había odiado más a una persona.

—Selwyn... —murmuró Somerset.

—¡Solo estamos de broma, Somerset! —protestó Selwyn.

—A mí no me hace gracia.

Una hora antes, que la defendiese de aquel modo la habría reconfortado, pero en ese momento tan solo empeoró el retumbo que sentía en la cabeza. ¿Somerset tenía la intención de crear confusión en ella? Primero la ignoraba, luego la provocaba, después la atacaba y finalmente la defendía. Era mareante.

—Es que los caballeros no pueden sino desear que sus esposas sean muy completas —aseguró la señora Winkworth—. Quienquiera que despose a Winnie será afortunado a ese respecto, pues ya al nacer cantó con voz angelical.

Se hizo un silencio, y los presentes murmuraron asentimientos. Y entonces, como si de pronto se le hubiera ocurrido la mejor idea del mundo, la señora Winkworth añadió:

—¡Diantres! ¡Winifred debería entretenernos con una canción, lady Somerset!

—Mamá... —susurró la señorita Winkworth negando con la cabeza.

—¡Estoy convencida de que un poco de música es justo lo que necesitamos! —insistió la señora Winkworth.

¿Acaso la tortura de aquella noche jamás tendría fin? ¿O sería una interminable sucesión de escenas desagradables que Eliza debía soportar, incapaz de evitarlas ni de huir?

—¡Ay, sí! —se animó Selwyn—. Quizá una giga.

—La manera perfecta de terminar una velada perfecta —terció lady Selwyn, artera.

—Mamá, no puedo —dijo la señorita Winkworth

—Lady Somerset, ¡le ruego que sume sus súplicas a las mías! —le dijo la señora Winkworth—. Mi hija es demasiado modesta como para actuar sin que se lo imploremos.

—Si a la señorita Winkworth no le apetece cantar, no creo que... —empezó a decir Eliza con toda la firmeza que pudo reunir.

—Sandeces —la cortó el almirante Winkworth—. Venga, hija, no nos hagas esperar más.

—No la obligue, señor. —Melville se unió a la defensa de la señorita Winkworth—. Pues en ese caso yo me veré obligado también a cantar, y ¡les aseguro que no será algo que vayan a disfrutar!

Margaret y lady Caroline se rieron, pero Eliza no se distrajo y presenció cómo la señora Winkworth siseaba reprimendas a su hija al oído. La respiración de la señorita Winkworth se aceleró hasta adoptar un ritmo alarmante, y el dolor que sentía Eliza detrás de los ojos se acrecentó.

—Por favor, no... —comenzó cuando la señora Winkworth tiró de su hija para que se levantara de la silla.

Una vez más, Eliza ardió en deseos de poner fin a la velada en ese mismo instante, dejar a un lado las convenciones y las normas de la hospitalidad, echar a sus invitados y no preocuparse por las posibles consecuencias de su falta de educación. ¡Ojalá fuese capaz de comportarse de esa manera!

Pero... ¿no era capaz? Sería de mala educación, sí; un gesto descortés, sin duda; sería una desagradable sorpresa para la alta sociedad, de acuerdo, pero... ¡es que se encontraban en su casa! Bebiendo su té. Asistiendo a su cena. ¿Por qué debía Eliza permanecer sentada y fingir que las mordacidades de los Selwyn no la ofendían, fingir que los Winkworth eran una familia sin prejuicios, fingir que deseaba encontrarse allí? A fin de cuentas, ya no había nadie que pudiese regañarla por ser maleducada. Era una mujer adulta, con opinión —y fortuna— propia, y no quería quedarse allí sentada ni un minuto más.

Por segunda vez durante la velada se levantó. Le palpitaba el corazón tan deprisa como si estuviese a punto de saltar por un precipicio.

—Me temo que me duele la cabeza —se apresuró a informar a los presentes—. Y, por lo tanto, aunque seguro que la actuación de la señorita Winkworth sería un verdadero placer, debo retirarme ahora.

El silencio de sorpresa que siguió a su afirmación la habría hecho encogerse si la señorita Winkworth no la estuviese mirando con la cara de un ratón que de pronto, y sin esperarlo, se veía liberado de una trampa.

—Gracias por una velada tan maravillosa —dijo Eliza.

Con un chasquido, lady Caroline dejó una taza de té a medio beber y se levantó. En silencio y todavía perplejos, los demás se alzaron para despedirse.

—Muy valiente —le susurró Melville inclinándose sobre su mano. Eliza no respondió, sino que se limitó a tenderle la mano a lady Selwyn, cuyos ojos los observaban a ambos con más perspicacia de la que a Eliza le gustaría. Somerset fue el último en marcharse; vaciló en la puerta, abriendo y cerrando la boca como si fuera un pez.

—Milady… —empezó a decir.

—Buenas noches, Somerset —lo cortó Eliza.

No le apetecía oír lo que quisiera decirle el conde, ya fuese para disculparse por su descortesía o para seguir castigándola con más comentarios. No cuando estaba a punto de derrumbarse.

En ausencia de los invitados, en la casa reinó un silencio que era una bendición. Eliza se sentó en el sofá y cerró los ojos con un suspiro. Algún día lamentaría haber hecho gala de mala educación, sin duda, pero en esos instantes no se arrepentía lo más mínimo.

—Ha sido una velada memorable, de principio a fin —dijo Margaret, y Eliza notó cómo el sofá se hundía bajo el peso de su prima.

—Lo cual era mi principal objetivo —saltó Eliza con sequedad.

—Ah, ¿tenías un objetivo en mente, pues? —replicó Margaret—. ¿No solo te has dejado llevar por la locura?

—Creo que sí —respondió con los ojos cerrados—. Tantos esfuerzos por conseguir que Somerset se quedara, por derrotar en algo a los Selwyn, y... ¿para qué? —Hizo una pausa, tragó saliva y añadió con voz ronca—: No me ha perdonado. Nunca debí esperarlo. Sabía que era absurdo, pero...

Oyó un crujido cuando Margaret se removió, y al poco empezó a acariciarle el pelo con una mano.

—Por el modo en que se ha ido comportando contigo, no era absurdo. Yo pensaba lo mismo que tú.

A Eliza le escocieron los ojos por las lágrimas cuando una nueva oleada de vergüenza la inundó por dentro.

—¿Por qué busca mi compañía si tanto me detesta? —jadeó—. Yo nunca habría... Si no hubiese pensado...

—Ha sido injusto —le aseguró Margaret—. Y maleducado hasta decir basta delante de todo el mundo, no hay excusas que valgan. Y siento mucho el papel que he desempeñado al sacarlo a colación. Solo intentaba demostrar un argumento.

Eliza sorbió una risa un tanto amarga.

—Creo que lo has logrado con creces.

—Lo siento —murmuró Margaret, y Eliza asintió.

No se le había pasado el dolor de cabeza, ni siquiera en el silencio. Más bien parecía adueñarse de todo su cuerpo, avanzar por su cuello y hombros hasta unirse a la presión palpitante que notaba en el pecho. «Ya lo has hecho antes —se recordó—. Esta vez será más sencillo».

—Bueno, solo se va a quedar dos semanas —terció Margaret con pragmatismo—. Será fácil que lo evites durante este tiempo, y luego ya no tendrás que volver a verlo nunca más.

—Ay, no digas eso —protestó Eliza—. No es lo que quiero.

—¿Qué es lo que quieres?

Eliza no lo sabía. Su cabeza estaba hecha un lío. Quería evitar a Somerset eternamente. No soportaría no volver a verlo nunca más. Ambas cosas eran al mismo tiempo ciertas, si bien incomprensibles.

—Necesito un poco de calma. Ha sido demasiado, con los Selwyn y Somerset y los Melville…

—¿Qué han hecho los Melville? —preguntó Margaret con cierta indignación.

Eliza no tenía fuerzas para explicarle esa noche la propuesta de Melville. No en ese momento, cuando sus pensamientos estaban tan enmarañados que no sabía si la propuesta la consternaba o la emocionaba.

—Nada. Es que… Nada.

—Los admiro mucho —afirmó Margaret—. Lady Caroline es la mujer más inteligente y divertida que he conocido nunca.

—Y bella también —añadió Eliza.

Margaret inclinó la cabeza y apartó la mirada.

—Me pregunto por qué no se habrá casado —murmuró Eliza—. Debe de haber recibido cientos de propuestas.

—Me alegro por ella. Lo más habitual es que las solteronas no gocen de relevancia, estatus ni valor para la alta sociedad. Es un alivio saber que no siempre sucede así.

—Para mí gozas de relevancia, estatus y valor —le dijo Eliza, y se giró para mirar a su mejor amiga—. Para mí eres la persona más importante del mundo.

—No sé si es lo más maravilloso o lo más deprimente que he oído nunca.

Pero apretó el brazo de su prima para que sus palabras fueran menos dolorosas.

—Eres una bruja —le soltó Eliza con cariño—. Podría haber sido un momento precioso y acabas de destrozarlo.

—Es mi mayor logro como mujer —aseguró Margaret—. Tal vez no sepa pintar, cantar ni coser, pero sin duda soy capaz de destrozar cosas.

Eliza se echó a reír y sintió alivio por ello. Siempre cabía confiar en Margaret para que la hiciera reír, algo que Eliza había hecho más en el último mes que quizá en toda su vida. Valía la pena recordarlo.

Y también valía la pena recordar que, antes de que Somerset llegase a Bath, antes de que todo su mundo se hubiera reducido de nuevo a la figura de un solo hombre, había sido más feliz que nunca. Tenía a Margaret. Tenía Camden Place. Tenía amigos y, tal vez, la posibilidad, por desconcertante que fuese, de un encargo como pintora. Perder a Somerset no era el golpe mortal que había sido en el pasado.

Tan solo deseaba que no tuviese que dolerle tanto.

12

En la abadía de Bath, los oficios religiosos del domingo siempre eran bastante duros, pero el soporífero sermón del reverendo Green de la mañana siguiente fue especialmente insoportable. Por lo general, Eliza era capaz de sumirse en una suerte de letargo, quizá para decidir qué vestidos de los allí congregados le agradaban más, pero esa mañana no le resultó posible distraerse. Se había despertado tan nerviosa como se había ido a dormir, puesto que los hechos de la velada anterior daban vueltas por su cabeza, afilados y dolorosos, y su agitación en ningún modo se había visto atenuada por la decisión de Somerset de sentarse justo en el banco delante de ella.

Podría haber escogido otra fila sin problemas. Si bien en la abadía solía presentarse mucha gente —era otro lugar en el que ver y dejarse ver—, contaba con suficiente espacio como para que cada cual seleccionara el lugar que más le gustase. Como habían hecho Eliza y Margaret, cuando ignoraron las señas de la señora Winkworth y escogieron sentarse junto a lady Hurley y el señor Fletcher, que acababan de regresar de su visita a la campiña.

—... pues a Dios no lo puede tentar el Diablo, como no tentó Él a ningún hombre...

Eliza se removió en el asiento. Somerset había girado un

poco la cabeza, y ella apartó la mirada. Estaba segura de que, si lo miraba a los ojos, rompería a llorar en aquel preciso instante, y no le parecía apropiado alimentar más rumores en Bath; de ello ya se habría encargado seguramente la señora Winkworth. Eliza decidió no desplazar la vista hacia él en ningún momento. Aunque no conseguía imaginar cómo sería fiel a su decisión, ya que los hombros del conde ocupaban toda su visión con tal amplitud que bien podrían poner celosos a un roble.

—¿Te gustaría dar un paseo por los jardines de Sydney después del oficio? —le susurró lady Hurley al oído. La viuda también había dejado de prestar atención al sermón—. Melville y lady Caroline se han apuntado.

Eliza giró la cabeza para mirar hacia los dos hermanos. Lady Caroline y Melville habían llegado tarde, provocando así que un sinfín de cabezas se volvieran en su dirección, y Eliza sintió una inesperada oleada de alivio. Por más que había pensado de forma obsesiva en las palabras de Somerset de la noche anterior, también había reflexionado sobre las de Melville. Y a pesar de que él tal vez se hubiese olvidado —era posible que su propuesta no fuera seria—, ella no dejaba de albergar esperanzas de que se lo volviese a pedir.

Los ojos de Melville se apartaron del reverendo y se clavaron en los de Eliza, y le guiñó uno. Eliza se giró a toda prisa.

—Sí, me parece una idea excelente —le susurró a lady Hurley.

El estruendo de cien personas murmurando un «amén» final indicó que había terminado de una vez el oficio, y Eliza se levantó junto al resto de la congregación, deseando que las personas que tenía delante se dieran prisa por salir.

—¿Milady?

Eliza fingió no haber oído la voz de Somerset y siguió con la mirada al frente. «Deprisa», apremió mentalmente a la anciana señora Renninson. «Deprisa».

—Lady Somerset.

Como Eliza siguió sin prestarle atención, Somerset le rozó el brazo y, pese a que él llevaba guantes y ella una pelliza gruesa, Eliza se echó hacia atrás como si se hubiese quemado.

—No pretendía sobresaltarte… —dijo.

Eliza levantó la vista, notó cómo empezaban a escocerle los ojos y cómo se le cerraba la garganta, y apartó la mirada en un santiamén.

—Buenos días —lo saludó observándose los zapatos—. ¿Le ha gustado el oficio?

—Milady… —murmuró Somerset—. Quiero pedirte disculpas por lo que ocurrió anoche.

Por supuesto que quería pedir disculpas. Por supuesto que su sentido de la decencia no le permitiría relegar al olvido la velada sin asimilarla por completo, pero como ella era incapaz de mantener la compostura, las disculpas deberían esperar.

—Estamos impidiendo el paso —dijo antes de alejarse por el pasillo detrás de Margaret.

Somerset la siguió de cerca cuando salieron al patio, y Eliza y Margaret se encaminaron hacia el lugar en el que se habían reunido lady Hurley, el señor Fletcher y los Melville.

—Qué sermón tan tedioso —iba comentando Melville.

—No es del todo adecuado —asintió con énfasis el señor Fletcher. Eliza sospechó que se había quedado dormido durante todo el oficio.

—El reverendo siempre se alarga cuando predica contra la tentación —dijo lady Hurley—. El pobre hombre no lo puede evitar.

—Y ahora, al parecer, quiere mezclarse con el rebaño —observó lady Caroline cuando el vicario salió por la puerta y empezó a estrechar manos.

—Le gusta hablar con los feligreses —explicó lady Hurley.

—¿De qué le queda hablar? —dijo Melville.

—No lo sé, ¡que me aspen! —exclamó el señor Fletcher.

Melville le dio una palmada en el hombro.

—Nos comprendemos a la perfección, señor —aseguró—. Gracias a Dios que está usted aquí.

—¡Espléndido!

Dejando aparte el tedio del oficio, Melville parecía de mejor humor de lo que Eliza lo había visto hasta el momento, con los ojos tan brillantes y una sonrisa tan radiante que incluso el ánimo de ella empezó a elevarse entre las nubes.

—Tengo entendido que se nos unirá en el paseo por los jardines de Sydney, milady —dijo Melville mientras se giraba para ofrecerle un brazo a Eliza con una floritura superflua—. ¿Nos adelantamos?

—No creía que estuviese demasiado interesado en los paisajes exteriores, milord —intervino Somerset.

—Oh, se equivoca —afirmó Melville—. Lady Hurley nos ha asegurado que son unos jardines más bellos todavía que los de Vauxhall, y siento mucha intriga por ver el laberinto.

—No me parece que visitar el laberinto sea una actividad demasiado apropiada para un domingo —opinó el conde.

—Se equivoca de nuevo —lo contradijo Melville con una sonrisa—. Conforme caminamos, tengo la intención de leer en voz alta los *Sermones para mujeres jóvenes* de Fordyce, un texto que proporcionará un halo piadoso y encantador a la actividad.

—Espléndido… —vaciló el señor Fletcher.

—¿Le gustaría oír uno ahora, Somerset? —le preguntó Melville dándose palmadas en el bolsillo—. Sirven para despejar la mente.

—Gracias, pero no necesito despejarla —negó Somerset antes de volverse hacia lady Hurley—. Será un placer disfrutar de su compañía, señora —dijo—. ¿Puedo sumarme a su comitiva?

—Oh, sería maravilloso —se alegró lady Hurley—. ¿Tendría la amabilidad de prestarme el brazo? Esta mañana el señor Fletcher irá a visitar a su madre, y yo sufro sin disponer del hombro de un caballero en el que apoyarme.

Enlazó el brazo con el de Somerset y lo miró batiendo las pestañas. Somerset tragó saliva, y los dos se pusieron en marcha con un paso decidido que él no tuvo más remedio que obedecer.

—Yo también camino muy deprisa, lady Caroline —dijo Margaret en voz baja mientras se zarandeaba las faldas—. ¿Está segura de que podrá mantenerme el ritmo?

—Le aseguro, señorita Balfour, que sin duda alguna seré yo quien marque el ritmo.

Siguieron a toda prisa los pasos de lady Hurley, dejando a Eliza y a un sonriente Melville en la retaguardia, con Pardle unos pocos pasos por detrás.

Los jardines de Sydney se encontraban a poca distancia de la abadía, cruzando el río Avon y llegando al final de Pulteney Street. Como las parejas que abrían la procesión caminaban tan rápido, en cuanto se adentraron en los muros de los jardines desaparecieron al doblar una curva del sinuoso camino, y dejaron a Eliza y a Melville paseando retrasados. Había numerosas vistas que admirar: glorietas en la sombra, románticas fuentes y arbustos bien cuidados que flanqueaban los senderos serpenteantes, pero Eliza las descartó para centrarse en Melville.

—¿De verdad lleva un ejemplar de los *Sermones* de Fordyce en el bolsillo? —le preguntó con curiosidad.

—No, por Dios —respondió Melville, y sacó del bolsillo una libretita con tapas de piel—. El día que le lea textos de Fordyce a Caroline será el mismo en que moriré en extrañas circunstancias.

—Y ¿qué habría hecho si Somerset le hubiese pedido que leyese uno de los sermones? —dijo Eliza con una sonrisa.

—Me sorprende que no me lo haya pedido —asintió Melville—. Ese hombre está decidido a ponerme en entredicho en todo momento.

La sonrisa de Eliza se desvaneció.

—Lo siento —dijo—. No sé por qué se comporta de ese modo.

Aunque no era del todo cierto. Ya se le había ocurrido antes que la conducta de Somerset tal vez fuera motivada por los celos, pero tras lo sucedido la noche anterior no le parecía demasiado probable.

—Está celoso —aseguró Melville—. Como usted sabe perfectamente y, sin duda, se está aprovechando como debe.

Eliza giró la cabeza, sorprendida.

—No me estoy aprovechando —protestó—. Y tampoco está celoso.

Por más que ella desease lo contrario.

—No es nada de lo que avergonzarse —aseveró Melville—. Todos hemos hecho peores cosas en nombre del amor, y a mí no me importa lo más mínimo que me utilice para ello. De hecho, le ruego que me utilice más, milady.

La piel de Eliza adoptó un rojo muy intenso y sus hombros ascendieron hasta sus orejas, pero Melville no había terminado. Como había hecho el día que se conocieran, le soltó la mano a Eliza para extender los brazos como si la animara a examinarlo.

—Me ofrezco a usted para que me use —dijo, y Eliza miró a todos lados para asegurarse de que nadie los estaba observando.

—Pare, por favor —le pidió—. Está siendo absurdo.

Absurdo e inapropiado, incluso siendo Melville. Y Eliza no sabía cómo responder a aquella barbaridad, si echándose a reír o...

—Tal vez más tarde estemos a solas en una romántica glorieta —sugirió Melville—, y así Somerset no tendrá más remedio que batirse en duelo conmigo. ¿O cree que en estos jardines hay algún invernadero de naranjos? Siempre he sentido devoción por los naranjos.

Eliza soltó una carcajada, pues era imposible no hacerlo.

—¡Sabe reír! —graznó Melville—. Por fin.

Le ofreció el brazo una vez más, y, al aceptárselo, Eliza se dio cuenta de que los puños de la camisa del conde estaban ligeramente manchados de tinta.

—¿Ha redactado cartas esta mañana? —le preguntó.

—Cartas no —contestó. Blandió la libretita de nuevo hacia ella antes de guardársela en el bolsillo.

—¿Ha empezado a escribir?

—No se lo he dicho a nadie —asintió—, pero sí. *Medea*. Venganza, pasión, épica heroica, etcétera.

Hablaba con tono desenfadado, pero su rostro lucía una verdadera satisfacción.

—¡Ardo en deseos de leerlo! —exclamó Eliza con sinceridad—. Pero pensaba que había venido a Bath de vacaciones.

—Me canso de descansar —dijo Melville—. Es terriblemente aburrido.

—Por tanto, ¿la libreta es para tomar notas?

—En cierto modo —asintió—. Frases que me gustan, palabras que me agradaría emplear… Sandeces y sinsentidos, en realidad.

—Mi abuelo hacía lo mismo —recordó Eliza—. No con palabras, sino dibujando escenas u objetos para rememorarlos más tarde con mayor facilidad. Me dijo que cualquier artista que se preciase debería hacerlo.

—¿Y usted aceptó su consejo?

—Yo no soy una artista.

—Creo que ya hemos mostrado desavenencias en ese aspecto —dijo Melville.

Por fin habían llegado al tema que Eliza había querido esgrimir en toda la mañana. Guardó silencio cuando apareció el canal ante ellos, y fingió contemplar con admiración el complejo puente de inspiración china que ascendía sobre las aguas mientras reunía el valor para formular las preguntas que se habían reproducido en su cabeza desde la noche anterior. Abordar aquella cuestión en un lugar tan público le pareció arriesgado, pero allí, rodeados de la verde frondosidad, con las colinas de Bathampton apenas visibles en el horizonte y con tan solo el sonido de la brisa que mecía los árboles y acompañaba sus pasos, resultaba muy fácil imaginar que Melville y ella se encontraban bastante solos en algún enclave de la campiña inglesa. Eliza le lanzó una mirada de reojo.

—¿La propuesta del retrato era verdaderamente seria? —le preguntó.

Reaccionaría con ecuanimidad si no lo era.

—En efecto —asintió Melville—. ¿Está dispuesta a hacerlo?

—¿El propósito es incluirlo en la portada de sus libros? —quiso cerciorarse.

—Sí —dijo el escritor—. Me han asegurado que me ayudaría a aumentar mi alcance.

—¿Acaso su nivel de fama actual es insuficiente? —se extrañó—. ¿Hay alguna dama de la alta sociedad que no haya leído sus textos?

—La alta sociedad, por más que no nos agrade pensarlo demasiado, no es sino una ínfima proporción de Inglaterra, milady, y me gustaría que mis poemas se extendieran más allá.

Eliza lo analizó en silencio.

—Soy consciente de que una motivación tan impropia en un caballero no encaja en absoluto con mi desenfadada *joie de vivre* —añadió Melville.

—Pero si el retrato es tan importante, ¿por qué me lo pide a mí? Tengo muy poca educación formal, y si mi disponibilidad es el único aspecto en que supongo una ventaja, sabe que se lo podría proponer sin problemas al señor Berwick. ¡Se dice que tiene mucho talento!

—Podría, sí, pero entonces me vería obligado a hablar con él, milady, y eso es algo que no deseo. Preferiría que me retratara una mujer bella en vez de un caballero engreído.

—Creo que ese es el motivo preciso por el cual no debería aceptar su propuesta —masculló Eliza, en parte halagada, pues no todos los días la llamaban a una «bella», y en parte alicaída por si Melville solo la había elegido porque quería coquetear con ella…

—No se lo pediría a usted si no la considerara capaz —aseguró Melville con voz tan repentinamente seria que a Eliza casi le sorprendió oírlo sin su ligereza habitual. Y, como en la noche anterior, recibir tales elogios y presenciar tal confianza en su talento hizo que pudiera respirar más hondo y mejor de lo que había hecho hasta el momento—. No creo que haya nadie que pudiera hacerlo mejor —dijo Melville con suavidad.

Eliza suponía que los Balfour, los Selwyn e incluso Somerset no considerarían que esa clase de comportamiento fuera apropiado para una condesa en su primer año de luto. Si descubrían que había pasado muchas horas acompañada de un caballero de tan mala fama, la seguridad de su fortuna correría peligro, sin duda. Aceptar su propuesta era una locura, pero… ¿cómo iba a rechazar la clase de oportunidad con que había soñado desde que era una niña pequeña? Aquello sería una mayor locura si cabe.

—¿Acepta pintar mi retrato, lady Somerset? —le volvió a preguntar Melville.

Eliza apartó la mirada y se observó los pies. No debería aceptar. Quería aceptar.

—Acepto —respondió.

Melville soltó un grito de celebración.

—¡Con algunas condiciones! —añadió ella a toda prisa—. ¡Insisto en la discreción!

—Soy un hombre muy discreto.

—Debe permanecer en secreto —dijo Eliza, divertida pero impaciente—. Para siempre. Mi nombre no puede acompañar al retrato.

—De acuerdo —accedió Melville con alegría.

—Y debemos pensar en alguna excusa que justifique sus visitas —añadió Eliza—. Que usted visite Camden Place sin explicación sería tan perjudicial como la verdad misma.

—¿Cuándo comenzamos?

Delante de ellos aparecieron Somerset y lady Hurley, reunidos en la entrada principal junto a Margaret y lady Caroline. Habían completado el recorrido.

—¿Mañana? —sugirió Melville, y Eliza lo mandó callar.

—El martes —murmuró—. Temprano, para que no nos interrumpan. Y debe acudir con lady Caroline... Me gustaría contar con tantas carabinas como me resulte posible.

—¿Carabinas? —repitió Melville, burlón—. Lady Somerset, ¿no se fía de sí misma cuando está conmigo?

Una vez más, las mejillas de Eliza se sonrojaron.

—¡Por fin! —exclamó Margaret al verlos—. Estábamos a punto de enviar una batida de búsqueda.

—Lady Somerset me ha querido enseñar un invernadero de naranjos especialmente hermoso —respondió Melville lanzándole una sonrisa a Eliza.

—Acompañaré a lady Somerset y a la señorita Balfour de regreso a Camden Place —dijo Somerset con voz autoritaria.

—¿Estás cansada, Caro? —le preguntó Melville a su hermana.

—En absoluto —dijo lady Caroline al instante—. ¿Vamos a buscar el laberinto?

Después de una rápida ronda de adioses, todos se marcharon, y Eliza y Margaret se los quedaron mirando.

—Vamos, señorita Balfour. Ahora me gustaría disfrutar de tu compañía. —Lady Hurley cogió el brazo de Margaret y la condujo a través de las puertas.

Como al parecer no había forma alguna en que Eliza pudiera evitar a Somerset, se puso a su lado de mala gana, pero dejando un espacio impersonal entre ambos. El conde hizo un amago de ofrecerle el brazo, pero al poco se retiró. Echaron a caminar en tanto las dos damas se adelantaban por la acera. Después de la paz frondosa de los jardines, Pulteney Street era gris y ruidosa, pero Eliza mantenía la vista fija al frente como si fuera lo más fascinante en que hubiera posado jamás la mirada.

—Lady Hurley es muy veloz —murmuró Somerset.

Eliza no sabía si él se refería a su paso o… a otra cosa.

—¿Verdad que es fantástica? —comentó Eliza sin rodeos. Somerset frunció el ceño.

—Sé que no me incumbe —empezó a decir el conde—, pero me preguntaba, milady, si no podrías ser un poco más cuidadosa con las amistades que entablas aquí. Lady Hurley es… En fin. Y los Melville… no me inspiran confianza. No sé qué es lo que los ha traído hasta Bath, pero no estoy convencido de que sea una razón tan inocente como la que pretenden hacernos creer.

—No, sin duda alguna se debe a algún escándalo —dijo Eliza. ¿Acaso no lo sabía ya todo el mundo?—. Quizá a una aventura.

—¡Milady! —exclamó Somerset, y Eliza apretó los labios con fuerza. Caminar con Melville le había aflojado la lengua.

—Lo siento, milord, no pretendía sorprenderte.

Somerset soltó una carcajada de asombro.

—¿Sorprenderme? —repitió como si fuera muy gracioso. La miró de arriba abajo y negó con la cabeza—. Antes no eras tan sofisticada.

—Antes tenía diecisiete años —musitó.

La sonrisa desapareció del rostro de Somerset. Ya no estaban hablando de los Melville.

—Milady —empezó de nuevo con tono más bronco—. Milady, permite que me disculpe.

—No es necesario —contestó Eliza con voz temblorosa. Ojalá llegasen ya a Camden Place…

—Sí lo es —insistió Somerset—. Fui imperdonablemente grosero...

—En realidad, me gustaría pasar página de lo ocurrido —lo interrumpió. Los remordimientos de Somerset solo podían deberse a su comportamiento impropio de un caballero, y tener que oír y aceptar sus disculpas, cuando el dolor que le había causado no fue por haber sido grosero sino sincero, era más de lo que podía soportar ella.

—Creo que sería mejor que aclarásemos...

—No creo que sea...

—Por Júpiter, ¿vas a dejarme hablar? —le pidió Somerset quedándose quieto de pronto.

Sopesó seguir caminando sin él, pero también se detuvo. Por lo visto, tendría que escucharlo—. Lo lamento... He sido un maleducado —dijo—. Otra vez. He sido imperdonablemente descortés contigo.

Eliza no sabía si sería capaz de hablar. Se limitó a asentir con la cabeza.

—Quiero disculparme... por todo lo que ocurrió anoche —prosiguió Somerset—. Fui desagradable e irrespetuoso, y cualquier disculpa que te ofrezca sería insuficiente.

Se quitó el sombrero, ajeno al viento frío.

—Pero lo siento —insistió—. Si deseas que me marche hoy mismo de Bath, me iré.

Eliza levantó la vista hacia el cielo con la esperanza de que el gesto le impidiese derramar una sola lágrima.

—No —dijo—. No quiero que te marches.

Era cierto. Aunque le resultase imposible soportar su presencia, aunque él jamás sintiera lo mismo que ella. Se había pasado diez años sin verlo y no deseaba que se alejase, ni siquiera después de lo que había sucedido.

—Me ha gustado que nos reencontrásemos —terció, y se armó de valor para mirarlo al fin a los ojos. Por Dios bendito, ¿por qué se creía con el derecho de tener unos ojos tan azules?

Somerset hizo una mueca.

—A mí también me ha gustado —contestó.

Eliza miró hacia el lugar donde Margaret y lady Hurley se habían detenido, y desde donde los miraban con extrañeza.

—Deberíamos llegar junto a ellas.

Somerset le ofreció el brazo de nuevo y, esa vez, Eliza lo aceptó. El aire entre ambos parecía menos tenso que antes, pero no menos cargado.

—También debería pedirte disculpas por mi hermana.

—¿Hay alguien por quien no deberías pedir disculpas? —le preguntó Eliza con su mejor intento de sonrisa.

—También por Selwyn —añadió Somerset con tenacidad—. Tenía la intención de reprenderlos seriamente a ambos esta mañana, pero han madrugado y salido tan pronto que no he podido. Fueron muy desagradables; tal vez les ha afectado más el cambio del testamento de mi tío de lo que me había figurado.

—Nunca les he caído demasiado bien —dijo Eliza—. He terminado acostumbrándome.

—Ojalá no fuera necesario —terció Somerset en voz tan baja que Eliza no supo si debía haberlo oído—. Ojalá...

El conde se interrumpió y los dos caminaron unos instantes en silencio.

—Espero no haber estropeado las cosas —dijo bruscamente.

Eliza respiró hondo y soltó una larga y lenta exhalación. ¿Qué debería decir? Sí había estropeado las cosas, por lo menos en lo que a ella respectaba. Pero... seguía queriéndolo en su vida, aunque tuviese que encerrar sus sentimientos bajo llave. Iba a tener que aprender, de una vez por todas, a desenamorarse de él.

—Puede que fuésemos ilusos al pensar que podíamos pasar tiempo juntos sin más —dijo Eliza—, sin que nuestro pasado saliese a colación de tiempo en tiempo. —Lo miró a los ojos y se obligó a sostenerle la mirada—. Pero como ahora ya lo hemos hablado, quizá podamos empezar de cero nuestra amistad.

—¿Es lo que deseas de verdad? —le preguntó él—. ¿Incluso después de…?

—Sí —asintió Eliza.

Era mejor que nada.

—Amigos… —reflexionó Somerset.

—Solo si es lo que tú también deseas —se apresuró a añadir. No volvería a cometer el error de dar por sentado que sabía lo que sentía él.

—¿Crees —le preguntó de pronto Somerset— que los amigos, cuando están en Bath, se ven todas las mañanas en las termas?

—Sí —respondió Eliza con cautela.

—¿Quizá también puedan asistir juntos a conciertos?

Eliza no supo cómo interpretar la expresión de él.

—Podría ser, sí.

—Y salir a cabalgar juntos, cuando el tiempo lo permita, ¿lo ves apropiado?

Una ligera sonrisa curvaba las comisuras de la boca de él, y Eliza se la devolvió con suma indecisión.

—En efecto —asintió.

¿Acaso era la única en pensar que esa clase de amistad se parecía sobremanera a un cortejo? Eliza procuró desterrar la desesperada esperanza que intentaba abrirse paso nuevamente en su pecho.

—En ese caso —dijo Somerset mientras le hacía una inclinación de cabeza para despedirse de ella—, me encantaría ser tu amigo.

Balfour House, 14 de febrero de 1819

Querida Eliza:

Aunque recibí tu última carta en mano sin problemas, no voy a responder a ninguna de tus preguntas sobre la familia —supón que todos se encuentran bien de salud—, pues una información muy desagradable ha llegado a mis oídos.

He recibido el aviso —de parte de lady Georgina, y ella de parte de su prima, hasta llegar a una tal señora Clemens de Bath— de que lord Melville y lady Caroline Melville se han instalado en Bath. ¿Es cierto? De serlo, ¡imagina el horror que me embarga! Y me pregunto cómo es posible que haya recibido tal información de parte de lady Georgina —de parte de su prima, etcétera— ¡y no de ti!

Debo pedirte que te comportes con gran prudencia con ese tipo de gente. Las desgracias asociadas con su apellido son numerosas, disparatadas y sin duda recientes. Se rumorea que entre lord Melville y lady Paulet ha habido un *affaire d'amour* durante años. Como recordarás, lady Paulet es la pintora cuya obra alabó tanto la alta sociedad el año pasado, y la furia que se adueñó del señor Paulet, uno de los mecenas más leales de Melville, al descubrir el engaño fue inconmensurable. Con tamaño escándalo en el pasado reciente, confío en que no fomentarás en absoluto ninguna pretensión de amistad que pueda transmitirte lord Melville.

Pronto volveré a escribirte. Hay varios gastos relativos a la educación de Rupert que he aceptado en tu nombre. Aunque hayas demostrado una impactante falta de interés por tu heredero, Rupert siente dolores atroces en una muela.

Recibe abrazos de tu madre.

13

uiere intentar estarse quieto?

—Estoy quieto.

—Se está moviendo.

—Solo si respirar cuenta como moverse.

Eliza fulminó a Melville con la mirada por encima de su portafolio con la intención de emular la forma implacable en que su abuelo intimidaba a sus modelos más desafiantes.

—¿Se encuentra bien? —le preguntó Melville con un destello en los ojos, como si supiera qué estaba procurando hacer ella y hubiera decidido comportarse del modo más difícil posible—. La veo espantosamente incómoda.

Eliza ocultó una sonrisa detrás del cuaderno de dibujo. Era martes por la mañana y la segunda vez que Melville posaba para ella. Tras recordar cómo el señor Balfour sénior había llevado a cabo sus retratos, Eliza había decidido pasar las primeras horas juntos dibujando a Melville en varias posturas a fin de acostumbrar el lápiz y el ojo a él como modelo. Era más complicado de lo que se había imaginado. En parte porque Eliza jamás había conocido a nadie que se sentase con más vivacidad que Melville, pero sobre todo porque estaba muy nerviosa por hallarse a solas con él. El martes anterior no había sido lo que había visualizado, pues Melville y lady Caroline aparecieron después de desayunar y todos se sentaron en la sala, mientras lady Caroline examinaba las pinturas de Eliza.

—¿De verdad es perentorio que organicemos esta farsa? —había protestado Melville cuando Eliza le hubo reiterado la necesidad de alguna excusa que justificara las horas que iba a tener que pasar en Camden Place.

—Sí —había insistido ella—. No pueden verme montando un espectáculo.

Al final, la solución la había proporcionado Margaret.

—¿Y si lady Caroline me enseñase francés? —había propuesto—. Melville la acompañaría hasta aquí y te visitaría a ti durante las lecciones.

—¿Y yo?, ¿debo perder el tiempo aquí lo que dure la sesión de pintura? —Lady Caroline arqueó una ceja—. Qué emocionante.

—O quizá podría enseñarme francés de verdad —dijo Margaret con suavidad—. Siempre he querido aprender y… no creo que sea la primera vez que hace de profesora, ¿verdad?

Lady Caroline miró a Margaret con dureza durante varios segundos. Margaret le sostuvo la mirada sin flaquear.

—Verdad —asintió lady Caroline con una lenta sonrisa—. Muy bien.

Eliza también había imaginado que las clases las darían en la sala: ella y Melville estarían en un rincón, en tanto lady Caroline y Margaret se sentaban en el sofá. Habría poco espacio, sí, pero sería cálido y sociable. Ese día, sin embargo, lady Caroline había rechazado aquella idea.

—No disponemos de suficiente espacio —dijo señalando a Margaret—. Debemos marcharnos al salón.

—Pero… ¿y mis carabinas? —preguntó Eliza. Con la edad que tenía y siendo viuda, quizá no fuese tan necesario que dispusiese de carabinas como si fuera una joven dama, pero dadas las connotaciones íntimas de posar para un retrato, le parecía lo más adecuado.

—¡Asomaremos la cabeza cada media hora para asegurarnos de que no sucede nada inapropiado! —propuso Margaret con alegría, y se fueron.

Y así había sido. Su ausencia había sido notable, y el rostro de Eliza se ruborizó sin razón aparente. «No sucede nada inapropiado —se recordó—. No estás haciendo nada malo». Deseó, sin embargo, que Melville no la mirase tan directamente; empezaban a temblarle las manos y las líneas que trazaba eran menos firmes de lo que habían sido en los últimos años.

Se preguntó durante unos segundos qué pensaría Somerset si supiera lo que estaban haciendo ese día, y enseguida desechó aquel pensamiento. Somerset y ella eran amigos, nada más, y tal vez fuese una exageración, pues en los últimos días sus interacciones habían sido... vacilantes, como poco. Eliza también descartó aquel pensamiento e intentó salvar su primer intento de retratar el rostro de Melville, que por desgracia había quedado estropeado.

—Debió de tener un profesor de dibujo prodigioso —comentó Melville cuando Eliza empezó a dibujar su perfil de nuevo.

—Sí —dijo Eliza. Había sido un retratista precisamente, el señor Brabbington, contratado a petición de su abuelo.

—¿Su abuelo también participó en su educación?

—Sí —asintió una vez más. Cuando era pequeña, toda la familia pasaba el verano en Balfour House, y, mientras sus primos jugaban en los campos, Eliza se escabullía hasta el estudio de su abuelo para observarlo pintar. Él había tolerado su presencia cuando era pequeña y lo bastante buena como para no convertirse en un fastidio, y a continuación empezó a reconocer cierta destreza en Eliza, hasta que empezó a tratarla como si fuera su ayudante.

—¿Lo echa mucho de menos? —se interesó Melville.

Eliza miró a Melville a los ojos unos instantes antes de

bajar la vista al papel. Su pregunta la animaba a desahogarse con él, pero hablar de aquellas cuestiones tan íntimas estando a solas no le parecía correcto.

—Sí —respondió. El señor Balfour padre había fallecido cuando ella solo tenía quince años, llevándose consigo al único aliado con el que contaba Eliza en la familia, excepto Margaret, la única persona que no la consideraba solo una herramienta con la que negociar.

—¿Y a su esposo?

Anonadada, Eliza levantó la mirada de la hoja. ¡Qué impertinencia!

—¡Formula demasiadas preguntas, milord! —exclamó para regañarlo y no contestar.

—No más de las que usted elude —puntualizó Melville—. Ojalá no lo hiciese.

—¿Por qué?

—Me gustaría poder conocerla —le explicó—. ¿Le resulta familiar el concepto?

—Y supongo que, si yo le formulase muchas preguntas personales, usted se sentiría cómodo para responderlas todas —replicó Eliza.

—Pero por supuesto —aseguró Melville—. Puede preguntarme lo que guste.

Eliza soltó un suspiro. Debería haber esperado que él replicaría con una suerte de reto.

—Como conozco pocas cosas sobre usted, más allá de lo que aseguran los rumores injuriosos, no sabría por dónde empezar —dijo esquiva.

—En ese caso, ¡empecemos por lo que aseguran los rumores injuriosos! —le propuso Melville—. ¡No sea tímida! Prometo responder con la verdad.

Como Eliza no tomó la palabra de inmediato, él hizo un gesto para animarla como si fuera un caballo. A Eliza la embargó un repentino deseo de zarandearlo, de arrancarle su incansable buen humor durante unos segundos. Dejó el lápiz y juntó las manos.

—Se rumorea que los Melville están locos —dijo, la insinuación más infame que se le ocurrió.

Melville reflexionó al respecto.

—Es difícil, como convendrá conmigo, que yo diga si lo estoy o si no —se sinceró—. No llegué a conocer a mi abuelo, así que no puedo dar fe de su estabilidad mental, pero sin duda alguna fue una bestia. Por eso mi padre huyó en cuanto pudo y no regresó hasta que el anciano hubo muerto. ¿Qué más?

—Dicen que es usted un canalla —se atrevió a añadir. Su madre se desmayaría si la oyese hablar en esos términos.

—He pasado varios años por completo embelesado por las enaguas, lo admito —contestó Melville pensativo—, pero no creo que más que los demás caballeros de nuestros círculos.

—¡No me diga! —terció Eliza con escepticismo. No era lo que tenía entendido.

—La sociedad insiste en imbuirme de un encanto preternatural —aseguró Melville—. La gente considera que cualquier dama que osa hablar conmigo padece mal de amores, que cualquier mujer con la que bailo es mi querida y que cualquier muchacha soltera que se cruza en mi camino necesita protección contra mí. Ha sido así desde que era un adolescente.

Hablaba sin rencor y sin actitud defensiva, sonriendo como si aquello no lo molestara en absoluto, pero Eliza lo miró con incertidumbre y se planteó si su juego había llegado demasiado lejos.

—¿Qué más? —la apremió.

Eliza vaciló.

—Vamos, lady Somerset. Hasta ahora lo está haciendo muy bien.

—Dicen que ha venido a Bath por un escándalo.

—Es justo a lo que me refería —dijo Melville con una irónica ceja levantada—. Dicen que voy dondequiera que voy por un escándalo.

—Bueno, esta vez dicen que involucra a los Paulet —puntualizó Eliza, y la sonrisa desapareció al fin de la cara de Melville.

—Conque dicen eso.

—En efecto —asintió ella, triunfal, mientras cogía el lápiz para retomar el dibujo. A eso él no había querido responder—. ¿Tiene algo que decir al respecto, milord?

Melville soltó una repentina carcajada.

—Podría mostrar más gracia al alzarse con una victoria, milady —dijo—. Pero me temo que esta vez deberé darle la razón, pues en esa cuestión la discreción me impide hablar.

—¡Lo sabía! —exclamó Eliza, más satisfecha todavía, y Melville levantó las manos en una súplica de mentira, riéndose—. ¡No se mueva! —le pidió, haciendo un bosquejo a toda prisa con el lápiz para intentar atrapar la expresión de él, pero desapareció de su cara tan fácilmente como el agua se lleva la arena. Eliza suspiró.

—¿Estoy siendo un modelo muy difícil? —le preguntó Melville, más divertido que arrepentido.

—No, no —dijo. Eliza no quería que la considerara desagradecida y, a pesar de que el retrato fluiría mejor si fuese un sujeto más sencillo, el reto resultaba bastante emocionante. Debería dibujar más deprisa, afilar más los lápices y observarlo con mayor atención. Su abuelo solía decir que el secreto del arte no era aprender a pintar, sino aprender a ver. Ser capaz de poner en práctica esas lecciones como era debido, después de tantos años, hizo que Eliza se sintiera como si se hallase aún en el salón de Balfour House y las manos de él estuvieran guiando las suyas—. Lo conseguiré tarde o temprano —le aseguró a Melville con manos más firmes.

—De eso no me cabe ninguna duda.

Eliza se sonrojó ante la seguridad con que lo había afirmado el conde, y Melville se rio con amabilidad.

—Ni siquiera ha sido un cumplido —la provocó.

—Si es incapaz de sentarse quieto, milord, tal vez debería por lo menos estar callado —lo regañó, ruborizándose más todavía y observando el papel.

—Eso no es posible —terció Melville con una sonrisa—. ¿Cree que dejará de ponerse colorada después de unas pocas sesiones de pintura?

Eliza lo dudaba. No respondió.

—Espero que no —decidió Melville.

El sonido del reloj al marcar tres cuartos sobresaltó a Eliza, y Melville frunció el ceño como si el tictac lo hubiera ofendido personalmente.

—¿Debemos concluir tan pronto? —la interrogó.

—No quiero llegar tarde a las termas —dijo Eliza, dejando los materiales con cierto alivio.

—Dios no quiera que hagamos que Somerset deba esperar más de un segundo —asintió Melville mientras se levantaba, obediente.

Eliza evitó su mirada. Aquella semana, Somerset había acudido todos los días a las termas por ninguna otra razón, al parecer, que para hablar con ella durante unos cuantos minutos, y día tras día su incierto pacto se volvía menos tenso.

—No es necesario que nos acompañe —le recordó a Melville.

—Oh, pero es mi deber… Somerset me añora cuando estoy ausente.

Eliza no contestó. No estaba convencida, pero cada vez creía con mayor firmeza que Melville reservaba sus mofas airadas para Somerset, como si el principal propósito de su existencia fuera encolerizarlo. Por ese motivo Eliza habría preferido que Margaret y ella no se presentaran a las termas con los Melville, pero no tuvo más remedio.

Somerset ya estaba allí cuando llegaron. Con un vaso de agua curativa, se dirigió hacia la puerta en cuanto la vio cruzar el umbral.

—Ay, ¡no era necesario, Somerset! —exclamó Melville interceptando el vaso y quedándoselo—. No soy merecedor de tanta amabilidad.

Somerset inhaló muy lentamente y, a continuación, se giró hacia Eliza.

—¿Te puedo acompañar hasta la sala principal?

Eliza aceptó al instante. Cuanto más lejos se encontrasen Melville y él, más cómoda estaría ella.

—¿Has pasado una mañana agradable? —le preguntó Somerset.

—Sí —respondió Eliza con cuidado—. Margaret tenía una nueva clase de francés...

—Acompañada por Melville, deduzco —dijo Somerset.

—Y he recibido una carta de mi madre —se apresuró a informarlo Eliza.

—¿Cómo está la señora Balfour? —se interesó el conde—. Cuando nos vimos en Harefield, me pareció... la de siempre.

—Sigue siendo la de siempre, así es —convino Eliza.

—¿Te escribe a menudo? —quiso saber él.

—En ocasiones, dos veces al día —respondió ella con una sonrisa, y Somerset soltó una risotada—. Mi padre y ella tienen mucho que opinar sobre cómo debería gestionar las tierras y a mí misma. Con una sola carta no bastaría.

—La preocupación de mi familia es similar —dijo Somerset—. Mi hermana exige un informe pormenorizado de mis acciones, hasta el punto de que creo que sería bien capaz de hacer las veces de mi biógrafa.

—¿Cree que ese texto sería una lectura interesante? —lo provocó Eliza.

Somerset negó con la cabeza.

—No, salvo que el lector desease formarse ampliamente

en la rotación de los cultivos —dijo—, el tema en el que el señor Penney y yo estamos inmersos en este momento. Es uno de mis administradores.

—Ah, sí, espero que me ayude también a mí —asintió Eliza—. He concertado una reunión con él este mismo viernes.

—Sí, esta mañana me lo ha comentado. —Hizo una pausa—. El señor Penney me ha preguntado, de hecho, si yo debería unirme a vuestra reunión.

Eliza frunció el ceño. El señor Walcot había albergado dudas, por supuesto, sobre la participación directa de Eliza en sus tierras, pero creía que el abogado ya lo habría aceptado, si bien a regañadientes. Que el señor Penney hubiese tratado la cuestión de las tierras de ella con Somerset sin ni siquiera consultarla...

—Es tan solo para que podamos decidir dónde queda la linde de las tierras —añadió Somerset enseguida.

Tal vez fuera eso. Tal vez Eliza estaba demasiado inquieta.

—Si hay cuestiones que atañen a las tierras de ambos, debemos deliberar juntos, en efecto —aceptó Eliza.

Después de haber ido a buscar un vaso de agua para Eliza, completaron el recorrido lentamente —él le preguntó por sus sobrinos, ella por sus sobrinas— y se reunieron con Margaret en el preciso instante en que hacían acto de presencia la señora y la señorita Winkworth.

—¡Santo Dios! Esperábamos encontrarlo aquí. —La señora Winkworth se alegró al ver a Somerset—. Winifred esperaba que usted pudiera entregarle una carta a la señorita Selwyn.

La señora Winkworth tiró de su hija para que diera un paso adelante. Con un sencillo vestido de muselina, un sombrero de paja y un ligero rubor que le prendía las mejillas, la señorita Winkworth estaba muy favorecida; habría sido sin problemas la inspiración de uno de los cuadros de pastoras del señor Woodforde, y cualquier resentimiento que albergara Somerset hacia la intrusión de la madre se suavizó al verla.

—Sería un placer —respondió mientras aceptaba con cuidado el sobre.

—Es muy amable por su parte —murmuró la señorita Winkworth.

—Ay, ¡le acaba de alegrar la semana a Winifred, milord! ¡Se pasará el día entero extasiada recordando su generosidad, sin duda!

—¿El día entero? —dijo Eliza con una voz lo bastante baja como para que solo hubiese podido oírla la señorita Winkworth.

—Quizá… solo la mañana —susurró la señorita Winkworth con una vacilante sonrisa.

—¿Saben ya todos que el señor Lindley actuará en el concierto de la semana que viene? —La señora Winkworth hablaba a todo el grupo, pero su ser por entero estaba dirigido en exclusiva a Somerset—. Es un éxito para la ciudad de Bath. Somerset, ¿cree que habría que invitar a lady Selwyn? Estoy convencida de que es la clase de acontecimiento que ella disfrutaría.

—Estoy seguro de que sí —asintió Somerset mientras le lanzaba una rápida mirada a Eliza—. En su última carta me pidió que les diese recuerdos a todos ustedes.

—¿De veras? —La señora Winkworth estaba más contenta que unas pascuas.

—También me pidió que le enviase un mensaje a Melville en particular —prosiguió Somerset.

—Ah, ¿sí? —intervino el aludido—. ¿Me lo puede contar ahora o es de tal naturaleza que debo recibirlo en privado?

Somerset apretó la mandíbula.

—Lady Selwyn tiene entendido que ha vuelto a escribir —dijo Somerset— y desea expresarle el placer que siente al respecto… y su impaciencia por recibir novedades, cuando las haya.

—¿Es eso cierto, Melville? —quiso saber Margaret.

—¿Acaso no se lo ha dicho ya lady Somerset? —le preguntó Melville.

Margaret se giró hacia su prima con el ceño fruncido.

—No sabía si era un secreto —se defendió Eliza.

Como para dar fe de ello, Melville levantó los antebrazos para mostrarles las manchas de tinta que recorrían la tela blanca e impecable de los puños de su camisa, sin indicio alguno de vergüenza. Por supuesto, ¿qué debería darle vergüenza? Curiosamente, en Melville las manchas tan solo sumaban a su elegancia, y Eliza enseguida decidió que las incluiría en su retrato.

—¡Espléndido!

—¿De verdad debemos interpretar esas manchas como algo accidental y no como un artificio que pretende transmitir cierta mística artística? —preguntó Somerset.

Lady Hurley y el señor Fletcher lo miraron atónitos. Como era la primera vez que presenciaban los comentarios insidiosos que intercambiaban Somerset y Melville, no tenían contexto que explicase la repentina aspereza de Somerset.

—¿De veras piensa que me envuelve cierta mística, milord? —dijo Melville—. Qué maravilla. Empezaba a creer que nadie se había dado cuenta.

—Una vez más, interpreta como cumplido lo que no lo es.

—Consigue que hablar con usted sea mucho más agradable.

—¿Todo el mundo asistirá al concierto de la semana que viene? Nosotras creo que sí, sabiendo que Lindley va a actuar —intervino Eliza antes de que Somerset pudiese replicar. El conde no hacía sino enfurecerse cuanto más tranquilo y alegre estaba Melville.

Se oyeron murmullos de asentimiento en el grupo.

—Yo sí —terció Somerset—. ¿Puedo ser vuestro acompañante?

—Me temo que lady Somerset ya ha aceptado acudir con nosotros —le aseguró Melville, y Eliza le lanzó una mirada de sorpresa, pues aquello era una verdadera falacia.

—¿Sí? ¿Antes incluso de que decidiera asistir?

—Ah, la conozco lo suficiente como para adelantarme —aseveró Melville.

—No la conoce lo suficiente en absoluto —le espetó Somerset.

—Deberíamos irnos ya, Max —saltó lady Caroline antes de que Melville respondiese, para alivio de Eliza. Aquellos dos hombres empezaban a darle dolor de cabeza.

Naturalmente no fue sino cuando estaban a punto de salir por la puerta cuando el cielo decidió abrirse.

—¡Maldita sea! —exclamó Margaret observando la cortina de lluvia—. Así será imposible que podamos alquilar un carruaje.

Como había tantas personas que iban y venían de las termas, las calesas y las sillas de posta serían insuficientes para todos.

—No es del todo adecuado —asintió el señor Fletcher.

—¡Vamos a ahogarnos! —exclamó lady Hurley.

—¿Acaso tiene la intención de tumbarse boca abajo en un charco? —dijo lady Caroline, divertida.

—Creo que sería mejor que echáramos a correr —propuso Eliza contemplando el cielo, que iba adoptando una siniestra oscuridad— antes de que el aguacero sea peor.

—Vaya, qué valiente es usted, lady Somerset —dijo Melville—. Cuando menos será una visión romántica.

—Un comentario muy apropiado, milord —saltó Somerset mientras se ceñía el abrigo—, pero le recuerdo que lady Somerset lleva un vestido de seda.

Echó a caminar por la calle y todos se lo quedaron mirando, incrédulos.

—Quizá sea la última vez que lo vemos —reflexionó Melville.

En un abrir y cerrar de ojos, sin embargo, Somerset regresó. Verlo caminar bajo la lluvia seguido de cerca de un coche de caballos de alquiler como si lo hubiera conjurado con su propia fuerza de voluntad… En fin, era una visión ciertamente impactante. Y, una vez más, Eliza no pudo sino reparar en el oscuro abrigo de Somerset, que se ajustaba a su corpulento cuerpo de forma maravillosa. El conde no necesitaba el grueso de tela que algunos caballeros usaban para rellenar las prendas exteriores.

—Los caballeros deberemos ir a pie —anunció—, pero las damas no se mojarán.

—Es usted un mago, milord —lo felicitó lady Hurley.

—Aduladora —la acusó Somerset con una sonrisa, y lady Hurley se rio y aceptó su brazo para subir al carruaje.

Margaret y lady Caroline la siguieron, y luego fue el turno de Eliza. Somerset le tendió una mano; al cogerla, Eliza tuvo la sensación de que él le apretaba los dedos muy levemente. Giró la cabeza para observarlo, pero la expresión del conde era indescifrable. Quizá se lo había imaginado.

—Nos veremos mañana, milady —murmuró Somerset antes de cerrar la puerta.

Desde la calle, Melville alzó una mano para despedirse con gesto alegre.

—¡Caramba! —exclamó lady Hurley cuando el cochero puso en marcha el vehículo—. Todo Bath se hará preguntas si eso sigue así, lady Somerset.

—Creo que no sé a qué se refiere —respondió Eliza evitando la mirada de la viuda.

—Por un momento parecían a punto de batirse en duelo —le explicó lady Hurley—. Ha sido… muy conmovedor.

—Aunque en el carruaje no hacía calor, empezó a abanicarse con frenesí—. No me importaría volver a presenciarlo —añadió.

—¿Necesita oler sales vigorizantes, milady? —le preguntó lady Caroline con una sonrisa divertida.

—Como su conducta se ve motivada por el desagrado mutuo que sienten, no me causa ningún placer —les aseguró Eliza.

Era cierto casi en su totalidad… ¿A qué dama no le resultaría una satisfacción efímera que compitieran por ella de ese manera, fuese cual fuera el motivo? Pero presenciar una competición y obligarse, por fuerza de voluntad, a no extraer ningún significado… Esa situación se asemejaba a una leve tortura. Melville era un donjuán, Eliza lo sabía, y Somerset era… Eliza no sabía qué era Somerset, pero no se prestaría nunca más a interpretar su comportamiento.

En el interior del carruaje, lady Hurley se la quedó observando un rato, como si quisiera decidir si la creía… Y luego se echó a reír.

—¡Si tú lo dices! —comentó.

14

A medida que febrero se acercaba a marzo, el clima se volvió inclemente. Todos los días aparecían nuevos aguaceros de lluvia helada y vientos violentos, que llenaban Bath de charcos y que doblaban los árboles en ángulos inoportunos. En el interior de Camden Place, sin embargo, la vida desprendía calidez. Para un observador sin sentido crítico, la rutina de Eliza no resultaba más diversa que antes, pues el luto seguía prohibiéndole la mayoría de las actividades. Dicho observador no sabría, por supuesto, que dos veces a la semana Eliza se afanaba en el papel, poco propio de una dama, de retratista —dibujando un esbozo tras otro del rostro, los ojos y las manos de Melville—, ni que buena parte de las excursiones habituales revestían mucha más emoción ahora que Somerset la acompañaba casi a cualquier parte.

Una amistad jamás había resultado tan placentera. Como habían dicho, Somerset y Eliza se reunieron con el administrador de tierras, y, si bien el señor Penney se dirigía a ella con una condescendencia que la impulsaba a chillar de rabia, Somerset escuchaba con tanta atención la opinión de Eliza que esta disfrutó del encuentro, no obstante. Era muy agradable por fin contar con una persona con quien tratar las complejidades de los terratenientes: Eliza no podía hacerlo con su familia, puesto que sin duda alguna intentarían arrebatarle las responsabilidades, y Margaret no tenía el más mínimo interés en la gestión de los cultivos ni le pidió que se lo contara. Somerset, en cambio, ocupaba la misma posición que Eliza: se esforzaba al máximo por aprender un deber que no había sido suyo por nacimiento.

—Se te dan bastante bien estas cuestiones —la felicitó cuando el señor Penney hubo abandonado Camden Place y él se quedó a tomar otra taza de té—. La mayoría de las damas las considerarían aburridas hasta la saciedad.

—¿Será tal vez porque a la mayoría de las damas no les conceden la oportunidad de probarlo? —sugirió Eliza con astucia.

—Ah, puede que lleves razón —asintió Somerset—. Pero sigo pensando que el interés que demuestras habla muy bien de ti. Mi tío estaría muy orgulloso al ver que te tomas la administración de las tierras con suma seriedad.

—Quizá —dijo Eliza.

—¿No estás de acuerdo?

Eliza vaciló unos instantes. Si bien en los últimos días se había sentido lo suficientemente libre como para preguntarle a Somerset acerca de su vida en la Marina —dónde había viajado, qué había visto, las amistades que había entablado—, el tema del viejo conde no era uno en el que se sintiera cómoda navegando.

—Por lo general, no desperté su orgullo —respondió con cautela. Ya en el principio, sobre todo en el principio, el viejo conde se había llevado constantes decepciones por la ignorancia de ella. La estirpe de los Balfour era, desde luego, elegante, pero no procedían de la nobleza, y había muchas cosas, muchísimas, de las que Eliza no había estado al corriente. «Qué estúpida eres», decía a menudo su esposo cuando la veía cometer otro error, cuando a pesar de sus esfuerzos Eliza terminaba equivocándose. «Qué estúpida eres».

—En el testamento —dijo Somerset con voz indecisa—, mencionó tu lealtad y tu...

—¡Obediencia! —lo cortó Eliza—. Sí, me acuerdo.

Somerset parpadeó, sorprendido.

—Estoy…, estoy agradecida por las tierras que me ha legado, por supuesto —añadió Eliza con más calma—, pero pensar que cuanto lo motivaba era su deseo de recompensarme… No sería propio de él, ¿sabes? Cambió el testamento la mañana siguiente de haber discutido airadamente con Selwyn. De haber vivido más años, quizá habría vuelto a cambiarlo.

La siguiente vez que Eliza confundiera a la baronesa Digby y la baronesa Dudley, sin duda; un error que al viejo conde siempre lo encolerizaba.

—No era un hombre demasiado cariñoso —convino Somerset.

—Le demostró más cariño a su caballo que a mí —musitó Eliza con la garganta un tanto constreñida.

Se hizo un silencio. En el sofá, las manos de Somerset se alzaron, se quedaron quietas y regresaron a sus costados.

—Pero, en fin, supongo que es que Misty era un caballo andaluz gris —señaló Eliza, y el conde se rio con amabilidad y pareció comprender que ella deseaba cambiar de tema por el momento.

Por otra parte, si en ese instante y en los cinco días previos —cuando le había llevado un vaso de agua a las termas, acompañado a dar un paseo si no llovía y a los establos de alquiler para escoger monturas para Margaret y para sí misma—, Somerset había sido tan amable, tan considerado y tan capaz como cuando Eliza se había enamorado de él…, en fin, ¿acaso no eran cualidades que una también pudiese agradecer en un amigo?

—Un amigo al que quizá te apetece besar —puntualizó Margaret con aspereza cuando Eliza verbalizó en alto aquel pensamiento. Estaba sentada en el alféizar de la ventana del salón, observando la calle a través del cristal, empapado por la lluvia.

—Ay, calla —dijo Eliza mientras se acercaba al espejo para recolocarse el peinado.

Era un viernes por la noche y se habían puesto sus mejores galas para el concierto. Margaret llevaba un vestido de crepé azul encima de unas enaguas de satén blanco, además de pendientes, collar y pulseras de zafiros mezclados con perlas, un conjunto que lucía más divino en ella de lo que había parecido en la joyería; Eliza, por su parte, como ya casi se acercaba a los once meses de luto, había empezado a incorporar algo de color blanco en su vestuario con un vestido de encaje negro sobre una combinación nívea.

—¿Estás preparada para lo que vayas a sentir cuando se marche? —le preguntó Margaret—. Porque es esta semana, ¿verdad?

—Mañana —contestó Eliza con los ojos clavados en su propio reflejo—. Y sí, lo estoy.

Su voz no tembló —Eliza lo sabía porque le supuso un gran esfuerzo conseguirlo—, pero Margaret se rio de todos modos.

—Escondes la cabeza debajo del ala —aseguró—. En más de un frente, debo añadir.

—Continúa, te lo ruego —dijo Eliza sin entusiasmo alguno.

—¿Has llegado a pensar en lo que harás cuando me vaya yo? —quiso saber Margaret—. Por más que a mí tampoco me guste demasiado pensar en ello, dentro de un mes será abril, y Lavinia estará a punto de salir de cuentas. Deberías valorar la posibilidad de encontrar a una nueva compañera. En Bath hay muchas mujeres respetables que serían una buena opción.

—¿Como por ejemplo? —gruñó Eliza.

—¿Qué me dices de la señorita Stewart? —le propuso Margaret.

—Es demasiado… estridente —afirmó.

—¿Y la señorita Gould, pues? Es bastante graciosa.

—En un sentido muy literal.

—¿Desde cuándo concedes tanto valor al sentido del humor? —se preguntó Margaret—. Vamos, no serían tan mala compañía.

—Ellas no son tú —rezongó Eliza.

—Pero eso no es exactamente culpa suya —dijo Margaret con una sonrisa que se volvía melancólica.

Eliza pensaba más bien que sí era culpa suya.

—Los Melville acaban de llegar —anunció Margaret al mirar por la ventana—. ¿Emergemos a la superficie?

Eliza asintió, se puso el abrigo y cogió el bolso y el abanico. Se marcharon rumbo al concierto, todos con buen ánimo. Melville las entretuvo con una divertida historia de un carruaje de alquiler que un día compartió con un renombrado actor y el mono que tenía por mascota, si bien Margaret y lady Caroline lo interrumpieron con preguntas hilarantes. Solo Eliza guardaba silencio. No podía olvidar tan fácilmente la conversación que había mantenido con su prima, y seguía nerviosa. Había supuesto un gran esfuerzo alcanzar su estado actual de felicidad, y lo había conseguido recientemente; ahondar en la realidad precaria de su situación no era demasiado agradable.

Llegaron a la sala de reuniones y se quitaron los abrigos y las pellizas.

—¿Un vestido nuevo? —le preguntó Eliza a lady Caroline para regresar a la conversación en tanto contemplaba el vestido de la mujer, de encaje blanco radiante, cuya falda se henchía hasta adoptar la forma de campana más amplia que Eliza hubiese visto nunca.

—Sí, por fin —asintió lady Caroline mientras le lanzaba una mirada sombría a Melville.

Su hermano elevó la vista al techo.

—Caroline tiene por costumbre describirme como avaro

—informó a Eliza cuando empezaron a caminar por el vestíbulo— desde que un día me atreví a sugerir que sus zapatos con diamantes incrustados tal vez fueran un poco…

—*De trop*? —propuso Margaret con malicia, y Melville soltó una sonora carcajada.

—No voy a permitir que se usen mis lecciones en mi contra —la reprendió lady Caroline antes de darle un golpe en el brazo con el abanico.

Se detuvieron junto a la puerta de la sala. Como había ocurrido la última vez que Eliza había asistido a un concierto allí, todos los presentes se giraron hacia la entrada, pero en esa ocasión Margaret y ella iban acompañadas por los Melville. Eliza observó a la multitud y localizó a lady Hurley y al señor Fletcher junto a la chimenea, al lado de Somerset y de lady Selwyn. Eliza cogió aire, temblorosa.

—Ay, Dios —masculló Margaret al ver a lady Selwyn.

—Intenta ser amable —le recordó Eliza.

—Yo siempre soy amable —resopló Margaret—. Salvo que alguien me irrite.

Lady Caroline se rio. Tras enlazar los brazos, se adentraron en la estancia con la convicción de que se encontraban en un glamuroso aquelarre de brujas.

—Abracadabra, pata de cabra —canturreó Melville con suavidad al oído de Eliza, y esta se echó a reír. Al parecer, el conde esa noche estaba de muy buen humor, rebosante de energía.

—¿La escritura va bien? —dedujo mientras avanzaban entre la multitud.

—Llevo unas mil líneas —respondió—. De haber estado en Alderley, habría escrito mucho más. En Meyler y en Duffield solo tienen el *Eurípides* de Porson, y no es mi traducción favorita, pero estoy satisfecho. ¿Cómo lo ha sabido?

—Cuando escribe, está más… animado —murmuró, en parte avergonzada por haberse dado cuenta.

—La ociosidad no encaja conmigo —aseguró Melville—, pese a lo que pueda pensar Somerset.

Bajó la voz cuando llegaron hasta la chimenea. Eliza respiró hondo de nuevo antes de saludar con varias reverencias. Soportaría la presencia de lady Selwyn con elegancia y fortaleza de espíritu. «Elegancia y fortaleza de espíritu», repitió como si fuera una oración.

—¡Milady, pareces una urraca bellísima! —exclamó lady Selwyn con maldad al reparar en el conjunto blanquinegro de Eliza.

—Sí, parecer una urraca era precisamente mi intención —le espetó Eliza olvidando al instante su promesa—. O una gaviota.

—Su vestido también es bonito, lady Selwyn —terció Margaret con aspereza—. La temporada pasada, mi madre llevó uno muy similar.

Lady Caroline rio por la nariz y lady Selwyn se sonrojó.

—Tienes muy buen ojo, señorita Balfour —dijo lady Selwyn—. No creía que fuese apropiado malgastar el estreno de un vestido nuevo en un acontecimiento tan provinciano.

—Su gran condescendencia es digna de admiración —exclamó lady Caroline con ligereza.

—¡Creo que ningún concierto en Bath había reunido a un público tan selecto! —pio la señora Winkworth desde el lugar que ocupaba en las afueras del grupo.

Como había ocurrido en la cena de Eliza, era obvio que una partida tan variopinta solo podía terminar en un desastre, pero, a diferencia de lo que pensaba en su cena, allí le trajo sin cuidado evitarlo.

—El concierto de esta noche ha reunido a más público que ningún otro de los más recientes —observó lady Hurley al mirar alrededor.

—Creo que debemos achacarle la culpa a Melville —intervino Somerset—. La cantidad de jóvenes deseosas de recibir una firma suya parece acrecentarse día tras día.

—Mi querido Somerset, aunque tal vez sea culpa mía la presencia de las damas —dijo Melville—, le aseguro que los caballeros no han venido a verme a mí.

Se giró para mirar directamente a Eliza, quien evitó ruborizarse solo por su gran fuerza de voluntad.

—¿A qué se refiere con eso, Melville? —le preguntó lady Selwyn.

—Deje que se lo explique, milady. Bath se está llenando a toda prisa de caballeros deseosos de regalar sus atenciones a nuestra querida lady Somerset. En cuanto abandone el luto, la ciudad padecerá un asedio.

Tras perder su batalla interna, Eliza se puso roja y Melville sonrió como si hubiera cosechado algún tipo de victoria.

—Quizá si fuera más joven —objetó Eliza—, pero ahora ya soy demasiado mayor.

Su respuesta fue recibida con exclamaciones de indignación de los presentes.

—No es del todo adecuado —disintió el señor Fletcher con fervor.

—En mi opinión, sigues siendo una muchacha muy tierna —afirmó lady Hurley.

—Pensaba que ya había empezado a calcificarse —saltó lady Caroline fingiendo mirar a Eliza de arriba abajo.

Eliza se rio.

—Son todos muy amables —les agradeció de corazón. Diez años casada con un hombre más propenso a criticarla que a admirarla no le habían dado demasiadas razones para creer que pudiera despertar el deseo de nadie, pero con amigos como aquellos empezaba a valorarse un poco más.

—No es amabilidad, sino un vaticinio —dijo Melville. Miró hacia Somerset—. En ausencia del padre de lady Somerset, ¿hará usted las veces de guardián, milord?

El rostro de Somerset era de hielo.

—No necesito ningún guardián —se apresuró a aclarar Eliza.

—Y yo no podría adoptar ese papel aunque quisiera —dijo Somerset—, pues esta es la última noche que paso en Bath.

Algo que Eliza ya sabía, por supuesto. A pesar de haber contado los días con creciente ansiedad, escuchar aquellas palabras fue un duro golpe.

—¿Se marcha? —le preguntó Melville poniéndose una mano sobre el pecho con tristeza—. Pero ¡si tan solo empezábamos a conocernos!

—Hay asuntos urgentes que debo tratar en Harefield —anunció Somerset a los presentes ignorando a Melville—. Y como mi trato con el señor Walcot ha terminado…

—Oh, ¿por fin se ha graduado en la Escuela de los Condes? —lo interrumpió—. Me ofende un poco que no precisara de mi tutelaje para esa cuestión, Somerset.

—¿De veras? —terció Somerset de modo inexpresivo.

—En efecto. Como llevo casi cinco años siendo conde, me atrevo a decir que sé varias cosas al respecto.

—¿Por qué iba a recibir educación por parte de un caballero que dudo que sepa la extensión de sus tierras? —le espetó Somerset.

Lady Hurley y el señor Fletcher se quedaron atónitos al oír el insulto, mientras que una sonrisa se abrió paso en el rostro de lady Selwyn.

—Doce mil acres —respondió Melville sin inmutarse—. Esa es la extensión de mis tierras.

—¿Y cuáles son sus principales cultivos? —insistió Somerset.

—Vaya, esto es un examen —dijo Melville—. Maravilloso. Nabos, milord. Mi respuesta es nabos.

Somerset se lo quedó mirando como si sospechara que Melville había mencionado la primera hortaliza que se le había ocurrido.

—Supongo que practicará el sistema de la rotación de cultivos.

—Por supuesto.

—Y ¿qué opina de la invención de Jethro Tull?

—Santo Dios, ¡no sé a qué se refiere! —exclamó Melville—. Lo admito... ¿Quiere que le dé una fanega de nabos como premio?

Todos los presentes se echaron a reír, pero Somerset, cuyo rostro seguía rojo por la rabia, parecía pensar que le habría gustado asestarle un puñetazo.

—¿Sigue pensando en traer a su hija a Bath, lady Selwyn? —La señora Winkworth intentó recuperar la atención de la baronesa.

—No, finalmente hemos decidido que no —respondió lady Selwyn—. En todo caso, considero que Annie está demasiado segura de sí misma y creo que...

Eliza dio un imperceptible paso atrás para intentar dejar de escuchar. Le dio vueltas al anillo que llevaba en la mano derecha y luego jugueteó con el cierre de su pulsera, que no terminaba de encajar, hasta que, por culpa de sus nerviosos dedos, el cierre se abrió. Eliza intentó cogerla, pero se le resbaló de la muñeca y terminó, justo antes de estrellarse en el suelo, en la mano de Melville.

—Oh... Gracias —murmuró al aceptarlo.

—¿Quiere que la ayude? —le preguntó él en voz baja, y los dos se apartaron un poco del resto del grupo.

—Yo me encargo —le aseguró Eliza. Tener las manos de Melville sobre la muñeca sería un gesto demasiado íntimo—. ¿Quizá podría sujetarme el abanico...?

—Por supuesto —dijo Melville apropiándose de él.

Eliza se rodeó la muñeca con la pulsera. A su lado, totalmente ajeno a la demora, Melville observaba el abanico, pensativo. Era una creación de seda y encaje afianzada por finas varas de carey, la compra más cara de Eliza hasta la fecha.

—Ojalá todavía estuviese de moda que los caballeros llevásemos abanicos también —dijo Melville—. Son unas creaciones muy útiles.

—¿Eso cree? —murmuró Eliza, distraída, mientras forcejeaba con el cierre del brazalete—. Ya casi está.

—Sin duda. ¡Cuánto puede expresar uno con él! Por ejemplo. —Lo abrió y se lo colocó junto a la cara para que solo se le viesen los ojos—. Fíjese, ahora soy tímido.

—Me fijo —asintió Eliza con una breve sonrisa antes de concentrarse de nuevo en la pulsera.

«¡Ya!».

Se irguió. Melville cogió el abanico con la mano izquierda y se lo apoyó en el cuello.

—¿Y ahora? —le preguntó en voz baja.

Eliza intentó tirar del hilo de su memoria. El lenguaje de los abanicos era de otra época, de acuerdo, pero su institutriz se lo había enseñado por si acaso…

—Ahora desea conocerme —dijo—. Melville…

Barrió la estancia con la mirada. Sus amigos no les estaban prestando atención, pero de todos modos había muchos ojos clavados en ellos.

—¿Y ahora?

Melville le dio la vuelta al abanico para apoyarse el mango sobre los labios —«bésame»—, y Eliza se puso colorada.

—Melville, sé que tan solo está bromeando —siseó—, pero ¡nos observan!

—Estoy al corriente —murmuró Melville antes de cerrar al fin el abanico y devolvérselo—. Somerset también está rojo, pero no de una forma tan encantadora como usted, por supuesto, aunque albergo la esperanza de que esta noche se ponga morado.

Eliza lanzó una mirada hacia los ojos de Somerset, quien irradiaba fuego y los contemplaba sin pestañear y con el ceño fruncido, y luego hacia lady Selwyn, que también los observaba a ambos. Eliza notó cómo aumentaba el ardor que sentía en la cara.

—Preferiría que no me incluyese en sus riñas —le dijo a Melville en voz baja—. No me apetece que me utilicen como intermediaria.

—Yo no he...

Eliza regresó al grupo antes de que el conde terminase la frase y vio que más rostros se volvían hacia ella: la señora Winkworth con gesto agrio, lady Hurley enarcando las cejas. Eliza levantó la barbilla, resuelta.

—Sí... —le decía lady Selwyn a la señora Winkworth—. Y Somerset nos ha prometido utilizar Grosvenor Square para su baile de presentación.

Le lanzó a su hermano una mirada coqueta.

—¡Es una de las muchas promesas que deberá cumplir!

Somerset giró la cabeza hacia su hermana.

—Ahora no, Augusta —la avisó.

—Por Dios, qué intriga —dijo Eliza intentando hablar con ligereza.

—¡Mi hermano —anunció lady Selwyn a todo el grupo— ha prometido que este será el año en que por fin se case!

—Vaya, vaya, lord Somerset —intervino la señora Winkworth—. ¿Ya ha pensado en alguna posible candidata?

En los oídos de Eliza sonó un extraño zumbido. No se creía capaz de soportar un segundo más de aquella conversación.

—Milady... —El señor King, el maestro de ceremonias, apareció junto a Eliza para dirigirse a ella con un susurro, y Eliza jamás había estado tan contenta de ver a nadie—. Le he guardado un asiento retirado para usted y un acompañante.

—Será un placer ir con usted, milady —se ofreció Melville con suavidad.

—Sí, Somerset, quizá tú puedas acompañarme a mí... —empezó a decir lady Selwyn.

—No se preocupe, Melville —terció Somerset—. Ya iré yo con la condesa.

Le ofreció el brazo a Eliza y esta lo aceptó al instante, con la cabeza todavía dando vueltas.

—Te pido disculpas por el comportamiento de Augusta —le murmuró Somerset cuando se dispusieron a seguir al señor King—. A veces es...

Ay, ¿de verdad le estaba pidiendo que hablasen de ello en aquel preciso momento?

—No hace falta que te disculpes, milord —lo interrumpió.

—Es evidente que...

—Tan solo deberás... comunicarme cuándo debo desearte un feliz matrimonio —le dijo Eliza con voz áspera.

El brazo de Somerset se tensó bajo el suyo y cogió una buena bocanada de aire como si fuese a hablar, pero el maestro de ceremonias les enseñaba con una exagerada reverencia la zona que les había reservado y el conde guardó silencio. Estaban un poco apartados del resto del público y, por lo tanto, lejos de los ojos indiscretos de los asistentes. Aunque todavía faltaban unos minutos para que empezara el concierto, Eliza no le dio pie para conversar.

La música comenzó. Las primeras piezas, cantadas por una soprano y un tenor de éxito, eran desconocidas para Eliza, aunque bien interpretadas. Luego fue el turno de Lindley y de su cuarteto, que afinaron sus instrumentos, y Eliza se preguntó si podría aprovechar aquel instante para abandonar la velada. El grupo empezó a tocar y, en cuanto las primeras notas flotaron por el aire, Eliza se dio cuenta de que era una pieza que reconocía. No sabía el nombre ni el compositor siquiera, pues tan solo la había oído una vez: en el baile de verano de 1809 de lady Castlereagh, donde había danzado con el hombre que tenía al lado.

En cuanto los violines empezaron a entonar aquella inconfundible melodía, Eliza se quedó sin aliento. El placer y el terror libraban una batalla para adueñarse de su pecho. Placer porque oír aquella pieza servía como recordatorio de uno de los momentos más felices que había vivido; terror porque no se creía capaz de soportar la canción allí sentada, al lado de él, tan cerca que podría tocarlo, pero más lejos de lo que nunca había estado.

Eliza cerró los ojos e intentó recomponerse. No era más que música. No era más que un recuerdo. Lo soportaría como había sobrellevado todo lo demás. Cuando creyó que lo había logrado, cuando creyó que había conseguido respirar con normalidad de nuevo, sin embargo, Somerset inspiró con dificultad y tomó la palabra.

15

sta canción la bailamos, ¿verdad? —dijo Somerset tan bajo que su voz casi se fundió con el sonido del violín más grave del grupo.

—Sí —susurró con los ojos cerrados todavía—. En... el baile de lady Castlereagh.

—Lo recuerdo. Tú... Tú llevabas un vestido que parecía centelleante.

—Estaba adornado con hilos plateados —asintió Eliza. Era un vestido del que se había sentido muy orgullosa.

—No podía dejar de mirarte.

—Lo mismo me sucedía a mí.

Fue como si hubieran entrado en un mundo distinto. Hablaban en voz muy baja, con la vista clavada hacia delante, apenas separando los labios; sus susurros sonaban poco más altos que un pensamiento mientras confesaban los recuerdos al aire con la clase de sinceridad que pertenecía a los sueños.

—Dejé a lady Jersey con la palabra en la boca —dijo Somerset—. Nunca me perdonó una falta de educación tan lamentable.

Eliza oyó la sonrisa en el tono de él aun manteniendo los ojos fijos al frente, y, sin saber por qué, le resultó mucho más íntima que si la hubiera visto.

Soltó un amago de risa.

—Mi madre había prometido todos mis bailes. Pero tú dijiste que no te importaba…

—No me importaba. Nunca me había importado tan poco.

—Y empezó la música —suspiró ella.

—Y te cogí la mano…

—Y bailamos…

Eliza los visualizaba a ambos, el recuerdo se reproducía ante ellos en el lugar que ocupaban los músicos. Dos jóvenes, tan enamorados como permitía la vida, sin noción alguna de que los días que pasarían juntos estaban contados. Eliza recordaba la firme presión de las manos de él como si se las estuviera estrechando en ese instante, el frufrú de las faldas sobre el suelo, el estruendo de la música. Qué imposiblemente perfecta había sido aquella escena. Qué esperanzada había estado ella.

—Nunca he sentido especial predilección por bailar —dijo Somerset—. Demasiado alto, demasiado desgarbado.

—Siempre has bailado con gran elegancia —lo contradijo Eliza.

—El paso del tiempo ha alterado tus recuerdos —ironizó el conde, y ella notó el roce de la pierna de él contra la suya en el banco de madera—. Tenía la elegancia de un árbol.

—Recuerdo reírme muchísimo —admitió Eliza.

—Conmigo, espero —dijo Somerset.

—Siempre.

—Aquella noche podría haber bailado contigo eternamente.

—La música se detuvo demasiado pronto.

Eliza tragó saliva con la boca de pronto muy seca. Deseó que pudieran revivir aquello, repetir aquel instante y solo aquel instante: el baile, la alegría, la sensación de que el tiempo juntos sería eterno…

—Y te pregunté si querías salir a tomar el aire —murmuró Somerset.

—Y yo acepté —respondió Eliza con voz apenas audible—. La luna brillaba con intensidad.

Todavía olía el aroma de las peonías de lady Castlereagh. Una esencia casi demasiado dulce en el aire, pero solo casi. Fue una noche dedicada a la dulzura.

—No recuerdo de qué hablamos —comentó Somerset.

—Creo que debió de ser del tiempo —dijo Eliza—. Era lo único que se me ocurriría…

—Y luego…

Se detuvieron. Sin querer, Eliza se llevó una temblorosa mano a los labios al recordarlo. A su lado oyó que Somerset se quedaba sin aliento.

—De haber sabido lo que iba a suceder… —murmuró el conde.

Fue al día siguiente cuando todo se desmoronó. Ni siquiera dispusieron de un día para disfrutar de las promesas que se habían intercambiado. Solo tuvieron aquella noche.

—Nunca te habría dejado ir —añadió él con voz bronca.

Eliza ya no veía a los músicos por culpa de las lágrimas que se acumulaban en sus ojos, y un sollozo diminuto emergió de su garganta.

—Eliza —la llamó, tan bajo que ella no supo si se lo había imaginado.

—Oliver —murmuró con voz angustiada.

Y aunque estuviesen en público, aunque hubiese un centenar de personas a su alrededor, Eliza notó cómo el brazo de él se movía, y justo cuando creyó que Somerset iba a lanzar toda precaución al viento y cogerle la mano…

La música se detuvo. Todo el mundo empezó a aplaudir. Eliza inspiró una bocanada de aire… y Somerset bajó la mano.

—Todos se van a reunir a tomar el té —dijo con aspereza.

Eliza asintió sin mirarlo y se levantó, pero al poco vio que no podía moverse. Al fijarse en los rostros sonrientes que se encaminaban hacia el salón del té, supo que no sería capaz de fingir que no pasaba nada.

—¿Te importaría…? —comenzó a decir—. ¿Te importaría informar a Margaret de que he regresado a casa, por favor? Me noto un poco…, un poco mareada.

Se zafó del brazo del conde sin esperar a que le respondiera y corrió hacia la puerta.

—¡Lady Somerset! —oyó que la llamaba, pero Eliza no miró atrás. Atravesó las distintas salas y llegó al vestíbulo sin ni siquiera detenerse a recoger el abrigo antes de salir al exterior. Al poco se vio envuelta en una llovizna, pero como todavía faltaba medio concierto había una plétora de carruajes disponibles, así que no esperó a que un criado le preparase uno.

—¡A Camden Place, por favor! —le gritó al primer cochero que vio. Entró en el vehículo y soltó un fuerte sollozo de alivio al estar por fin a solas. Pero la puerta apenas se había cerrado antes de que se abriese de nuevo.

Y Somerset se encontraba allí, sujetando la puerta abierta contra el viento. No llevaba abrigo, se le estaba oscureciendo ya el pelo por la lluvia y su pecho subía y bajaba como si hubiera estado corriendo.

—¿Te encuentras bien? —le preguntó.

Y ¿qué podía responderle Eliza sino la verdad?

—No —dijo con voz quebrada—. No estoy bien.

Se oyó la amortiguada voz interrogativa del cochero, y Somerset subió al carruaje de un salto y cerró la puerta. El coche se puso en marcha.

—Si me dejas que te lo explique… —comenzó a hablar Somerset.

—En la cena que organicé en casa te dirigiste a mí de tal modo —lo interrumpió Eliza—, como si cualquier sentimiento entre nosotros hubiera sido imposible.

—Me dejé llevar por la rabia y lo lamento de corazón —aseguró Somerset mientras le cogía las manos—. Te aseguro que los sentimientos a los que aludí esa noche, los que verbalicé cuando dejamos de vernos hace tantos años, ya no son los que siento ahora.

—¿No lo son? —preguntó Eliza.

—Ahora comprendo que tus acciones obedecían a un inconmensurable deber, no a una personalidad apocada —dijo.

—¿De verdad?

—Sí —enfatizó Somerset—. Y ya hace mucho tiempo que lo pienso.

Eliza se lo quedó mirando.

—Pero en la cena… —insinuó.

—Mi comportamiento fue imperdonable —añadió el conde—. Al regresar a Inglaterra, pensé que hacía tiempo que había superado la… furia que sentí hacia ti al abandonar este país. Pero al estar de nuevo a tu lado, no estaba preparado para las emociones que afloraron. —Hizo una mueca y añadió con un encogimiento de hombros de derrota—: A veces me da la impresión de que vuelvo a tener dieciocho años.

—A mí también me pasa —susurró Eliza.

—¿No estoy solo en eso entonces?

—No —jadeó Eliza—. No, en absoluto.

El alivio que la atravesó fue lo bastante fuerte como para hacerla caer desplomada al suelo. No había creído… No había esperado que…

—Y te confieso —prosiguió— que el motivo por el que he permanecido tanto en Bath, más allá de lo que exigía de mí el deber, es porque…, porque sigo…

Y Eliza supo qué era lo que le iba a decir pese a oírlo dudar; supo también que si pronunciaba aquellas palabras no podría retirarlas.

—Yo también sigo amándote —murmuró.

Fue lo más valiente que había hecho nunca. Somerset se echó hacia atrás como si hubiera recibido un disparo.

—Milady —susurró—. La naturaleza de nuestra ubicación me impide ser capaz de…

Pero después de diez años de espera, Eliza no iba a permitir que un absurdo sentido del honor la alejara de sus propósitos. Tendió los brazos y puso una temblorosa mano en el hombro de él para bajar los dedos hasta la solapa de la chaqueta y aferrarla.

—Somerset —dijo con una clara intención. Y añadió, con voz más suave—: Oliver.

—Eliza.

Y la besó. Y aunque tan solo se hubieran encontrado en aquella posición una noche, se abandonaron al otro tan fácilmente como si lo hubiesen hecho miles de veces.

—Te he echado terriblemente de menos —susurró Eliza cuando se separaron, todavía rozándose frente con frente y con el aliento de él sobre sus propios labios—. Cuando te volví a ver, estaba convencida de que habrías olvidado lo que ocurrió entre nosotros.

Somerset negó con la cabeza con fuerza.

—En ese caso, soy mejor actor de lo que pensaba —dijo—, porque yo estaba abrumado.

La rodeó de nuevo con los brazos. Eliza había olvidado qué se sentía al besarse con alguien de ese modo. No por deber, no por obligación, sino con la certeza de que incluso detenerse a coger aire resultaba impensable.

—Ay, ¿qué vamos a hacer? —dijo Eliza cuando se apartaron al fin.

—Bueno, espero que, después de besarme de esta forma, aceptes casarte conmigo —contestó Somerset riéndose.

—No podemos comprometernos hasta que haya transcurrido un año y un día —se quejó Eliza—. La desgracia…

—No hasta que estés de medio luto, como mínimo —asintió Somerset—. Hasta entonces deberá permanecer en secreto.

—¿Y qué ocurre con Margaret? —le preguntó Eliza, ansiosa.

—¿Qué ocurre con Margaret?

—Su hermana requerirá su ayuda para la llegada del bebé —dijo—. Pero después vivirá con nosotros.

—¿Necesitarás su compañía cuando nos hayamos casado? —dudó Somerset.

—Siempre voy a necesitar a Margaret —le aseguró Eliza.

Somerset le cogió la mano y se la besó.

—Eres una persona encantadora —dijo—. Por supuesto. Pronto también será mi familia.

Su comentario reconfortó a Eliza tan solo momentáneamente.

—Tu familia me detesta —murmuró, y se tapó la cara con un gemido.

Somerset no pudo llevarle la contraria.

—Son muy protectores —comentó él. Le bajó las manos a ella con las suyas y se las sujetó con suavidad—. Y creo que les caerás mucho mejor ahora que Tarquin volverá a ser el heredero de Chepstow.

—¿A qué te refieres? —se extrañó Eliza.

—Ah, es que… En fin, será una forma sencilla de suavizar la tensión con mi hermana…

—Pero Chepstow es mío —dijo.

—Y cuando nos casemos, será nuestro —le recordó Somerset.

—Pero… me lo legaron a mí —insistió. No sabía por qué se obcecaba en aquella cuestión; a fin de cuentas, era un detalle nimio en comparación con casarse por fin con el hombre al que había amado durante toda su vida adulta—. Me lo legaron a mí – repitió en voz baja. Aquello debía contar para algo, ¿no era así?

La mirada de Somerset se posó en sus ojos como si no pudiera comprender su expresión.

—Eliza, ¿acaso no se trata de nuestra segunda oportunidad? —le preguntó cuando ella guardó silencio—. Tal vez no sea lo que había tenido en mente mi tío, pero ¿no merece la pena que hagamos cuantos sacrificios sean necesarios?

El brillo que irradiaban los ojos de él era tan tierno, tan vulnerable, que Eliza no supo si soportaría seguir viéndolo. Y si aquella era su segunda oportunidad, no había nada que deseara más ella que aferrarla con las manos y no soltarla nunca, pero… Por más que intentase concentrarse solo en Somerset, la mente le daba vueltas. Había muchas cosas de las que debían hablar. Muchas cosas de su nueva vida que él desconocía. No le había hablado todavía del retrato, pero ¿cómo iba a abordarlo en un carruaje cuando ya tenía la sensación de que se le acababa el tiempo?

—Hay mucho de lo que no hemos hablado —murmuró Eliza.

Somerset agachó la cabeza para mirarla a los ojos.

—Tenemos tiempo —musitó—. Nos amamos. Todo lo demás lo resolveremos.

Hacía que sonase muy sencillo. Era muy sencillo. Eliza dejó de fruncir el ceño.

—Lo resolveremos —asintió.

—Y si bien las circunstancias no nos han sido favorables en el pasado —añadió el conde—, ahora tenemos la intención de cambiarlas. Y lo haremos mejor.

Eliza le apretó las manos a su vez.

—Lo haremos mejor —convino.

El carruaje se detuvo. Sonó un golpe en el techo.

—¡Cinco minutos! —respondió Somerset a gritos. A continuación le puso una mano en la mejilla y le dijo con tono apremiante—: Mañana debo marcharme de todos modos. He de visitar mis tierras, me temo que con la lluvia reciente se habrán inundado, pero te escribiré. Y dentro de seis semanas regresaré.

—Muy bien —susurró Eliza, recostada en la caricia de él.

Había esperado diez años. Podría aguantar seis semanas más.

—Y dentro de seis semanas estarás ya de medio luto —dijo Somerset—. Y te pediré que te cases conmigo.

—Y dentro de seis semanas —Eliza alzó la vista—, te responderé que sí.

La estrechó entre sus brazos una vez más.

—¿Estarás bien sola durante mi ausencia? —le preguntó Somerset después de depositarle un beso en la comisura de los labios.

—Tendré a Margaret conmigo —contestó Eliza—. Y a lady Hurley, y a los Melville…

La mandíbula de Somerset se apretó bajo la mano de ella.

—No me gusta en absoluto el modo en que te mira —exclamó.

—¿Por qué? —Eliza se rio un poco porque el conde estaba celoso y Melville había tenido razón desde el principio.

—Porque es el modo en que te miro yo —admitió Somerset.

—Escúchame. —Eliza le cogió las dos manos—. Melville coquetea conmigo, no lo voy a negar. Pero no con un propósito verdadero. Te habrás percatado de que coquetea con la misma facilidad con que respira.

Somerset arqueó las cejas en un gesto de cómica incredulidad.

Eliza frunció el ceño; quería apaciguarlo, pero en realidad no sabía cómo. Lo cierto era que las atenciones de Melville habían sido constantes y ella las había agradecido. ¿Cómo no iba una a sentirse halagada, sobre todo si era gracias a un caballero que lo hacía tan bien como Melville? Pero no era real… Él solo se divertía.

—Melville ha estado con una mujer durante varios años —le aseguró Eliza—. De la que ha estado profundamente enamorado, así que no me parece probable que haya redirigido sus sentimientos hacia mí en un lapso tan breve. Que se fije en mí se debe más bien a la aversión que siente hacia ti.

—¿Te lo ha contado él? —preguntó Somerset bastante consternado.

—No —se rio Eliza, y lo zarandeó suavemente por las solapas de la chaqueta—. Se rumorea en todas partes.

Somerset se debatía entre reírse y desaprobar la referencia de Eliza a cuestiones de las cuales las mujeres no debían tener noción alguna.

—Si es cierto, no veo cómo eso lo convierte en alguien más de fiar —protestó.

—Pero ¿te fías de mí? —le preguntó Eliza.

—Yo… Por supuesto —respondió Somerset—. Pero sigues siendo muy inocente y…

—Ya no soy la muchacha inexperta que crees —insistió—. Te prometo que soy muy capaz de cuidarme por mí misma.

Somerset le cogió la mano y se la besó.

—Ardo en deseos de que llegue el día en que pueda cuidarte yo —dijo.

Eliza sabía que en ese momento debería contarle que estaba pintando el retrato de Melville, pero se oyó un segundo golpe en el techo y se contuvo. No disponían de suficiente tiempo… Comunicarlo era una cosa, pero explicarlo con detalle sería un proceso mucho más largo. Para ello recurriría a las cartas.

—¿No vas a entrar? —le preguntó Eliza.

—No —negó Somerset—. Los dos hemos desaparecido en el entreacto y sin duda la gente hablará si no vuelvo a aparecer por el concierto. Además…

Cuando la observó, sus ojos desprendían calidez.

—Puede que sea un caballero —dijo—, pero ni siquiera yo soy inmune a todas las tentaciones.

Eliza se sonrojó.

—Ah, ¡conque mi tímida Eliza también sigue existiendo! —exclamó el conde—. Me alegro de verla.

La besó por última vez en los labios y en las manos, y finalmente la miró a los ojos como si se negara a soltarla.

—Seis semanas —dijo, si bien Eliza no sabía si se lo recordaba a ella o a sí mismo.

—Seis semanas —repitió, y Somerset bajó del carruaje.

El Pelícano, 1 de marzo de 1819

Eliza:

Me he despertado esta mañana sonriendo. Los acontecimientos de anoche son más bellos que cualquiera de mis sueños, y te escribo esta nota con el único objetivo de demostrarme a mí mismo que sucedieron de verdad.

Te echo de menos más de lo que soy capaz de expresar, y el único consuelo que encuentro en nuestra despedida es saber que, cuando volvamos a vernos, por fin podré decir que eres mi prometida. Mi lady Somerset.

Escríbeme en cuanto tengas ocasión. No puedo prometerte componer hermosas odas en mis respuestas —de hecho, siempre he sido un escritor de cartas bastante mediocre—, pero voy a querer que me cuentes con detalle y sinceridad lo que hagas en los días en que esté alejado de ti. No hay ni un solo pormenor que me parezca aburrido viniendo de tu pluma.

Considérame tuyo, siempre tuyo,

OLIVER

16

Al día siguiente, la ciudad de Bath amaneció fría, despejada y seca. Era la clase de mañana que parecía un nuevo comienzo. Cuando Eliza y Margaret salieron de Camden Place, Eliza se obligó a no interpretarlo como una suerte de señal. Sonrió. No había podido dejar de sonreír desde que un muchacho del Pelícano le había llevado una hora antes la carta de Somerset, y su corazón rebosaba tanta alegría que estaba segura de que debía de verse sobresalir de ella y derramarse en la calle.

—Puede que tu satisfacción esté rozando lo excesivo —dijo Margaret mientras la miraba con benevolencia, y Eliza se echó a reír, enlazó el brazo con el de su prima y ambas empezaron a caminar a paso vivo.

La noche anterior apenas había conciliado el sueño. Estaba demasiado embargada por la emoción como para hacer algo que no fuese dibujar de manera absorta hasta las primeras horas de la mañana, repasando mentalmente la conversación con Somerset, pero aun así no estaba cansada, sino impaciente y llena de energía.

Se dirigían a los salones del señor Berwick, justo en Monmouth Street, donde el artista había empezado a exhibir sus nuevas obras. El pintor le había entregado la invitación a Margaret durante el entreacto del concierto de la noche anterior, y, en cuanto Margaret se la había mostrado, Eliza la apremió a ponerse la pelliza y tiró de ella hacia la puerta, movida tanto por el deseo de salir como por la curiosidad que experimentaba. El sol les acarició el rostro cuando cruzaron Lansdown Road, Eliza levantó la cabeza para así disfrutar más de sus rayos y sonrió de nuevo. Era un día maravilloso.

—Si sigues sonriendo de esa manera, tu compromiso no será un secreto durante demasiado tiempo —comentó Margaret entre risas.

Eliza la mandó callar sin mucho empeño.

—No estoy comprometida —le recordó—. Más bien... comprometida a estar comprometida.

—Es muy distinto, por supuesto —dijo Margaret—. Es muy positivo, entonces, que todavía no te haya insistido en que aceptes la compañía (literal, me atrevo a añadir) de la señorita Gould. Estás en un estado demasiado elevado como para abandonarte ahora.

—Me alegro de que lo pienses —contestó Eliza—. Me había preguntado si, cuando tu hermana haya dado al bebé a una aya, querrías venir a vivir con nosotros.

Margaret soltó una carcajada.

—No creo que Somerset esté de acuerdo en compartirte en una fase tan temprana de vuestro matrimonio.

—Ya ha aceptado —le aseguró Eliza.

—¿Bajo coacción?

—No —insistió—. Te profesa un gran cariño... y sabe que eres importante para mí.

—Ya lo veremos —dijo Margaret con ciertas dudas. Acto seguido le dio un codazo a Eliza—. Estoy encantada de verte tan feliz, Eliza —añadió—, pero ¿estás segura de que quieres dejar Bath para trasladarte a Harefield?

Eliza no pudo evitar el estremecimiento instintivo que la recorrió al pensarlo. Pero...

—Harefield será muy distinto con él —dijo—. Estoy convencida.

Cerrarían las otras construcciones de la finca, despojarían la casa de los objetos más lúgubres y encenderían los fuegos. Asimismo, Eliza suponía que pasarían la mayor parte del año en Londres, visitando a gente o invitando a amigos para largas cenas...

—¿A qué amigos te refieres? —le preguntó Margaret con suavidad cuando Eliza verbalizó sus pensamientos—. ¿A lady Hurley? ¿A Melville? ¿Somerset querrá que esas personas lo visiten?

Eliza frunció el ceño. Lady Hurley quizá, pues Somerset la tenía ya en más estima, pero los Melville... La mera idea resultaba ridícula. El problema era el siguiente: ¿de qué otro modo vería a Melville —y a lady Caroline, por supuesto— si no podía mandarles una invitación? Por más que su estatus fuera parecido, los dos hermanos apenas frecuentaban los mismos círculos que ellos; que se hubieran cruzado en Bath había sido una absoluta casualidad. O quizá el destino, si uno se sentía más poético.

—Creo que hemos llegado —anunció Margaret echando un vistazo alrededor y sacando a Eliza de sus ensoñaciones. A fin de cuentas, Somerset lo había dejado muy claro. Resolverían los problemas en cuanto volviesen a estar juntos.

Las salas de muestras del señor Berwick, en el número 2 de Westgate Buildings, habían pertenecido al retratista Thomas Beach, y eran estancias tan magníficas en tamaño y en ambiente —el señor Berwick había contratado a un violinista para que tocase música mientras sus invitados merodeaban entre los cuadros— que Eliza sintió de inmediato una punzada de envidia. Cuánto le gustaría a ella contar con estancias tan espaciosas dedicadas a ella, un salón con la luz perfecta y una sala de muestras amplia con sitio para exhibir sus obras de la mejor manera posible, y experimentar la confianza de exponer, en lugar de la necesidad de ocultarse.

—Es impresionante —admitió Margaret a regañadientes cuando empezaron a caminar lentamente por la sala y se detuvieron para admirar los paisajes y los retratos que se iban encontrando. Eliza había albergado la esperanza de confirmar que la autocomplacencia del señor Berwick era injustificada por completo, pero que el pintor tuviera talento no era sorprendente. Después de todo, había expuesto sus cuadros a menudo en la Academia Real y, si bien no resultaba un artista emocionante, Eliza debía admitir, delante de un retrato de medio perfil de una mujer —sin duda inspirado por Van Dyck, con velo, encaje y flores a su alrededor—, que tenía un don con el pincel.

—Buenos días, lady Somerset. —El señor Berwick apareció de pronto a su lado.

Aunque todavía era muy temprano, estaba vestido con sus mejores galas y llevaba un broche de diamante en el lujoso pañuelo que portaba atado al cuello. Eliza se dio cuenta de que se había manchado ligeramente los puños de la camisa con pintura, a imitación de Melville.

—¡Me alegro de que haya podido venir! Ah, ¡ya veo que está admirando a madame Catalani!

¿Madame Catalani? Eliza se giró para contemplar de nuevo el cuadro. Supuso que se trataba de la mujer, sí: a fin de cuentas, el color de pelo era el correcto y vestía el mismo conjunto con el que había actuado en la sala de reuniones, pero como el señor Berwick había palidecido su piel y la había pintado más delgada de lo que Eliza la recordaba, e incomprensiblemente con un escote más pronunciado del que la cantante tenía en realidad, Eliza no la había reconocido.

—¿Está seguro de que estamos delante del retrato correcto? —preguntó Margaret con la voz teñida de incredulidad.

Por fortuna, las ramificaciones del ego del señor Berwick

eran demasiado profundas como para que se diera cuenta del tono.

—Todo el mundo ha elogiado con gran entusiasmo el parecido —comentó el pintor—. El señor Fletcher lo ha juzgado espléndido.

Eliza sonrió. No le extrañaba en absoluto.

—Pero debe venir a ver sin falta el retrato que exhibí el año pasado —añadió el señor Berwick—. Venga... El *Morning Post* alabó su innovador uso del color...

Margaret se rio por lo bajo en tanto se dispusieron a seguirlo.

—¡Fíjese! —exclamó el artista mientras daba un paso atrás y soltaba un suspiro exultante al examinar el lienzo.

Era mayor que los anteriores, el único retrato completo de la sala, una pintura al óleo sobre un marco de madera, cuyo modelo posaba con aire clásico. El efecto total estaba ciertamente logrado, pero cuanto más lo miraba uno, más irregular parecía. Las proporciones del cuerpo del modelo eran peculiares: torso demasiado alargado, piernas que bajo un escrutinio concienzudo se curvaban como dos espoletas... Eliza dio un paso adelante. Más de cerca, el fondo pastoral resultaba defectuoso: una oveja más grande que un caballo, un caballo con la misma altura que una gallina... Era una granja producto de una pesadilla.

—Hay quien lo ha considerado una obra maestra, por supuesto, pero yo mismo creo que no es del todo adecuado.

Y se quedaba corto. Eliza había supuesto que un retrato del señor Berwick, que era uno de los artistas contemporáneos más célebres —con la atención, la importancia y la repercusión que ello conllevaba—, en términos de calidad estaría muy por encima de sus propios cuadros. Sin embargo, si le hubiera mostrado una pintura como aquella a su abuelo, este la habría golpeado en los nudillos con uno de sus pinceles.

—Oh, acaba de llegar la señora Winkworth. Si me disculpan...

El señor Berwick se alejó. Margaret se colocó junto a Eliza y observó la obra.

—Es evidente que esto debe de conseguir que te sientas mucho más segura —dijo.

—En efecto —respondió Eliza—. Casi me hace pensar...

—¿Sí?

—No es importante —negó Eliza decidiendo no dar voz a sus pensamientos.

¿Qué razón, más allá de la vanidad, la llevaría a enviar su retrato de Melville a la Exposición de Verano de la Academia Real? ¿Acaso no estaba tentando a la suerte demasiado por el simple hecho de pintar su retrato? Y aunque su fortuna ya no parecía pender de un hilo, pues costaba creer que Somerset fuera a quitarle los ingresos a su prometida, Eliza debería encontrar una manera de explicárselo todo y conseguir que la entendiese. Era una cuestión demasiado preocupante como para, además, añadirle una nueva presión. Sin la menor duda, sería la culminación de todos los sueños de infancia que había tenido desde que con diez años visitó por primera vez Somerset House. Sería la ansiada y definitiva prueba de que tenía destreza, de que tenía talento. Tal vez entonces se permitiese considerarse una artista al fin.

—¿Nos marchamos? —le preguntó Margaret—. Quiero ir a buscar unos libros a la biblioteca.

—Creo que regresaré directamente a casa —decidió Eliza cuando salieron a la calle. Staves, el criado, corrió hasta ellas desde el lugar en que había estado aguardando.

—¿Para escribirle una carta a Somerset? —se aventuró Margaret con una sonrisa—. Muy bien, pues nos vemos pronto.

Partieron en direcciones opuestas. A medida que recorría las calles con paso tranquilo, Eliza miró a su alrededor con renovada admiración. Consciente de que sus días en Bath estaban contados, reparó más aún en la belleza de la ciudad, en las piedras relucientes, en las colinas sobre colinas, en la silueta regia de las casas. ¡Era tan bonito! Se acercaba a las viviendas pareadas de Royal Crescent con la intención de deleitarse contemplándolas cuando un fuerte traqueteo de ruedas le hizo dar media vuelta, y se sobresaltó al ver avanzar por la calle hacia ella a toda velocidad un alto y centelleante faetón. En él, deslumbrante con ropa de montar a modo de húsar y un penacho de piel de castor con plumas curvadas, se encontraba lady Caroline.

Eliza soltó un grito de sincera sorpresa. La destreza de lady Caroline como conductora era harto conocida, por supuesto, pero verla con sus propios ojos era bastante diferente.

—¡Lady Caroline! —exclamó Eliza, tanto por el sobresalto como para saludarla, cuando la mujer detuvo a los caballos junto a ella. Su palafrenero saltó para sujetar la cabeza de los animales.

—He hecho traer mi faetón desde Alderley —le explicó lady Caroline con los ojos brillantes—. ¡Al cuerno con el coste! ¿Te gusta?

—Es magnífico —lo alabó Eliza.

—¿Quieres venir a dar un paseo conmigo? —le propuso lady Caroline con una mano tendida para invitarla a subir—. Acabo de llevar a lady Hurley durante unas cuantas calles, pero me gustaría que los caballos pudieran desquitarse cabalgando como es debido fuera de la ciudad.

Eliza vaciló. El alto faetón parecía sostenerse de forma endeble, pues la frágil estructura del carruaje se apoyaba directamente en el eje delantero y la parte trasera se alzaba unos buenos cinco pies del suelo. Y ella vestía tan solo para pasear, con una gruesa pelliza encima de su vestido ligero, por las prisas con que había salido de casa. Y, además, lo que en Londres se considerara excéntrico y normal en lady Caroline, resultaría totalmente inusual en lady Somerset en Bath.

Sin embargo... Con su compromiso, con su casi compromiso, ¿no era cierto que los días en que la vigilarían con suma atención estaban a punto de terminar?

—Me encantaría —dijo sintiéndose temeraria y, después de pedirle a su criado que regresara a pie a Camden Place sin ella, aceptó la ayuda del palafrenero para subir al carruaje.

Eliza ya había paseado en una ocasión anterior en un alto faetón, invitada por un caballero en su primera temporada, pero si la memoria no le fallaba aquel joven había sido un cochero mucho más tranquilo que lady Caroline, puesto que aquella vez le pareció algo distinto de todo punto. La palabra «euforia» no llegaba a describir bien la situación. El carruaje —a diferencia de su prima tranquila, la calesa— no ofrecía protección alguna a quienes transportaba; a pesar de que cuando paseaba el viento no parecía soplar demasiado fuerte, en aquella considerable altura y avanzando a lo que, por lo menos, debían de ser diez millas a la hora, le azotaba directamente el rostro. Para cuando llegaron al final de la calle, Eliza estaba sin aliento. Para cuando dejaron atrás los límites de Bath y se adentraron en los campos que rodeaban la ciudad, se agarraba con fuerza el sombrero por el miedo a que la cinta que se lo ataba a la cabeza no bastase y soltaba gritos involuntarios en cada curva.

Lady Caroline la obsequió con una larga vuelta alrededor de Bath, y tan solo cuando daba la impresión de que regresaban permitió que los caballos adoptaran un ritmo lo bastante lento como para entablar una conversación.

—Ay, ¡cuánto lo necesitaba! —exclamó mientras negaba con la cabeza como uno de los caballos—. Mi mente no funciona sin un poco de ejercicio... He tenido problemas para escribir desde que llegamos.

—Debe de ser difícil retomar la escritura después de tanto tiempo —opinó Eliza con la cabeza alzada hacia el sol.

—Ah, no ha pasado tanto tiempo —le aseguró lady Caroline—. Siempre escribo… Lo que he evitado estos últimos años ha sido publicar. La conmoción que provocó *Kensington* fue tal que tuve que exiliarme de la sociedad durante una temporada.

—¿Usted… se exilió? —preguntó Eliza, incapaz de ocultar su incredulidad. No había nada en el comportamiento atrevido y glamuroso de lady Caroline que le hubiese hecho pensar que a aquella mujer la inquietaban los escándalos.

Lady Caroline atravesó una complicada curva del camino con un lento movimiento de muñeca.

—Es obvio que por aquella época no estabas en Londres —dijo—. Nuestros mejores amigos no prestaron atención al clamor, pero muchas mujeres se negaron a recibirme. Y si bien Caroline Lamb tardó dos años en lograr que la readmitieran en Almack's después de *Glenarvon*, un texto muchísimo más indecoroso que el mío, el perdón para mi persona fue mucho más lento. En fin, el rasero por el cual nos miden a Melville y a mí siempre será distinto al de nuestros primos, como tan a menudo nos advertía nuestra madre.

—¿Están emparentados con la familia Lamb? —dijo Eliza, aunque no debería haberle sorprendido, ya que la aristocracia tenía la dichosa costumbre de casarse entre sí.

—Y con los Ponsonby, pero más lejanos —respondió lady Caroline—. Nuestros árboles genealógicos están enmarañados sin remedio.

Eliza la miró de reojo.

—¿Los… Ponsonby de Irlanda? —preguntó con voz vacilante. Aquella misma semana había aparecido un nuevo artículo en el periódico dedicado a la señorita Sarah Ponsonby y a su compañera, la señorita Eleanor Butler, apodadas las Señoritas de Llangollen, que había lanzado escandalosas insinuaciones.

—Si te refieres a la señorita Sarah Ponsonby, efectivamente —contestó lady Caroline observando a Eliza con expresión tranquila—. Pero no te voy a contar ningún chisme.

Eliza se ruborizó.

—¿Pretende publicar la secuela de *Kensington*? —Cambió de tema aprisa porque no quería que lady Caroline la considerara una entrometida.

—Si puedo, sí.

—¿No le preocupan las consecuencias?

—Sin lugar a dudas —asintió lady Caroline—. Y por eso tengo la intención de buscar refugio en París durante el verano. La distancia debería alejarme un poco de la condena pública.

—Pero ¿por qué se arriesga, entonces?

—Porque quiero —terció lady Caroline como si fuera así de sencillo—. Es la obra de la que estoy más orgullosa, y de ninguna de las maneras dejaré que la intimidación me impida publicarla.

—¿No cree que sería mejor... esperar hasta que hubiese un momento más apropiado?

Eliza pensó brevemente en los crecientes rumores que relacionaban a Melville y a lady Paulet.

—Estoy harta de esperar —afirmó lady Caroline—. No pienso seguir haciéndolo.

—Es usted muy valiente —dijo Eliza—. Yo no podría...

—¿No? ¿Y el retrato de Melville?

—Será siempre anónimo. —Negó con la cabeza. No albergaba ninguna duda de que a Somerset ya le resultaría complicado comprender la confesión de que estaba pintando el retrato de Melville sin que fuese público—. Pero he pensado... Me he preguntado si...

Eliza miró el perfil del rostro de lady Caroline, titubeando, antes de decidir que, si bien Melville siempre la apoyaría a ciegas, su hermana seguramente respondería con sinceridad.

—He pensado en enviar el retrato a la Exposición de Verano —dijo a toda prisa—. He visto el cuadro que pretende mandar el señor Berwick y creo…, en fin, no considero que el mío sea mucho peor. Pero, por supuesto, por qué iba a hacer tal cosa, aun desde el anonimato, si solo suscitará dudas y escándalo, y únicamente serviría para saciar mi vanidad.

—¿Y por qué motivo crees que el señor Berwick envía sus obras? —le preguntó lady Caroline con educación.

—Para tener publicidad, es obvio. ¿Cómo si no iba a ganarse la vida?

—Cuenta con ingresos independientes de dos mil libras al año —le informó lady Caroline—. Como me dijo él mismo.

Eliza lo asimiló durante unos segundos.

—La ambición y el orgullo no son músculos que a las mujeres generalmente nos animen a cultivar —añadió lady Caroline—. Pero eso no significa que seamos incapaces de aprenderlo. Si tu verdadero recelo es una falta de talento, quédate tranquila: Melville ha conocido a suficientes artistas como para saber quién tiene talento y quién no.

—¿Se refiere a lady Paulet? —le preguntó Eliza antes de poder evitarlo.

Lady Caroline hizo una significativa pausa antes de contestar.

—Sí, a menudo nos hemos cruzado con ella.

—¿Es tan maravillosa como se dice? —quiso saber Eliza.

Paisajista de gran renombre antes incluso de casarse con lord Paulet, un importante mecenas de las artes, las alabanzas de lady Paulet se cantaban a menudo por todos los salones elegantes del West End londinense.

—Es tan talentosa como se dice, si a eso es a lo que te refieres, e igual de caprichosa —respondió lady Caroline. No añadió «caprichosa» como si fuera un cumplido.

—¿Y es una belleza? —siguió Eliza sin poder contenerse. No estaba segura de qué ganaría al saber que la dama en cuestión era bella —por supuesto que lo debía de ser, pues había atrapado a un caballero como Melville—, pero ardía en deseos de conocer más detalles.

—No es la clase de mujer de la que uno pueda apartar la mirada con facilidad —le aseguró la escritora.

Eliza asintió, tensa. Deseó no haberlo preguntado.

—Los rumores sugieren que ella y Melville se... conocen muy bien —dijo mirando a lady Caroline de reojo.

—No me había dado cuenta de que esos rumores ya habían llegado a Bath —respondió la mujer con voz neutra, lo cual era equivalente a admitirlo, en opinión de Eliza.

—Se rumorea que el hecho de que lord Paulet descubriera la aventura es lo que los ha motivado a instalarse aquí. —Eliza decidió arriesgarse a ser un tanto brusca.

—No voy a tratar los asuntos privados de mi hermano —se apresuró a aclarar lady Caroline—, pero ten por seguro que todos los involucrados sufrieron mucho.

Eliza se apagó al sentirse reprendida, y avanzaron en silencio durante un rato en tanto ella admiraba la elegancia con que lady Caroline llevaba las riendas.

—¿Cómo es posible que conduzca tan bien? —le preguntó.

—Mi madre me enseñó —respondió lady Caroline—. Mi padre le enseñó a ella.

—No sabía que ella también conducía. —Que lady Caroline fuera una diestra conductora era de sobra conocido, pero Eliza no había oído decir lo mismo de lady Melville.

—Mi madre siempre tuvo cuidado de comportarse como la dama perfecta ante la gente —añadió lady Caroline.

—Pero la sociedad la aceptó, ¿no es cierto? —Eliza frunció el ceño—. Creía que el apoyo de la reina había...

—La aceptación no se alcanza tan fácilmente —la interrumpió lady Caroline—. Había personas a quienes les resultaba fascinante, pero para otras tuvo que esforzarse mucho más, y no bastaba con cambiar Nur por Eleanor. Todos los días ponían a prueba su delicadeza, su sensibilidad europea, su conocimiento de las costumbres inglesas. —Lady Caroline torció los labios en una sonrisa un tanto amarga—. Mientras a su alrededor las damas inglesas se engalanaban el cuerpo con vestidos de muselina de Bengala, los hombros con chales de Cachemira y las casas con *chintz* sin pensárselo dos veces.

Eliza no lo había sabido… Había asumido ingenuamente que, a pesar de unas cuantas malas personas, todo se había resuelto con la bendición de la reina.

—¿Y usted no…? —dijo al rememorar la decisión de lady Caroline de mandar al cuerno las consecuencias sociales—. ¿Usted no siente una presión similar?

—Conmigo es un poco distinto —respondió—. Yo nací aquí. Crecí con los hijos y las hijas de duques y condes, con quienes jugaba de pequeña. Mi piel es más pálida. No es sencillo pero sí distinto.

Eliza asintió en silencio.

—En Alderley, sin embargo, siempre podíamos estar a salvo —añadió lady Caroline—. Mi madre me enseñó a conducir desde la parte delantera.

—Siempre he pensado que debía de ser maravilloso saber hacerlo —terció Eliza con envidia.

—Siempre puedes aprender —dijo lady Caroline.

—Y ¿quién demonios consentiría en enseñarme? —se rio Eliza.

—Yo misma —aseguró lady Caroline como si tal cosa—. Empecemos ahora mismo.

—¡Debe de estar de broma! —exclamó Eliza.

—Claro que no… Ya has visto durante un rato cómo lo hago. Vamos, coge las riendas.

—Lady Caroline, no creo que sea en absoluto… —empezó a protestar.

—Ay, llámame Caroline y tutéame —se impacientó la escritora dejando las riendas en el regazo de Eliza. Alarmada, esta las sujetó e intentó devolvérselas, pero Caroline se puso las manos en la espalda para que no se las entregase.

Eliza miró hacia Wardlaw, el palafrenero de Caroline, con la esperanza de que el muchacho le ofreciese su ayuda, pero el chico tan solo la observó con un brillo de diversión en los ojos.

—¡No esperes que te eche una mano, lady Somerset! —le indicó Caroline—. Vamos, creía que querías aprender.

—¡No tengo la más remota idea de qué hacer!

—¡No estés tan asustada! —exclamó Caroline—. Mira, sujétalas así...

Era mucho menos emocionante y mucho más aterrador ser la conductora que la pasajera, y Eliza se encogió ante las riendas, con los ojos como platos por los nervios, con la sensación de que iba a petrificarse por lo tensa que estaba.

—Procura no poner mueca dolorosa —le pidió Caroline—. No resulta tan agradable si uno pone mueca dolorosa.

—Intento que no nos matemos —masculló Eliza entre dientes.

—A este ritmo, creo que es más probable que muramos de inanición —murmuró Caroline—. ¡El peligro forma parte de la diversión!

Le pasó las riendas a Eliza durante unos buenos veinte minutos. Cuando Bath empezó a aparecer de nuevo ante ellas, Caroline las recuperó para conducir las últimas pocas millas. Llegaron hasta Camden Place y Eliza se recogió las faldas —agotada, si bien contenta consigo misma—, pero Caroline le puso una mano en el brazo para detenerla.

—Lady Somerset. Eliza. Ignora mi consejo si lo deseas, pero... creo que disponer de los medios y de la oportunidad y no actuar, tan solo porque tienes miedo... Creo que sería un terrible desperdicio.

Su expresión irradiaba una seriedad poco propia de ella.

—Gracias —musitó Eliza—. Por lo de hoy.

—No dejes de darle recuerdos a la señorita Margaret de mi parte —dijo Caroline mientras sujetaba las riendas—. Y dile, por favor, que mañana estudiaremos el tiempo futuro.

Y arreó a los caballos con fuerza para retomar el camino y dejar a Eliza en una polvareda con mucho sobre lo que reflexionar.

Camden Place, 2 de marzo de 1819

Oliver:

Los días sin ti son largos, pero he esperado demasiados años como para acobardarme ahora ante seis semanas. Por más largos que sean, sé que nuestro reencuentro resultará más agradable si cabe por la separación.

Como ya te dije la otra noche —no es necesario, sin duda, especificar a cuál me refiero—, todavía hay mucho de lo que debemos hablar. Tanto que me pregunto si no perdimos demasiado tiempo con galanterías cuando hay grandes áreas de nuestra propia vida que todavía son un misterio para el otro.

Creo que no te comenté, por ejemplo, que sigo pintando. Quizá no recuerdas que solía pintar, pero me han hecho un encargo estando en Bath; uno que debo llevar a cabo desde el anonimato, pero un encargo de artista de todos modos. Y si bien es probable que pienses que es un triste acto de autocomplacencia —como bien sabes, no me faltan ni los ingresos ni los entretenimientos—, y por más que la vanidad sea mi única motivación, me gustaría terminarlo. Voy a terminarlo.

Aguardo tu respuesta, tu opinión al respecto, con un ansia desbordante y excesiva, y sigo siendo

Tuya siempre,

ELIZA

17

Eliza sacó a colación el tema con Melville al día siguiente. Caroline y él llegaron a la hora acordada —a las dos de la tarde para aprovechar la mejor luz— y, en tanto las damas se encerraban en la sala —y por la puerta abierta les llegaban los «je te trouve belle»—, Melville se arrellanó en el sofá como de costumbre. Aunque el lienzo que se recostaba en el caballete estaba sin tacha. Si Eliza decidía enviar el retrato a la Exposición, empezaría de cero nuevamente. Se retorció las manos sobre las faldas. Si él no creía que la Exposición fuera una buena idea, si no estaba de acuerdo, si resoplaba o la consideraba una ilusa, entonces Eliza no lo haría. Respiró hondo, se sentó al lado de Melville y abrió la boca…

—Conque Somerset se ha marchado —dijo Melville.

—Ah… Sí —respondió Eliza—. Hay una cuestión de la que me gustaría hablar…

—Fue muy amable por su parte acompañarla a casa desde el concierto —observó Melville—. Regresó altamente satisfecho consigo mismo.

—¿De veras? —comentó Eliza, como si aquello no le importara lo más mínimo.

—Pensé que tal vez le había propuesto matrimonio —admitió Melville.

Eliza tomó aire y contuvo una negativa a voz en grito que la habría delatado por completo.

—Es usted graciosísimo —consiguió decirle con calma—. Coincidirá conmigo en que no llevo anillo en el dedo anular.

Agitó la mano ante él y Melville se la cogió para fingir sostenerla bajo la luz y examinarla, como si un anillo de compromiso no fuera a verse a las claras.

Eliza se sobresaltó un tanto, pues no había sido aquella su intención ni llevaba guantes —nunca se los ponía para pintar—, y él tampoco. Fue un roce sorprendentemente íntimo. La piel de Melville estaba caliente y suave, a excepción de los callos que notó en sus dedos; por sujetar una pluma o montar a caballo sin guantes, supuso ella.

—En efecto —asintió Melville al fin—. Y es más bello aún por ello.

Tardó unos instantes de más en soltarla y Eliza retiró la mano, sintiéndose un poco desconcertada.

—¿Le escribirá mientras esté fuera de la ciudad? —le preguntó Melville, todavía en una conversación liviana.

—Si se presenta una ocasión, pienso que sí —contestó Eliza con cuidado—. Cartas de… asuntos formales.

—Creía que serían más bien cartas de amor.

Eliza respiró hondo y procuró no ruborizarse.

—Creía usted mal —dijo.

—Una lástima —comentó Melville—. Una buena carta de amor vale su peso en oro.

Que se lo contaran a Eliza… Pero aquel no era el momento de mortificarse por ello.

—He oído que usted recibe montañas de cartas de las lectoras —dijo Eliza intentando alejar la conversación de Somerset—. ¿Es eso cierto?

—No tanto montañas…, quizá algún bajo promontorio —respondió Melville—. ¿Alguna vez me ha mandado una carta?

—¡En absoluto! —se indignó Eliza.

—Me lo puede decir —añadió él—. Jamás me burlaría.

—Se burlaría sin duda… ¡Y le aseguro que no! Nunca le escribiría.

—Su espanto está injustificado —protestó Melville—. Algunas de las cartas son bastante conmovedoras: una mujer había urdido una idea tan evocadora de nuestra vida en común que estuve a punto de aceptarla hasta que Caro se percató de que la misiva procedía de la prisión de Coldbath Fields.

—Debe de ser una broma —rezongó Eliza.

—¡No lo es! —exclamó Melville con una sonrisa—. Hoy en día me siento un poco nostálgico de la querida Mary, pues bien podría ser que haya sido el gran amor de mi vida. Pero cuando no consentí en mandarle un mechón de pelo, juró asesinarme, y deduje que eso indicaba el fin de nuestra relación.

—Una sabia deducción —dijo Eliza entre risas.

—Muchas gracias.

Alguien llamó discretamente a la puerta, y Perkins entró con una bandeja.

—Maravilloso —saltó Melville. Eliza tardó unos instantes en reordenar sus pensamientos.

—¿Asistió ayer a la exposición del señor Berwick? —le preguntó ella.

—Así es. Y pensar que estuve a punto de pedirle a él que me retratara… ¡Qué les habría hecho ese hombre a mis piernas!

—Todavía no sabe qué les voy a hacer yo a sus piernas —repuso Eliza reprimiendo una sonrisa.

—Sé que es usted mejor artista —aseguró Melville.

No hubo ni un ápice de duda en su voz, y oír su confianza envalentonó a Eliza.

—Me hizo pensar que tal vez podría mandar su retrato a la Exposición —dijo a toda prisa—. ¡Solo si usted lo aprueba, por supuesto!

Melville ladeó la cabeza, pensativo.

—Quizá provoque un escándalo —se apresuró a continuar

Eliza—, pero si lo envío de forma anónima, el secreto quedaría a buen recaudo.

—Una idea espléndida —dijo Melville—. Me pregunto por qué no se me ha ocurrido a mí.

El conde había aceptado con tanta tranquilidad, sin cuestionárselo ni vacilar, que Eliza se puso casi nerviosa.

—Es probable que fuese una empresa infructuosa —añadió con la extraña necesidad de aclarar el asunto—. Este año la selección tal vez sea más rigurosa.

—Entonces el señor Berwick quedará fuera —afirmó Melville—. Pero usted pasará la criba, sin duda.

—Si tal proeza es acaso posible con tan poca antelación —reflexionó Eliza.

El proceso para enviar obras a la Exposición de Verano era igual en 1819 que en la época de su abuelo: quienes no eran miembros de la Academia Real podían mandar sus obras a un comité de miembros del consejo de la Academia en un duro proceso de selección de cinco días que tendría lugar a principios de abril. Eliza dispondría de menos de cuatro semanas para llevar a cabo una tarea que, por lo general, duraría unos cuatro meses.

—¿Por qué intenta convencerme para que cambie de opinión y me oponga? —le preguntó Melville—. Creo que es usted perfectamente capaz de conseguir su propósito.

En muy pocas ocasiones Eliza se había enfrentado a una fe inquebrantable para con sus habilidades. El apoyo de Margaret rayaba en lo evangélico, por supuesto, pero viniendo de Melville resultaba a todas luces distinto. A fin de cuentas, Margaret la conocía desde siempre; era casi su deber apoyar a Eliza, y Eliza a ella. Pero Melville no debía respetar ese deber ni era propenso a dirigir halagos a ciegas, como demostraba con sus habituales críticas al señor Berwick. Su fe obedecía a la sencilla razón de que la consideraba merecedora de ella... Y Eliza notaba cómo se abría bajo la luz que él le ofrecía.

—¿Desea participar en la Exposición? —le preguntó Melville con una sonrisa socarrona.

—Sí —afirmó Eliza. Por fin se permitía sentir la oleada de emoción que se había estado originando en su interior durante la mañana entera—. Deseo participar.

—En ese caso… —Melville abrió los brazos en un gesto claro—. Tenemos trabajo que hacer, ¿no es así?

Y ese mismo día, con la luz que se filtraba por la ventana, llamas bailando en la chimenea, el sonido de las risotadas alegres de Margaret desde el pasillo, un pincel en la mano y el inconfundible olor a pintura al óleo —más intensa y ácida que el de las acuarelas— en el aire, empezaron el retrato en firme.

Eliza siempre había pintado deprisa —era lo que debía hacer una cuando siempre había alguien a punto de interrumpirla—, pero en los días siguientes avanzó con un claro objetivo, sin vacilación alguna, como si la confianza de Melville en ella fuera contagiosa. Colocó al conde donde lo quería, cerca de la ventana para que recibiera más luz e irradiase colores más vivos; pintó el lienzo con una primera mano plana de gris y luego delineó el contorno de la cabeza y del cuerpo. Dudó hasta conseguir los tonos exactos en la paleta y regresó dos veces a la tienda del señor Fasana para consultarle nuevas mezclas, y a continuación empezó con la primera capa de pintura, decidida y resuelta.

Como en el horizonte se cernía un nuevo plazo, Melville tuvo que prestarle a Eliza mucho más de su tiempo, y la complació sin quejarse. De hecho, una semana después de que Melville aceptara la presentación de la obra a la Exposición, parecía que Margaret y ella casi siempre estaban acompañadas de los Melville, tal era la frecuencia que se encontraban en la librería de Meyler —lady Caroline y Melville criticaban en voz alta junto a las estanterías a los poetas que no les gustaban—, asistían a las mismas actuaciones musicales —Melville le susurraba una traducción del todo imprecisa de la ópera y Eliza debía taparse la boca con una mano para no romper a reír—, viajaban juntos en el faetón de lady Caroline —pues las clases de Eliza no habían terminado— y decidieron tutearse.

La confianza era tal que Eliza empezó a sentirse un poco culpable.

—Te agradezco que me prestes tantos minutos de tu tiempo —le dijo Eliza a Melville el jueves siguiente, con una paleta en una mano y un pincel en la otra. Tras semanas con las pinturas al óleo, la pincelada de Eliza se volvía más libre. En las pasadas que daba con el pincel bien cargado, notaba cómo la tensión iba abandonando su cuerpo, su brazo y sus trazos—. Espero que no os estemos apartando demasiado del escritorio.

—No temas —le aseguró Melville—. Siempre escribo a primera hora de la mañana. De hecho, doy gracias por que tus clases de conducción me despojen de Caro antes de desayunar, puesto que así en la casa reina un feliz silencio. Cuanto más duren, mejor.

—Es probable que pronto pierda la paciencia conmigo —lo avisó Eliza.

—¿No te has convertido en una experta todavía?

—Ni por asomo —respondió—. No creo que sea capaz de conducir como ella aun pasándome años practicando. ¿Siempre ha sido tan intrépida?

—¿Caroline? Con los caballos, sí, así es como nos criaron. Mis padres estaban casi tan locos por los caballos como el uno por el otro.

A Eliza le sorprendió, como de costumbre, el modo franco y directo con que Melville trataba aquellos temas tan privados.

—Se casaron enamorados, ¿no es así? —le preguntó. Ya conocía la historia, por supuesto, pero sabía con creces que no siempre había que creer los rumores de cuarta o quinta mano que corrían desde antes de que naciese.

—Fue amor a primera vista, si debemos fiarnos de mi madre —contestó Melville con una sonrisa y los ojos clavados en los de ella—. Mi padre visitó Hyderabad en 1785. Ya conocía al residente de la Compañía que vivía allí, y ser el lord huido le dio suficiente glamour como para que lo invitaran a la corte. Mi madre nunca nos contó del todo cómo se conocieron. Ella era la hija pequeña del *diwan*, el primer ministro, y jamás debió habérsele acercado, pero sospecho que mi abuela ayudó a organizarlo.

—¿Y entonces se casaron? —se interesó Eliza. Melville negó con la cabeza.

—No hasta al cabo de un par de años; había que convencer al padre de ella y mandar también una solicitud al *nawab*, una especie de gobernador —le explicó—. Y mientras tanto se cortejaron. Primero hablaban en persa, idioma del que mi padre tenía algunas nociones, hasta que él aprendió urdu, y ella, inglés.

—Suena muy romántico —opinó Eliza.

—La historia no estuvo desprovista de obstáculos —añadió Melville—. Supieron en todo momento que, cuando muriese mi abuelo, deberían trasladarse a Inglaterra para regresar a un apellido caído en desgracia y a unas tierras al borde de la ruina, y el país se consternó al contar con su primera condesa india. Pero fueron felices, a pesar de todo.

—¿Fueron unos padres cariñosos? —le preguntó Eliza.

—En gran medida. —Melville sonrió—. A Caroline y a mí nos repetían a diario lo bellos que éramos. Aunque sin duda fue una conmoción llegar a Eton y descubrir que no era una opinión compartida por todo el mundo.

—¿La gente fue desagradable?

—Es lo que cabría imaginar. —Melville se encogió de hombros—. Riñas, apodos; el lord pinto, me llamaban, entre otros epítetos extremadamente poco originales.

La ligereza con que hablaba era impostada. Eliza tal vez no se habría dado cuenta unas semanas antes, pero en ese momento percibió la diferencia. Levantó el pincel del lienzo para observarlo con suma atención.

—Tengo entendido que habría sido peor si nos hubiésemos quedado en la India. Allí los ingleses son hostiles en extremo con las personas como nosotros. Y yo habría estado muy pasado de moda.

La voz de Melville empezaba a resquebrajarse, y a Eliza no le sorprendió que el conde cambiase de tema al instante.

—¿Qué me dices de tus padres? ¿Son felices?

—Son muy compatibles, creo —respondió Eliza tras meditar al respecto—. Comparten las mismas creencias y metas, aunque nunca los he considerado un matrimonio especialmente romántico.

—¿Y tú? ¿Eres especialmente romántica?

Era otra pregunta demasiado personal, pero como Melville le había contado muchas cosas no le pareció tan extraño contestar.

—Cuando era joven, mucho —confesó—. Casi nunca deseaba otra cosa que enamorarme absoluta y verdaderamente, sin tener en cuenta el deber, las circunstancias ni los intereses familiares.

—¿La realidad no encajaba con tus expectativas?

—Ah, en efecto, tal como podía esperar —asintió Eliza—. Pero resulta que no me casé con él.

Era la primera vez que hablaba de su relación con Somerset, por más indirectamente que fuese, y, como si temiese que ella fuera a recular en cualquier momento, Melville formuló su siguiente pregunta de inmediato.

—¿Qué te hizo experimentar tanta devoción por él?

—Oh. —Eliza sonrió al pensarlo—. No sé cuándo empezó exactamente. En cuanto nos conocimos, supongo. Me dijo que era bella.

Harefield Hall, 9 de marzo de 1819

Querida Eliza:

Tu carta ha tardado una eternidad en llegar, y ver tu letra, que no ha cambiado en los últimos diez años, me ha permitido respirar con mayor facilidad que en la semana previa.

Tu encargo parece una propuesta encantadora. Cuando recuerdo los preciosos dibujos que me solías enseñar, y que no he olvidado, me creo sin problemas que hayas hechizado a otra persona. ¿Puedo intentar adivinar sobre qué versa la pintura o debe ser una sorpresa? ¿Quizá un paisaje de Camden Place o de la abadía? Ardo en deseos de verla de todos modos, pero sobre todo de verte a ti.

No puedo alargar esta carta, pues me reclaman en otro sitio. Pronto recibirás una misiva más larga de mí.

Tuyo siempre,

OLIVER

—¿Y?

—¿Y? Te aseguro que fue suficiente como para que me fijara en él. A pesar de que tú, milord, debes de estar acostumbrado a los cumplidos, para mí son una novedad. Y entonces, después de fijarme en él, ya no pude parar. Siempre era muy honorable, muy amable, muy consciente de sus responsabilidades.

—Las responsabilidades no son una cuestión que yo suela asociar con el amor —puntualizó Melville.

—No soy yo la escritora —se quejó Eliza—. No sé cómo decirlo con palabras bonitas. Nos profesábamos una gran admiración mutua, respeto, y... disfrutábamos de la compañía del otro...

—Yo intentaré formularlo lo mejor que pueda —comentó Melville mientras se daba palmadas en los bolsillos—. La dificultad residirá en encontrar algo que rime con «admiración». ¿«Obligación» quizá? Ojalá tuviese un cálamo a mano.

Eliza le lanzó un trocito de tiza y Melville lo esquivó con una carcajada. Era la clase de comportamiento que no demasiado tiempo atrás habría resultado impensable, pero no podían compartir tantas horas, como hacían ya, sin estar cada vez más cómodos cuando estaban juntos. Y en aquellos momentos, Eliza sentía una rara gratitud hacia las circunstancias que habían requerido retrasar el compromiso oficial de Somerset y ella. No era tan solo el hecho de trabajar en el retrato lo que habría echado de menos, sino también la compañía. En el pasado se le habría antojado improbable, pero ahora empezaba a considerar a Melville uno de sus mejores amigos.

18

A mediados de marzo llegó una falsa primavera, un breve lapso de tiempo soleado que engañó a todo el mundo durante la quincena que duró, mejoró el humor de buena parte de la ciudad y devolvió la atención de mucha gente hacia la temporada londinense. Mientras que la mayoría de los habitantes de Bath permanecían allí el año entero, muchos de sus ciudadanos más pudientes, como por ejemplo lady Hurley y los Winkworth, se mudarían a la capital a finales de mes. Todos parecían energizados gracias a la temporada que se avecinaba, pero ninguno más que lady Hurley, pues nada más ver a Eliza y a Margaret en las termas se precipitó hacia ellas, les dirigió numerosos cumplidos y las invitó a una fiesta.

—Antes de que me marche a Londres —explicó con la celeridad de un agente de policía al entregar un informe—, he decidido festejarlo la semana que viene con unos cuantos bailes para despedirme de Bath, e insisto fervientemente en que las dos asistáis.

Eliza vaciló.

—¡No digas que sería inapropiado, te lo ruego! —exclamó lady Hurley—. ¡Lady Somerset, ya deben de haber pasado once meses desde el inicio de tu luto! Si te quedas sentada durante toda la velada y no te marchas demasiado tarde, estoy segura de que nadie consideraría inadecuado que asistieras a una reducida fiesta en una residencia privada.

—Vamos, Eliza, seguro que tienes derecho a divertirte un poco —añadió Margaret.

Ay, al cuerno. No sería tan indecoroso; a fin de cuentas, solo le restaba un mes de luto completo. Estaba convencida de que Somerset le recomendaría que se lo pasara bien.

—Estaremos encantadas de ir —aceptó Eliza—. De todos modos, me gustaría estrenar un nuevo vestido de noche, y ahora dispongo de la excusa perfecta para encargar uno.

—Acabo de ir a ver a madame Prevette y le he visto una nueva gasa negra espléndida que luciría divina —le contó lady Hurley—. Aunque no he preguntado cuánto costaba.

—En ese caso, debemos ir corriendo a la tienda de la *modiste* antes de que las demás viudas agoten las existencias —aseguró Eliza con una sonrisa al imaginarse a una marea de mujeres vestidas de negro corriendo por Milsom Street.

Pero lady Hurley estaba demasiado ocupada tratando de encontrar a los Melville como para reparar en su respuesta.

—Si me aseguro de que ellos también asistan, es probable que sea el acontecimiento más a la moda de todo el año, pero no consigo dar con los hermanos. Aunque quizá sería más rápido que tú invitaras a Melville, milady —le lanzó una mirada traviesa a Eliza—, ¡porque estoy segura de que lo verás antes que yo!

—No sé a qué se refiere —musitó Eliza.

—Ay, todos os vimos hablando entre susurros en el concierto de la semana pasada —rio lady Hurley—. ¡Y viajando juntos en carruaje ayer por la tarde! Sois muy amigos.

Y se marchó sin esperar a que le contestase, pero las mejillas de Eliza se sonrojaron igualmente.

El día anterior, cuando Eliza había experimentado un poco de malhumor —puesto que tanto daba el cuidado con que pintase, las orejas de Melville seguían adoptando una extraña forma—, él le había arrebatado el pincel y le había propuesto salir a dar una vuelta en calesa para despejarse.

—¿Ahora? —había preguntado Eliza, vacilante—. ¿Los dos solos?

—Preferiría que vuestro palafrenero nos acompañase —le había contestado él mientras se dirigía hacia la puerta para que ella se pusiera ropa cómoda—. De lo contrario, tal vez intentarías seducirme.

Y si bien no le había parecido del todo razonable pasear por los campos con un caballero soltero a una hora tan inusual, aun contando con la presencia de su palafrenero —en Bath era más habitual salir antes de desayunar—, después de pasarse una hora por las colinas, sin aliento y entre risas, le había traído sin cuidado. Sin embargo...

—No le hagas caso —le aconsejó Margaret. Pero al recorrer Milsom Street, Eliza no pudo evitar preguntarse si las miradas que se clavaban en ella habían aumentado desde la semana anterior, si los ojos irradiaban más curiosidad, si oía cómo pronunciaban su nombre los grupitos de damas y caballeros que pasaban junto a ellas.

Tal vez sería más sensato mantenerse a cierta distancia de Melville en público. Aunque Eliza supiese que estaba comprometida a otro hombre, los chismosos de Bath no necesitaban de ninguna manera verlos pasar tiempo a solas fuera de casa. Sensato pero tedioso. «Que se vayan al infierno», pensó Eliza para sus adentros mientras entraban en la tienda de madame Prevette. No estaba dispuesta a ser infeliz para así complacer a unos entrometidos imaginarios. Que la mirasen si así lo deseaban.

La gasa negra era todo cuanto lady Hurley les había asegurado, y madame Prevete prometió tener lista una nueva creación para que Eliza la vistiese a tiempo para la fiesta.

—Pronto también necesitará nuevos conjuntos, ¿no es así? —le preguntó madame Prevette en tanto Margaret sopesaba las cualidades de la seda amarillo primavera y verde esmeralda—. Para su medio luto.

—Sí, supongo que sí —asintió Eliza un tanto sorprendida. Con todo lo que había ocurrido con Somerset, casi había olvidado que el fin de su luto completo significaría algo más que ser capaz de casarse con él. Significaría regresar, por fin, al mundo de los colores; pronto se le permitiría alegrar sus vestidos con tonos grises y lavandas de medio luto—. En efecto, madame Prevette, sin duda alguna necesitaré comprarlo todo nuevo.

—Quizá pueda mostrarle algunos de los materiales más recientes que me han enviado desde París —se ofreció madame Prevette, y al poco desapareció en la trastienda.

Al volver junto a ellas, Eliza no pudo evitar pasar una mano con gesto de envidia por un rollo de satén verde bronce recién llegado. El color era precioso.

—¿Qué le parece algo de este tono? Le quedaría muy bien —sugirió madame Prevette.

—Me encantaría… —murmuró Eliza—. Pero ni siquiera un medio luto me permitiría una tonalidad tan brillante.

—¿Ni siquiera desea guardarla y esperar al día en que pueda llevarla? —Madame Prevette era una mujer de negocios muy astuta, y Eliza enseguida se dejó convencer. La idea del vestido de sus sueños, colgado en su armario como una promesa de lo mejor que estaba por llegar—. Quizá encima de una combinación de raso —meditó madame Prevette en voz alta—. ¿Y con unas zapatillas a juego para completar el conjunto?

Ay, ¿por qué no?

—¿Tiene mis medidas? —dijo Eliza—. ¿Puedo contar con su absoluta discreción?

—Será nuestro secreto —le aseguró la modista.

Eliza y Margaret se despidieron con una sonrisa antes de volver corriendo a casa para recibir a los Melville.

—Supongo que debería haberte preguntado si tenías alguna preferencia en cuanto al estilo —le comentó Eliza a Melville más tarde mientras observaba el lienzo con ojo crítico. No le había permitido a él mirar el cuadro debido a la ansiedad de que, al hacerlo, fuese a destrozarlo, pero estaba satisfecha con el progreso. Tras dos semanas, había completado tres capas con la silueta de Melville; cada una de ellas capturaba un elemento distinto —forma, profundidad, luz— y requería un preciso secado entre sí.

—No lo creo —respondió Melville—. Siempre y cuando combine la grandeza de Thomas Gainsborough y la alegre indiferencia de Thomas Rowlandson, estaré encantado.

—Ah, conque deseas a los dos Thomas —dijo Eliza con una sonrisa.

—Si pudiera ser.

—Me temo que no es lo que tenía en mente.

—¿Ninguna indiferencia en absoluto? —insistió Melville.

—Ni siquiera un ápice —le aseguró con gravedad.

—Por Dios… Pero si consigues plasmar mis nuevos calzones, estaré satisfecho —añadió el conde—. Te suplico que no prestes atención a Caroline: son la culminación de la moda actual.

Los calzones en cuestión eran de un amarillo intenso, que unos minutos antes Caroline había tildado de «demasiado elegantosos», y parecían estar tallados ciertamente sobre su piel de una forma que a Eliza le habría resultado valiente si las piernas de Melville hubieran sido menos finas.

Negó con la cabeza.

—Estoy concentrada en la pose —le dijo—. Solo en el torso y en la cabeza.

—¿Es un cumplido que el retrato se centre en mi rostro? —se preguntó Melville—. ¿O un insulto a mi cuerpo que quede fuera de él?

—Ni lo primero ni lo segundo —repuso ella con una sonrisa—. No es sino un reflejo de mi falta de formación… Mis retratos de cuerpo entero siempre lucen un aspecto un tanto dislocado. Para poder ser fiel a las proporciones del cuerpo humano, necesitaría estudiarlo, completa y privadamente, como hacen en la Academia Real. Pero, por supuesto, no es una lección que nos esté permitida a las mujeres.

Melville se recostó en el asiento y la observó con ojos pícaros.

—¿No habría sido un tutelaje que te podría haber ofrecido el viejo conde? —le preguntó.

Eliza no se ruborizó al oírlo, lo cual interpretó como una prueba de la creciente inmunidad que desarrollaba hacia las barbaridades de él.

—El viejo conde no habría sido en absoluto receptivo a tal petición —dijo—. Si me hubiese atrevido a solicitárselo.

—¿El vuestro no fue… un matrimonio apasionado?

La miraba con las cejas arqueadas, desafiante, como si le transmitiera que era del todo consciente de que se trataba de otro tema de conversación polémico e inapropiado, y estuviese esperando a que ella lo frenase. Esa vez, sin embargo, Eliza no le permitió el engreimiento.

—El viejo conde trataba sus obligaciones maritales del mismo modo que el resto de sus responsabilidades —contestó con astucia—. Es decir: con atención, con diligencia… y con bastante brevedad.

Melville soltó una carcajada de sorpresa. Eliza sonrió, exaltada e irresponsable.

—Bueno, como soy tu modelo presente —añadió Melville—, si una actitud más adecuada resulta beneficiosa para tu educación…

Se llevó una mano al pañuelo del cuello.

—No te quites ni una sola prenda de ropa —se apresuró a regañarlo Eliza, si bien seguía sonriendo—. Perkins aparecerá enseguida con unos refrigerios y la imagen no haría sino perturbarlo.

—Me limitaría a explicarle a Perkins mi motivación altruista —terció Melville con rostro serio—. Siempre he sido un gran amante de las artes. De hecho, les he ofrecido mis servicios a actrices, cantantes de ópera, bailarinas...

Eliza se echó a reír de nuevo con carcajadas sonoras e incontroladas, y por la puerta abierta llegó también el sonido de las risotadas de Margaret. Las clases de francés habían terminado hacía tiempo; cuando aquella mañana Eliza había asomado la cabeza a la estancia para buscar su tiento, tanto Caroline como Margaret lucían una inquietante sonrisilla. Eliza no quiso siquiera preguntarse de qué habrían estado hablando, pero sin duda era el particular sentido del humor del que hacían gala cuando estaban a solas. Desde el mes de febrero, había sido como si cada una hubiera afilado su ingenio con la otra como si de cuchillos y piedras de amolar se tratara.

—¿Vais a asistir a la fiesta de lady Hurley? —le preguntó Melville—. Ardo en deseos de que llegue el momento. Cena, cartas, unos cuantos bailes...

—Qué envidia —murmuró Eliza—. Hace mucho tiempo que no se me permite bailar.

—¿Será tu oportunidad? —sugirió Melville.

Eliza se rio.

—¿Bailar? ¿Estando de luto? Me expulsarían de la ciudad con picas.

—¿Quién lideraría el ataque? —se preguntó Melville—. ¿La señora Winkworth?

—Con gran probabilidad. Ya ve con suma consternación mis clases de conducción. No me cabe ninguna duda de que le manda cartas a escondidas a lady Selwyn sobre mi comportamiento.

Aquella posibilidad no le preocupaba tanto como habría sucedido en el pasado.

—¿Crees que lady Selwyn ha contratado a una espía? —le preguntó Melville con interés.

—Me sorprendería más que no lo hubiera hecho —resopló Eliza—. Seguro que anda buscando cualquier cosa que pudiese... —Se interrumpió. Durante unos segundos había olvidado que la cláusula moral del testamento era un secreto.

—¿Cualquier cosa que pudiera separaros a Somerset y a ti? —dedujo Melville—. Reparé en que vuestro reencuentro no pareció agradarle. Pero si tus clases de conducción llevan a Somerset a presentarse aquí a toda prisa, entonces es más desabrido de lo que me imaginaba.

—¡No es desabrido! —protestó Eliza. Todavía no le había contado a Somerset las clases de Caroline; no por miedo a su reacción, sino porque deseaba alcanzar suficiente destreza como para impresionarlo.

—¿Deben preocuparte las misivas de la señora Winkworth, pues?

—No me preocupan —aseguró—, pero lo que más le interesa a lady Selwyn es mi fortuna.

Melville ladeó la cabeza, inquisitivo. ¿Qué daño le haría compartir un nuevo secreto con el conde?

—En un principio, mis tierras debían ser propiedad del segundo hijo de los Selwyn —le explicó Eliza—. Mi esposo me las legó a mí, pero si provoco algún deshonor al condado, entonces... regresarían a Somerset.

Melville se quedó muy quieto.

—Una cláusula moral —dijo lentamente.

—Fue lo único positivo que vieron los Selwyn. —Eliza se esforzó con otro tono de color para el pelo de Melville—. Si me arrebataran a mí las tierras, supongo que tarde o temprano serían de Tarquin.

—Una treta... diabólica.

Eliza torció los labios al oír el terror que teñía la voz de Melville.

—Ya los conoces —dijo—. ¿No crees que sea algo propio de ellos?

—Pensaba que eran insidiosos y egocéntricos…, pero no tan malvados.

El conde se pasó una mano por el pelo, distraído, más afectado en nombre de Eliza de lo que esta esperaba.

—¿Cómo han podido hacer eso?

—Ah, ya me he acostumbrado a la idea —le aseguró Eliza. No había tenido la intención de indignarlo—. Todavía no me ha causado ningún problema.

—Todavía —repitió Melville—. ¿Te preocupa que pueda ocurrir?

—Antes sí —admitió Eliza—. Pero ya no desde que…

Se interrumpió y se mordió el labio.

—¿Desde que…?

Eliza vaciló. No le gustaba mentir a alguien a quien consideraba un amigo, pero la idea de informar a Melville de su compromiso la llenaba de inquietud, no tanto de alegría.

—¿Desde que…? —insistió ya más serio.

Era imposible salir de allí.

—Desde que Somerset y yo… nos vamos a casar —anunció.

El reloj dio la hora, y no fue hasta que sonó la última campana cuando Melville tomó la palabra.

—Ya veo —dijo—. Sí… Ya veo.

Su cara y su voz, impertérritas y rígidas, contrastaban con sus manos, que parecían un tanto inquietas. Melville se sujetó a los reposabrazos de la silla como para evitar que le temblaran.

—Por supuesto… Como sabes, ya me lo había imaginado.

A Eliza le dio un vuelco el corazón.

—Melville… —murmuró, nerviosa pero sin saber por qué.

—Deseo que seas muy feliz. —Seguía hablando con voz un tanto extraña.

—Gracias —respondió. ¿Por qué aquella situación era tan extremadamente incómoda?

—En fin. —Melville se levantó de pronto con falsa alegría

y se recolocó el pañuelo del cuello—. Me temo que tengo cuestiones que atender. Cartas que escribir, poemas que componer, etcétera, etcétera. —Se dirigió hacia la puerta.

—¡Melville! —lo llamó Eliza aferrándose a la paleta. No quería que se marchase, no de aquella forma—. ¿Melville?

Pero el conde ya se había ido.

19

$\mathcal{M}$elville no se presentó a ninguna de las sesiones programadas de la semana siguiente. Le escribió para disculparse arguyendo trabajo, pero la excusa no resultó creíble, y Eliza le dio vueltas a la verdadera razón como un perro royendo un hueso. El retrato no sufriría las consecuencias, no era aquel el problema. A esas alturas se había pasado tanto tiempo mirando a Melville que tal vez lo conociera mejor a él que a sí misma. Sabía cuál era la forma exacta de sus ojos marrón oscuro, conocía la curva de cada uno de sus nudillos, el sonido de su risa... Aunque no lo hubiera estudiado tan concienzudamente durante el proceso, como estaba empezando a pintar el fondo, otros artistas habrían renunciado a contar con el modelo.

Pero si bien no necesitaba su presencia, notaba profundamente su ausencia. El salón era más grande, más frío, menos interesante sin Melville. Una no se reía por su cuenta, y Eliza ni siquiera se entretenía con Margaret, pues las citas de su prima con Caroline no se vieron interrumpidas, y, cada vez que Eliza escuchaba las voces alegres de ambas por el pasillo, lamentaba haber gestionado tan mal la última conversación que había mantenido con Melville. No sabía con exactitud qué lo había disgustado, ya fuese la mentira por haber negado su compromiso al principio... u otra cosa. La intimidad que compartían había alcanzado nuevas cotas desde que Somerset se había marchado de Bath, y Eliza se había sentido tan a gusto en su presencia que había dejado de preguntarse el porqué. Y supuso que, en esas circunstancias, era de educación advertir a un caballero de que la mujer con la que solía coquetear estaba comprometida, ¿verdad?

Cualquiera que fuese la razón, a lo largo de la siguiente semana, pese a que Eliza buscó los rizos oscuros de él por las termas, intentó divisar sus calzones amarillos por Milsom Street y prestó suma atención por si oía su voz en la biblioteca de Meyler, Melville no apareció por ninguna parte. Y sin Somerset y sin Melville, Bath era una ciudad extremadamente silenciosa. Por lo menos con Somerset contaba con el consuelo de sus cartas semanales para no añorarlo demasiado. Aunque no había que comparar a los dos hombres, por supuesto, ya que uno era casi su prometido y el otro... no.

Cuando llegó el día de la fiesta de lady Hurley, Eliza padecía melancolía, incluso al observar el retrato terminado que tenía ante sí. Bueno, casi terminado. Por más que no se le ocurriese nada más que añadirle, ahora que había conseguido delinear los botones del chaleco hasta que quedaron perfectos, y después de retirar la pintura y aplicarla de nuevo unas cuatro o cinco veces al menos, Eliza no se quitaba de encima la sensación de que en la pintura había algo que no acababa de estar bien. Ojalá supiese de qué se trataba.

—Deberíamos prepararnos —dijo Margaret mientras llamaba con los nudillos en el marco de la puerta para reclamar su atención—. Lady Hurley se disgustará mucho si llegamos tarde.

Eliza echó un último vistazo a la versión de Melville del cuadro. «Lo arreglaré», le dijo a la pintura mentalmente.

Tras llegar a Laura Place, resultó evidente de inmediato que la idea de una fiesta íntima de Eliza difería en gran medida de la que tenía lady Hurley. Había veinte personas reunidas tan solo para la cena, y más se presentarían para los bailes. Y aunque la casa de lady Hurley era gigantesca —la mesa del comedor era lo bastante grande como para acoger a veinte comensales, y era la única casa de todo Bath con una terraza que se conectaba con el salón de la planta inferior—, Eliza no comprendió, al unirse a la fila de personas que saludaban a la anfitriona en la puerta, cómo iban a caber todos en el interior.

—Una apretada multitud —observó Caroline entrando detrás de ellas. Con un bellísimo vestido de seda y gasa lila, aquella noche a cualquier mujer le supondría un gran esfuerzo estar más elegante que Caroline Melville—. ¡Estáis preciosas! —les dijo a Eliza y a Margaret.

—Gracias —respondió Eliza. Estaba muy satisfecha con el efecto del vestido que se había puesto: de gasa negra por encima de una combinación de blanco satén, con mangas de corte francés y elegante encaje vandyke, y, en lugar de las joyas con las que se había conformado en el último año, pendientes de diamantes y un colgante triple de perlas alrededor del cuello—. ¿No parezco una urraca?

Pero Caroline no respondió, pues estaba demasiado ocupada contemplando el vestido de crepé verde de Margaret. Eliza no la podía culpar, sin embargo, pues era el conjunto más impactante de su prima hasta la fecha, y a ella tan solo le satisfacía que Caroline opinase lo mismo. Los ojos de esta se posaron con avidez sobre el corpiño de satén de Margaret, que estaba hermosamente adornado con toques blancos *à la militaire*.

—Estás preciosa —le repitió Caroline a Margaret con mayor seriedad que la primera vez.

—Tú también —contestó Margaret con las mejillas un tanto sonrosadas, mientras Eliza intentaba mirar sutilmente por encima del hombro de Caroline, donde vislumbraba a un Melville que le estaba entregando el abrigo a un criado.

—Oh, ¡qué bellas estáis todas! —exclamó lady Hurley

cuando las personas que tenían delante desaparecieron en el interior de la estancia. La viuda llevaba un vestido amarillo holgado que la asemejaba con un voluptuoso girasol—. La cena se servirá en breve: esta noche, mi François se ha superado. ¡Hay suficientes gelatinas, *fondues* y cremas como para dar de comer a cinco mil personas!

—Maravilloso —dijo Melville al llegar junto a ellas, con voz en absoluto entusiasmada. Aunque el señor Fletcher y él estuviesen muy elegantes, Melville con una chaqueta azul marino y un chaleco de terciopelo de tono parecido adornado con hilos plateados, los dos parecían claramente inquietos. Eliza intentó llamar su atención, en vano.

—Ignóralo —le aconsejó Caroline—. El señor Fletcher y él cenaron anoche juntos y se embriagaron sobremanera. No hace más que gimotear.

—Espléndido, pero —intervino el señor Fletcher mientras se colocaba una débil mano en el pecho— no del todo adecuado.

—Y que lo digas —asintió Melville frotándose la frente—. Creo que deberían felicitarnos por el mero hecho de asistir a esta velada.

Como eran la dama y el caballero de mayor rango, Eliza y Melville se unieron para caminar juntos hasta la cena. Por primera vez en las últimas semanas, Eliza no supo qué decirle... Y, por primera vez también en las últimas semanas, Melville no parecía propenso a tomar la palabra.

—¿Has estado bien este tiempo? —le preguntó ella.

—Sí —respondió.

—¿Disfrutaste de la velada con el señor Fletcher?

—Ciertamente.

—¿*Medea* va avanzando?

—Sí.

Eliza nunca lo había visto hablar tan poco. Quizá así era como se había sentido Melville durante las primeras sesiones de pintura cuando intentaba entablar una conversación con ella. Eliza deseó retroceder las últimas semanas y retirar una capa, como podría hacer con una pintura, y recuperar la agradable relación que habían tenido. En cuanto les sirvieron el primer plato, Melville se giró a propósito para hablar con lady Hurley, sentada a su derecha, mientras Eliza se vio obligada a conversar con un recalcitrante almirante Winkworth. El estruendoso sonido de la alegría de Melville y de lady Hurley, cuando ambos empezaron un vivo debate sobre sus poetas favoritos, no ayudó a mejorar el humor de Eliza. Bajo la influencia de lady Hurley, la efervescencia de Melville parecía haber regresado; Eliza intentó no guardarle rencor por ello y se limitó a sorber el delicioso champán que tenía delante.

Cuando llegaron los platos principales —una sopa *à la reine* y pollo al estragón, acompañados de carpa asada, ostras rebozadas, ave de corral guisada y un pastel de carne, con guarnición de una copiosa sucesión de verduras— y Melville se volvió para hablar con ella a regañadientes, Eliza estaba inequívocamente mareada.

—¿Tú has leído la *Divina comedia* de Dante? —le preguntó él.

De repente, a Eliza le pareció de suma importancia que Melville la considerase tan culta y leída como a lady Hurley.

—Sí —mintió sin reparos. Margaret sí la había leído, así que era lo mismo.

—¿Y qué te pareció?

Por desgracia, Eliza no sabía nada de aquel libro, por supuesto, más allá de su título y del hecho de que a Margaret el texto le pareció muy inteligente.

—Me pareció muy inteligente —respondió.

—Pero la última traducción... Me ha resultado un tanto confusa, ¿verdad?

Eliza abrigó esperanzas de que fuera una pregunta retórica, pero la larga pausa que le siguió, así como el modo en que él la miraba con paciencia, le indicó que no era el caso.

—Me pregunto… si el propósito era resultar confusa —terció con destreza.

Melville la observó fijamente.

—No la has leído —dedujo.

—No la he leído —asintió.

Melville se rio en contra de su voluntad.

—¿Por qué mientes?

—Para que pensaras que yo era muy inteligente —admitió Eliza antes de beber otro trago de champán.

—Eso ya lo pensaba —dijo Melville—. Ahora pienso que también eres una mentirosa.

Eliza lo miró de hito en hito. ¿Pretendía…? ¿Se refería a…?

—No mentí —murmuró en voz baja rezando por que fuese el momento de aclarar las cosas.

—Lo omitiste. —Melville la había entendido al instante.

—Por obligación —susurró—. Y solo un poco; no podemos estar comprometidos hasta abril. Hasta entonces, tan solo estamos… comprometidos al futuro compromiso.

—Ah —dijo Melville.

Una pausa.

—Qué enigmático e impreciso.

Durante unos segundos volvía a ser el de siempre, y Eliza se inclinó hacia él.

—Pero lamento haberte engañado —añadió con un susurro—. No debería habérselo ocultado a alguien a quien considero…, a quien considero un buen amigo.

Melville bebió un sorbo de su copa, pensativo.

—Y sí que leo —añadió Eliza a la defensiva. Una vez más, consideró importante recalcarlo.

El conde no sonrió, pero sus ojos empezaron a arrugarse, divertidos.

—No te he acusado de lo contrario.

—Sé que tú eres un ratón de biblioteca —replicó, tan aliviada ante la tácita aceptación de él (porque se trataba de eso, ¿verdad?) que casi se quedó sin aliento.

—Un ratón de biblioteca —asintió Melville. Hizo una pausa y, acto seguido, añadió con su tono habitual—: De lo contrario, no podría escribir como escribo.

—Los clásicos —dijo Eliza con la mayor complicidad posible—. ¿Te gusta leer esos libros? Homero y... y el otro.

—El otro es al que leo más —respondió Melville con una sonrisa—. Las personas cultas tal vez las tengan por intimidantes, pero no dejan de ser historias; magníficas y extensas, pero historias al fin y al cabo.

—Antes de leer tu *Perséfone*, no las comprendía lo más mínimo —admitió Eliza—. Mi esposo me hizo leer más clásicos para instruirme, pero no pude prestarles atención.

Se había considerado demasiado estúpida como para entender las palabras, los lugares y los nombres desconocidos, pero la poesía de Melville era un modo de revisitar las historias, de embeberse del romance, de utilizar los detalles salaces que... En fin, una no debía preocuparse si era lo bastante inteligente, pues se daba prisa por terminar el texto cuanto antes.

—Acepto que en mis versiones hay más besos —dijo Melville como si tal cosa.

—No es solo eso —lo reprendió Eliza—. Es una habilidad dar la bienvenida a la gente a los clásicos como lo haces tú.

Melville parpadeó y jugueteó con la copa como si no supiera cómo responder, como si no hubiese esperado recibir elogios por parte de ella, a pesar de todos los que él le solía brindar.

—Me alegro —dijo lentamente mientras la miraba con ojos atentos—. Cuando los leí siendo joven, ya era un sabelotodo —añadió como si le estuviera confesando algo—. Y creo que incluso ahora podría regresar a esos textos mil veces y seguir encontrando algo nuevo que me sirva de inspiración.

—¿Esa es tu intención? —se interesó Eliza—. ¿Escribir mil poemas como esos?

—Yo... Algún día...

Melville barrió la mesa con la mirada, la primera vez que Eliza lo había visto preocupado por si alguien los escuchaba a escondidas.

—Era mi intención —murmuró—. Cuando tuviese suficiente popularidad, escribiría poemas inspirados por los clásicos de otra forma.

Eliza ladeó la cabeza en gesto interrogativo.

—Mi madre era una gran lingüista. —Melville hablaba más deprisa—. Urdu, persa, sánscrito... Los estudió todos, y noche tras noche nos leía los manuscritos que se había traído de la India. El *Shāhnāmé* y el *Mahabhárata* son algunos de los poemas épicos más largos jamás escritos, y tan fascinantes como la *Eneida* y con guerreros tan majestuosos como Aquiles o Áyax.

Eliza observó el rostro de Melville y esperó a que prosiguiera. De todas las conversaciones que habían mantenido, de todas las confianzas que habían compartido, tenía la sensación de que aquella era la más íntima de todas; allí, en una cena, con el zumbido inconfundible de cháchara a su alrededor, Eliza no lo habría interrumpido por nada del mundo.

—Contienen miles de historias —le contó con voz baja y reverencial—. Ojalá pudiera...

Los ojos de Melville, brillantes y animados, se apagaron de repente.

—Encontrar a un editor interesado y dispuesto —concluyó la frase, y suspiró.

Rodeó la copa con los dedos, y Eliza sintió la necesidad de acariciarle una mano.

—Lo encontrarás —dijo—. Estoy segura de que lo encontrarás.

Si alguien podía lograrlo, ese era él.

—Quizá algún día.

Hicieron una pausa, y la mesa se llenó de nuevo, esa vez con frutas, cremas y gelatinas de todos los tamaños, formas y colores. Eliza, impaciente por retomar la conversación, aceptó una selección al azar y se volvió hacia Melville en cuanto pudo. Habría sido más apropiado girarse hacia el almirante Winkworth, por supuesto. Los modales correctos en una mesa, como le habían enseñado a Eliza desde que era una niña pequeña, exigían cambiar de interlocutor con cada nuevo plato, pero aquella noche no hubo nada que la convenciera de ello.

—Hablas muchísimos idiomas —dijo, maravillada ante lo que sería poseer tantos conocimientos. Su aceptable talento con la costura parecía muy inferior en comparación.

—No todos los hablo bien —repuso con ironía—. Cuando nuestros padres… En fin, tuvimos menos oportunidades de seguir practicando.

Eliza deseó que estuvieran manteniendo aquella conversación en la intimidad de su salón, para así haber podido plasmar en el cuadro la suave melancolía de la expresión de Melville.

—Gracias a Dios que tenía a Caroline —reflexionó—. De lo contrario, me habría sentido muy solo.

A Eliza se le partió el corazón. Estaba acostumbrada a pensar que la singularidad de los Melville era deslumbrante, pero nunca se había parado a cavilar que también podría implicar soledad.

—Tú no tienes hermana —dijo Melville después de aceptar con un murmullo de agradecimiento que un criado le rellenara la copa.

—Tengo a Margaret —respondió—, pero ninguna hermana de sangre. A veces me he preguntado si mi madre habría sido más… suave conmigo si hubiera tenido otra hija con la que compartir sus atenciones.

—¿Fue muy dura?

Sin poder evitarlo, Eliza puso una mueca. Melville se echó a reír.

—Lo siento. —Tuvo la extraña necesidad de disculparse por haber estropeado el momento de esa manera—. Es muy dura... Sus opiniones como madre son tan firmes y estruendosas que las mías se encogen para soportarlas.

Aunque no hubiese faltado a la verdad, se sintió repentinamente culpable por haber hablado con aquellas palabras a alguien de fuera de la familia.

—He hecho que parezca una bruja —se arrepintió—. No lo es. Ha habido ocasiones en que el hecho de que supiera qué era lo mejor y se encargase de la situación ha sido un gran consuelo.

Melville aguardó con una ligera pregunta en los ojos que no verbalizó. Eliza miró de nuevo hacia el almirante Winkworth —que estaba apurando huesos de pollo— y luego hacia el otro lado, donde estaban lady Caroline, quien no le daría importancia a cuanto dijese, y el señor Berwick, que tenía la mirada perdida en ensoñaciones.

—En los primeros días de mi matrimonio —murmuró—, cuando yo... Cuando no me quedé encinta...

Cuando mes tras mes había aparecido la misma desgarradora decepción y su esposo se había vuelto cada vez más frío, distante y crítico si cabe...

—No sabía qué hacer. Y ella... me ayudó.

Sin tener qué pedírselo, pues Eliza no habría sabido cómo pedir ni dar voz a un temor tan espantoso, la señora Balfour había empezado a darle instrucciones del mismo modo imperativo con que tiempo atrás la había peinado. Sus dos cartas semanales se convirtieron en un salvavidas, y todas ellas le ofrecían a Eliza una nueva panacea que probar, sacadas de fuentes desconocidas —un doctor, un herbolario o un botánico, no importaba—, y Eliza terminaba comiendo fresas a medianoche bajo la luna llena o usando remedios parecidos.

—Me dio algo que hacer, porque de lo contrario quizá me habría... perdido —susurró. Se habría perdido recorriendo los pasillos vacíos de Harefield, rumiando su propia incapacidad, especulando en lo que dirían el conde y su familia a sus espaldas. Pero incluso entonces la señora Balfour la había protegido. Cuando se acercaba la Navidad sin ningún heredero a la vista, la señora no había permitido que se hablase del fracaso que suponía Eliza para la familia; una simple mención al tema provocaba que su madre lanzara miradas penetrantes con una asombrosa rapidez. Cuando Eliza había estado más sola que nunca, fue su madre quien la mantuvo con los pies en el suelo, más incluso que Margaret.

Eliza se aclaró la garganta y parpadeó a toda prisa. Melville la observaba tranquilo, en absoluto alarmado como solía ocurrirles a algunos caballeros al enfrentarse a las tristezas femeninas. La miraba de forma abierta y aceptadora. A veces se disponía a contemplarla con todo su ser, y entonces cualquier movimiento y conversación se detenían por completo para concentrarse en su totalidad en aquella mente brillante fija en ella. Fue, como había ocurrido la primera vez, como si Eliza se hubiera colocado bajo la cálida luz del sol.

—Nunca se lo había contado a nadie —murmuró—. Ni siquiera a...

No terminó la frase, y Melville tuvo suficiente tacto como para no pedírselo.

—Siento haberme perdido las sesiones de esta semana —dijo.

—No pasa nada —respondió Eliza—. De todos modos, el retrato ya casi está terminado.

Los ojos de Melville se encendieron con curiosidad.

—¿Puedo verlo?

—Pronto —le prometió Eliza.

El tintineo con el que una cuchara golpeaba una copa de cristal los llevó a todos a volverse hacia lady Hurley, que se había levantado de la mesa para anunciar que los bailes comenzarían en breve. Los caballeros y las damas más jóvenes empezaron a hablar, emocionados, al erguirse de la mesa, a fin de moverse hacia el salón donde lady Hurley iba haciendo las parejas. A esas alturas, Eliza estaba tan cómoda que casi dio gracias por no tener que unirse a los bailes. Casi.

—Al parecer, requieren mi presencia —la informó Melville cuando lady Hurley le hizo claras señas—. Si me disculpas...

Hubo un breve y loco instante en que Eliza estuvo a punto de pedirle que se quedara con ella, que ignorara las peticiones educadas y permaneciese a su lado un poco más. Pero se contuvo antes de que las palabras salieran apresuradas por su boca. Había más damas que caballeros, y Melville sería muy demandado en toda la velada. Habría sido egoísta formular su petición; tentadora pero egoísta.

—Por supuesto —aceptó, y Melville se encaminó obediente hacia lady Hurley para bailar con la señorita Gould. Mientras tanto, Eliza... Eliza se hundió en el cojín de la silla con un suspiro de abatimiento, en tanto el cuarteto de cuerda que ocupaba el rincón empezó a tocar una alegre giga. Al ver a Melville y a la señorita Gould dedicarse una reverencia, Eliza creyó que hasta ese momento nunca había lamentado tanto las restricciones que le exigía la viudedad.

20

asi hace que una sienta envidia de su juventud, ¿verdad? —dijo la señora Winkworth al sentarse junto a Eliza.

Eliza logró contener el grito indignante e instintivo antes de que brotara entre sus labios, y se limitó a murmurar vagamente. En las últimas semanas había conseguido con cierto éxito evitar la compañía de la señora Winkworth, y ya casi había olvidado la habilidad de la mujer de comentar ciertas cosas.

—Antes creía que el vals era una farsa muy triste —añadió la señora Winkworth con los ojos clavados en su hija, que formaba parte de una de las parejas que bailaban. La señorita Winkworth seguía los pasos con elegancia, y Eliza pensó que se erguía más alta cuando su madre estaba a una distancia segura—. Pero si se baila en Almack's, entonces ¡es importante que Winnie lo practique!

Eliza emitió otro vago murmullo. Las posibilidades de que la señora Winkworth recibiera una invitación para ir a Almack's eran, en su opinión, bastante escasas. Tal vez procediese de una estirpe respetable —la señora Winkworth, como era tan dada a recordar a todo el mundo, era la hija de una baronesa—, pero solo los más selectos recibían una invitación para entrar en los sagrados salones de Almack's.

—Lady Somerset —dijo la señora Winkworth con voz afilada de pronto—, debo darle las gracias por la amabilidad con que ha tratado a mi querida Winnie. La ve como si fuera una tía de honor, ¿sabe?

Si su querida Winnie verdaderamente pensaba tal cosa cuando solo se llevaban diez años, Eliza la tendría por la arpía más notoria que conocía, pero como sabía que era poco probable se guardó la aversión para la verdadera autora del comentario.

—Y tan solo debido al cariño que le ha mostrado me siento lo bastante cómoda como para hacerle una petición que, de lo contrario, consideraría una lamentable intrusión —prosiguió la señora Winkworth, tenaz.

Aquello duraría horas si Eliza así lo permitía.

—¿Qué puedo hacer por usted, señora Winkworth? —le preguntó al fin.

—Seguro que no debo explicarle, lady Somerset, la importancia de la primera temporada de una muchacha —dijo—. Tengo la intención de hacer cuanto esté en mi mano para asegurarme de que el debut de mi hija cosecha el mayor éxito posible, pero nuestro círculo de conocidos en Londres no es tan amplio como me gustaría. Si fuera usted tan amable de ofrecerme unas cuantas cartas de presentación...

Eliza arqueó las cejas. Los instintos de la señora Winkworth estaban en lo cierto: Eliza sí la consideraba una lamentable intrusión. Si alguien iba a un pueblo o a una ciudad en la que no conocía a nadie, podía pedirle a un amigo que le diese una carta de presentación para varias personas de aquella localidad, y que de paso daba fe de la buena disposición del viajero y le facilitaba la admisión al círculo social. Pero hacer aquella petición tan directa a una persona a la que no se conocía demasiado bien... Eliza estaba en su derecho de reprender a la señora Winkworth. Miró hacia la pista de baile y hacia la señorita Winkworth, tan tímida e inocente. Por grosera que le resultase la madre, no podía negar que deseaba lo mejor para su hija.

—Lo pensaré —empezó a decir Eliza, que ya se planteaba a quién podría recomendar. Había pasado bastante tiempo desde que frecuentara la sociedad, pero creyó bastante probable que los Ashby tuvieran una hija que se presentaba aquel mismo año, y los Ledgerton tenían a varios hijos en edad de casarse, todos ellos unos muchachos agradables y encantadores.

—Está emparentada con los Hanworth, ¿verdad que sí? —la interrumpió la señora Winkworth.

«Oh». La señora Winkworth aspiraba muy alto, sin duda.

—Un parentesco muy lejano a través de dos matrimonios —respondió—. Pero no creo, señora Winkworth, que... Las familias con título suelen casarse entre sí.

Lo dijo con tanto tacto como pudo, pero la señora Winkworth se ruborizó de todos modos.

—No siempre es así —insistió—. ¡Piense en lady Radcliffe, por ejemplo!

—Hay excepciones, ciertamente —admitió Eliza—, pero...

—Y Winnie contará con una dote muy generosa —añadió la señora Winkworth—. No me gusta alardear de ello, pues no soy tan vulgar, pero mi esposo amasó una gran fortuna en Calcuta, y Winnie la dispondrá por completo.

Eliza no supo qué decir.

—¿También está relacionada con los Arden? —La señora Winkworth ya había abandonado cualquier amago de sutileza.

—Son los primos de mi fallecido esposo —respondió lentamente—. Pero es imposible que esté pensando en lord Arden para la señorita Winkworth.

Arden debía de ser treinta años mayor que la muchacha y, aunque era bien conocida su predilección por las jóvenes recién salidas del cascarón, a Eliza le costaba creer que la señora Winkworth estuviese dispuesta a sacrificar a su hija a aquel caballero. Los ojos de la mujer, sin embargo, irradiaban una ambición voraz.

—Si su señoría nos pudiera dar una carta de presentación para los Arden —dijo la señora Winkworth—, le estaría sumamente agradecida…

Eliza se la quedó mirando. Sabía mejor que nadie cómo se desarrollaban los engranajes de un matrimonio, pero ¡qué insolentes y avaras eran las expectativas de la señora Winkworth! Quizá fuera por la copiosa comida que había cenado, pero Eliza sintió náuseas. Se giró para observar a la señorita Winkworth, que se reía dando vueltas con el señor Berwick. Su juvenil alegría no habría estado fuera de lugar en la clase de una escuela.

—Señora Winkworth… —dijo Eliza, consciente de que no habría bebido tanto champán de haber sabido que iba a entrar en un tema tan delicado, pero incapaz de contenerse ni un instante más—. Entiendo sus deseos de que su hija se case bien, de verdad que sí, pero si no le va a permitir a la señorita Winkworth la dignidad de elegir por sí misma, le ruego que piense en un mejor candidato para ella que Arden.

Conforme Eliza hablaba, el rostro de la señora Winkworth se fue volviendo más y más rojo por la indignación.

—¡Lady Somerset! —exclamó—. Solo quiero lo mejor para mi hija. Que se le ocurra sugerir lo contrario es…

—No pretendo ofenderla —se apresuró a añadir Eliza—. Tan solo le hablo con el corazón como alguien que sabe qué se siente al ser un mero trueque…

—¿Un trueque? —repitió la señora Winkworth—. ¿Un trueque?

Quizá «trueque» había sido una mala decisión lingüística.

—Lo que quiero decir es que sin duda la felicidad de la señorita Winkworth vale más que un título.

La señora Winkworth respiró hondo.

—Lady Somerset —dijo con una decidida aspereza—, había esperado que, al acudir a usted para pedirle un favor, me tratara con discreción y comprensión. Del mismo modo en que yo la he tratado a usted en estas últimas semanas.

—No entiendo a qué se refiere... —murmuró Eliza poco a poco.

—Estoy al corriente de que su fortuna incluía ciertos requisitos, milady —dijo la señora Winkworth con un triunfo vengativo en la mirada—. Requisitos que no creo que vean con buenos ojos que Melville visite Camden Place mientras usted sigue de luto... Y, sin embargo, hasta ahora le he concedido el beneficio de la duda.

El corazón de Eliza se aceleró.

—Lady Selwyn tiene la boca más grande de lo que me había imaginado —dijo con más calma de la que se había considerado capaz—. ¿Me está amenazando, señora Winkworth?

La señora Winkworth tenía las mejillas coloradas, pero la miró con ojos penetrantes.

—¿Será tan amable de darme una carta de presentación, milady? —insistió, terca.

Con Eliza aquel tono habría funcionado poco tiempo atrás, pero ya no.

—Dirigida a los Arden no —respondió con educación. Y se levantó—. Disfrute el tiempo que pase en Londres, señora. Le deseo lo mejor.

Anheló haber podido hacer más por la señorita Winkworth, pero cuando menos lo había intentado.

Eliza paseó por el perímetro de la estancia. Habló de manera absorta unos instantes con el señor Berwick, en quien se fijó que llevaba un chaleco sorprendentemente semejante al de Melville, y acto seguido se dirigió hacia los grandes ventanales que daban a la terraza. Los habían abierto para permitir la entrada de una brisa en el salón, ya que, a pesar del frío de una noche de primavera, con tantos bailes frenéticos en la estancia hacía calor.

A medida que Eliza avanzaba, se encontró con los Melville detrás del alféizar de una ventana, inmersos en una discusión un tanto acalorada.

—Es que no entiendo qué ha cambiado tan de repente —le siseaba Caroline a su hermano—. Tanto hablar de prudencia, de economía, y de pronto cambias de opinión más deprisa de lo que se tarda en dar una vuelta en una giga.

Eliza se detuvo unos instantes sin querer escuchar a escondidas, y se preguntó si debería alejarse en la dirección opuesta, pero entonces Caroline pasó frente a ella rumbo a la sala de los juegos de cartas.

Eliza se acercó a Melville lentamente. El conde levantó la vista, afectado, y a Eliza le sobrevino la necesidad de ver de nuevo una sonrisa en su rostro.

—¿Has hablado esta noche con el señor Berwick? —le preguntó con tono tan desenfadado como si no hubiera oído una parte de la conversación de los hermanos.

—No. —Melville bebió un sorbo de la copa con unas manos que le temblaban un poco.

—Me gusta mucho su chaleco —aseguró. Ladeó la cabeza hacia el caballero en cuestión y, cuando los ojos de Melville la siguieron, experimentó la satisfacción de verlo enarcar las cejas y de cambiar la expresión tensa por una de incredulidad.

—¿Se han confabulado su ayuda de cámara y el mío?

Eliza se echó a reír, pero el alivio temporal duró muy poco: el rostro de Melville había recuperado la intranquilidad.

—¿Nos has escuchado? —le preguntó con la vista clavada en la copa.

Ah.

—«Prudencia y economía» no parece muy propio de ti —asintió Eliza en lugar de mentir. Pretendió que fuese una broma, pero Melville no parecía de humor para bromas.

—Quizá he cambiado —respondió sin más—. La gente cambia, ¿sabes?

—Sí que cambia, pero ¿por qué ibas a necesitar cambiar tú?

Si Melville, un tipo brillante y audaz, de repente dudaba de sí mismo, ¿qué esperanza había para el resto?

—Me he quedado sin mecenas —le explicó de golpe.

Miró hacia Eliza, luego se contempló la copa y finalmente levantó los ojos hasta ella otra vez.

—Lord Paulet es un hombre orgulloso —añadió—. Y creía que había encontrado a otro… Pero me equivoqué.

—Vaya —murmuró Eliza.

Por lo tanto, era cierto. Eliza ya suponía que lo era, por supuesto, pero no pudo sino sentir cierta incomodidad al constatar la verdad. Lo cual era absurdo. ¿A ella qué le importaba que Melville hubiese tenido una aventura con lady Paulet?

—¿Tan grande es el desastre? —le preguntó.

—Sin mecenas, este año no podré publicar —contestó Melville—. Y si este año no publico, no podré sufragar los gastos de Alderley en invierno ni permitirme lujos como alquilar faetones e irme a París.

—Caroline me comentó que iba a tener que exiliarse cuando en verano haya terminado la novela —rememoró Eliza—. Para protegerse de la situación desagradable en que la coloque la publicación de su obra.

—Exiliarse sí —asintió Melville mientras se frotaba la mandíbula—, pero más nos valdría irnos a un lugar menos caro.

«¿Irnos?».

—¿Tú te irás con ella? —No debería ser una sorpresa, pues los hermanos iban siempre juntos, pero aun así la noticia afectó a Eliza.

Melville se pasó una mano por el pelo.

—Los rumores sobre mí crecen, no decrecen. No creo que Inglaterra sea amable conmigo si, además de estar en la lista negra, acabo arruinado.

—No es justo —masculló Eliza. Si se ponía a pensar en todas las desgracias que había protagonizado Byron antes de irse del país (las numerosas aventuras amorosas, los errores y los excesos públicos antes de llegar al divorcio, que fue la gota que colmó el vaso), ¿qué significado tendría en comparación la metedura de pata de Melville?

—Es mejor que no lo analicemos más —se resignó el conde—, pues la situación no va a cambiar.

—Quizá podría ser yo tu mecenas —propuso Eliza por impulso—. Soy rica, ¿sabes?

—Eso tengo entendido —contestó Melville con una sonrisa un tanto pícara—. Y, aunque sea una oferta muy amable por tu parte, debo rechazarla.

—¿Por qué? Puede que no sepa gran cosa al respecto, pero sin duda podría investigar.

—No me cabe ninguna duda de que representarías el papel a las mil maravillas —consintió Melville—. Pero no puedo aceptar tu dinero. Mi orgullo me lo impide, ya ves.

—Qué irritante —dijo Eliza con tanta ligereza como pudo.

—¿No es lo justo?

—Si aceptan mi retrato para la Exposición —reflexionó en voz alta—, debería ser de ayuda para obtener más publicidad, ¿verdad? ¡Y quizá entonces te resulta más fácil conseguir un nuevo mecenas!

—Quizá… —A Melville no parecía entusiasmarlo esa idea—. Pero ¿has meditado seriamente lo que podría significar esa publicidad para ti, milady? Podemos enviarlo de forma anónima, por supuesto, pero será muy alto el interés en descubrir la identidad del retratista.

—Lo he meditado, sí —murmuró Eliza—. Fue mi idea. Es lo que siempre he querido antes incluso de saber qué era.

Melville asintió. Guardaron silencio unos segundos hasta que los bailarines dejaron de dar vueltas y todo el mundo empezó a aplaudir a los músicos.

—De verdad que estoy muy cansada de solo observar… —dijo Eliza contemplando a las parejas.

Melville respiró hondo, vació la copa de un solo trago y la dejó sobre el alféizar de la ventana con un decisivo tintineo.

—En ese caso, cambiémoslo. —Tendió una mano hacia ella.

—No seas bobo —respondió Eliza. Le dio un golpecito en la mano con el abanico y miró alrededor para asegurarse de que nadie lo había visto.

—¿Por qué no?

—Estoy de luto.

—Creo que no has estado de luto en ningún momento.

—Llevo ropa de luto, pues.

Melville volvió a extender la mano. Detrás de él, otras parejas ocupaban la pista, preparándose para el siguiente baile. Iba a ser un vals.

—Milord, no. Va en contra de las convenciones, quizá también en contra de la ley —dijo mientras se giraba para dar a entender que ni siquiera había visto el gesto de él.

—¿Y para qué sirven las convenciones sino para incumplirlas? ¿Para qué sirven las leyes sino para infligirlas?

Eliza se echó a reír. Melville levantó la mano más alto. En aquellos ojos oscuros brillaba una chispa retadora, provocativa y tentadora, y al mismo tiempo confiada, que insinuaba que él no dudaba en absoluto de que ella era lo bastante valiente como para aceptarlo. Como si estuviera en un sueño, Eliza le cogió la mano. A diferencia de la última vez que se habían tocado, llevaban las manos enguantadas, pero pudo notar la calidez —y la fuerza— de la de él a través del satén. Con un rápido vistazo a la estancia interior para asegurarse de que nadie los observaba, Melville dio un paso atrás y se alejó por la terraza.

—¿Adónde...? —empezó a decir Eliza.

La terraza no estaba iluminada; con el tiempo cambiante tan propio de la primavera, a lady Hurley no se le había ocurrido que alguien sería lo bastante valiente como para salir afuera, pero los ventanales arrojaban suficiente luz como para que se vieran, mientras en todo momento permanecían ocultos de las personas del salón.

Los músicos empezaron a tocar las primeras notas de una melodía. Las oían con la misma claridad como si estuviesen en el salón. Melville se rozó los labios con un dedo y, a continuación, se inclinó hacia delante. Y Eliza, al comprender al fin la intención del conde, se agarró las faldas y le hizo una reverencia con una sonrisa pintada en la cara. Cuando los caballeros del salón comenzaron a moverse, Melville también, y acortó la distancia que los separaba dando paso tras paso, hasta que entre ambos apenas cabía un alfiler. Tan de cerca, Eliza vio los diminutos puntos dorados que iluminaban el marrón oscuro de los ojos de él. Nunca se había percatado.

Los violines animaron la canción, y en ese momento Melville le rodeó la cintura con un brazo, tiró de ella hacia sí y le cogió la mano derecha con la izquierda. Aunque no habían empezado a moverse todavía, Eliza estaba ya sin aliento. Juntos, se pusieron a danzar. Melville era buen bailarín. Por supuesto que lo era, ella ya lo habría debido intuir. La clase de bailarín, de hecho, que no parecía prestar atención alguna a sus pasos, que parecían tan naturales como si fuese el modo en que siempre se moviese y hubiera dado la casualidad de que aquella noche había música. Eliza apenas se veía los pies en la penumbra; lo único que podía hacer era seguir la presión de la mano de él sobre su espalda, consciente de que no le haría dar un mal paso, y se echó a reír, sin aire y exultante, y sintió la carcajada de respuesta de él sobre el cuello. Giraron más y más rápido, y se marearon por la constante rotación. Eliza nunca se había sentido tan maravillosamente irresponsable, impetuosa y liviana.

No supo en qué momento exacto habían dejado de reír. No supo en qué momento su falta de aire no se debía ya a los pasos veloces, sino que empezó a ser consecuencia de… otra cosa. Pero debió de ser el mismo momento en que Melville empezó a sujetarla más fuerte y a tirar más de ella, en el mismo momento en que recolocó las manos de ambos para que, en lugar de sostenerse en la posición tradicional de palma contra palma, entrelazaran los dedos… Y, sin saber exactamente por qué, su baile vertiginoso e impetuoso comenzó a llevar consigo una especie de desesperación.

No dejaron de moverse hasta que el último de los violines había dejado de sonar, y cuando lo hicieron no se apartaron, sino que se quedaron donde estaban, entrelazados, mirándose e inmóviles. Eliza no supo interpretar la expresión de Melville. Después de haberse pasado tanto tiempo estudiándolo, creía que lo había visto embargado por todas las emociones posibles, pero nunca lo contempló como en aquel preciso instante.

Lenta y sigilosamente se apartaron. Melville le dedicó a Eliza una última inclinación de cabeza. En el silencio que había dejado la música tras de sí, su respiración era el único sonido que llenaba el aire, entrecortada por algo más que por el simple ejercicio físico.

—Milady…

Y ella no supo qué iba a decir, pero…

—Creo que deberíamos —lo interrumpió, y se aclaró la garganta cuando habló con voz algo bronca— ir adentro.

Melville asintió sin tomar la palabra. Regresaron al salón de baile, primero Eliza, y seguida por Melville al cabo de unos segundos, por si alguien miraba en su dirección. Pero no. Nadie los vio. Nadie sospechó. Había ocurrido el momento más emocionante de la vida de Eliza y solo ella y él sabían que había sucedido.

21

Eliza terminó el retrato al día siguiente. A la mañana siguiente, de hecho, pues en cuanto se despertó de un sueño irregular se levantó, se puso el salto de cama y bajó las escaleras como si llegara tarde a una cita. Tras abrir la puerta del salón, Eliza cruzó la estancia y abrió el cajón para hurgar entre las pinturas. Al localizar el amarillo, el marrón y el blanco, vertió varias gotas de cada en la superficie limpia de su paleta.

No se puso el mandil, y su bata gris y su camisón acabaron manchados de color conforme trabajaba, pero apenas se dio cuenta. Al final, cuando consiguió el tono exacto, seleccionó el pincel más fino de pelo de marta y se acercó al retrato. Fue apenas un instante, el toque final que ni siquiera había sabido que faltaba: el casi imperceptible puntito dorado en cada ojo.

¡Por fin!

Eliza dio exactamente seis pasos atrás, cerró los ojos con fuerza unos segundos e intentó mirarlo como lo haría un observador ajeno. El parecido, se felicitó, era innegable, y mejor incluso de lo que habría esperado. Melville aparecía de frente, con una mano sobre el pecho como si estuviera a punto de juguetear con su corbata, como solía hacer cuando estaba pensando, y aun en la quietud del cuadro había cierta noción de movimiento: la cara ladeada, los ojos fijos en el observador en un divertido desafío. Era así como lo había visto la noche anterior cuando le había pedido que bailaran juntos.

Había capturado cuanto había deseado: el humor y la socarronería de Melville, pero también su amabilidad y su semblante. Una mano sobre una libreta, con los puños manchados de tinta, sugería que quizá estuviese a punto de componer un poema, y los labios fruncidos daban a entender que iba a decir algo inaceptable. Eliza respondió sonriendo, como si fuera incapaz de resistirse a las provocaciones de ese Melville, como le ocurría con el real.

Acto seguido dio un paso adelante. Sí, ahora que había visto a Melville tan… de cerca, estaba bastante convencida de que el parecido era muy bueno. Con los ojos por fin terminados, todo el retrato parecía cobrar vida; y, si bien jamás sería tan convincente como en la vida real, como lo había sido en la terraza cogiéndole la mano, su atracción resultaba tan palpable que ella acabó preguntándose cómo era que no los había acompañado nadie más a la terraza, pues lo creyó muy posible.

También había sido capaz de plasmar, como lograba al pintar a Margaret, el cariño que sentía por el modelo. Estaba allí, evidente para ella aunque no para todo el mundo, tan clara como si fuera otro color sobre el lienzo, la fuerza del afecto que le profesaba. En un retrato que parecía producto de las caricias —de los dedos, de los labios, de los ojos—, el pincel también parecía haber acariciado al modelo con calidez, con cariño, con…

De repente, como si siempre lo hubiese notado, a Eliza le resultó evidente que se había enamorado de él.

La revelación se asentó lenta pero repentinamente al mismo tiempo. Como cuando alguien busca una palabra a la que lleva días dándole vueltas sin parar y, al oírla, sabe que es justo la que ansiaba. Estaba enamorada de Melville. Y no resultaba inconcebible la posibilidad de que lo estuviese desde hacía tiempo. Se había sentido atraída por él desde el principio, por supuesto, pero por aquel entonces mucha gente experimentaba la misma atracción, y atracción no era amor, por más emocionante que fuese. El sentimiento debía de haber nacido en su interior, furtivo y desapercibido, a consecuencia de las largas conversaciones mantenidas, de la estima y la curiosidad que le despertaban a él los pensamientos, las opiniones y las destrezas de ella, las risas que habían compartido…

Eliza se apartó del retrato y se hundió en el sofá. ¡Era imposible! Era imposible, sin duda. Estaba enamorada de Somerset. Estaba comprometida con Somerset. No podía estar también enamorada de Melville. Pero cuando miraba el cuadro, la verdad le devolvía la mirada, clara como el agua.

—¡Margaret! —la llamó Eliza con voz tensa—. Margaret, ¿puedes venir un momento?

—¿Ocurre algo? —le gritó Margaret, aunque apareció obediente en el salón al cabo de unos instantes con su propio salto de cama y la melena pelirroja suelta sobre los hombros—. ¡Oh, Eliza! ¡Es maravilloso! El parecido es extraordinario.

Eliza examinó atentamente el rostro de su prima; no le pareció encontrar rastro alguno de que hubiese llegado a las mismas conclusiones que ella.

—¿Te gusta? —le preguntó—. ¿A ti te parece… normal?

—¿Normal? —se extrañó Margaret—. Se parece a él, si es a lo que te refieres, muchísimo. Deberías estar orgullosa.

Eliza soltó un suspiro. No había necesidad, pues, de confesar nada.

—¡Creo que estoy enamorada de Melville! —escupió con voz tan alta que Margaret dio un brinco hacia atrás.

—¡Por el amor de Dios, Eliza! —se quejó.

—¿Has oído lo que he dicho?

—Sí, me lo acabas de gritar al oído —protestó mientras se frotaba la oreja.

—¡No pareces sorprendida! —la acusó Eliza.

—Es que no lo estoy —dijo Margaret.

—¿Perdona?

—Vamos, Eliza —añadió Margaret como si su prima fuera una niña pequeña que se negara a comportarse—. La forma en la que habláis. La forma en la que coqueteáis. Ya debías de haber sospechado algo antes.

—Pues no —contestó Eliza débilmente—. Te prometo que no. He estado muy centrada en Somerset, yo sie-siempre he amado a Somerset… Nunca había pensado que hubiera la más mínima posibilidad.

Eliza paseó por la estancia, se tumbó en el sofá, se incorporó de nuevo, miró el retrato, cerró los ojos y se llevó las manos sobre la cara. ¿Qué había hecho? A la luz de aquella revelación, su comportamiento de las últimas pocas semanas resultaba muy sospechoso: el coqueteo, las bromas, ¡el baile! Había traicionado la confianza de Somerset de todas las maneras posibles.

—¿Qué vas a hacer? —le preguntó Margaret.

—Nada —respondió Eliza al poco.

—¿No se lo vas a decir?

—¿A él? ¿A él? ¡¿A él?!

—Deduzco que la respuesta es que no.

—Margaret, me temo que no entiendes la gravedad de la situación. Estoy casi comprometida con Somerset. Amo a Somerset. Amo a Oliver.

Sintió una oleada de poderosa culpa por haber siquiera pensado que amaba a otro… Cuando se había prometido con Oliver, había accedido con todo su ser. Aquello debía de significar alguna cosa.

—¿Lo amas de verdad? —dijo Margaret con los ojos entornados.

Eliza respiró hondo. Pensó en Somerset. Pensó en sus cartas, en el modo en que la hacían sentir. Lo que había experimentado al volver a verlo en enero. Lo que había sentido al tocarlo, al besarlo en el carruaje la noche de aquel concierto. Como si le hubieran devuelto algo que había perdido mucho después de haber renunciado a toda esperanza de recuperarlo.

—Sí —contestó.

—¿Más que a Melville? —indagó Margaret.

—Yo… —Eliza se sobresaltó—. No lo sé.

¿Cómo iba a comparar los dos sentimientos? Uno lo acarreaba consigo desde siempre, al parecer. Era correspondido, y cerca ya de ser suyo para siempre. El otro acababa de surgir de pronto. ¿Y Melville? Todas las mujeres de Inglaterra parecían sentir ternura por aquel hombre. Podría escoger a la que quisiese. Y aunque él tal vez, y solo tal vez, sintiera cariño por Eliza, sí, y coqueteara con ella, de acuerdo, y a veces la mirase como si su sola presencia bastara para complacerlo…

—No tiene importancia —dijo—. Estoy prometida con Somerset. Es el hombre con el que me voy a casar.

—No estás prometida todavía —puntualizó Margaret.

—Como si lo estuviera —afirmó Eliza con determinación—. Y no pienso, no puedo, rechazarlo por segunda vez, Margaret. No puedo.

El sonido de los cascos que retumbaban sobre el adoquinado de la calle la llevó a mirar por la ventana.

—¡Caroline! —exclamó Eliza—. Lo había olvidado.

Aquella mañana debía de haberse quedado dormida. Ni siquiera había desayunado.

Se miró la bata como si esperase que por arte de magia se hubiera transformado en un traje de montar. Pero no.

—Puedes cancelar la clase —le sugirió Margaret.

—¡No, no! No quiero can-cancelarla —balbució Eliza.

Quería que todo regresara a la normalidad, que todo lo que había ocurrido volviese al lugar del que había procedido.

—En ese caso, yo la entretendré mientras tú te cambias —le propuso su prima.

Y, a pesar de que Caroline solía ser muy impaciente con los retrasos, cuando Eliza salió al fin de la casa, con la ropa de montar de color negro, guantes y sombrero de terciopelo, no pareció irritada.

—¡La bella durmiente! —exclamó Caroline irguiéndose del lugar que ocupaba junto a Margaret.

—Mil perdones —se disculpó en tanto Margaret se apartaba del carruaje y el palafrenero de Caroline ayudaba a Eliza a subir al vehículo—. ¿Qué vamos a practicar hoy?

—¡Los cruces! —anunció Caroline con alegría, y arreó a los caballos.

Pese a la abstracción de Eliza, aquel día fue una clase muy interesante, una de las pocas en que Eliza sentía que conducía un carruaje con cierta competencia, en vez de aquellas en las que terminaba gritando por la frustración.

—Muy bien —la felicitó Caroline tras observarla varios minutos—. Estoy convencida de que pronto serás capaz de llevar un faetón por tu cuenta.

—¿Por mi cuenta? —repitió Eliza, sobresaltada por aquella idea—. No creo que sea lo bastante elegante para ello.

—Bueno, ¡no siempre podrás coger prestado el mío! —replicó Caroline—. No soy tan amable.

Eliza se echó a reír.

—He visto suficientes indicios de tu amabilidad. ¿Crees de veras que estoy preparada?

—En efecto —asintió Caroline—. Tal vez no conduzcas todavía con gran pericia, pero no te falta mucho. Quizá no un carruaje alto, pero me parece que lo conseguirías con algo más formal, pero de un color precioso.

—¿Quizá violeta o rosa? Como soy una dama de alta alcurnia… —sugirió Eliza.

—Ay, ¿por qué elegir? ¡Uno a rayas!

Eliza se rio nuevamente. La decisión de haber salido aquel día había sido acertada. Afuera, en las colinas, no debía pensar en Somerset ni en Melville. Había muchas otras cosas en las que concentrarse.

—Pero quizá no desees hacer tal dispendio —comentó Caroline—. ¿Le darías suficiente uso en Harefield?

La sonrisa de Eliza desapareció de su rostro de golpe.

—Margaret no ha traicionado tu confianza —se apresuró a añadir Caroline, aunque era innecesario, pues Eliza sabía que Margaret guardaría sus secretos con tanto celo como un dragón custodiaría el oro, como haría Eliza a su vez—. Pero por cómo ha empezado a hablar me ha dado la sensación de que cree que el tiempo que vas a pasar en Bath está a punto de acabar. Y no resulta difícil adivinar el porqué.

Mientras avanzaba por una curva, Eliza no respondió. ¿Qué iba a decir?

—¿Debo desearte que seas feliz en tu matrimonio? —insistió Caroline.

—Esos deseos serían... un tanto prematuros —contestó Eliza al fin.

Por lo visto, Caroline se conformó con aquello. Hubo un breve silencio entre ambas.

—Por lo menos no tendrás que cambiar de apellido.

Eliza no pudo sino romper a reír.

—¿Alguna vez has estado tentada, milady? —le preguntó Eliza cuando se hubo recompuesto—. Por el matrimonio, quiero decir.

—¿Tentada? Sí —dijo Caroline con sonrisa burlona—. ¿Por el matrimonio? No.

—¿Es porque nunca has conocido a un caballero por el que sintieras cariño? —preguntó Eliza, ávida por conocer más detalles de su amiga.

—Después de una vida entera en que mi nombre ya va por detrás del de mi hermano, no tengo prisa por relegarlo a un tercer lugar. —Al ver la expresión confundida de Eliza, añadió—: Primero la hermana de Melville, después la esposa de lord Quiensea (porque, si me voy a casar, intuyo que será como mínimo con un marqués) y, en tercer lugar, Caroline.

—No sabía que eso te irritaba —dijo Eliza—. Melville y tú parecéis llevaros a las mil maravillas.

—Ah, es una vieja herida… ¡Cuidado con la boca de los caballos! —exclamó Caroline.

Hubo una pequeña interrupción en la conversación cuando Caroline le enseñó a Eliza a enrollar las riendas, y luego la retomaron.

—Soy la hermana mayor, ¿sabes? —añadió Caroline de repente—. La gente lo olvida, pero yo soy la mayor. La primera que empezó a escribir. Pero en todo lo demás soy la segunda. Él fue el primero en publicar. El que cosecha más éxitos. El que heredará el título. Y mi nombre siempre será… el segundo. El eterno epílogo.

Eliza no tomó la palabra, ¿qué podría decir? No que era mentira, pues no lo era; tampoco que no siempre fuese así, porque sí lo sería.

—El matrimonio no me ofrece ninguna ventaja que no posea ya —dijo Caroline tras una breve pausa—. Me gusta disfrutar de la independencia, del estatus y de la libertad. ¿Qué motivo tendría para casarme?

—¿No crees que el amor sea un motivo? —le preguntó Eliza.

Caroline la miró de reojo.

—Creía que tú sabías mejor que la mayoría que el matrimonio rara vez tiene que ver con el amor.

—Sí —asintió Eliza—, pero saberlo no ha evitado que lo siga deseando… Ni ha hecho que tanta gente venere esa idea.

—Pero ¿por qué se venera tanto el amor romántico? —quiso saber Caroline—. Es el mayor fraude que consigo imaginar: uno hará cualquier cosa y perdonará cualquier cosa en nombre del amor. Tu amante puede ser cobarde, egoísta, desconsiderado, escogerte siempre en último lugar… Y, a consecuencia de cuánto lo adoras, estás dispuesta a hacer cuanto sea necesario, por infeliz que te haga, por improbable que sea que él te ofrezca lo mismo a cambio.

Durante el discurso, Caroline había perdido la languidez que solía caracterizarla. Hablaba con voz vehemente, amarga.

—Lo dices como si lo hubieras experimentado —murmuró Eliza.

Caroline lo rechazó con un gesto de una mano, recuperando así la languidez.

—Tengo por costumbre hablar con sinceridad de cualquier asunto, nada más. Pero sonaba bien, ¿no es cierto?

Aquello no hizo sino que Eliza se preguntara quién sería el caballero que le había roto el corazón a Caroline por completo.

22

Esa noche, Eliza no pudo dormir. Había regresado del paseo con Caroline convencida de que todo el asunto del retrato de Melville había sido una alucinación, pero descubrió, en cuanto subió las escaleras para volver a observarlo, que su amor seguía ahí, tan despejado como el cielo y tan intenso como una hora antes. Era descarado, indecente incluso, y Eliza ya no podía pensar en él sin notar una oleada de calor en el rostro.

Su cuerpo estaba cansado, muy cansado, pero su mente nunca había estado más animada, pasando de Melville a Somerset y viceversa con tanta velocidad que casi sintió náuseas. Al final, cuando contar ovejas, leer bajo la luz de las velas y dibujar en el cuaderno no le sirvieron para nada, decidió recurrir a un consuelo que no había buscado desde que era una niña pequeña. Se puso el salto de cama, cruzó el pasillo hasta la habitación de Margaret, llamó suavemente a la puerta y asomó la cabeza al interior.

—¿Eliza? —susurró la voz adormilada de Margaret.

—No puedo dormir —respondió.

Margaret gruñó. Eliza lo interpretó como una invitación y retiró las sábanas para tumbarse junto a su prima. La cama era tan grande que ni siquiera tenían por qué tocarse, pero Eliza buscó la mano de Margaret y entrelazó los dedos con los suyos como habían hecho cuando eran pequeñas.

—Si roncas, te pediré que te marches —la amenazó Margaret medio dormida, pero dándole un apretón en la mano—. Me trae sin cuidado lo triste que estés.

Eliza soltó una breve carcajada. En la estancia reinó el silencio durante un buen rato. Tanto, de hecho, que Eliza creyó que Margaret se había quedado dormida; cuando tomó la palabra, fue casi para hacerle una pregunta a la noche y no tanto a su prima.

—¿Es verdaderamente posible amar a dos personas de la misma forma y al mismo tiempo? —susurró.

Se hizo el silencio.

—No lo sé —contestó Margaret en voz baja—. Solo me he enamorado una vez.

Eliza tardó unos instantes en comprender las implicaciones de aquella confesión.

—Pensaba… —dijo poco a poco— que nunca habías sentido un cariño especial por nadie.

—Y así era hasta que llegamos aquí.

A Eliza se le ocurrió una espantosa posibilidad.

—¿No será Melville? —saltó, alarmada.

—No, boba —contestó Margaret, pero no con su acostumbrada impaciencia, sino insegura. Casi asustada—. Es Caroline.

Eliza necesitó unos instantes para comprenderlo. Durante unos segundos, le dio la impresión de que lo había oído mal.

—Caroline… —repitió lentamente.

Margaret asintió contra la almohada. La mano que sujetaba Eliza tembló un poco.

—Oh. ¡Oh!

La mente de Eliza empezó a encajar mil piezas de información. Cien momentos distintos en que había reparado, pero cuyo auténtico significado nunca había discernido.

—¿Y tú…? ¿Este amor es de naturaleza romántica? —quiso asegurarse.

—Es tal como dijiste, Eliza —susurró Margaret—. Cuando la veo, es como si me hubiera caído un rayo encima.

—¿Ella siente lo mismo por ti?

—No lo sé. Hay instantes, muchísimos instantes, en que estoy segura, convencida, de que sí, cuando noto que nos comprendemos a la perfección, pero…

—¿Pero?

—Pero no actúa en consecuencia —se entristeció Margaret.

—Quizá está esperando a que actúes tú —sugirió Eliza.

Margaret soltó una breve risotada de incredulidad.

—¿Siendo ella mucho más sofisticada que yo? —dijo—. ¿Por qué debería arriesgarme primero?

—Es sofisticada, sí, y está acostumbrada a una mayor independencia que nosotras, sin duda, pero es cierto que vive en un mundo distinto al nuestro, Margaret. Igual que él.

Eliza rememoró lo que le había contado Caroline varias semanas atrás acerca del distinto rasero con que la sociedad las juzgaba a ella y a Caroline Lamb, la misma diferencia que existía entre Melville y sus contemporáneos más cercanos.

—La sociedad los juzga con mayor severidad —añadió Eliza—. Quizá ella cree que el riesgo que correría sería incluso mayor.

—No lo sé —susurró Margaret—. Y me da demasiado miedo preguntarlo.

Eliza lo comprendía. Nadie deseaba preguntar si sus sentimientos eran correspondidos, y en unas circunstancias tan particulares como aquellas, el riesgo era mucho más alto que una mera vergüenza. Pero ahora que Eliza repasaba todas y cada una de las interacciones entre Margaret y Caroline con nuevos ojos, tan solo se preguntaba cómo era posible que no se hubiera percatado antes de la tensión que desprendían.

—Coquetea contigo —decidió—. Sin lugar a duda, coquetea. Quizá haya alguna forma de descubrirlo… Yo podría…

Pero Margaret negaba con la cabeza.

—Aunque pudiéramos, ¿con qué objetivo? —susurró—. Ay, Eliza, lo he sopesado. Pero nunca podríamos estar juntas, no como quisiéramos.

—¿Por qué no? —preguntó Eliza—. Piensa en las señoritas de Llangollen.

—Créeme, he pensado largo y tendido en las señoritas de Llangollen.

—Según los rumores —insistió Eliza—, su relación es de naturaleza romántica, pero siempre y cuando le den a la sociedad la excusa de una amistad y respeten las convenciones en la superficie, nadie hace nada para impedírselo.

—Salvo los rumores. Y la gente las observa y especula y se ríe... Y puede que las señoritas sean felices, pero ¿las invitan a cenar? ¿Sus familias les dirigen la palabra? ¿La sociedad las acepta?

Eliza no respondió porque ¿qué consuelo podría darle a su prima? Había un motivo, supuso, por el cual las señoritas de Llangollen decidían vivir aisladas y su romance tan solo acumulaba chismes... Y, aunque las consecuencias de que una relación de ese cariz saliera a la luz pública no eran fatales, como sí pasaba con los hombres, el exilio social no era una nimiedad.

—Además —añadió Margaret—, yo no cuento con medios independientes, y dentro de pocas semanas no tendré otro hogar que el de mi hermana..., y Caroline y yo no volveremos a vernos nunca más.

Era impropio de Margaret sonar tan derrotada, y a Eliza le dolió el pecho al oírla. Seguro que había una solución, un modo de proceder, algo que le diera a Margaret el futuro que merecía.

—No creo que debas renunciar a ello por completo —susurró—. Si lo guardarais en secreto, en un estricto secreto, quizá...

—Estoy cansada, Eliza —dijo Margaret, y su prima pensó que no solo se refería a esa noche.

Eliza cedió durante unos segundos y cerró los ojos, pero la revelación de Margaret no había hecho sino despertarla más incluso.

—¿Fue su vestido morado el que te hizo enamorarte de ella? —susurró.

—Me ofende que me consideres tan superficial —resopló Margaret, divertida.

—¡No tengo nada más a lo que agarrarme! —protestó Eliza. Rápidamente se dio la vuelta para intentar escudriñar la expresión de Margaret—. Empieza por el principio —le pidió—. Y no te dejes ningún detalle.

Aquella noche la pasaron en vela hasta las primeras horas de la mañana. Dieron voz a sus pensamientos en la oscuridad que las envolvía, los pensamientos pequeños y grandes y medianos, confidencias tan trascendentales que no podrían referírselas a nadie más, trivialidades tan intrascendentes que no podrían interesar a nadie más. Y si bien no llegaron a ninguna conclusión ni se les ocurrió ninguna solución divina, por lo menos cuando cerraron los ojos, incapaces de seguir luchando contra el sueño, resultaba un gran consuelo saber que, independientemente de cuanto ocurriese al día siguiente, se enfrentarían a ello juntas.

—Dijiste que nunca volverías a casarte obligada —murmuró Margaret con voz tensa—. Si es lo que vas a hacer con Somerset...

—Amo a Somerset —le aseguró Eliza—. Lo que siento por Melville es..., son nervios, nada más. Un encaprichamiento pasajero.

—Si tú lo dices —susurró Margaret, dudosa.

—Es un encaprichamiento pasajero —dijo entre bostezo y bostezo—. Te lo prometo.

23

No era un encaprichamiento pasajero. Eliza tal vez hubiera sido capaz de convencerse a sí misma, quizá de evitar a Melville durante algo más que un solo día, pero como si quisiera compensar sus recientes ausencias, Melville apareció en Camden Place a la mañana siguiente, acompañado de Caroline. Los dos hermanos estaban llenos de energía y aseguraron tener la intención de acompañar a Eliza y a Margaret en una visita a las caballerizas de Bath, con objeto de que Eliza pudiese comprarse su propio faetón. De haber estado preparada para la visita, a Eliza quizá le habría resultado más sencillo actuar con normalidad en presencia de Melville, pero sin advertencia alguna no conseguía mirarlo a la cara sin ruborizarse. De hecho, durante el poco tiempo que estuvieron juntos, se sonrojó tantas veces y con tanta intensidad que este le preguntó si no se habría quemado un poco.

—¡Estamos en marzo! —respondió, desconcertada.

—Eso parece —asintió Melville—. Pero no soy yo quien está rojo.

Al final, Eliza lo autorizó a actuar en su nombre; a fin de cuentas, se le daba mejor juzgar a los caballos que a Eliza, y así esta se ahorraría un rubor excesivo.

«Estás prometida a Somerset —se recordaba—, estás prometida con Somerset».

No informó a Melville de que el retrato estaba terminado, que solamente le faltaba secarse, pero al descubrir la expresión culpable de Margaret cuando regresaron de las caballerizas, Eliza supo que a su prima se le había escapado. Al día siguiente, por tanto, se preparó para recibir por la tarde la visita de Melville con absoluta determinación. Su presencia no iba a descolocarla.

—¡Buenas tardes! —lo saludó al entrar al salón con voz que pretendía ser animada—. ¡Qué día tan estupendo tenemos hoy!

Melville pasó la vista de Eliza a la ventana, donde la lluvia repiqueteaba contra los cristales.

—Ah, espléndido —asintió—. ¿Dónde está?

Se removía un poco y cambiaba el peso de un pie al otro, emocionado. Eliza intentó no encontrarlo encantador, y no lo logró.

—Allí —le indicó señalando hacia el caballete, que había tapado con una tela blanca.

—¿Está muerto? —preguntó él con las cejas arqueadas con comicidad—. ¿O solo durmiendo?

—Es para ocultarlo a la vista —le explicó.

—Y yo que pensaba que un cuadro servía para ser observado.

—Sí —dijo Eliza—. Por supuesto. Para que te lo pueda enseñar… a ti… Ahora…

Hizo una larga pausa, se acercó al cuadro y retiró la tela.

Eliza se giró de inmediato para ver la cara de él al contemplar el retrato; deseaba examinar su reacción antes de que pudiera alterarla, pero no había sido lo bastante veloz, pues incluso en un lapso tan breve él se había despojado de toda expresión, algo que solo hacía cuando intentaba ocultar lo que pensaba. Era un cambio muy sutil, uno en el que ella no habría reparado si no hubiese pasado buena parte de un mes estudiando su rostro con minuciosidad. ¿Qué intentaba ocultar?

—¿Melville? —dijo, insegura—. ¿No te gusta?

El conde dio un brinco.

—¡Es perfecto! —respondió de inmediato—. Más de…, más de lo que había imaginado.

La miró a ella, luego de vuelta al cuadro y finalmente de nuevo a ella. Eliza notó cómo empezaban a sudarle las manos. ¿Por qué se comportaba de aquella forma tan extraña? ¿Era posible que…? ¿Acaso Melville había adivinado lo mismo que ella al admirar la pintura?

—Por supuesto, con un modelo tan apuesto, ¿cómo no iba a serlo? —añadió Melville. De pronto, la tensa atmósfera de la estancia desapareció.

—Me alegro de que cuente con tu aprobación —celebró ella—. Ahora debemos enviarlo… El plazo se acerca muy deprisa y no me gustaría que un retraso en el trayecto impidiese su participación.

—Estoy de acuerdo. Pediré que vengan a buscarlo mañana.

Habían acordado que Melville se encargaría de enmarcar y enviar el cuadro en nombre de su anónimo retratista para así proteger la identidad de Eliza. La carta, de aceptación o de rechazo, se la mandarían a él.

—No me puedo creer que esté terminado —murmuró Eliza al comprender de pronto la profundidad del momento. Al asimilar el terror que le despertaban sus sentimientos, casi había olvidado el resto—. Gracias por pedírmelo.

Observó a Melville.

—Cuando me lo pediste, me pareció una locura —añadió—, pero me alegro mucho de haber respondido que sí.

—Yo también me alegro —dijo él sin más.

Le tendió una mano. Eliza titubeó mientras se preguntaba si quería ponerse a bailar con ella, y al final se la estrechó. Melville levantó su mano hasta los labios y le depositó un beso en los nudillos sin dejar de mirar a Eliza a los ojos en todo momento. Hubo un instante, un breve y resplandeciente instante, en que Eliza casi olvidó por qué no podía amar a ese hombre.

Y entonces lo recordó. Retiró la mano.

—Te deseo que tengas un buen día, milord —murmuró con voz un tanto temblorosa.

No podía ser. Simplemente, no podía ser.

Rápido y casi aturullado, Melville asintió con la cabeza y se marchó.

Grosvenor Square, 30 de marzo de 1819

Eliza:

Una nota muy concisa —te pido disculpas por la brevedad— para informarte de que he llegado a Londres, donde la temporada está en su apogeo y se están llevando a cabo las preparaciones para el baile de Annie. Ya debes de imaginar el frenesí que está creando Augusta, que exige mucho más de mi tiempo del que había previsto.

Haré una nimia mención a las acequias. El señor Penney me ha escrito para tratar la posibilidad de que se inunde Chepstow, y he autorizado que la zanja prosiga y cruce la linde con tu territorio. Como las tierras pronto se van a unir, no creo que te importe que me haya atrevido. En estas ocasiones actuar deprisa es esencial, a fin de cuentas.

Me quedaré otros siete días aquí y luego volveré junto a ti. ¡Cuento las horas!

Tuyo,

SOMERSET

Camden Place, 2 de abril de 1819

Señor Penney:

De la correspondencia que ha mantenido reciente y directamente con Somerset, solo puedo deducir que debe de haber traspapelado mi dirección. La tiene arriba. Confío en que en el futuro cualquier cuestión que tenga que ver con mis tierras me la dirigirá únicamente a mí.

Reciba un cordial saludo.

LADY SOMERSET

24

El 2 de abril había pasado un año y un día de la muerte del viejo conde. La fecha era mucho más agridulce de lo que habría imaginado Eliza meses atrás. Ya era cuestión de días que Margaret se marchase con su hermana, con lo cual, cada vez que se acercaba el correo, una sensación de peligro inundaba la casa. De todos modos, al cabo de una semana llegaría Somerset para llevarse a Eliza. Cada día que pasaba, Eliza se sentía más inquieta. Deseaba que las cartas de Somerset respetaran el tono de la primera misiva, puesto que recibir notas cada vez más breves y más irritantes de su prepotencia —¿de verdad pensaba que a ella no le importaría su interferencia?— provocaba que la aprensión que experimentaba hacia su regreso fuese aún mayor.

Sin embargo, por fin era capaz de despojarse de la ropa de luto y de las restricciones más estrictas. Madame Prevette se había superado con el nuevo fondo de armario de Eliza: su habilidad para elaborar los vestidos más bonitos que cabía imaginar con espléndidos tonos grises y lavandas era extraordinaria. Todos los días, Eliza suspiraba con deleite al seleccionar sus vestidos: estaba el de seda gris con un poco de cola y cuello de encaje, el de crepé gris perla adornado con lazos negros para compensar el tono más claro, un vestido nocturno de seda lavanda y un conjunto para montar de color piedra engalanado con plumón de cisne.

Después de la monotonía de vestir de negro todos los días durante el año anterior, incluso aquella apagada paleta le resultó una verdadera explosión de color. Tras meses de visitar únicamente los mismos tres o cuatro enclaves de Bath, Eliza podía al fin incluir cierta variedad en su agenda. Lady Hurley ya se había marchado a Londres y todo el mundo la echaba de menos —los Winkworth también se habían ido, si bien nadie los echaba de menos—, pero Bath seguía irradiando actividades para satisfacción de Eliza y el 5 de abril ya había asistido a una partida de cartas, a un pícnic y a una velada en el teatro. El 6 de abril ocurrió algo más emocionante todavía: la llegada de su faetón. No era ni violeta ni rosa, como bromearon Caroline y ella que sería, sino de un negro resplandeciente con los rebordes de la estructura pintados de rojo. Eliza estaba tan orgullosa del vehículo que creyó que iba a estallar de felicidad.

—¡Fíjate! —exclamó dirigiéndose a Caroline, que se había pasado para echarle un vistazo.

—Me alegro de que te guste —dijo Caroline con una sonrisa.

—Deberíamos ponerle nombre —opinó Margaret.

—¿Como cuando se bautiza un barco? —se rio Caroline.

—Una dama tan majestuosa merece un nombre —asintió Eliza.

—Ah, conque ahora es una dama —intervino Melville—. Qué ascenso social tan loable.

—Es como mínimo una duquesa —aseguró Eliza.

—Hay que sacarla de paseo como Dios manda —dijo Caroline.

—¿Y si vamos a Wells? —sugirió Margaret entusiasmada—. Todavía no he visto el componente mecánico de la catedral, y me preguntaba si…

Melville arrugó la nariz.

—Pues ¡rumbo a Wells! —anunció Caroline de pronto, y

Eliza bajó la vista para ocultar una sonrisa—. Yo conduciré mi faetón y lady Somerset me seguirá con el suyo. ¡Hoy mismo!

Se marcharon al cabo de una hora. En tanto Eliza recorría las calles de Bath a la zaga de Caroline, se sentía muy elegante. Caroline le había pedido a Melville que acompañara a Eliza por si por el camino se encontraban con algún obstáculo —el conde, por supuesto, era un conductor tan avezado como su hermana—, y Eliza se resignó a un día entero de sonrojo. Pero conforme el carruaje avanzaba como un sueño y Melville iba profiriendo las correctas exclamaciones de admiración, recostado en el asiento, Eliza no pudo lamentar la compañía.

Giró hacia Bennett Street y luego hacia la derecha rumbo al Circus, donde tuvo que detener a los caballos a fin de avanzar con cuidado entre el atestado paso. Al cruzar la calle, los saludó el señor Berwick, que se quedó mirando a Eliza boquiabierto.

—¿Qué diablos —dijo Melville con gran consternación— lleva ese hombre?

Y Eliza tuvo que arriesgarse a mirar hacia atrás, sin dejar de vigilar el coche de alquiler que recorría el otro lado de la calle, para ver al señor Berwick con el mismo tono de amarillo del que Melville había estado tan orgulloso en los llamativos calzones de su armario. La rabia del conde duró hasta que salieron de Bath.

—¡Primero mi pelo! —se quejó a Eliza—, luego mi chaleco, ¡y ahora mis calzones!

—No posees el monopolio de los calzones amarillos —puntualizó ella.

—¡No se trata de eso, lady Somerset! —replicó Melville, acalorado—. Se trata de que me preocupa hacia dónde llegará con su infame imitación. Quizá un día aparece en las termas y ¡resulta que me ha robado la piel y pretende llevarme como traje!

—Eso es lo más repugnante que he oído nunca —dijo Eliza.

—Estoy de acuerdo —asintió Melville con energía—. ¡Y no sería yo quien lo hiciera!

Eliza rompió a reír. Transcurrida una semana desde su revelación, era consciente de que le resultaba imposible reprimir sus emociones hacia él; era tan incapaz de borrar sus sentimientos hacia Melville como de dejar de ver el sol. Cada instante que pasaba con el conde le servía para comprender en su totalidad por qué sentía lo que sentía. Cuánto le gustaba cómo la hacía reír, incluso cuando estaba malhumorada, ¡hasta cuando estaba malhumorada con él y no le apetecía en absoluto reír! Le gustaba que Melville confiara total y absolutamente en sus habilidades; ya fuera conduciendo o pintando o disfrutando de un acontecimiento social. No la trataba con la galantería ni con la reverencia a las que estaba acostumbrada por los demás caballeros, quienes constantemente le preguntaban si tenía frío o calor, si quería beber algo o si estaba cansada. Tampoco asumía Melville su delicadeza femenina, como sí parecían dar por sentado tantas personas nada más verla. Y que siguiese enamorada de Somerset, y que siguiese tan decidida a casarse con él, no importaba ni un ápice.

Por deferencia al decoro, evitaron las calles más famosas que bien podrían haberles permitido viajar más deprisa, pero que también habrían permitido que todos los Tom, Dick y Harry de Bath a Wells los observaran atónitos. Por lo tanto, tardaron dos horas en llegar a la catedral, que se alzaba a más de dieciocho millas de Bath cruzando Mendip Hills. En cuanto estuvieron en Wells, dejaron los caballos en una posada mientras ellos se dirigían hacia la catedral. Era preciosa, en efecto, y el famoso reloj no decepcionó a Eliza: en la esfera había siluetas de caballeros montados en plena justa que cargaban en forma de círculo cuando las campanas tocaban una hora, aunque Melville confesó que habría preferido que también giraran a la hora y cuarto.

Permanecieron en la catedral para ver tan solo dos vueltas

del mecanismo y disfrutaron de un almuerzo excelente antes de que el cielo se oscureciese y les advirtiera que un rápido regreso a Bath era lo más aconsejable. Al cabo de una hora de trayecto, empezó a llover.

—Diablos —exclamó Melville—. ¿Tienes frío?

—Todavía no —respondió Eliza calándose el abrigo. Pero cuando el cielo comenzó a volverse más sombrío y la lluvia arreció, con lo cual el camino estaba más y más embarrado, dieron comienzo los estremecimientos de Eliza.

—Ya falta poco —la animó el conde mientras la rodeaba con su propio abrigo.

No era el frío lo que preocupaba a Eliza, sino la poca visibilidad, puesto que con las cortinas de lluvia y el cielo morado resultaba más complicado discernir el camino.

—Quizá deberías coger tú las riendas… —murmuró Eliza, nerviosa, cuando dieron un brinco en un terrón que no había visto.

—Las estás llevando muy bien —la tranquilizó Melville.

—Podrías… hablarme de algo —le pidió Eliza con las manos apretadas.

—¿De qué deseas que hablemos?

—De cualquier cosa… ¿Cómo avanza *Medea*?

—Es una mujer vengativa —contestó Melville— y exigente.

Eliza sonrió distraída mientras intentaba no perder de vista el carruaje de Caroline. Estaba respirando bastante deprisa ya.

—Pero yo albergo ciertas dudas —prosiguió Melville con voz calmada, como si Eliza no estuviese a punto de salir despedida del asiento por la ansiedad— de que *Medea* llegue a ver la luz. Paulet ha decidido, en un gesto muy desagradable por su parte, bloquear cualquier intento mío de publicación.

—Pero ¿sigues escribiendo la obra?

Eliza tiró de las riendas para superar una curva complicada y luego las soltó un poco cuando regresaron a la recta, y Melville murmuró apreciativamente antes de responder.

—Hace tiempo, mi soberbia me habría llevado a abandonar la empresa si se demostraba probable que esta fuese infructuosa. Pero como ahora solo es para mí, no creo que eso le reste valor.

Aquellas palabras le resultaban familiares, y Eliza meditó unos instantes para descubrir a quién estaba citando Melville, antes de darse cuenta de que...

—Eso lo dije yo.

—Así es —asintió Melville—. Supongo que puedes considerarte mi inspiración: ver el celo con que cuidas los cuadros de tu salón, sin esperanza ni expectativa de que nadie los vea, caló en mi interior.

Y Eliza, como era de esperar, se ruborizó. De repente estaba muy contenta por el mal tiempo, que le proporcionaba una excusa para seguir con la vista clavada al frente. Parecía que la lluvia empezaba a amainar por fin, y, cuando avanzaron hacia los caminos más firmes que rodeaban Bath, Eliza pudo aflojar la tensión con que sujetaba las riendas. Cuando llegaron a la ciudad, era mucho más tarde de lo que habían pretendido al principio.

Eliza llevó a Melville directamente hasta su casa. No había rastro de Caroline, que se había adelantado muchas millas antes y debía de haberse dirigido a Camden Place para dejar a Margaret.

—Una conducción excelente —le dijo Melville cuando Eliza detuvo los caballos.

—Gracias. —Se giró para mirarlo adecuadamente por primera vez en muchas millas.

Melville hacía rato que había abandonado el sombrero en el asiento a su lado —la lluvia había sido tan intensa que aquel complemento no ofrecía demasiada protección— y se apartó los rizos oscuros de la frente.

—Estás empapada —observó Melville al contemplarla de arriba abajo.

—Lo sé —se lamentó Eliza—. No sé si mi sombrero se salvará.

—Es una pena —asintió Melville—, porque se trata de un conjunto encantador...

Levantó una mano y, con gran delicadeza, le retiró un mechón mojado del lugar en el que se le había pegado en el cuello, y con varios gestos rápidos lo remetió en la trenza. Fue un roce casi imperceptible, la caricia de la mano de él sobre su cuello fue la más breve de la historia, pero a pesar de ello, a pesar de la lluvia que la calaba hasta los huesos, Eliza hizo lo imposible por no encenderse como una llamarada. Se echó a temblar, aunque no supo si por el deseo, la culpa o la ansiedad.

Melville le recostó la mano con suavidad en el cuello durante unos segundos. La miró a los ojos y, en un acto casi involuntario, Eliza notó cómo su cuerpo empezaba a dirigirse hacia el de él. Sería tan fácil, lo más natural del mundo, permitirle...

—Melville —murmuró con voz muy baja.

—Llámame Max, si quieres —respondió también entre susurros.

Y Eliza apretó los ojos y se recompuso. No podía. No podía.

—Milady... —dijo el conde.

—No —lo interrumpió Eliza antes de que continuara—. No. Porque fuese lo que fuera, una declaración o una proposición o no sabía qué, y por más que ardía en deseos de oírlo con todos los músculos de su cuerpo, no podía. No podía permitirle hablar cuando estaba prometida con otro hombre.

—En ese caso, no digo nada. —Con amabilidad, Melville retiró la mano.

—Es que... —añadió Eliza con la sensación de que le debía alguna suerte de explicación, aunque él no se la hubiese pedido—, es que cuando una no esperaba tal cosa y no puede, porque ya ha aceptado, y cree que es imposible por numerosas razones, aunque lo desee… —Sus palabras estaban tan enmarañadas como sus pensamientos—. ¿Entiendes qué quiero decir?

—En absoluto —terció Melville con voz grave—. Cabe preguntarse incluso si tú entiendes lo que quieres decir.

Eliza soltó una débil risa.

—No lo sé —aceptó, y de pronto le dio la impresión de que iba a romper a llorar—. No lo sé.

—No pasa nada —dijo Melville, más gentil todavía. Le cogió la mano y le dio un único beso en la palma enguantada, y aquel nimio gesto bastó para que ella empezara a temblar de nuevo—. Te deseo unas buenas noches.

Bajó del carruaje y, tras inclinar por última vez su sombrero empapado, entró en Laura Place.

Que Eliza volviese a casa sin estrellarse se debió más a las indicaciones de su palafrenero para que observase la calle que a su propia destreza. Le entregó las riendas cuando arribaron a Camden Place y descendió del vehículo como si no fuese más que una rata ahogada. Pensó que era positivo que la señora Winkworth se hubiese ido tiempo atrás a Londres, pues tal vez habría sufrido una apoplejía al verla en aquel estado.

Eliza entró corriendo en la casa, suspiró al notar cómo la envolvía la calidez y sintió cómo las lágrimas empezaban a acumularse en sus ojos.

—¿Margaret? —la llamó—. ¿Margaret?

Su prima apareció casi de repente bajando las escaleras con el pelo húmedo aún.

—¿Estás bien? —le preguntó Eliza—. ¿Qué ocurre?

—Eliza, es Somerset —le dijo—. Está aquí, en el salón.

25

Somerset? ¿Aquí? ¿Ahora? —dijo Eliza.

—Sí —respondió Margaret a las tres preguntas—. Al parecer, ha llegado esta tarde y ha insistido en aguardar tu regreso.

Eliza miró a Margaret aterrada. No había esperado verlo hasta la semana siguiente y todavía no estaba preparada para ello. Había creído que dispondría de más tiempo.

—No temas —la tranquilizó su prima—. No es un ogro.

Pero Eliza notó que se le entrecortaba la respiración. No podía ver a Somerset en aquel momento. No cuando sus pensamientos eran tan inconexos que creía que había dejado su mente allí, con Melville, en el faetón. Necesitaba más tiempo. Necesitaba pensar.

—¿Y si…? ¿Y si lo veo y me doy cuenta de que ya no lo amo? —susurró Eliza mientras se apretaba la frente con una mano temblorosa.

¿Y si Somerset la veía y se daba cuenta de lo que había hecho Eliza?

—En ese caso, pensaremos en una forma de salir del compromiso —dijo Margaret—. Te lo prometo.

Eliza vaciló y se miró con desesperación las faldas completamente embarradas. Margaret la empujó con suavidad en dirección a las escaleras.

—Ve antes de que te abandone el valor —la apremió.

Y Eliza se fue. Tal vez habría intentado retrasar lo inevitable, pero Margaret estaba en lo cierto. Por espantosa que fuese aquella situación, si no iba ya, no tendría el valor de hacerlo. Abrió la puerta del salón. Somerset estaba en pie ante la chimenea, con las manos cogidas en la espalda, y hubo unos instantes, cuando se giró para mirar hacia ella iluminado por las llamas y con el rostro medio oculto por las sombras, en que el parecido con su tío era tan fuerte que Eliza casi soltó un grito. Al poco, sus ojos se adaptaron a la estancia y el parecido se esfumó. Y tan solo quedaba Somerset, con una media sonrisa en la cara.

—Buenas tardes, milady —la saludó.

—Somerset —dijo con timidez—. No te... No te esperaba hasta la semana que viene.

—Se me ha ocurrido sorprenderte. Pero no pareces demasiado contenta.

—Sí que estoy contenta —le aseguró Eliza—. Por supuesto que lo estoy.

Al decirlo, supo que era verdad. Al encontrarse en aquella estancia, embebiéndose de la imagen de él, supo que el amor que sentía hacia Somerset persistía. Y, de pronto, lo que segundos antes se le había antojado tan complicado e inconmensurable cobraba una gran sencillez en su mente. Poco importaba lo que significase que era capaz de amar a dos hombres a la vez. Sus sentimientos hacia Melville eran innegables, pero aquel era el hombre al que había amado con fe ciega y absurdamente durante años, y que la había amado a ella también.

Y si su corazón no latía tan deprisa como había empezado a hacer con Melville, y si no se ruborizaba con la misma frecuencia ni respiraba tan rápido..., ¿qué importaba? Aquel era el hombre con el que iba a casarse.

Somerset extendió las manos y Eliza casi echó a correr

por la sala entre risas de alivio. El conde las atrapó, pero no aprovechó las manos para estrecharla, sino para mantenerla a cierta distancia.

—¿Qué ha pasado? —le preguntó—. Estás totalmente empapada.

—Me trae sin cuidado —dijo levantando la cabeza hacia él, esperanzada.

—A mí no —insistió apartándola—. Te vas a morir de frío. Debes ir a cambiarte enseguida.

—No tengo frío en absoluto —protestó Eliza—. En un rato me habrá secado el fuego.

—Te espero aquí —anunció con voz rotunda que no admitía discusión.

Eliza alzó los ojos hacia el techo, pero obedeció y salió corriendo de la estancia. Su petición era razonable, y, si bien en el momento presente resultaba poco conveniente, enfadarse ante aquella muestra de preocupación protectora sería pueril. Regresó en un santiamén con el primer vestido que encontró, de crepé lavanda, y Somerset sonrió al verla volver a la estancia y tendió las manos hacia ella.

—Sigues teniendo el pelo mojado, mi amor.

—No pienso ir a secármelo ahora —le aseguró Eliza—, así que no hace falta que me lo pidas.

Levantó la cabeza de nuevo, pero una vez más Somerset no le dio el beso que ella deseaba.

—¿Dónde estabas con este tiempo tan espantoso? —le preguntó.

Eliza titubeó. No le había mencionado en ninguna de las cartas las clases de conducción que le estaba dando Caroline ni el carruaje que acababa de adquirir porque quería sorprenderlo. En su cabeza se había imaginado llegando hasta él en el faetón con su conjunto de montar más favorecedor y preguntándole con amabilidad si querría ir a dar un paseo con ella por las calles de Bath.

—¿Has salido a conducir con Caroline? —añadió Somerset—. Tengo entendido que ha empezado a darte clases.

Eliza frunció el ceño.

—¿Quién te lo ha contado? —le preguntó.

—La señora Winkworth —respondió Somerset—. Toda su familia asistió al baile de presentación de Annie.

—Qué desconsideración por su parte arruinar mi sorpresa —terció Eliza con voz alegre mientras intentaba descifrar la expresión de él—. Quería dejarte sorprendido y boquiabierto por la destreza que he alcanzado.

—Me dejó bien sorprendido, sin duda —dijo Somerset. Miró a Eliza a los ojos durante un buen rato y luego se sentó en el sofá con un suspiro, tirando de ella para que tomara asiento a su lado—. No debería haberte dejado aquí sola, sin supervisión. —Se pasó una mano por el pelo.

—¿Sin supervisión? —repitió Eliza, sin saber si estaba más ofendida o divertida—. No soy un caballo, milord. Y tengo a Margaret.

—Es evidente que no sabes lo que dice la gente —añadió Somerset.

—¿Qué gente? ¿Qué dice?

—Mi hermana asegura que todos los rumores de Bath comentan la noticia de que lady Somerset conduce un carruaje por los campos, asiste a fiestas y a partidas de cartas, y compra medio Milsom Street.

En un acto instintivo, Eliza se refrenó al oír el deje de censura de la voz de él antes de concentrarse solamente en la inquietud que irradiaba su rostro. Estaba preocupado por ella.

—Quizá he sido un poco ambiciosa —admitió—, pero ya sabes cómo son los rumores. Y mi fortuna es mía y la gasto como considero. ¿No te gustan mis nuevos colores?

—Sí —contestó Somerset—. Pero se rumorea que en estas últimas semanas Melville casi se ha mudado a tu casa. ¿Es eso cierto?

Eliza se mordió el labio. No podía mentirle. Si le preguntaba si sentía algo por Melville, no le mentiría. Pero no se lo había preguntado.

—Hay una explicación. ¿Recuerdas el encargo que te comenté por carta? Debo confesar que es de parte de Melville. He pintado su retrato.

—¿Qué? —exclamó Somerset.

—He pintado el retrato de Melville —repitió Eliza—. Por eso ha estado tan a menudo conmigo. No es necesario que te pre...

—¡Eliza! —la interrumpió Somerset—, ¿cómo has podido aceptar tal cosa sin decírmelo?

—Sí que te lo dije —se defendió Eliza—. Te dije que había recibido un encargo. Me diste a entender que te parecía una buena idea.

—Porque pensaba que ibas a pintar... unas flores ¡o el caballo de alguien! ¡No sabía que iba a ser un retrato! Y de un hombre soltero.

Eliza se encogió. Sabía que tal vez no le complacería la idea, pero no había esperado despertar en él una rabia tan grande. Le había apretado fuerte las manos a Eliza y al final las soltó a toda prisa.

—No estábamos solos —añadió con voz débil. Y era cierto, cuando menos al principio.

—Ah, ¿estabais con la señorita Balfour? —se burló Somerset—. Sí, una chaperona formidable, sin duda.

—Te pediría que no te refirieras a mi prima con ese tono, Somerset —le dijo Eliza con una frialdad que no reconoció como propia. Una cosa era que Somerset expresara la rabia que sentía hacia ella, pero no pensaba permitir que criticase a Margaret.

El conde respiró hondo.

—Tienes razón. Lo siento. No debería culparte... No debería culparos. El culpable es él, por supuesto.

—¿Melville? —preguntó Eliza.

—Dios sabe qué te habrá dicho para inducirte a aceptar —masculló—, qué mentiras habrá urdido.

Era tan absurdo que Eliza soltó una carcajada. Somerset echó la cabeza hacia atrás, ofendido.

—Lo siento —se disculpó ella con una sonrisa—. Lo siento mucho, pero es que me parece ridículo. Melville no me ha inducido y no me ha mentido. Fue decisión mía y, aunque no la apruebes, no me arrepiento. Y no veo por qué es tan desafortunada.

—Si supieras lo que acabo de descubrir, pensarías de modo muy distinto —le aseguró Somerset con énfasis.

—¿A qué te refieres? —le preguntó Eliza.

Somerset se pasó de nuevo una mano por el pelo, que ya estaba bastante revuelto.

—No sé si debería contártelo.

Eliza experimentó una oleada de irritación. Las calumnias habían perseguido a Melville toda la vida y eran el motivo preciso por el cual tal vez pronto tendría que abandonar el país.

—No has dejado de hacer afirmaciones parecidas desde el día que conociste a Melville —le espetó—, pero todavía no me has presentado ni una sola prueba. Pensaba que estabas por encima de los rumores infundados, Somerset.

—¿Me reprendes por querer protegerte? —se enfureció el conde.

—No necesito que me protejas de Melville.

Hizo una pausa, respiró hondo y se recompuso. En realidad, no importaba lo que dijera la gente ni cuanto asegurasen los rumores. Tan solo importaba lo que pensaran ellos, lo que sintieran.

—No nos enfademos el uno con el otro —dijo con suavidad—, pues ¿qué importa ahora todo eso? He dejado atrás el luto total. Has regresado. Por fin podemos comprometernos.

Somerset se suavizó a ojos vista.

—Es verdad —asintió—. Al fin.

La extraña tensión que se había adueñado del aire desde la llegada de él se disipó. Somerset tiró de ella con amabilidad y Eliza se arrimó hasta que los labios de ambos se encontraron finalmente; una vez más fue un gesto tan familiar, tan natural, que Eliza a duras penas creía que no se hubieran besado desde que se habían visto. Pasó cierto tiempo hasta que se separaron, pero cuando lo hicieron Eliza se removió para apoyarle la cabeza en el hombro y soltó un suspiro de alegría. El fuego era muy acogedor, y el hombro de él, muy cómodo, y de pronto se imaginó en aquella misma postura mil veces más en los años que estaban por llegar.

—¿Cuándo nos vamos a casar? —preguntó Eliza—. Pronto, espero. Antes de que mi madre oiga los rumores.

Notó cómo el hombro de Somerset se tensaba debajo de ella y levantó la cabeza para mirarlo a los ojos.

—No debes preocuparte —le aseguró—. Esta vez no tiene potestad para impedírmelo.

—No es por eso —terció Somerset—. He pensado mucho acerca de cómo gestionar nuestro compromiso.

—¿De veras? —le preguntó con una sonrisa.

—Y creo que lo mejor sería que regresaras a Balfour —terminó diciendo.

Eliza rio al pensar que se trataba de una broma. Somerset no se rio con ella.

—Eliza, nuestro compromiso provocará un escándalo —dijo—. Eres consciente. No podemos ignorar ese hecho.

—No —convino Eliza—, pero ¿por qué significa que debería regresar a Balfour?

—Porque la vida que has llevado estas últimas semanas ya está causando habladurías —dijo Somerset con voz serena—. Por lo tanto, sería positivo que te alejaras del ojo del huracán público un poco antes de que anunciemos el compromiso.

—Lo dices como si hubiera dado brincos por la ciudad

con tan solo mis enaguas. Te aseguro que me acordaría de haberlo hecho.

—Sé razonable, Eliza —insistió Somerset sin perder la calma—. Solo intento protegerte.

—No puedo volver a Balfour.

—¿Qué son un mes o dos de quietud si a cambio vamos a disfrutar de una vida entera de felicidad? Y entonces, en verano, anunciaremos el compromiso y en otoño nos podremos casar tranquilamente.

—¿En otoño? —repitió Eliza. Estaban en abril.

—Será cuando tu luto haya terminado por completo —asintió Somerset—. ¿Cuándo pensabas que nos casaríamos?

No pensó que él iba a insistir en respetar las tradiciones en extremo, sin duda. Lady Dormer se había casado un año después de la muerte de su esposo y sí, de acuerdo, la alta sociedad lo consideraba una especie de chiste, pero...

—¿Y si...? —Eliza le agarró las manos—. Oliver, ¿y si nos casáramos ahora? Vamos a despertar sospechas independientemente del tiempo que tardemos. ¿Y si nos casáramos y nos enfrentáramos a las consecuencias ahora? Por lo menos estaríamos juntos.

Somerset negó con la cabeza.

—Sabes que no puedo. No puedo arriesgarme a hacerle daño a mi familia.

Eliza lo miró fijamente. Una década después y, por lo visto, seguían manteniendo la misma discusión. Era casi como si estuvieran leyendo el mismo guion, solo que esa vez se habían intercambiado los papeles y ella le pedía valentía en tanto él se comprometía con el deber familiar.

—¿Importaría? —le preguntó—. ¿Tan espantosas serían las consecuencias? No pueden prohibirlo, ya no pueden separarnos, no tienen el poder de hacer... nada, en realidad.

—No sería decoroso —dijo Somerset.

—¡Al cuerno con el decoro! —exclamó Eliza—. He vivido la vida entera siguiendo las normas del decoro y no deseo seguir haciéndolo.

—¡No hables de ese modo! —le espetó—. No es propio de ti. Sabes que no podemos mandar el decoro «al cuerno». Las repercusiones nos perseguirían eternamente.

—No puedo volver a Balfour —insistió mientras le apretaba las manos a él para conceder fuerza a su argumento. Podría soportar esperar hasta el otoño, podría soportar retrasar su felicidad hasta dentro de unos pocos meses, pero ¿cambiar la vida que vivía en Bath por regresar a Balfour? No, eso no podría hacerlo.

—Sí puedes —repuso él con los ojos clavados en los suyos como si la mera intensidad bastara para persuadirla—. Y debes. Pasarás allí unos meses tranquilos mientras mi hermana consigue un buen enlace para Annie, y entonces nos casaremos sin alharacas y nos retiraremos a Harefield. Siempre y cuando no alardeemos ni nos mezclemos demasiado con la sociedad, el malestar disminuirá y nuestras familias estarán a salvo.

—¿Ahora resulta que voy a vivir aislada también después de que nos casemos? —saltó Eliza, consternada.

Le soltó las manos.

—Sé razonable, Eliza —dijo Somerset, cada vez más irritado.

—Estoy siendo razonable. Todo es muy diferente de lo que había imaginado. Pensaba que nos casaríamos el mes que viene, que nos iríamos al extranjero de luna de miel, que pasaríamos la próxima temporada en Londres, disfrutando de las galerías y de los museos, visitando a nuestros amigos…

—Pero es que yo detesto la capital. —Somerset frunció el ceño—. ¿Por qué diantres íbamos a decidir pasar tiempo en Londres si no es necesario? ¿Qué tiene Londres que Harefield no te pueda proporcionar?

—¡Miles de cosas! —exclamó Eliza al instante—. Amigos, entretenimiento, bailes, arte. ¡Escoge la que quieras!

Somerset soltó una breve carcajada de incredulidad.

—Debe de ser una broma —comentó—. Sé que te gusta dibujar, Eliza, pero es imposible que sea una razón para mantenernos separados. Esta es la única manera de que podamos vivir juntos. Seguro que lo ves.

—No es que me guste dibujar —le espetó—, es que es una parte de mí. Una parte importante.

—Antes no lo era.

—Si es lo que piensas, será que no me escuchabas.

Somerset se pasó una mano por la cara.

—Sé razonable —le repitió.

—¡No intentas encontrar otra solución!

—Antes no eras tan terca —rezongó el conde.

—No, antes creías que era apocada. ¿Qué prefieres que sea? No puedo ser las dos cosas.

—Estás siendo imposible.

—Estas condiciones son imposibles —aseguró Eliza.

—¡No intento que seas infeliz! —exclamó Somerset—. Hay que hacer sacrificios.

—Pero ¿por qué siempre debo ser yo la que haga sacrificios? —le preguntó Eliza levantando las manos—. Ya me he sacrificado bastante, Oliver, y no pienso seguir haciéndolo.

—Es la única forma —dijo él con mucho énfasis— de que podamos estar juntos. Debes ser consciente.

Eliza se lo quedó mirando durante un buen rato.

—Quizá tengas razón —dijo al fin—. Quizá sea la única forma. Lo que ocurre es que no puedo aceptarla.

—Son solo seis meses —insistió Somerset.

—Son solo seis meses… y antes fueron solo diez años. Y antes de eso, la eternidad. Ya me he cansado de esperar a que empiece mi vida.

—¿Qué estás diciendo? —Somerset había palidecido—. ¿Ya no…? ¿Ya no deseas casarte conmigo? —Se le quebró la voz en medio de la pregunta.

—Me casaría contigo ahora mismo —repuso con voz bronca—. Pero así no. No puedo volver atrás.

—Serías mi esposa. ¿Acaso no merecería la pena? ¿Después de todos los años que hemos esperado los dos?

Unos pocos meses antes, Eliza habría dicho que sí al instante. Y deseaba ser capaz de decir que sí. Pero no deseaba volver a empequeñecerse de ninguna de las maneras ni en personalidad ni en deseos ni en vida. Ni siquiera por él.

Somerset pareció interpretar la respuesta en su silencio. Se levantó, se apartó de ella y se acercó al fuego con la cara entre las manos.

—No me puedo creer que quieras romperme el corazón por segunda vez —dijo al fin mientras se giraba hacia ella y negaba amargamente con la cabeza—. No me puedo creer que quieras hacerlo de nuevo.

Eliza deseaba aovillarse en el sofá, esconder la cabeza entre las rodillas y derrumbarse, pero se levantó y miró a Somerset a los ojos tan fijamente como fue capaz.

—En el pasado no pude decir que sí por el bien de mi familia —afirmó con la mayor firmeza posible. Necesitaba que él lo comprendiera—. Ahora es por mi bien.

Verbalizarlo fue como arrancarse una parte esencial de su corazón, pero apretó los dientes para contener el dolor. Era la verdad.

—Y supongo que no tendrá nada que ver con Melville —dedujo Somerset con perspicacia.

Eliza se lo quedó observando.

—Hace seis semanas estabas dispuesta a decirme que sí. ¿Ha sido él quien te ha hecho cambiar de opinión? —quiso saber—. ¿Lo amas?

—No he cambiado de opinión por él —respondió en voz baja—. Debes creerme.

Somerset soltó una carcajada burlona. No fue un sonido agradable de oír.

—No me puedo creer que te haya engañado hasta este punto. Ojalá supieras…

—Lo sé todo —le aseguró Eliza—. Y no es el villano que tú pretendes hacerme creer.

Alguien llamó a la puerta y los interrumpió.

—Milady —dijo Perkins pasando la mirada entre Eliza y Somerset—. Tiene visita en la planta de abajo. ¿Le digo que está ocupada?

—¿A estas horas? —intervino Somerset con ira—. ¿Quién diablos…?

—Lord Melville, señor —respondió el mayordomo.

—Ay, Dios —jadeó Eliza. Era lo único que conseguiría empeorar aquella situación.

—Justo lo que necesitábamos —gruñó Somerset.

—Dígale que se marche, Perkins —le indicó Eliza a toda prisa—. Dígaselo ahora.

—Ay, querida —exclamó la voz de Melville, que apareció junto a Perkins en el umbral de la puerta. No se había cambiado las ropas caladas y embarradas—. Me temo que me he tomado la libertad… He oído las voces, en fin.

—Al parecer, tomarte libertades es algo muy propio de ti, Melville —dijo Somerset.

—Buenas noches, Somerset —respondió Melville como si el saludo de Somerset hubiera sido el más normal—. Me había parecido oír tu dulce voz. ¿Todo bien, lady Somerset?

—Ah, todo está muy bien, Melville —le espetó el conde.

Melville no pareció reparar en él, sino que se limitó a observar a Eliza, quien para su desgracia era consciente de que tenía los ojos anegados en lágrimas y la cara roja. Abrió la boca para tranquilizar a Melville, para mentir, pero no lo consiguió.

—Quizá podrías venir en otro momento —dijo Somerset con una voz que habría resultado educada de no haber sonado tan fuerte—. Lady Somerset y yo estábamos inmersos en una conversación bastante personal.

307

—Tal vez sea una a la que deba unirme. —Melville apretó los dientes—. ¿Podría traerme un poco de té, Perkins? Me calma los nervios.

—Sí, milord —asintió el mayordomo mientras se retiraba lentamente. No cerró la puerta tras de sí.

—Melville, creo que no me has entendido. Te estaba pidiendo de forma educada que te marcharas.

—Sí, lo he entendido. Verás, yo me estaba negando de forma educada. Me quedaré aquí hasta que lady Somerset me pida lo contrario.

El conde se echó a reír.

—¿Tú pretendes protegerla? ¿Tú? —le espetó.

—¡Somerset! —protestó Eliza—. Melville no merece un tono tan grosero.

—Si supieras lo que acabo de descubrir sobre él, pensarías distinto —terció Somerset. Acto seguido, miró directamente a Melville—. ¿Y bien?

—¿Qué es lo que quieres, Somerset? —quiso saber Melville alzando la voz y desprendiéndose un poco de su irreverente tranquilidad.

—¿Vas a fingir que no sé a qué me refiero?

—No me cabe ninguna duda de que lo adivinaría si me pusieras a prueba de nuevo.

—Deja a un lado las bromas —le espetó Somerset—. No creo que ella sea un público entregado cuando se entere de lo que he descubierto.

La boca de Melville se cerró de pronto. En aquella ocasión no disponía de una réplica ingeniosa.

—¡Ojalá dejarais de hablar con circunloquios! —gritó Eliza—. ¿Me vas a decir lo que deseas decirme?

—¿Se lo cuentas tú o lo hago yo? —le preguntó Somerset con una espantosa educación.

—Milady. —Melville dio un paso hacia Eliza y levantó las manos—. Tengo algo que contarte, algo que debería haberte contado hace tiempo, pero debes saber que no es algo que vaya a cambiar nada entre nosotros. Sigo sintiendo…

Miró de soslayo a Somerset como si de pronto lo enfureciera que se hallase en la estancia con ellos.

—He venido esta noche… a decirte lo que siento y a aclararlo todo —añadió, y había un extraño matiz de urgencia en su voz—. Juro que esa ha sido mi intención.

—¿Qué diablos ocurre? —preguntó Eliza. Había deducido que Somerset pretendía informarla de la aventura de lady Paulet, pero Melville, que ya le había referido lo sucedido, no debería estar inquieto. De hecho, nunca lo había visto tan nervioso.

—Date prisa, Melville —lo urgió Somerset con impaciencia.

Melville respiró hondo y tragó saliva con dificultad. Al parecer era la primera vez en toda su vida que se quedaba sin palabras.

—Ya he tenido suficiente —saltó Somerset impaciente—. Eliza, mi hermana envió a Melville a Bath. Lo contrató para enredarte en un escándalo. Para provocar tu ruina.

26

Cuando Eliza tenía nueve años, su abuelo le enseñó la forma adecuada de cortar una pluma. En cuanto intentó imitar los movimientos expertos de él, el cuchillo le resbaló y le hizo un corte en la palma de la mano. Fue una herida profunda, un rabioso tajo de un rojo más intenso que ningún pigmento que hubiese visto hasta la fecha, pero, aunque Eliza había comprendido de inmediato lo que había ocurrido y había percibido de inmediato que iba a sentir un dolor atroz, su corazón había dado diez buenos latidos antes de que sintiese en realidad ese dolor.

Tras oír la afirmación de Somerset, en aquel momento fue igual.

«Esto me va a doler», pensó Eliza, si bien en ese instante no sentía más que sorpresa.

—¿Perdón? —dijo con gran educación.

—Eliza —terció Melville—, no es exactamente así...

—Para ti sigue siendo lady Somerset, Melville —le espetó Somerset.

—¿Perdón? —preguntó Eliza de nuevo a los dos.

—Cuando lord y lady Selwyn vinieron a Bath en febrero —tomó la palabra Somerset, sin dejar de fulminar a Melville con la mirada—, urdieron un plan horrible para incitarte a actuar con suficiente descaro como para obligarme a arrebatarte la fortuna. Consideraron probable que fueras a caer en las redes de un coqueteo inadecuado y que yo reaccionaría de forma contundente dada nuestra historia, y Melville estaba lo bastante desesperado como para ayudarlos.

Eliza notó cómo se balanceaba ligeramente. Miró hacia Melville.

—¿Es verdad? —le preguntó—. ¿Tú... te presentaste voluntario?

—No. —Melville negó con la cabeza con insistencia—. No fue... No fue así. Me visitaron para ofrecerse a ser mis mecenas y... cerramos un acuerdo, sí, pero yo no sabía nada de la cláusula moral, te lo juro. Lo único que me dijeron era que debía alejar tus sentimientos de Somerset y cortejarte públicamente... Y no me lo pensé dos veces porque no era una propuesta en absoluto espantosa. Lo habría hecho de todos modos.

—¿Cuándo fue? —quiso saber Eliza. Desconocía por qué le resultaba importante, por qué aquel detalle revestía importancia, pero necesitaba saberlo—. ¿Cuándo te visitaron?

—La noche de tu cena —respondió Melville a regañadientes—. Me mandaron una nota en cuanto terminó... Seguía siendo temprano. Quedé con Selwyn para tomar una copa.

—Ese domingo estabas de muy buen humor —recordó Eliza con un desagradable presentimiento en el pecho—. Y... fue cuando empezaste a escribir de nuevo. Así que... no fue mi influencia la que motivó ese cambio. Fue la suya.

—¿Acaso no pueden ser las dos? —dijo Melville mientras levantaba los brazos un poco como si deseara tocarla... Pero al poco los bajó.

—A partir de ese momento, todo fue un engaño —reflexionó Eliza.

—No, no, te lo juro... Mi objetivo tal vez fuera complejo al principio, pero todo lo que te dije, todo lo que hablamos, sucedió porque lo quise. Fui yo en todo momento.

—A mí también me ha costado creerlo, milady —dijo Somerset con odio en los ojos al dirigirlos hacia Melville—. Hasta que mi hermana me enseñó las cartas que se intercambiaron, no pensé que él fuera a hacer gala de un comportamiento tan bajo.

Somerset había visto las pruebas, pues. No había que tomar por cierta solo la palabra de lady Selwyn. Había pruebas.

Melville no dejaba de observar a Eliza.

—Fui yo en todo momento —susurró de nuevo.

—Debería haber sabido que no podía esperar nada más de un hombre que no ha trabajado ni un solo día en su vida —prosiguió Somerset.

—Por el amor de Dios, tú serviste en la Marina, ya lo sabemos —dijo Melville rompiendo su silencio mientras fulminaba al conde con la mirada—. Si deseas que te den una palmada en la espalda, limítate a pedirla, pero ¡no es necesario que se lo recuerdes constantemente a todo el mundo!

Somerset dio un paso adelante con los puños apretados. Melville no se movió.

—Ah, ¿vas a golpearme? —le preguntó—. ¿Y qué crees que conseguirás con eso?

—Creo que conseguiré sentirme mejor —masculló Somerset entre dientes.

Estaban ya cara a cara. Eliza los contempló como si estuviese viéndolos desde una gran distancia. Una vez más, como si ella no se encontrase allí.

—Todo este tiempo —se oyó Eliza decir—, todo este tiempo ¿has estado trabajando para los Selwyn?

Melville se apartó de la mirada que le estaba sosteniendo a Somerset.

—¡No! —exclamó. Hizo amago de acercarse a ella, pero la mano de Somerset le barrió el paso. La apartó de un manotazo, aunque permaneció donde estaba—. No. Puse fin al acuerdo tan pronto como me contaste la existencia de la cláusula moral.

Miró de nuevo hacia Somerset.

—Lady Selwyn debe de habértelo dicho, ¿verdad? —insistió—. ¿Te ha dicho que puse fin al acuerdo?

—No es lo que me ha comentado a mí —afirmó Somerset.

—Mientes. —Melville negó con la cabeza—. Mentís los dos.

—¿Quién más lo sabía? —preguntó Eliza—. ¿Caroline?

Visualizó a los dos hermanos apiñados riéndose de ella.

—No. Caroline no lo sabe.

—¿Y por eso insististe tanto en que pintara tu retrato?

—La primera vez que te lo pedí fue antes de que hablara con Selwyn —le aseguró Melville.

—Pero después…

Melville vaciló. Su titubeo trazó una repugnante línea negra encima de todos los recuerdos felices de Eliza, de su mirada, de su respeto, de las sesiones de pintura, que ahora aparecían manchados de forma definitiva por aquella nueva y espantosa perspectiva. En aquel momento se sintió más pequeña que nunca. Lo había interpretado todo mal desde el principio. «Qué estúpida eres —oyó susurrar al viejo conde en su cabeza—. Qué estúpida eres».

—Cada vez que te ofrecías a acompañarme —rememoró Eliza con creciente temor—, cada vez que me elogiabas, me adulabas o me retabas a ser más temeraria…

—Parece mucho peor de lo que fue en realidad —se defendió Melville—. Mi propósito no era tan censurable; quería conocerte, pasar tiempo contigo. De verdad.

Eliza sacudía la cabeza como si quisiera sacarse el agua de los oídos. Su mente daba vueltas a todas y cada una de las interacciones que habían entablado: su amistad, su coqueteo, su aliento, una y otra vez, para poner al límite las restricciones de su luto. Las pistas habían estado allí en todo momento. Nada de aquello había sido real.

—Qué estúpida he sido —susurró—. Nunca te importé lo más mínimo.

El dolor llegó entonces. Le recorrió todo el cuerpo, palpitando acompasado con los latidos de su corazón, y con él se presentó una rabia ardiente que nunca había experimentado.

—Sí —dijo Melville, desesperado—. Es que...

—En cuanto me enteré —interrumpió Somerset a Melville—, supe que debía contártelo. Por eso he regresado antes.

—Cómo te atreves... —empezó a decir Eliza. Somerset asintió con una sonrisa mirando a Melville—. No, ¡cómo te atreves tú! —Señaló a Somerset con un dedo—. Cómo te atreves a sentarte aquí y a soltarme un sermón sobre el decoro cuando tu propia hermana ha actuado con tanta maldad. ¡Cómo te atreves! Si se lo contase yo a la gente, si difundiese lo que han urdido, ¡no sería yo la que recibiría un castigo!

—¡No se lo puedes contar a nadie! —saltó Somerset al instante—. Eliza, no puedes. El deshonor...

—Por supuesto que puedo —lo amenazó Eliza—. Y no sería menos de lo que todos os merecéis.

—¡Yo no soy el villano aquí! —gritó Somerset—. Recordemos que fue él quien...

—Me trae sin cuidado —lo cortó Eliza dando golpes en el suelo con los pies por la rabia—. ¡Los dos me habéis engañado!

Con cada palabra que pronunciaba, su volumen fue ascendiendo.

—No grites, Eliza —le espetó Somerset—. Los criados...

—Tiene derecho a gritar, Somerset, ¡mentecato! —le dijo Melville con furia.

—¡Marchaos! ¡Los dos! —chilló Eliza.

Somerset y Melville se la quedaron mirando, impávidos.

—Marchaos —repitió de pronto en voz baja y rota—. No soporto seguir mirándoos a la cara.

El tintineo de la vajilla los llevó a mirar hacia la puerta, donde se encontraba Perkins.

—Caballeros —anunció con más autoridad de la que Eliza habría considerado posible en un hombre con una bandeja de té—, ¿me permiten que los acompañe hasta la puerta?

—No será necesario, Perkins —respondió Somerset. Empezó a caminar hacia el pasillo.

—Si me llega el más mínimo indicio de que se va a utilizar la cláusula moral contra mí —le dijo Eliza con un veneno en la voz que nunca había experimentado—, le contaré a todo el mundo lo que pretendían hacer los Selwyn. Te prometo que lo haré.

Somerset se giró hacia ella. En la mirada que se sostuvieron no había ni un ápice de afecto. Finalmente, el conde asintió y se marchó de la estancia.

—Milord —dijo Perkins con dureza. Melville no se había movido. Seguía allí en pie, mirando a Eliza como si sujetase todo el mundo con las manos.

—No debería haber aceptado. Pero me mintieron, no me con-contaron…

Había empezado a tartamudear. Eliza nunca lo había visto tan afligido.

—Oíste todas mis confidencias —lo reprendió Eliza—. Me animaste a liberarme. Me halagaste y coqueteaste conmigo y me alimentaste con sinsentidos acerca de mi valía… Y con la intención de dejarme sola ante el peligro.

Melville se puso una mano en la frente.

—Lo siento —jadeó—. No era mi intención… No eran sinsentidos, ¡debes creerme!

—No te creo. —Eliza negó lentamente con la cabeza.

Melville cerró los ojos con fuerza como si así quisiera protegerse.

—No sé cómo puedo… arreglarlo —murmuró—. He venido para…

—Vete, por favor —susurró Eliza.

Melville se la quedó mirando.

—Te quiero —le confesó.

Fue un golpe brutal para Eliza. Las lágrimas comenzaron a fluir sin reparos por sus mejillas, y se sujetó los codos con las manos como si de lo contrario fuese a hundirse en la nada más absoluta.

—No te creo —dijo. Le temblaba la barbilla.

Melville asintió en silencio y levantó la vista hacia el techo como si él también intentara contener las lágrimas.

Y al final se marchó.

27

Eliza estuvo una semana entera sin salir de Camden Place. Haber salido habría implicado colocarse una coraza socialmente aceptable, y Eliza... había recibido una herida profunda. No era de la clase que se podía ocultar en una conversación trivial. De ahí que Camden Place se erigiera en su refugio, como había sido desde el preciso instante en que llegaron a Bath, y entre sus cuatro paredes Eliza se derrumbó como nunca antes.

La pérdida tanto de Melville como de Somerset en una sola noche, en un solo encuentro, resultaba insondable, y al principio Eliza no pudo analizar qué dolor le despertaba qué pérdida. Lloraba por haberlos perdido a ambos, por la vida que había creído que tendría con Somerset, por los meses de alegría que creía haber vivido con Melville, por el amor al que había renunciado y por el amor que en ningún momento había sido real.

—Ha sido todo una mentira, Margaret —le susurró a su prima aquella primera noche—. Ha sido todo una mentira.

Estaban tumbadas en la cama de Eliza, y Margaret le acariciaba el pelo. No le había preguntado si deseaba compañía; desde el segundo en que la había encontrado, desplomada en el suelo del salón, no la había dejado sola.

—Lo siento mucho —respondió Margaret mientras le recogía con suavidad las lágrimas de la mejilla—. Lo siento mucho, cariño.

Eliza se aferró a la mano de Margaret y se quedó dormida con la vana esperanza de que la sostuviera, y al despertarse a la mañana siguiente, tan temprano que el cielo tan solo empezaba a iluminarse, los dedos de ambas seguían entrelazados. Eliza se quedó observando el techo conforme rompía el alba, sin mover ni un solo músculo del cuerpo.

¿Quién era, se preguntó, si la persona en la que se había convertido se había asentado encima de falsedades? ¿En quién la habían transformado? Haberse negado a hacerse pequeña por Somerset le resultaba ligeramente ridículo, pues jamás se había sentido tan pequeña como en aquel momento. Más pequeña que la recatada señorita Balfour de la que él se había enamorado, más pequeña incluso que la débil condesa que era antes de que Melville la hubiera desempolvado y la hubiese ayudado a brillar de nuevo.

En realidad, no era una artista, pues ¿cómo podía saber si tenía algún talento? Quizá era tan pretenciosa como el señor Berwick, sin dejar de cometer errores y sin saber que la gente se reía a sus espaldas. Si algún día se había considerado deseada por haber tenido a dos caballeros que se peleaban por ella, ¿qué era ahora que no tenía a ninguno de los dos?

El techo no le ofrecía ninguna respuesta, pero Eliza siguió contemplándolo.

—¿Bajamos a desayunar? —le susurró Margaret cuando se despertó. Eliza no sabía si habían transcurrido segundos, minutos o tal vez horas.

—No, gracias —respondió educada. Iba a quedarse en la cama un poco más, pensó. Quizá fuera su hogar para siempre.

El cielo se volvió amarillo, rosa, morado y azul gracias al sol conforme avanzaba el día. Margaret regresaba cada poco con té o pastel de limón o una revista que podría gustarle.

Eliza se esforzó por sorber, mordisquear y hojear, obediente, puesto que no era culpa de Margaret que las cosas hubieran salido tan rematadamente mal. Además, su prima no debería estar obligada a cuidar de ella de esa forma en los últimos pocos días de libertad de que gozaría. Pero Eliza tampoco era capaz de cuidar de sí misma, o más bien sí que lo era y ya no le importaba lo más mínimo. Tan solo se creía incapaz de sentir nada que no fuese dolor, y ninguna parte de su ser estaba preparada para intentarlo.

Margaret tardó otros dos días en perder la paciencia con la depresión de Eliza. En el cuarto día sacó a rastras a Eliza de la cama, le puso un vestido holgado y la llevó hasta el salón.

—¡Puede que me resultase más fácil con el bebé de Lavinia! —observó Margaret con aspereza para hacerla sonreír, pero Eliza tan solo la fulminó con la mirada.

Tanto Melville como Somerset habían ocupado aquella estancia, frecuente y recientemente. No había ningún lugar en el que Eliza pudiese clavar la vista que no le recordase a alguno de los dos, y sintió una ardiente oleada de rabia por que hubiesen conseguido violar el refugio que Margaret y ella se habían construido allí. El dolor por fin había dado paso, durante unos segundos, a la furia. Ese día Eliza solo pudo pasarse una hora en la planta inferior antes de que la fatiga la sobreviniese y tuviera que retirarse, una vez más, a su dormitorio, donde ordenó que cerraran los postigos y apagaran el fuego a fin de que estuviese a oscuras para intentar conciliar un sueño que le era esquivo.

El quinto día, Eliza pudo estar en la planta inferior varias horas, y la punzada de orgullo que sintió ante tamaña proeza era absurda. La pena la había convertido en la mujer inválida que había fingido ser tiempo atrás; ciertamente jamás había estado tan dispuesta como entonces a vestirse de negro y entrar en un convento. Cualquiera de los dos episodios de desamor habría podido acabar con ella. Dos, los dos, parecían excesivos, la verdad.

La puerta se abrió y Perkins entró llevando una bandeja.

—Quizá podríamos encender el fuego, Perkins —propuso Margaret.

—Ahora mismo le pido a Polly que suba —asintió el mayordomo. Tras una breve pausa, añadió—: Tiene visita abajo.

—Si es lord Melville, dígale que se marche —musitó Eliza.

Aquella semana, Melville había visitado Camden Place a diario, y Eliza se había negado a recibirlo en cada ocasión.

—No es lord Melville, milady, sino lady Caroline —anunció Perkins con calma.

La negativa estaba ya en la punta de su lengua, pero Margaret, sentada delante de ella, no pudo ocultar el deseo que irradiaban sus ojos. Eliza respiró hondo.

—Yo no me quedaré —dijo—, pero pídale que suba, Perkins.

—¿Estás segura? —empezó a decir Margaret.

—Sí —respondió Eliza, pero no supo si era cierto.

Ni siquiera se molestó en peinarse y, cuando Caroline apareció por la puerta, deslumbrante como siempre con un vestido de seda de color amarillo, adornado en el escote con una filigrana de encaje dorado, sintió una oleada de ruin irritación hacia ella.

—Buenos días, Eliza, Margaret —las saludó escuetamente—. Menudo desastre ha creado mi hermano.

No iban a abordar el problema indirectamente, pues.

—Supongo que tendrás muchas preguntas —añadió mirando a Eliza a los ojos.

—No —negó la aludida—. No, no tengo ninguna.

De haber querido alguna otra explicación, habría aceptado la visita de Melville. No la quería. ¿Qué iba a decirle que fuese a cambiar los hechos? ¿Y qué podría decirle Caroline que lograra hacer que se sintiera mejor? Nada. Eliza se levantó. Vio que no podía seguir mirando a Caroline. Por libre de culpa que estuviese, le recordaba demasiado a Melville y era insoportable.

—Me temo que no puedo quedarme, lady Caroline... ¿Te importa si te dejo con Margaret?

—Por supuesto —respondió Caroline—. Pero espera.

Extrajo una carta del bolso y se la tendió a Eliza. Esta no la aceptó.

—¿Qué es? —preguntó con precaución.

—Es de la Academia Real. Han aceptado tu retrato. Felicidades.

Eliza se quedó mirando el sobre. Qué extraño. Una semana antes la noticia la habría emocionado. Se habría alegrado más de lo que imaginarse cabe. Melville también se habría alegrado, le habría asegurado que había sabido desde el principio que era capaz de hacerlo y que aquella era la prueba. ¿Le habría mentido? ¿El engaño lo habría llevado incluso a compartir la celebración de Eliza?

La mirada de Eliza por fin abandonó el sobre que sujetaba Caroline. Veinte años deseando un éxito similar y... resultaba otra cosa más que habían desprovisto de alegría. Eliza se obligó a avanzar y se encaminó hacia la puerta sin añadir nada más. La cerró con fuerza tras de sí, pero al hacerlo se le oscureció la visión en los extremos; habían pasado demasiados días desde la última vez que hizo un esfuerzo, y se había levantado demasiado rápido. Tendió un brazo hacia la pared, recuperó el equilibrio recostada unos instantes y respiró hondo.

—¿Tú lo sabías? —oyó que Margaret decía al otro lado de la puerta.

—¡Por supuesto que no! —exclamó Caroline—. Yo jamás lo habría aceptado, y por eso precisamente supongo que es por lo que Melville lo guardó en secreto. Si le dejase que se lo explicara...

—¿Qué hay que explicar? —la cortó Margaret—. Lo sabemos todos. Melville tenía una aventura con lady Paulet, Paulet lo descubrió y Melville pasaba por suficientes apuros económicos como para precisar a un nuevo mecenas. Tal vez explique el motivo de Melville, pero no justifica sus acciones.

Su voz indignada se oía un tanto amortiguada por la puerta cerrada, pero era audible desde el lugar en el que Eliza estaba apoyada. Tras recuperar la visión, se irguió y se dispuso a ir hacia las escaleras, pero entonces...

—No fue Melville quien tuvo una aventura con lady Paulet —terció Caroline—. Fui yo.

Oh. ¡Oh!

—Entonces, ¿por qué todo el mundo cree...? —empezó Margaret.

—No podíamos contar la verdad sin más, ¿verdad que no? —le espetó Caroline como si Margaret fuera estúpida—. Nos pareció mejor dejar que Paulet asumiera que el amante era Melville, pero no predecimos su rabia. Cualquier editor debería hacer frente a una gran inversión para enfrentarse a él. De ahí el acuerdo con los Selwyn...

—¿La sigues amando? —la interrumpió Margaret—. A lady Paulet, quiero decir.

Aquella conversación no era para Eliza. Se apartó a toda prisa de la puerta y se encaminó hacia las escaleras. Iba a empezar a subirlas cuando vio a una de las criadas, a Polly, ascendiendo desde la planta baja para dirigirse hacia el salón.

—Polly —susurró Eliza—. ¿Qué estás...?

—Perkins me ha indicado que encienda el fuego, milady —contestó Polly, un tanto desconcertada por haber hallado a su señora en las escaleras de esa forma.

—Hace tiempo... —Les llegó la voz de Caroline desde la estancia. Aunque había bajado el tono más todavía, sus palabras seguían siendo perceptibles.

—No es necesario —le siseó Eliza a la muchacha—. Ahora no.

Obediente, Polly dio media vuelta. Eliza observó las escaleras de arriba abajo, con más energía de la que había sentido en los últimos días. ¿Cuán probable era que otro miembro del servicio debiese ir hasta el salón a entregar refrigerios o a llevar a cabo cualquier otro encargo? Las voces de lady Caroline y Margaret eran lo bastante altas como para que las oyese alguien que no se encontraba junto a la puerta, y Eliza confiaba en que sus criados no eran unos entrometidos, pero ¿bastaba esa confianza para arriesgarse a que lo descubrieran?

No. Eliza se colocó frente a la puerta para montar guardia.

—Hace tiempo —empezaba de nuevo lady Caroline. Eliza intentó no escuchar, pero…—. Cuando pensaba que la querría eternamente. Pero fue antes de conocerte a ti.

Eliza oyó el quedo sollozo de Margaret y sintió un nudo agridulce en el corazón.

—¿Tú también? —susurró Margaret con voz temblorosa.

—Por supuesto que yo también —le aseguró Caroline con una impaciencia que era tan propia de ella que Eliza sonrió aun sin querer—. He estado esperando…

Pero Eliza no sabría nunca qué era lo que Caroline había estado esperando, pues no oyó nada más —aunque se lo podía imaginar—, y Caroline se detuvo de pronto a mitad de la frase. Desde el pie de las escaleras, el criado Staves cruzaba el pasillo y, justo cuando Eliza iba a echarlo de allí, el lacayo se dirigió hacia la cocina.

El silencio que se había adueñado del salón duró uno, dos, tres segundos más.

—Me voy a París la semana que viene —murmuró Caroline.

—¿A París?

—He terminado mi novela. Tengo la esperanza de que la

publiquen este año. Ir a París ha sido mi intención desde el principio.

—Sí, por supuesto… —dijo Margaret como si le hubieran arrebatado todo el aire—. Quizá cuando regreses…

—Ven conmigo —le pidió Caroline con tono apremiante—. Podrás practicar tu francés como es debido y ver París, y si nos aburrimos podemos ir a Bruselas, a Frankfurt o adonde queramos.

Eliza se llevó una mano hasta los labios. En silencio, pero con toda la fuerza de que era capaz, deseó que Margaret dijera que sí. Que lograse el futuro que Eliza había sido incapaz de alcanzar.

—No puedo —dijo Margaret—. Mi familia…

—¿Rechazarías la posibilidad de ser feliz, de estar conmigo, por una familia a la que no soportas? —le preguntó Caroline con incredulidad.

Eliza asintió secretamente.

—Nunca me lo perdonarían —contestó Margaret—. Y no tendría a nadie a quien recurrir si tú y yo…

—Tendrías a Eliza, ¿no es así?

«Sí —pensó Eliza con fervor—, me tendría a mí».

—No es solo eso. ¿Cómo iba a…? ¿Cómo íbamos a…?

De repente hablaba como una muchacha y empezó a balbucear.

Caroline suspiró y suavizó la voz.

—A nuestros amigos, a la gente en la que confiamos, podríamos decirles la verdad. Para el resto tan solo seríamos muy muy buenas amigas.

—¿Y la sociedad nos aceptaría?

—Seríamos discretas, por supuesto, pero París es mucho más liberal que Londres.

—¿Lo bastante discretas como para evitar rumores? —preguntó Margaret—. ¿Como para impedir que incluso los criados lo sepan?

—Pondría la mano en el fuego por mi servicio —le aseguró Caroline con un débil matiz de reprimenda en la voz—. Siempre habrá quienes no nos reciban si sospechan algo, pero no pensaba que te importase tanto la opinión de los demás.

—No me importa —protestó Margaret en voz baja—. Es que hay tanto que tener en cuenta...

—Quiero enseñarte muchas cosas. Margaret, ven conmigo.

Eliza se imaginó que Caroline le estaba sujetando las manos a su prima, como ella había hecho con Somerset, como Melville había intentado hacer con ella. Cerró los ojos con fuerza para expulsar aquellos recuerdos.

«Di que sí, Margaret».

—No lo sé —contestó Margaret con una vocecilla—. Debo..., debo pensármelo. ¿Podrías retrasar tu partida, aunque sea un poco?

Se instaló un silencio entre ambas tan largo que una parte de Eliza se preguntó si alguien llegaría a romperlo.

—Me he pasado mucho tiempo esperando —dijo Caroline. De pronto parecía muy cansada—. Juré no volver a hacerlo.

—Debes comprender mis inquietudes —le pidió Margaret—. Dime que me entiendes.

—Sí que te entiendo, pero no me puedo quedar. No puedo esperar.

—¿Ni siquiera un poco? ¿Ni siquiera por mí?

—Te quiero, Margaret. —En la voz de Caroline había un matiz que sugería que estaba llorando—. Pero por una vez..., por una vez me gustaría que me eligiesen a mí primero.

—Pero...

Una pausa larga, ¿un beso?

—Espero que volvamos a vernos —dijo Caroline.

—No... ¡No te vayas!

—Debo irme.

Al oír los pasos que avanzaban por los tablones de madera del suelo, Eliza salió corriendo de la puerta y subió las escaleras, desde donde vio cómo Caroline abandonaba la estancia, se detenía junto a la puerta para respirar hondo y, a continuación, se marchaba.

Eliza bajó las escaleras lentamente con fuertes pisadas. En la sala, Margaret estaba sentada en el sofá con los ojos secos pero el rostro pálido.

—¿Estás…? —empezó a preguntarle Eliza sin saber cómo formularlo del todo, pero su prima negó con la cabeza.

—Estoy bien —dijo. Hablaba con voz muy aguda—. Estoy bien.

—De acuerdo —asintió Eliza. Se sentó a su lado.

—Estoy bien.

—No pasaría nada si no estuvieras bien —murmuró Eliza muy bajito.

—No ha querido esperarme —dijo Margaret con tono constreñido.

—No puede permanecer aquí si va a publicar de nuevo. Le harían la vida muy difícil.

—Lo sé —terció Margaret. Le temblaba la barbilla—. Es que… Es que pensaba que yo sería más valiente.

Era posible que en los últimos días Eliza no hubiera sabido quién era, si había sido un acierto rechazar a Somerset o si su amor por Melville había sido real en algún punto. Sin embargo, antes que todo eso había sido una amiga. Eso sí que no lo había perdido. Se inclinó hacia delante para rodear a Margaret con los brazos y esta, a quien Eliza no había visto llorar desde que tenía diez años, comenzó a sollozar y enterró la cara en el hombro de su prima.

—Ya no quiero seguir viviendo en Bath —murmuró sobre el vestido de Eliza—. No puedo permanecer aquí.

—Muy bien —dijo Eliza mientras la estrechaba con fuerza.

—No puedo —repitió Margaret.

—Muy bien.

—¿Nos podemos ir? Adonde sea.

—Por supuesto —convino Eliza; en ese momento habría aceptado cualquier cosa que le hubiese pedido Margaret—. Por supuesto, pensaré en algo...

Su vista reparó en el sobre que lady Caroline había dejado encima de la mesa, la carta de la Academia Real.

—Quizá... ¿a Londres?

Balfour House, Kent, 10 de abril de 1819

Eliza:

Lavinia acaba de tener a su bebé, así que suponemos que reclamará la presencia de Margaret de inmediato. Como tu primer año de luto ya ha terminado, ¿serías tan amable de informar a tu madre de la fecha en que pensáis regresar a Balfour? Es evidente que ya debes de haber bebido suficiente agua curativa... Espero que no te conviertas en una de esas mujeres enfermizas que eternamente experimentan males y dolencias. ¡Hay que seguir adelante, Eliza!

Tu MADRE

28

$\mathcal{E}$liza y Margaret viajaron a Londres con una silla de posta de alquiler, solamente acompañadas de sus doncellas. Perkins y el resto del servicio permanecerían en Bath para darles la bienvenida a casa cuando regresaran, aunque Eliza no tenía idea de cuándo sucedería tal cosa. Cuando uno sale huyendo, no desea pensar en cuestiones como el trayecto de vuelta.

Cuando Margaret y ella se mudaron a Bath, estaba tan nerviosa como exultante, pues se hallaba, a partes iguales, emocionada y asustada. Esa vez hubo una suerte de determinación desenfrenada en el modo en que le indicó al cochero que recorriera las mil millas de trayecto hasta Londres lo más rápido posible. Asistir a la inauguración de la Exposición de Verano, que tendría lugar al cabo de dos semanas, y ver con sus propios ojos su retrato allí expuesto no era en absoluto el motivo más importante de su partida. Resultaba mucho más apremiante la necesidad de distraerse las dos tanto como para intentar sobrellevar la congoja que les hería el corazón.

Cuando Londres se alzó en el horizonte ante ellas, Eliza estuvo más segura que nunca de que había tomado la decisión correcta. En la serena elegancia de Bath, una no podía sino cavilar sin cesar, pero en la insistente grandiosidad de Londres, el hermano más ruidoso y sucio y exigente de Bath, una no podía sino verse distraída por cualquier cosa.

La silla de posta las llevó directamente a Russell Square, donde fueron recibidas con gran entusiasmo por la mismísima lady Hurley en persona.

—¡Es maravilloso veros a las dos! —canturreó con las manos extendidas—. Hobbe, ¡coge sus maletas de una vez!

Eliza le había mandado una carta a lady Hurley en cuanto Margaret hubo aceptado, entre lágrimas, su plan, y en la respuesta lady Hurley las había invitado sin reparos a quedarse en la casa que había alquilado para la temporada. Ella no era la única persona a la que conocía Eliza en Londres ni la más rica —la casa, si bien espaciosa y elegante, se encontraba en Russell Square, una zona menos ostentosa que las más modernas de Grosvenor o Berkeley—, pero era la única cuya relación a Eliza le apetecía retomar en ese momento.

—Sería desastroso que tuvierais tiempo de pensar —les aseguró lady Hurley mientras les daba una palmada en la mano; sin que le hubieran referido ni una palabra de lo ocurrido, la mujer parecía haber deducido con precisión cuanto había sucedido en Bath—. ¡Vayamos al teatro!

Y aunque todos los huesos del cuerpo de Eliza eran presos del cansancio, aceptó sin dudar; pensar sería catastrófico, en efecto. El palco de lady Hurley en el Teatro Real estaba bien situado para observar tanto el escenario como a los asistentes, lo cual era igual de importante, pues ni siquiera *La ópera del mendigo* iba a retener la impaciente atención de Eliza durante demasiado tiempo.

—Anoche vimos al duque de Belmond —les confesó lady Hurley a Eliza y a Margaret mientras se colocaba el binóculo y empezaba a recorrer los palcos con la mirada—. Acompañado de una mujer que, debo añadir, claramente no era su esposa.

—No es del todo adecuado —dijo el señor Fletcher con petulante deleite. El señor Fletcher, que ocupaba una casa de Duke Street durante la temporada, aparecía con la misma frecuencia colgado del brazo de lady Hurley en Londres como en Bath.

En tanto Eliza contemplaba el interior adornado del palco, reparó en el destello de otros binoculares que se giraban en dirección al lugar en el que se hallaban.

—¿Por qué nos miran? —le preguntó a lady Hurley.

Lady Hurley bajó los binoculares y observó a Eliza como si fuera corta de entenderas.

—Mi querida lady Somerset —dijo con tono divertido—, eres una joven viuda de gran fortuna que no suele venir a Londres. ¿Creías que podías unirte a la temporada sin causar revuelo?

Aquellas palabras se parecían tanto a unas que Melville le había referido no hacía demasiadas semanas que Eliza tuvo que llevarse una mano al pecho para suavizar el dolor que sentía antes de responder.

En las dos semanas que iban a pasar en Londres hasta que se inaugurara la Exposición de Verano, resultó que en aquella cuestión lady Hurley y Melville estaban en lo cierto. La última vez que Eliza había vivido la temporada en Londres, siendo la señorita Balfour, nadie se había fijado demasiado en ella a consecuencia de la indudable fuerza de voluntad de su madre. En esta ocasión, sin embargo, era la viuda lady Somerset, una mujer muy rica, y ni siquiera el luto a medias impedía que la alta sociedad se percatara de su presencia. A la mañana siguiente recibió numerosas invitaciones, y al poco lady Hurley las llevaba de un desayuno a una visita matutina, de pícnics a paseos. Por la noche asistían al teatro, a la ópera e incluso a algunos bailes; si bien Eliza todavía no podía bailar, sin duda bien podía observar, sin duda podía conversar y, como sucedió, podía coquetear.

Por más que Melville no le hubiese dado grandes motivos a Eliza para creer en la sinceridad de los hombres, sí que la había convertido en una mujer que sabía coquetear. Y en cuanto hubo dejado atrás la incredulidad ante la cantidad de caballeros desconocidos que se acercaban a saludarla, la abrumadora necesidad de Eliza de mantener la mente ocupada la llevó a participar en tantos coqueteos como pudo.

—Casi siento lástima por los pobres corderitos —dijo lady Hurley tras chasquear la lengua cuando algunos de dichos corderitos abandonaron de mala gana su palco en su segunda visita al teatro, en el momento en que la campana indicó el final del entreacto—. La competición es espantosamente feroz.

—Yo no siento la más mínima lástima por ellos —aseguró Margaret—. Desde que nacen, la sociedad los elogia sin medida, los mima sin medida y los sobrevalora sin medida.

Margaret había empezado a recuperar una parte de su habitual aspereza.

—También me he dado cuenta de que tú cuentas con ciertos admiradores, señorita Balfour —observó lady Hurley con un brillo divertido en el ojo.

Era cierto, y, aunque Margaret les dedicaba desaires y negativas con una libertad casi despiadada, por lo menos parecía experimentar una suerte de diabólico placer en esa costumbre.

—¿Ya tienes a un caballero preferido, lady Somerset? —le preguntó lady Hurley, sin molestarse en bajar la voz cuando el telón ascendió de nuevo. Esa vez se trataba de *Los dos criados españoles*, y Eliza, tras apartar la mirada del escenario porque Melville se había deleitado con la obra cuando la interpretaron en Bath, negó con la cabeza como respuesta.

Estaba el amable señor Radley, por supuesto, que suplía con cumplidos cuanto carecía de vivacidad; el distinguido y canoso señor Pothelswaite, un divertido interlocutor con modales encantadores; el apuesto pero tedioso sir Edward Carlton. Pero ninguno de ellos, por más que fuesen divertidos o interesantes o atentos, le despertaba una fracción de los sentimientos que había albergado tanto por Melville como por Somerset. Y pese a que intentaba que Londres la distrajera, Eliza, ya estuviese tumbada en la cama o asistiendo a una ópera, seguía obsesionándose con los dos caballeros, y con uno más que con el otro.

Había escogido poner fin a su relación con Somerset. Había tomado la decisión por su cuenta, y, antes de que hubiese ocurrido cuanto pasó aquella atroz noche, le había parecido la decisión correcta. Siempre lo recordaría con pena por lo que habían perdido y por lo que habían compartido en el pasado. Y, aunque nunca dejaría de sentir cierto cariño hacia él, lo entendía. Comprendía por qué no podían estar juntos. En cuanto a Melville... Hasta el mismo momento en que Somerset le había contado la verdad, Eliza lo había deseado. Lo deseaba en ese instante, a pesar de todo. Y ninguno de los entretenimientos que le ofrecía Londres conseguía hacerle olvidar aquel hecho ni durante unos segundos.

Eliza tendría que esforzarse más. Y si las veladas muy apropiadas de diversión a las que hasta la fecha las había acompañado lady Hurley no servían a su propósito, quizá debería valorar los entretenimientos menos respetables que podría encontrar en Londres.

—No tengo palabras para darle las gracias por su hospitalidad, milady. —Eliza se inclinó para susurrárselo a lady Hurley al oído.

—No ha sido nada, hija —le respondió lady Hurley con un movimiento de la mano—. ¿Te lo has pasado bien?

—Sí —asintió Eliza—. Aunque me preguntaba..., ¿mañana podríamos ir a cenar al Royal Saloon?

Bajo la estricta supervisión de la señora Balfour, el Royal Saloon de Piccadilly había sido uno de los numerosos enclaves que Eliza había tenido prohibido visitar, pero lady Hurley era una chaperona de otro tipo. La noche siguiente disfrutaron de una fabulosa cena en uno de los reservados más públicos del Saloon, acompañadas del señor Fletcher y de una prima de lady Hurley maquillada en exceso, antes de asistir a una alborotada partida de cartas en casa de la dama, donde a Eliza y a Margaret les enseñaron los juegos que antes habían sido un misterio para ellas: el julepe, el faro y el *whist*. Al día siguiente el grupo subió a un barco de vapor hasta Margate con varios de los amigos de lady Hurley, y el día siguiente a ese pasaron una divertida tarde merodeando por una feria primaveral con sus vestidos más sencillos, mezclándose con comerciantes respetables y comerciantes menos respetables, así como atrayendo toda la atención.

Y si Eliza empezaba a provocar que más cabezas de las aconsejables se giraran hacia ella, y si Londres empezaba a rumorear lo disoluta que se había vuelto lady Somerset, y si día tras día Eliza recibía menos y menos invitaciones a eventos de la alta sociedad, le parecía un precio satisfactorio que pagar. Porque cuando reía mientras cenaba en un reservado, cuando se entretenía galanteando con un grupo de caballeros o cuando bebía demasiado ponche en la Opera House, podía fingir, durante unos maravillosos instantes, que no seguía echando de menos a un hombre al que habían pagado para que provocase su caída en desgracia.

El día previo a la inauguración de la Exposición, cuando Eliza había agotado todas esas posibilidades y más, y cuando no se le ocurría ningún otro lugar que visitar ni otro divertimento que perseguir, sugirió que asistieran a la fiesta de máscaras de los jardines Vauxhall.

Al oír la propuesta, lady Hurley hizo una pausa. La sociedad educada consideraba que las fiestas de ese tipo eran asuntos vulgares y abominables.

—Quizá no sea una idea demasiado adecuada —advirtió, pero Eliza no se dejó convencer. Cuanto más escandaloso fuese el entretenimiento, mayor sería la distracción; y cuanto mayor fuera la distracción, menos sensación tendría de que la habían abierto por la mitad.

Convencida lady Hurley, aquella noche salieron con el carruaje de la viuda. Si Eliza estaba más pálida que emocionada, en fin... Habían sido unas semanas extenuantes.

—Esta mañana he recibido una carta de Caroline —dijo Margaret de la nada.

El corazón de Eliza empezó a acelerarse.

—¿De veras? —dijo procurando no mostrar desinterés.

—Han llegado a Londres —respondió—. Se quedarán un día aquí antes de viajar hasta Dover para cruzar a Francia. Ahora Melville también tiene previsto irse a París.

—Ya veo —murmuró Eliza, como si Margaret acabara de informarle de que los sombreros vegetales volvían a estar de moda.

—Quiere verte —añadió su prima—. Quiere explicarse.

Los ojos de lady Hurley pasaron de Margaret a Eliza y viceversa.

—Eso está muy bien, pero yo no quiero verlo —afirmó Eliza con brutalidad—. Dios sabe qué mentiras habrá conseguido urdir con tanto tiempo para preparar el encuentro.

—¿No crees que sería más sencillo que hablaras con él, en lugar de intentar mantenerte ocupada para dejar de sentir lo que sientes? —le preguntó Margaret.

—No.

—Eliza...

—No, Margaret —insistió—. No.

El sonido de la música que flotaba por el aire los avisó de que se estaban aproximando a Vauxhall, y Eliza se inclinó sobre la ventanilla más por deseo de evitar hablar con Margaret que por cualquier otro motivo. Sin embargo, al observar los acres de jardines de recreo, sus caminos enrevesados iluminados por miles de lámparas doradas y los cientos de personas que iban y venían de los pabellones y de las paradas, Eliza experimentó una verdadera emoción en su interior. Se giró para mirar a Margaret, su mejor amiga en todo el mundo, y se tomó unos instantes para dar gracias por lo afortunada que era por haber nacido en la misma familia que esa criatura.

—¿Una vez más ante la brecha? —le preguntó.

Y Margaret sonrió con ojos brillantes.

—Por supuesto —asintió.

—Espléndido —terció el señor Fletcher con gran emoción.

Se pusieron las máscaras sobre el rostro y se ataron los antifaces. Debajo de sus capas de disfraz, las dos llevaban vestidos de noche: el de Margaret era de una preciosa seda azul y el de Eliza era la magnífica creación de verde bronce de madame Prevette. Mientras que dos meses antes habría sido demasiado pronto como para que Eliza llevase ese color, la máscara ocultaría su identidad, así que no importaba. Tal vez lady Somerset estuviese de medio luto todavía, pero esa noche era tan solo Eliza.

Descendieron del carruaje y al instante se adentraron en el sonido de la música y la algarabía, de voces altas y de carcajadas más estruendosas, de más acentos e idiomas que a los que estaba acostumbrada a oír Eliza. Fuera de los confines de la alta sociedad había una mezcla de clases y de nacionalidades mucho más variada de lo que solía ver ella: era un Londres que no se había desvelado hasta entonces, y resultaba fastuoso.

Primero se dirigieron a los puestos de comida para degustar una cena sencilla compuesta por tiras de carne, panecillos y tartaletas de crema, regada con vasos de vino de Burdeos, y a continuación se encaminaron hacia la glorieta para unirse a la multitud cambiante y centelleante de bailarines.

En ese momento, Eliza supo, por primera vez, por qué aquellas fiestas públicas eran consideradas muy indecentes por la alta sociedad: los modales eran mucho más relajados de lo que estaba acostumbrada. Los bailarines se gritaban sin parar ocurrencias obscenas, se cogían las manos más fuerte y más abajo de lo que permitían los salones de la alta sociedad, las faltas de respeto imaginarias provocaban altercados entre los más jóvenes y el ponche fluía libre y con desenfado. Era probable que se tratase de la noche más alegre que había vivido Eliza y, protegida por la compañía de su reducido grupo de confianza, bailó cuadrillas, cotillones y baile rural tras baile rural, riendo mientras intentaba seguir el ritmo de la música y cambiaba de pareja con desenfreno.

Cuando empezó el primer vals, desembocó en un caos casi de inmediato. Se bailaba más cerca y más deprisa de lo que había hecho Eliza nunca, y estaba tan ocupada riéndose entre los pasos que no prestó atención ni a sus propios compañeros de baile. Por una vez, los pensamientos no la avasallaban ni la alteraban, y fue tal la liberación que casi sintió cierto mareo sin reparar en los brazos que la cogían mientras bailaba por la pista, primero dando vueltas con un hombre con un antifaz negro, luego con uno rojo, luego con uno lila, hasta terminar en los brazos de una pareja más elegante que el resto. Un hombre que no solo le sujetó las manos, palma contra palma, sino que se atrevió a entrelazar los dedos con los suyos. Y cuando Eliza levantó la vista hacia aquellos ojos oscuros, detectó en el centro un diminuto punto dorado, un leve matiz que habría reconocido en cualquier parte.

29

Al ver los ojos de Melville, la sonrisa desapareció de la cara de Eliza, y empezó a latirle la cabeza más y más deprisa. Conforme los bailarines danzaban y se intercambiaban a su alrededor, Melville, oculto tras un sencillo antifaz negro, sujetó a Eliza más fuerte, negándose a devolverla a la multitud, y ella siguió sus pasos de forma automática e instintiva, con la mente dando vueltas. ¿Qué estaba haciendo él allí? El bendito estado de irreflexión en que se había sumido en los últimos minutos se había evaporado por completo, y sus pensamientos rebotaron de un sentimiento contradictorio a otro: estaba contenta de verlo, deseó que no se encontrase allí; quería oír su voz, no pensaba dirigirle la palabra. Al final, a medida que las últimas notas de los violines hicieron que todo el mundo se separase y se saludase con una inclinación, Melville la soltó, sus manos se apartaron de mala gana de su cintura en tanto ella daba dos veloces pasos atrás. Si pretendía tener alguna oportunidad de pensar con claridad, iba a necesitar cierta distancia.

En silencio, Melville le tendió una mano y Eliza se debatió entre su parte reacia y su parte ansiosa durante un rato antes de aceptarla. Tenía demasiadas preguntas. Él la condujo con amabilidad entre los bailarines y los observadores, y solo se detuvo cuando alcanzaron la relativa calma de los caminos iluminados por lámparas.

Una pareja pasó junto a ellos riéndose, sin duda rumbo a alguna especie de travesura carnal, y Eliza retiró la mano del agarre de Melville.

—¿Cómo sabías que nos encontraríamos aquí? —le preguntó.

—Por la señorita Balfour —contestó—. Le envió una nota a Caroline a través de un mensajero… y hemos venido.

—Vine a Londres para alejarme de ti —musitó Eliza.

—Lo sé —asintió él—. Pero debo… Debo tener el derecho de explicarme. No puedo marcharme de Inglaterra sin haberme explicado.

La llevó hasta un banco de piedra, rodeado por ambos lados por árboles, y tomaron asiento.

—Cuando los Selwyn se me acercaron —empezó a decir Melville, sin preámbulos y hablando deprisa como si creyese que iban a interrumpirlos en cualquier momento—, yo estaba desesperado. Llevaba varias semanas recorriendo el país intentando convencer a algún mecenas rico para que me apoyase; el día que nos conocimos regresaba precisamente de una misión infructuosa. Nadie quería desafiar a Paulet. Pensé que mi carrera había terminado, que mis aspiraciones se habían desplomado, que Caro y yo íbamos a vernos sentenciados a las afueras de la sociedad y Alderley se derrumbaría y quedaría reducido a ruinas.

Eliza endureció el corazón contra la empatía que deseaba experimentar hacia él. Era escritor, cabía esperar que contase bien la historia.

—Cuando Selwyn me explicó lo que quería —Melville hablaba más lento ya, pues esa parte de la historia no era fácil de relatar—, no me pareció tan horrible. A mí ya me parecías una mujer interesante, y por lo que me dijo no debía hacer más que… seguir conociéndote. Seguir pasando tiempo contigo y coquetear, sí, y quizá tentarte a retorcer un poco las normas del decoro, pero solo para entorpecer tu relación con

Somerset. No tenía la más mínima idea del peligro que corría tu fortuna. Selwyn me aseguró que era tan solo para evitar una alianza entre vosotros, y me pareció maravilloso interponerme en el camino de Somerset. Nunca pensé que él te mereciese.

Era un ardid de manipulación muy típico de los Selwyn, pero...

—¿En algún momento te paraste a considerar el daño que pudieras hacerme a mí? —le preguntó Eliza—. La reputación de una dama es muy frágil.

Melville vaciló y Eliza lo observó con atención.

—Durante una temporada no —admitió el conde—. Nunca he tenido demasiada influencia en mi propia notoriedad; existe, independientemente de lo que haga yo, y he debido aprender a no censurarme por las cosas que no puedo controlar. Si los rumores difundían mentiras sobre ti y sobre mí..., en fin, supongo que pensé que la culpa no era nuestra.

La lentitud con la que hablaba, como si cada palabra le resultase incómoda de pronunciar, sugería que estaba haciendo un gran esfuerzo para hablar con sinceridad. En contra de su voluntad, Eliza se ablandó un tanto. Ya había visto con sus propios ojos la sucesión de susurros y rumores y prejuicios que habían envuelto a Melville desde el preciso momento en que puso un pie en Bath, mucho antes de que conociese siquiera a los Selwyn.

—No fue hasta que tú comentaste la existencia de la cláusula moral cuando vi cómo me habían manipulado —prosiguió Melville—. Puse fin al acuerdo ese mismo día, te lo prometo.

El conde levantó la vista y la miró a los ojos. Los suyos irradiaban tristeza y melancolía.

—Y entonces, la noche que bailamos me di cuenta de...

—¿De qué te diste cuenta? —preguntó Eliza sin aliento.

—De que la razón por la cual quería estar contigo, la razón por la cual me desestabilizó la noticia de tu compromiso, no tenía nada que ver con los Selwyn. Se debía a que me estaba enamorando de ti.

Eliza apoyó la cabeza en las manos. Oírlo verbalizar aquellas palabras… ¡era maravilloso y doloroso a un tiempo! Notó que Melville le ponía con suavidad una mano en la espalda, y la caricia era tan reconfortante… Sería mucho más fácil creerlo y permitir que la abrazara, pero…

—¿Cómo sé que me cuentas la verdad? —quiso saber incorporándose—. No puedo soportar que nadie me engañe de nuevo. Me has mentido tantas veces, tan a menudo y con tanta destreza y convicción… Y he tenido que cuestionarme muchas cosas desde que…

—Eliza, ¡mírame! —Melville se arrancó la máscara de la cara para que ella lo viese bien, y le cogió las manos—. En lo que a nosotros respecta, en lo que a ti y a mí respecta, no te he mentido en ningún caso. Cuando hablábamos de nuestros sueños, de nuestras familias y vidas, no te mentía. Te lo prometo.

—Pero Somerset dijo que no pusiste fin al acuerdo, no antes que él —dijo Eliza.

—Estaba mintiendo —le aseguró Melville.

—Pero…

—Te quiero —la interrumpió antes de que Eliza pudiera acabar la frase—. Lo único que necesitas decirme es si esos sentimientos son recíprocos.

Eliza hizo una pausa y luego retiró las manos.

—¿Qué derecho tienes para exigir que te conteste? —le espetó—. Eres tú quien necesita responder a mis preguntas, Melville.

—¿Esos sentimientos son recíprocos? —le repitió él con tanta obstinación que Eliza se encolerizó más aún.

—No pienso permitir que me obligues a hacer una declaración si no me contestas —protestó Eliza mientras negaba con la cabeza—. De lo contrario, ¿cómo voy a saber si no intentas manipularme de nuevo?, ¿si no me estás mintiendo de nuevo?

—¿Por qué te iba a mentir ahora? —dijo Melville—. ¿Qué querría ganar ahora si te mintiera?

—Lo mismo que quisiste ganar la última vez —replicó ella—. Tus circunstancias no han cambiado, ¿verdad que no? Aún necesitas dinero o a un mecenas. Quién sabe, quizá ahora lo que deseas es echar mano de mi fortuna.

No lo había dicho con el corazón, aquellas palabras salieron de sus labios por la frustración y la rabia, pero Melville se encogió y se apartó ligeramente de ella.

—¿Eso es lo que piensas de mí? —le preguntó—. ¿Que soy un cazafortunas cualquiera?

—¿Acaso me vas a culpar? —dijo Eliza sintiendo frío en el espacio que antes ocupaba el cálido cuerpo de él—. Después de todo, has admitido que lo hacías por dinero.

—Debes saber que yo jamás…

—¿Debo saberlo? —exclamó Eliza—. Creí que te conocía. Durante meses creí que te conocía, y luego descubro que todo era una farsa. ¿Cómo se supone que debo saberlo, Melville? Demuéstramelo.

—Si no vas a poder perdonarme, todo esto es en vano —dijo Melville.

—Si no vas a poder demostrármelo, quizá sí que todo esto es en vano.

—No pones de tu parte —protestó él.

—¡No pones tú de tu parte! Eres tú quien ha actuado mal. ¡Eres tú quien me ha llevado a la deriva hasta que mi vida corre el peligro de estar tan destrozada como la tuya!

En ese momento lo único que deseaba Eliza era hacerle el mismo daño que le había hecho él a ella, y la cara de Melville se demudó en una mueca de dolor y rabia.

—Ah, sí, sería mucho más fácil culparme sin más, ¿verdad? —le espetó—. Dime, ¿qué parte de tu vida he destrozado yo? ¿La parte en que te has pasado años deseando a un hombre que ni siquiera repara en ti? ¿O la parte en que esperaste obediente el permiso de la sociedad para ser feliz?

Eliza se puso en pie con lágrimas en los ojos.

—La parte en que te quise —balbució—. Esa es la parte de la que me arrepiento.

Eliza dio media vuelta y echó a correr hacia la glorieta, medio cegada por los sollozos. Mientras avanzaba entre la multitud, buscó con urgencia a Margaret, pero intentar ver a su prima en la marea de bailarines era tan absurdo como intentar localizar una sola gota de lluvia en un océano. Cada vez que Eliza divisaba a una mujer con una máscara rosa, o bien tenía la altura incorrecta, la forma incorrecta o era incorrecta sin más.

Y entonces, al fin, la encontró. Margaret estaba en el centro de la sala, bailando una danza rural, dando vueltas y vueltas con las manos cogidas con una mujer con una máscara roja. Era Caroline. Eliza se las observó durante unos segundos, fascinada, y las lágrimas se detuvieron. No eran las únicas mujeres que bailaban juntas, pues había más féminas presentes en el baile que hombres, y bajo la seguridad que les proporcionaban las máscaras —que las despojaban de cualquier temor a ser observadas—, Margaret y Caroline giraban y se reían con desenfreno, como hace alguien cuando baila con la persona a la que ama.

Eliza esperó a que terminase el baile antes de llamar la atención de Margaret. A diferencia de Eliza, su prima no tuvo problemas en reconocerla. Se apartó de Caroline al instante y corrió hacia ella.

—¿Melville te ha encontrado? —le preguntó.

—Sí —contestó Eliza.

—¿Qué te...? —empezó a decir Margaret, pero Eliza la interrumpió.

—Me voy a casa.

—¡Voy contigo! —saltó Margaret de inmediato.

—No —negó con amabilidad—. Quédate. Baila. Vuelve sana y salva.

—¿Estás segura? —dudó su prima. Por encima de su hombro, Eliza vio que Caroline permanecía a cierta distancia con mirada atenta.

—Sí.

—No sé qué estoy haciendo —admitió Margaret temblando—. No sé si esto es siquiera posible.

—Esta noche, solo estás bailando. —Eliza sintió un nudo en el estómago por el esfuerzo que tuvo que hacer para hablar con calma—. ¡Vamos, ve a bailar!

Eliza se giró y se dirigió hacia los carruajes, donde alquiló uno, sola y abandonada, y únicamente cuando se encontró en la comodidad del interior se permitió romper a llorar.

30

Eliza entró a paso lento en la casa de lady Hurley. Se quitó la máscara con las manos temblorosas. En la vida había deseado tanto meterse en la cama como ese día.

—Milady. —Hobbe, el mayordomo de lady Hurley, se le acercó a toda prisa.

—Buenas noches —dijo Eliza, cansada—. ¿Podría subirme una taza de té a mi habitación, por favor?

—Milady, la señora Balfour está en el salón.

Eliza se convenció de que lo había oído mal.

—¿Mi… madre?

Hobbe asintió.

—¿Aquí? ¿Ahora?

—En el salón, milady —repitió el mayordomo.

—¿Cuándo ha llegado? —le preguntó Eliza con la boca seca.

—Hacia las siete de la tarde.

El reloj marcaba ya más de las once.

—Oh, no —murmuró con voz débil. Sin conocer las razones que motivaban la visita de su madre, Eliza estaba totalmente segura de que no debía de ser un motivo positivo… Y que no se viera capaz de recibirla no hacía sino empeorar la situación.

—Le he explicado que usted había ido a un concierto y

que no sabía a qué hora regresaría, pero ha insistido en esperar a que volviera.

—¡Dios santo!

Eliza se quedó unos instantes paralizada mientras se preguntaba qué diablos podía hacer para atenuar aquella desafortunada sucesión de circunstancias. Se miró el vestido, un vestido ¡verde bronce!, y se preguntó si a su madre le habría llegado el sonido de su voz o si podría subir a la planta de arriba a cambiarse.

—¡Eliza! —la llamó la señora Balfour desde el salón, y Eliza se prestó a obedecer sin ser consciente siquiera de que lo hacía.

Se detuvo junto a la puerta, respiró hondo y entró.

—Madre, ¡qué sorpresa tan agradable! —la saludó con alegría.

La señora Balfour no se levantó para recibirla. Estaba sentada cómodamente en el sofá sorbiendo una taza de té. Eliza desconocía cómo era posible que en aquella postura resultase tan intimidante, pero eran innegables los efectos que tenía en ella su pose.

—Siento mucho no haber estado en casa para recibirte cuando has llegado. Hemos…

—Siéntate —la interrumpió la señora Balfour.

No importaba que aquella casa perteneciese a lady Hurley ni que ella fuera solo una invitada; se había convertido en la estancia de la señora Balfour en cuanto había entrado en ella. Eliza tomó asiento en el sofá opuesto con las manos cogidas en el regazo.

—Cuando recibí tu carta —empezó la señora Balfour con voz pausada y reflexiva—, en la que me anunciabas tu intención de establecerte en Bath, tuve ciertas dudas.

Eliza estaba al corriente de dichas dudas, por supuesto: se las había manifestado largamente.

—Pero me convencí de la conveniencia al recordar que siempre te has comportado bien —continuó la señora Balfour—. Siempre has hecho lo correcto, siempre has actuado con decoro, has respetado tus deberes y honrado a tu familia. Siempre he podido contar contigo. Nunca he tenido que preocuparme.

—Yo... —empezó a decir Eliza.

—Pero ¿dar la bienvenida a un conocido canalla en tu casa? ¿Conducir un faetón en calles y carreteras públicas para que te vea cualquiera? ¿Trasladarte a Londres en el preciso instante en que abandonas el luto completo para coquetear con cualquier caballero que se cruce en tu camino y que tu nombre sea pronunciado por la ciudad como si fueras una mujer cualquiera y no una Balfour ni una condesa? Debería haberme preocupado más, Eliza.

No había levantado la voz, nunca había sido ese el estilo de la señora Balfour, pero tenía una forma de hablar, con tonos afilados y condenatorios, que era más efectiva incluso que si hubiera empezado a chillar.

—Mamá —dijo Eliza—, no prestes atención a los rumores... Hacen que todo suene mucho peor de lo que es en realidad.

—¿Has asistido a partidas de faro, Eliza? ¿Te has alojado en casa de una mujer que apesta a comercio? —le preguntó la señora Balfour—. ¿Dónde has estado esta noche con este vestido tan sumamente inapropiado para tu estado de medio luto?

Eliza no respondió. Mentir en ese punto sería fatídico.

—No importa —siguió la señora Balfour—. Ni siquiera resulta importante lo que opine yo, aunque te confieso que estoy muy decepcionada. Importa lo que piense la sociedad, importa lo que piense Somerset, y los dos piensan que te has convertido en una mujer espantosa e imperdonablemente disoluta.

—¿Somerset? —repitió Eliza, descolocada. ¿Somerset y su

347

madre se habían estado escribiendo?—. ¿Qué tiene que ver él con esto?

—Todo, Eliza, todo —le aseguró la señora Balfour inclinándose hacia delante—. Es evidente que en Bath te espera una carta del señor Walcot. A tu lista de irresponsabilidades, añadiré el hecho de fracasar en cuidar tu correspondencia. Por suerte, Somerset consideró adecuado escribirle a tu padre hace una semana para advertirnos de lo que se avecinaba.

—¿Qué di-dijo? —tartamudeó Eliza.

—Que dado tu comportamiento reciente no tiene más opción que rescindir tu herencia —anunció la señora Balfour—. En cuanto todo esté firmado y sellado, y no creo que tarde más que unos días, se quedará con todas las tierras.

—Pero... ¡no puede hacerlo! —protestó Eliza.

—Te aseguro que sí puede. —Eliza se preguntó qué parte de la furia de su madre estaba suavizada por su defensa—. Como dejó muy claro el testamento, es él quien debe interpretar tu conducta, y la ha interpretado, igual que yo, como deplorable.

—Pero ¡dijo que no lo haría! —exclamó Eliza—. Convino en no hacerlo a cambio de...

Se interrumpió, pues de pronto le quedó claro que no ganaría nada con que su madre supiese qué habían tramado los Selwyn. Pero no tenía sentido... Somerset sabía lo que Eliza podría contar sobre su familia, sabía la desgracia que podría llevar hasta su puerta con unas cuantas palabras. Cuando hablaron por última vez, pareció dispuesto a evitar tal circunstancia... ¿Qué había ocurrido para que cambiara de opinión?

—Quizá la vergüenza constante que envuelve el apellido de su familia lo ha llevado a cambiar de opinión. —La señora Balfour se recostó tras haber asestado el golpe final—. Una no puede acoger a un hombre, como has hecho tú con Melville, y entretenerlo durante horas en la intimidad de tu casa sin que se viertan las acusaciones más graves sobre ti.

—Iré a Harefield —afirmó Eliza barriendo la estancia con la mirada como si fuese a encontrar la respuesta en las paredes—. Haré que entre en razón.

—No, no irás —se apresuró a contradecirla su madre—. He reservado habitaciones en Pultney's. Me acompañarás hasta allí ahora mismo y mañana volverás conmigo a Balfour, Margaret se marchará con Lavinia y le pedirás a Perkins que recoja tus cosas.

—No.

—¿No? —La señora Balfour parpadeó.

—No puedo —añadió Eliza.

Su madre la miró fijamente.

—¿No puedes? —repitió. Como resultaba evidente, no había creído que fuera posible que Eliza la desobedeciese. Siempre había sospechado, si llegaba ese momento, que su hija capitularía al punto—. Eliza, no me ha parecido necesario explicarte con detalle por qué tu comportamiento ha puesto en peligro la reputación de la familia, pero quizá deba hacerlo. —Se inclinó hacia delante de nuevo con los ojos entornados—. Si se corre la voz de que Somerset te quita tu fortuna, así como el motivo que hay detrás, la vergüenza nos afectará a todos. Lo mejor que podemos hacer ahora es aceptar lo ocurrido con la mayor discreción posible y rogar para que Somerset haga lo mismo.

—No, mamá, no es lo mejor que puedo hacer —negó Eliza. La señora Balfour cogió aire, pero Eliza prosiguió antes de que volviese a interrumpirla—: Mañana… voy a asistir a la Exposición de Verano. Me han aceptado un cuadro, un retrato de Melville.

Su voz no sonaba avergonzada por la participación en la Exposición, tan solo orgullosa, y Eliza se llevó unos dedos temblorosos a los labios. Creía que la satisfacción que sentía por la proeza se había evaporado por completo por culpa de la traición de Melville, pero seguía en ella. Oculta hasta entonces, pero no desaparecida.

—Eliza… —La señora Balfour jadeó—. ¿Qué has hecho? ¿Has puesto…? ¿Has firmado con tu nombre?

—Es un retrato anónimo.

—Por ahora —susurró su madre—. Pero tarde o temprano se difundirá la autoría y… —Se puso una mano sobre la cabeza.

—Sé que escapa a tu comprensión, mamá —dijo Eliza—, pero no podía dejar pasar una oportunidad como esa.

La señora Balfour clavó la vista en ella como si no la reconociera en absoluto.

—¿Cuándo empezaste a creer que tus placeres estaban por encima de tu deber hacia tu familia, Eliza? Que nos pongas en peligro a todos por una cuestión así escapa a mi comprensión, sí —dijo al fin—. Tienes hermanos, sobrinas y sobrinos… Es tu deber defender sus intereses, así como los tuyos.

—¡Y eso hice! —exclamó Eliza—. ¡Durante diez largos años! ¡Os di la mayor parte de mi vida, mamá! Hice todos los sacrificios que me pediste, renuncié a todo. Lo hice por ti, por vosotros, y lo hice sin quejarme. Pero ahora eso se acabó. Quiero una vida más allá del deber.

Respiraba con dificultad. Las dos se habían puesto en pie, aunque Eliza no estaba segura de cuándo había sucedido.

—¿Y crees que yo no quería más? —le preguntó la señora Balfour—. ¿Que tu abuela no quería más? ¿Que ninguna de las mujeres de esta calle desea algo más en su vida? No puede ser. Y debemos asimilarlo y seguir adelante.

Eliza la observó. Nunca había sospechado que su madre desease algo más que la vida que tenía, esa para la que luchaba todos los días todavía. Y Eliza quería, de pronto, que hubieran tratado aquella cuestión en otra conversación, que pudiesen haber hablado con gran sinceridad en un ambiente más agradable. A Eliza le habría gustado conocer antes aquella versión de su madre.

La señora Balfour cerró los ojos e intentó tranquilizarse.

—Lo único que quiero, lo único que siempre he querido, es lo mejor para mis hijos —dijo en voz baja—. ¿Me crees?

De repente, a Eliza le dolía la garganta.

—Te creo —asintió, y notó las lágrimas que le teñían la voz.

Era verdad. Por enfadada e indignada que estuviese, sabía que lo que hacía la señora Balfour era por el bien de todos, y nunca le había parecido que estuviese atrapada. Una nunca debía preocuparse por lo correcto, por el adecuado comportamiento, pues ella te lo indicaba. Eliza podía entregarle su futuro a su madre y permitir que lo asentase, y una parte de ella incluso entonces deseaba hacerlo. Someterse y regresar al seno familiar que la reprendería y la moldearía y la zarandearía, pero eso también la protegería, la defendería. Sería una vida más pequeña, pero una vida más segura.

—Mañana nos marcharemos a Balfour —anunció su madre sin asomo de duda—. Y Margaret, a Bedfordshire.

Eliza respiró hondo.

—No, mamá. Mañana asistiré a la Exposición. Es una oportunidad que tú quizá nunca hayas tenido, pero yo pienso aceptarla.

Una vida segura no era lo que deseaba. Y si iban a arrebatarle la fortuna de todos modos, por lo menos iría a cosechar cualquier destello de gloria que pudiese alcanzar.

Tragó saliva y añadió:

—No significa que no agradezca los sacrificios que has hecho por mí. Que yo tome una decisión diferente no falta el respeto a la que tomaste tú.

—Si haces eso, nunca te lo perdonaré —susurró la señora Balfour.

Eliza cerró los ojos con fuerza y rezó por ser capaz de reunir la valentía suficiente.

—Debo hacerlo, mamá… Espero que algún día me entiendas.

—En ese caso, ya no tenemos nada más que decirnos —aseguró la señora Balfour, y al cabo de unos pocos segundos se fue, dejando a Eliza totalmente sola.

31

A la mañana siguiente, Eliza se despertó temprano, antes que el resto de la casa, y Pardle la ayudó a ponerse un sencillo vestido de seda gris antes de irse sin desayunar. Había decidido que asistiría sola a la Exposición, pues no sabía cómo reaccionaría al volver a ver el retrato. La última vez que había admirado el cuadro había sido para valorarlo, llena de emoción, de orgullo y de amor. Ese día se encontraba en un estado de ánimo mucho más sombrío, ya que la visita de la señora Balfour y la noticia de que iba a perder su fortuna habían arrojado una luz lúgubre e incierta sobre su futuro.

En opinión de Eliza, lo más complicado de los actos de valentía era que luego uno no se sentía en absoluto tan bien como imaginaba. De hecho, después de haber tomado la decisión, uno se sentía culpable, nervioso y asustado, como cuando llevaba a cabo un acto de cobardía; solo casi, sin embargo, porque debajo de todo, debajo del temor de lo que se avecinaba y de la preocupación por que su familia nunca fuese a perdonarla, a Eliza la reconfortaba una pequeña semilla de satisfacción: a pesar de que aquello se convirtiese en el mayor error que hubiese cometido en toda su vida, por lo menos sería uno que había elegido ella, no uno que alguien había elegido por ella.

El carruaje se ralentizó cuando se acercaron a Somerset House. Que la Exposición tuviera lugar en una propiedad que, doscientos años antes, había pertenecido a la familia de su esposo era una ironía en la que, curiosamente, Eliza no había reparado hasta ese momento. Se preguntó qué habría ocurrido de haber enviado el retrato firmado con su nombre; ¿su apellido le habría garantizado una ubicación más favorable? La colocación de las pinturas en Somerset House dependía del comité de organización, y el rango iba de los cuadros muy buenos —a la altura de los ojos de los observadores y en las primeras salas, generalmente reservadas para los miembros de la academia—, a los normales y a los malos —en el techo de la célebre y oscura sala Octogonal—, y Eliza no tenía la más mínima idea de dónde habrían colgado su retrato.

Llegaron al jardín delantero y Eliza irguió los hombros. Había llegado el momento. Cuando visitó la Exposición siendo una niña pequeña, había estado abarrotada de gente, pero ese día ella debía de ser uno de los primeros visitantes. En cuanto entró, enseguida le ofrecieron una copia del catálogo; aunque sabía que el folleto sería una guía indispensable para localizar las obras de arte expuestas, Eliza no lo compró. Consideró que era un momento demasiado importante como para tomar un atajo.

Se limitó a pasar de sala en sala, seguida por una silenciosa Pardle, con los ojos como platos y tan embelesada como había estado en su primera visita, tantos años atrás, aferrada a la mano de su madre mientras intentaban encontrar las obras de su abuelo. Las paredes y los techos estaban tan atestadas de cuadros que resultaba difícil saber adónde mirar, y la vista de Eliza viajó de retratos de paisajes a cuadros marinos, pasando por pinturas históricas, todas ellas mezcladas y apelotonadas. Se permitió contemplar con libertad, sin prestar demasiada atención a los artistas de cada obra, sino dejándose llevar donde el cuerpo le pedía. Admiró miniaturas, grabados y esculturas, y se maravilló ante la gama de manos diestras que habían podido crear objetos tan bellos.

Entró en la quinta sala, donde la cautivó una escena de batalla histórica gigantesca que pendía de la pared oriental, y en la sexta, en cuya entrada se detuvo de pronto. Allí, en la pared opuesta, a la altura de sus ojos, se encontraba su retrato. Y aunque Eliza había ido con la clara intención de verlo, fue como si le hubieran arrancado todo el aire. Estaba allí. Estaba allí de verdad.

Lo había conseguido.

Al observarlo, el Melville del retrato le devolvía una mirada inquisitiva —como si le dijera: «¿Qué esperabas?»—, y Eliza notó cómo una sonrisa se abría paso en su rostro. A pesar de todo lo que había ocurrido, a pesar de la incertidumbre de su futuro, en ese instante no sintió sino júbilo. Una pintura suya estaba colgada allí, entre algunos de los mejores artistas de Europa, en una exposición que, cuando era pequeña, había visualizado tan por encima de ella que bien podría ser el mismísimo cielo. Era totalmente incomprensible.

No supo cuánto tiempo se quedó allí, delante del cuadro; solo fue consciente de que, al poco, varias personas empezaron a acumularse en la estancia a su alrededor. Por cómo hablaban, la mayoría de ellos parecían artistas que también exhibían, y por el modo en que varios se quedaron plantados ante la misma pared que Eliza, dio la sensación de que su retrato ya había empezado a generar cierto debate.

—¿Qué te parece? —le preguntó un caballero a su acompañante. Las manchas de pintura que tenía en las manos le confirmaron a Eliza que él también debía de haber logrado colgar una pintura en una de esas paredes—. Me recuerda un poco al estilo de Jackson... ¿Crees que lo ha mandado de forma anónima para gastar una broma?

—No, no —disintió su amigo—. Los colores no son propios de Jackson. Creo que es más probable que sea de Etty. Fíjate en el estilo, amigo mío.

Antes de pasar a otra obra, se la quedaron mirando durante un rato, intentando adivinar al artista —todos los nombres que propusieron eran hombres, por supuesto—. El retrato de Melville la miró de reojo, muy divertido, y Eliza le devolvió la sonrisa con un poco de tristeza.

—¿Lady Somerset?

Cuando se dio la vuelta, Eliza se encontró con el señor Berwick.

—Buenos días —lo saludó con una sonrisa.

—¡Buenos días! —exclamó el pintor—. Ha venido temprano.

—Quería evitar las multitudes —respondió Eliza sin más.

—¡Veo que ya ha encontrado el misterio de este año! —Se rio el señor Berwick mientras asentía en dirección al retrato.

—Así es.

—Supongo que no sabrá quién es el artista —comentó él. Eliza negó con la cabeza.

—Ocupa una posición muy buena —dijo el señor Berwick con cierta envidia—. Aunque a veces deben legar estos lugares a retratos más simplistas… Junto a algo más atrevido, pasarían un tanto desapercibidos.

—Ya veo. ¿Dónde está su retrato, señor?

—Ah, este año me han permitido elegir la ubicación —la informó el señor Berwick a la ligera—. Es mejor verlo en un ángulo en que se aprecie bien. Un lugar alto es esencial.

—Por supuesto. —Eliza sonrió—. En fin, ha sido un placer verlo, señor Berwick… Me ha gustado ver otro rostro de Bath por aquí.

—Estoy de acuerdo. —El pintor le dirigió una inclinación de cabeza—. ¡Y ninguno de los dos me avisó de su llegada! He tenido que reprender a Somerset con dureza…

—¿Somerset? —preguntó Eliza, más atenta ya—. Creía que estaba en la campiña.

—No, no. —El señor Berwick le lanzó una sonrisa cordial—. Acabo de verlo hace una hora… Le habría gustado hablar más tiempo conmigo, me atrevo a decir, pero debía asistir a una reunión urgente en Grosvenor Square… ¿Lady Somerset?

Pero Eliza, con una mala educación imperdonable, lo había dejado con la palabra en la boca. Pensaba que Somerset estaba en Harefield. Le costaba creer que durante todo ese tiempo se hubiera encontrado a pocas millas de ella.

Debió de haberse enterado de que Eliza estaba en la ciudad, debió de haber sabido dónde encontrarla. Y, aun así, había decidido enviarle un mensaje a través de la señora Balfour.

La serenidad que había hallado Eliza aquella mañana había desaparecido. Recorrió las salas de Somerset House, salió al jardín y subió al carruaje alquilado mientras la rabia iba ascendiendo en su interior.

Cómo se atrevía.

¡Cómo se atrevía!

—¡A Grosvenor Square, por favor! —le gritó al cochero—. ¡Y dese prisa!

32

Eliza no había pasado demasiado tiempo en la casa de Londres de su viejo esposo —el viejo conde, igual que el nuevo, prefería el aislamiento en el campo que vivir en la ciudad—, pero media hora más tarde llegó a la plaza más grande de todo Londres. Al encontrarse delante de la casa gigantesca, amenazante y terriblemente austera, Eliza recordó lo disconforme que se sentía. Por segunda vez en el mismo día, irguió los hombros y llamó a la puerta. La expresión que puso el criado, al reconocer a su antigua señora, rayó en lo cómico.

—¡Milady! —exclamó.

—¿Está Somerset en casa? —exigió saber Eliza mientras entraba en el vestíbulo.

—Está celebrando un desayuno, mi-mi-milady —tartamudeó el lacayo—. Tie-tiene invitados.

—¡Maravilloso! ¿Te importaría ir a informarle de que estoy aquí y deseo que me dedique un poco de su tiempo?

El criado hizo una reverencia y se marchó. Regresó al cabo de unos minutos acompañado de Barns, el mayordomo de Somerset.

—Lady Somerset —la saludó—. No es una hora habitual para recibir visitas.

—Pero seguro que lo superaremos —se apresuró a añadir Eliza. Durante unos segundos, su voz se pareció muchísimo a la de su madre—. Por favor, informe a su señoría de mi presencia.

Barns vaciló, se marchó y regresó al poco.

—Su señoría le agradece la visita y le ruega que vuelva más tarde, pues ahora mismo debe ocuparse de sus invitados.

—Vaya a informar a su señoría que la señora no piensa regresar más tarde, puesto que tiene asuntos importantes de los que hablar ahora. De hecho, la señora está dispuesta a ir ahora mismo a la sala en la que está desayunando su señoría si no se presenta de inmediato —repuso Eliza con una sonrisa amplia y falsa.

Barns la miró, luego brevemente a Pardle, que se encontraba junto a Eliza, con la esperanza de disponer de una aliada. La doncella de Eliza le sostuvo la mirada, impávida.

—¿Me permite que invite a la señora a aguardar en la biblioteca mientras entrego el mensaje? —cedió Barns.

—Se lo permito —le concedió Eliza. Dejó a Pardle esperando en el recibidor. No iba a ser una reunión en la que quisiera tener testigos, ni siquiera su doncella.

Solo unos segundos después de la partida de Barns, se abrió la puerta de la biblioteca de nuevo y Somerset la cruzó. Eliza se había preparado para sentir algo en su interior al verlo, pero si su corazón latía más deprisa era por la rabia, no tanto por el desamor, y aquello la afianzó.

—¡Eliza! Debo pedirte que vuelvas más tarde, estoy celebrando un desayuno y…

—¿Cómo te has atrevido? —lo interrumpió—. ¡Cómo te has atrevido a escribirle a mi padre e informarle de mis planes antes de escribirme a mí! ¡Cómo te has atrevido a comunicarles la noticia tú, cuando has estado en Londres y debes de haber tenido constancia de mi presencia en la ciudad! ¿Cómo te atreves a arrebatarme mi fortuna? Te aseguro, milord, que me he ganado todos y cada uno de los peniques.

—¿Cómo…?

Somerset intentó interrumpirla, enfadado, pero Eliza prosiguió sin detenerse.

—Buscas castigarme por negarme a tus disposiciones. Lo entiendo. Pero ¿al castigarme, al sentenciarme de esa forma, vas a obtener la satisfacción que andas buscando?

—No es… ¡No se trata de castigarte! —le espetó airado—. Aunque tengo todo el derecho a sentir cierta rabia, no se trata de eso… ¡Te equivocas! ¡Qué descaro el tuyo al acusarme de tal cosa!

—Ya me castigaste una vez por ser apocada. Ahora por lo visto te resulta problemático que no lo sea en absoluto —terció Eliza—. Parece que no te complaceré nunca, haga cuanto haga.

—La fortuna te la dio mi familia con unas condiciones que has infringido de todo punto. —Somerset apretó los dientes—. Tanto, de hecho, que ¡me asombra que te atrevas a aparecer por aquí!

—¿Cómo las he infringido?

—De todas las formas que has podido, Eliza. Coqueteando con cualquier caballero soltero de Londres, asistiendo a las fiestas más libertinas de Londres mientras sigues de medio luto, bailando con Melville cuando seguías yendo de negro riguroso.

El último comentario sobresaltó a Eliza.

—¿Quién te ha contado eso? —le preguntó.

—Veo que no lo niegas —apuntó Somerset con amargura—. Te vieron, Eliza, pero ¡en el momento no pareció importarte lo más mínimo! Te advertí que no podías acoger a un hombre sin que empezaran a difundirse rumores. Tu reputación se ha ido ensombreciendo con cada día que pasaba, ¡y estabas demasiado ocupada fantaseando con Melville como para darte cuenta siquiera!

—Y yo te advertí a ti —replicó Eliza—. Sabías lo que haría, lo que le contaría a la gente, si intentabas arrebatarme la fortuna. ¿Qué rumores se difundirán cuando la gente sepa qué intentaban tramar los Selwyn, milord?

Somerset la miró a los ojos, inmóvil de repente.

—¿Quién te va a creer? —murmuró—. Eliza, has colgado una prueba de tu aventura con Melville en Somerset House, a la vista de todo el mundo. Enviar el retrato como una obra anónima no conseguirá que el secreto permanezca mucho tiempo guardado, no olvides mis palabras. Los rumores ya han empezado a gestarse, y, en cuanto se conozca la verdad, nadie creerá que las acusaciones que viertas sobre lady Selwyn sean nada más que un deseo de hacerle daño.

—¿Cómo puedes ser tan cruel? —susurró mirándolo fijamente.

—Al contrario de lo que piensas de mí, Eliza, no lo he hecho para castigarte por rechazar mi propuesta —le aseguró Somerset—. Tu comportamiento ha tenido consecuencias muy reales en mi familia, en mí.

—¿Qué consecuencias?

El conde hizo una pausa. Por la mirada que vio en sus ojos, como si estuviera encontrando el mejor modo de anunciárselo, como si supiera que iba a hacerle daño y no desease hacerlo ni siquiera entonces…, Eliza comprendió lo que iba a decirle él antes de que lo verbalizara.

—Le he propuesto matrimonio a una mujer, milady. Y sus padres se muestran reacios a aceptar mientras tú sigas degenerando el apellido Somerset. Les preocupa, y creo que con razón, la dirección por la que puedas llevar a la familia.

—¿Te vas a casar? —le preguntó, sin apenas aliento—. ¡Solo han pasado tres semanas!

—Debo casarme con alguien, Eliza —respondió Somerset levantando los brazos en gesto de impotencia—. Si no eres tú, pues… Es una muchacha amable, encantadora, y le profeso mucho cariño. Y sus padres no permitirán el enlace hasta que lidiemos con tu comportamiento.

—¿De quién se trata?

El conde vaciló de nuevo. Eliza frunció el ceño.

—Tarde o temprano lo descubriré —lo presionó—. No esperarás que siga siendo un secreto.

—¿Milord?

Eliza se giró al oír una voz baja y tímida.

De pronto, y para el espanto de Eliza, la identidad de los invitados al desayuno de Somerset fue evidente.

—¡Señorita Winkworth! —se sobresaltó Somerset.

—No he podido evitar escuchar —murmuró la señorita Winkworth asomando la cabeza en la estancia con una mano sobre la jamba de la puerta—. Iba por el pasillo, y estaban hablando muy alto. Buenos días, lady Somerset... Su vestido me parece espléndido.

—Gracias —contestó Eliza de forma automática. Nunca había oído hablar tan seguido a la muchacha.

—Vuelve ahora mismo al comedor. Regresaré en breve —le ordenó Somerset como si fuera una niña muy pequeña. La señorita Winkworth vaciló y pasó los ojos de él a Eliza.

—Dese prisa —susurró—. Mi madre enseguida empezará a criticar mi postura, no me cabe ninguna duda.

Esbozó una sonrisa antes de retirarse, obediente, y Somerset se ablandó a todas luces.

Eliza se lo quedó mirando, boquiabierta.

—¿Te vas a casar con la señorita Winkworth? —le preguntó, demasiado confundida como para estar molesta—. ¿Cómo es posible?

—Tú nos presentaste en tu cena, por supuesto... —comenzó a decir Somerset, quien al parecer en ese momento comprendió la extrañeza de ese inicio—. Y luego mi hermana los invitó al baile de Annie, y hablamos un poco, y esa semana bailamos en Almack's, y desde que tú..., desde que nosotros... Nos hemos ido conociendo más.

Era un cortejo tan tradicional como cualquiera. Tan tradicional como había sido el suyo. Pero...

—Oliver, es muy joven —jadeó Eliza.

El conde se sonrojó.

—Es mayor de edad —replicó—. Sabe lo que quiere y... y ya me trata con mucho cariño. Con el tiempo nacerá el amor.

Al parecer, la atracción por muchachas jóvenes y tímidas era un rasgo hereditario. Durante unos segundos, vestido ante ella con ropa elegante en aquella casa, su parecido con su tío era tremendo.

Pero entonces la cabeza de Eliza, que se había detenido brevemente, empezó a dar vueltas de nuevo.

—¿Y la señora Winkworth dice que no aceptarán a no ser que me reprendas por mi comportamiento? —dijo lentamente—. Porque me odia.

—No, porque están preocupados por su hija —la contradijo él.

—Permíteme que te garantice que no es así —aseveró Eliza con una amarga risotada—. Eres el soltero más codiciado de Inglaterra, ¡es evidente que la señora Winkworth no te va a rechazar! Te está manipulando para vengarse de mí por no haberle escrito cartas de presentación.

—¿Para vengarse? —se mofó Somerset—. ¡La describes como si fuera la villana de un melodrama!

—Ciertamente me pareció bastante villana al intentar conseguir un enlace entre Winnie y lord Arden —añadió Eliza.

—¿Arden? —Somerset se quedó atónito—. Es imposible que haya pretendido...

—Oh, sí que lo pretendía —asintió Eliza—. Me pidió a mí en concreto que los presentara, puesto que lord Arden está emparentado con tu familia. Y cuando le sugerí que ese enlace tal vez fuese injusto con su hija, montó en cólera.

—Pero Arden... No creo que ni siquiera la señora Winkworth... —murmuró Somerset con un deje de aprobación en la voz al pronunciar el apellido de la mujer que dejaba muy claro lo que opinaba de ella.

—Es muy capaz de ello —le aseguró Eliza—. ¿Me vas a decir que no ha perseguido tu título con tesón y fervor?

Somerset no respondió.

—¿O que tiene aterrorizada a la señorita Winkworth?

—Cuanto antes aleje a Winnie de sus garras, tanto mejor —masculló Somerset.

Pensativo, observó a Eliza un poco más tranquilo.

—No me contaste lo de Arden —dijo al fin.

—Tú no me contaste que sentías predilección por esa muchacha —contestó Eliza con las cejas arqueadas. Ver a Somerset ruborizarse la satisfizo.

—Sí, bueno… Que quizá tengas razón con la actitud de la señora Winkworth no significa que tu comportamiento sea más digno. ¿Tienes la intención de seguir paseándote por la ciudad?

—Todavía no lo he decidido —respondió Eliza con sinceridad.

No sabía gran cosa de lo que haría en el futuro.

Somerset soltó una carcajada.

—Por lo menos no me mientes —dijo—. Si… moderas tu conducta, quizá encuentre el modo de detener el proceso. Pero… —La miró a los ojos—. Eliza, debes aceptar cortar todo lazo con Melville. Puedo intentar perdonarte una parte, pero eso no lo voy a tolerar. ¿Hemos llegado a un acuerdo?

Eliza se mordió el labio inferior. Era la oferta más conciliadora que iba a recibir de él, y ¿acaso lo que había ocurrido la noche anterior no daba fe de que entre Melville y ella no había ningún futuro, de todos maneras? Pero aun así… ¿De veras iba a permitir que un hombre le exigiera esas cosas? ¿Iba a permitir que otros le dieran eternamente órdenes por sus juicios arbitrarios o por sus caprichosos cambios de opinión?

—No, no hemos llegado a ningún acuerdo, milord —dijo con suavidad.

Era una decisión estúpida. Y temeraria. Y necesaria.

—No puedo permitir que me dicten lo que quiero ni a quién quiero —prosiguió—. Y si mi fortuna es el precio que debo pagar para conseguir esa libertad, lo pagaré con gusto.

Somerset la miró perplejo.

—Adiós, pues —añadió Eliza mientras se recogía las faldas con las manos. Le lanzó una última y larga mirada. Una parte de ella siempre lo amaría, lo sabía. Habían estado durante demasiados años en la historia del otro como para que ese amor desapareciese sin más. Sus raíces siempre estarían un tanto enredadas. Sin embargo, para estar con él Eliza debería renunciar a demasiadas cosas. Y ya no podía consentirlo más.

Se encaminó hacia la puerta. Al llegar junto al umbral se detuvo.

—Sé amable con ella, Oliver —le pidió sin volverse—. Es muy joven, y su forma de ser... bien podría cambiar en el futuro.

33

En el trayecto de vuelta a Russell Square, Eliza estaba confusa. Los hilos que la ataban a la normalidad los habían cortado de nuevo, aunque esta vez había sido obra suya, y, si bien el mundo que la rodeaba era idéntico al de minutos antes, todo era distinto. Eliza ya no era la rica lady Somerset. Se había terminado. No podría volver atrás y no querría hacerlo nunca, pero ¿cómo iba a seguir a partir de entonces? Todavía disponía de ingresos de quinientas libras al año a su nombre, una asignación que nadie podría arrebatarle, y ya era algo. Esa cantidad bastaba por lo menos para alquilar una casita y pagar sus gastos más esenciales, si bien la vida que había disfrutado en las últimas semanas, gastando sin medida con nuevos vestidos y brillantes caballos, sería inalcanzable para ella.

Quizá podría instalarse como retratista y ganarse la vida, como hacían algunos caballeros, ¿verdad? Eliza se mordió el labio. No sabría por dónde empezar. «Creo que es usted perfectamente capaz de conseguir su propósito», le había dicho Melville un día, y, pese a que pensar en él le seguía provocando una oleada de amarga furia, Eliza se incorporó un poco en el asiento. Podría hacerlo. Podría hacerlo todo, lo conseguiría.

Toda la serenidad que había conseguido reunir Eliza al entrar en la sala de Russell Square para desayunar se desmoronó de inmediato a consecuencia de lady Hurley.

—Ay, lady Somerset, ¡gracias a Dios que has vuelto! —gimió mientras se levantaba de la silla para cogerle las manos.

—¿Qué ocurre? —preguntó.

—Es la señorita Balfour —dijo lady Hurley bajando la voz cuando una criada entró con una bandeja—. Anoche no regresó a casa.

Durante unos segundos, Eliza estuvo segura de haberla malinterpretado.

—¿De la fiesta? —se extrañó—. Debía acompañarlos a ustedes hasta casa con el carruaje.

Pero lady Hurley negaba con la cabeza y Eliza notó cómo se le empezaba a acelerar el corazón.

—Nos marchamos antes que ella… Dijo que la acompañaría lady Caroline cuando los bailes hubiesen terminado —respondió lady Hurley con tristeza—. Pero no ha dormido en su cama.

—¿La dejaron con Caroline? ¿Sabe dónde…? —preguntó Eliza.

—No sé dónde viven los Melville —respondió la viuda—. Y no puedo descubrirlo sin suscitar todo tipo de sospechas.

—Que traigan el carruaje ahora mismo —la interrumpió Eliza sin importarle si resultaba maleducada, y corrió para subir las escaleras antes de que lady Hurley pudiera contestarle.

No había nada de lo que preocuparse. Margaret había estado con Caroline, y Caroline no permitiría que le ocurriera nada malo. Había sido tan solo un malentendido. Algo de lo que se reirían al cabo de los años, estaba convencida.

Eliza abrió la puerta del dormitorio de Margaret, corrió hacia el escritorio y empezó a revolver los papeles. Dejó a un lado una nota de la madre de Margaret y un programa teatral y… ¡Por fin! La letra de Caroline y, en la parte superior de la carta, la dirección. ¡Berkeley Square! Bajó las escaleras a toda prisa y pasó por delante de lady Hurley, que se retorcía las manos en la puerta de entrada.

—¡No tardaré! —le aseguró a voz en grito antes de subir al carruaje—. ¡A Berkeley Square! —le ordenó al cochero, a quien le pidió que fuera lo más rápido posible.

«No debería haberla dejado allí». No estaban en Bath, donde todo el mundo se conocía, todos los locales se encontraban a poca distancia de su casa y todas las veladas eran muy seguras. Estaban en Londres, y, aunque Margaret estaría bien —sin duda, tenía que estar bien—, Eliza no debería haberla abandonado.

Llamó a golpes a la puerta de los Melville, y la recibió el segundo mayordomo sobresaltado de la mañana.

—Me temo que mi señora está desayunando… y no acepta visitas aún —la informó el hombre.

Pero a esas alturas, Eliza ya había perfeccionado su habilidad para entrar en las casas a la fuerza. Oyó las risas de Caroline, no demasiado lejos de allí.

—A mí aceptará verme —aseguró al criado agachándose debajo de su brazo y abriendo la puerta de par en par.

—¡Milady! —chilló el lacayo corriendo tras ella—. ¡Milady!

Eliza ya había entrado en la estancia con dos apresurados pasos y…

—Ay, gracias a Dios —jadeó.

Allí se encontraba Margaret, sentada al lado de lady Caroline en la mesa del desayuno, sorbiendo una taza y hojeando un periódico. Ninguna de las dos se había vestido del todo para el día, sino que llevaban un salto de cama muy moderno. Si Eliza no hubiese sentido tanto alivio, se habría sonrojado de la cabeza a los pies.

—Buenos días, Eliza —la saludó Margaret—. No sabía que íbamos a recibirte esta mañana.

—No estaba previsto —añadió Caroline—. Qué espantosamente moderno venir sin ser anunciada.

Hablaba con la misma languidez y diversión de siempre,

pero ese día su estado de ánimo era distinto, puesto que la curva de sus labios era más suave y sus ojos irradiaban más luz. Margaret, sentada junto a ella, sonreía tanto que debía de dolerle.

—¿Una clase de francés muy temprana? —dijo Eliza mientras se sentaba en una silla sin pedir permiso y se colocaba una temblorosa mano en la frente.

Estaba bien. Su prima estaba bien.

—Más o menos —terció Margaret con alegría.

—¿No pensaste que dejar una nota habría sido considerado por tu parte? —la enfrentó Eliza—. ¡Ya creía que alguien te había asesinado!

—Cuánto dramatismo tan pronto por la mañana —murmuró Caroline sobre su chocolate.

—No pensé —contestó Margaret, más una explicación que una disculpa—. Una estrategia que me ha ido bastante bien.

Caroline le acarició la muñeca con los dedos muy suavemente. Eliza se incorporó. Ya las había invadido suficiente.

—Le comunicaré a lady Hurley que puede quedarse tranquila —dijo—. Que era tan tarde que no quisiste despertar al servicio o… algo de ese estilo.

—Ay, mándale una nota y quédate a desayunar —le pidió Margaret—. Hay demasiada comida para nosotras dos solas.

Era una oferta tentadora, pues Eliza llevaba horas despierta y el ágape resultaba delicioso —panecillos y varios platos fragantes que no reconoció—, pero ahora que el pánico había desaparecido, se le había tranquilizado el corazón y ya no le temblaban ni le sudaban las manos, fue consciente de que Melville podría aparecer en cualquier momento. Al estar preocupada por la seguridad de Margaret, encontrarse con él no suponía ningún problema, pero como su prima se hallaba mejor incluso que la última vez que la vio, prefería evitarlo. Aquel día ya había vivido suficientes sobresaltos.

—No está aquí —le dijo Caroline, que le había leído sin problemas la mente.

—Ah —murmuró, muy aliviada. Muy aliviada y, en cierto modo, también un poco decepcionada, y por eso precisamente debía marcharse, porque el mero hecho de estar allí la llenaba de confusión.

—Se ha marchado a Russell Square solo unos segundos antes de que llegaras —le informó Caroline.

—Para hablar contigo —añadió Margaret, como si fuera necesario.

El aire quiso rehuir a Eliza, pero no se permitió quedarse sin aliento.

—Anoche hablamos largo y tendido —afirmó con terquedad—. Ya no queda nada más que comentar.

—Si tú lo dices —dudó su prima—. Nos vemos en breve en Russell Square.

Eliza pasó junto al mayordomo con cierta timidez —el hombre montaba guardia al pie de las escaleras como si le preocupase que les fuese a robar algo— y salió a la calle. El cochero de lady Hurley había bajado del vehículo para conversar con uno de los criados de la calle; al ver a Eliza echó a correr hacia ella en el mismo instante en que un carruaje de dos caballos doblaba la esquina, tirado por un par de alazanes grises y conducido por Melville.

—Marchémonos enseguida —le gritó al conductor tendiéndole un brazo, expectante. Los escalones del carruaje eran demasiado altos como para que pudiera subirlos sola.

Melville se detuvo en seco delante de ella y saltó. No llevaba sombrero y sujetaba una carta sellada en la mano.

—Milady —la saludó sin aliento—. Acabo de volver de Russell Square.

—Felicidades —dijo Eliza—. Es adonde me dirijo ahora.

—¿Te puedo acompañar?

—Ya dispongo de un carruaje.

Melville dio un paso adelante, veloz. Estaba afligido, cansado y, aunque su abrigo, sus botas y sus calzones de ante lucían impecables, un tanto desaliñado, pues llevaba flojo el pañuelo del cuello como si hubiera tirado de él con fuerza. Verlo así, sin embargo, a Eliza le provocó más irritación que compasión; cuando ella no dormía bien, estaba demacrada y amargada, y era injusto que Melville, aun cansado, resultase tan atractivo.

—Eliza… —dijo en voz baja.

—Lady Somerset —lo corrigió.

—Lady Somerset —asintió—. Solo quería disculparme.

—Ayer tus disculpas no surtieron demasiado efecto —observó ella.

Melville puso una mueca.

—Mi comportamiento fue deplorable —dijo Melville—. Tan solo deseo hablar contigo, sin expectativa alguna de lograr tu perdón. Vengo a pecho descubierto.

Eliza se fijó en la camisa y el abrigo de Melville.

—Metafóricamente hablando —añadió con la más débil de las sonrisas… y Eliza frunció el ceño. No iban a afectarle una conversación ingeniosa ni un aspecto sugerente. Ya no era una mujer tan fácil de manipular.

—De haber estado en casa, me habría negado a recibirte —le aseguró.

—Era de esperar —respondió Melville—. Por eso también te he escrito una carta.

Se la tendió. Eliza no la cogió. Sabía el maravilloso escritor que era; nada bueno obtendría si leía dicha carta. Melville bajó la mano.

—Lady Somerset, por favor… ¿Puedo acompañarte hasta Russell Square?

Eliza suspiró jugueteando con los botones de su pelliza. Estaba agotada, pero… Después de la valentía de que había hecho acopio aquella mañana, ¿era el momento de acobardarse? Asintió sin levantar la vista. Dedicó unos instantes a informar al cochero de lady Hurley de su intención y le pidió además que le comunicase a su señora que todo iba bien, antes de aceptar una mano para subir al carruaje de dos caballos sin articular palabra.

—¿Te gustaría conducir o conduzco yo? —le preguntó Melville muy educadamente.

—Son tus caballos —terció Eliza.

—En efecto —asintió Melville.

Se pusieron en marcha con un buen ritmo. Melville cogió aire como si fuera a empezar a hablar, se detuvo, vaciló unos segundos y luego comenzó.

—Te debo… muchas disculpas —dijo—. Anoche me espantaba que fueras a echar a correr en cualquier momento, y por eso sentí una suerte de prisa. Por supuesto, puedes formularme cualquier pregunta que desees.

Eliza entornó los ojos y lo miró. Melville hablaba con demasiada fluidez.

—He roto tu confianza. Debo recuperarla —añadió ante el silencio de ella.

—¿Quién te ha contagiado tanto sentido común? —le preguntó Eliza.

—Ah… Caro —respondió—. Y luego Margaret. Y después Caro de nuevo.

Eliza rio por la nariz.

—¿Y te vas a limitar a repetir las líneas que te han aconsejado?

—¡No, no! —exclamó Melville—. Es lo que siento; quiero que me preguntes cuanto necesites saber.

Eliza se llevó las manos a la cara. Era mucho más complicado seguir enfadada con un tranquilo y humilde Melville, y, si era incapaz de aferrarse a su rabia, entonces debería sentir un miedo atroz. No podía soportar que el dolor se reiniciase de nuevo. Ya había sido demasiado doloroso.

—No tiene por qué ser ahora —añadió Melville cuando llegaron a Russell Square y frenó a los caballos.

—No veo por qué no —musitó Eliza con el rostro medio escondido todavía. Era inútil, verdaderamente inútil, pues reparar una amistad cuyos cimientos estaban tan deteriorados era inconcebible, pero Melville no cejaría en su empeño hasta que hubiesen mantenido esa conversación. Así por lo menos ya no tendrían que retomarla en el futuro.

—Quizá no es el estado de humor que esperaba —murmuró Melville, que incluso en esos momentos era gracioso, pero obedeció y viró con los caballos para encaminarse hacia Hyde Park.

—Todo lo que me contaste —dijo Eliza— sobre mi talento, sobre la admiración que sentías por mí…, ¿era verdad?

—Sí —asintió Melville recuperando de nuevo la seriedad—. Era verdad. Lo que has sido capaz de conseguir, incluso en el poco tiempo en que nos conocemos, creo que es glorioso. Y no me refiero tan solo al retrato.

Eliza ladeó ligeramente la cabeza; no fue un asentimiento ni una negación.

—¿Les… hablaste a los Selwyn acerca del retrato? —le preguntó.

No sabía por qué aquello le resultaba tan relevante, por qué la idea de que lady Selwyn hubiese estado al corriente de un asunto que Eliza creía que era un secreto entre Melville y ella le importaba tanto, pero así era. En el carruaje se hizo un silencio momentáneo. Eliza miró el perfil de Melville. Si el conde intentaba soltarle una bonita mentira, se daría cuenta.

—Iba a contárselo —dijo lentamente—. No puedo fingir lo contrario; iba a contárselo, pero no lo hice. Me pareció una traición demasiado grande.

Lo habría sido. Eliza soltó un lento suspiro. La imagen que se reproducía en su mente, en que los Selwyn y Melville se reían juntos de ella, se desvaneció un poco, como solía suceder con los colores, que se desvanecían bajo la luz directa del sol.

—Dijiste que me amabas —susurró, tan bajo que apenas se oyó a sí misma por encima del traqueteo de las ruedas y de los cascos de los caballos.

—Sí.

—¿Lo sentías?

—Sí.

—¿Cuándo…?, ¿cuándo empezó? —quiso saber.

—No sé si hubo un momento en concreto —murmuró Melville—. Me sentí atraído por ti desde el instante mismo en que nos conocimos. Eso no fue de mentira. Eras muy cauta, y quise conocerte. Descubrir qué pensabas, qué ansiabas, debajo de tanto decoro y de tanta precaución.

Eliza no habría podido apartar la vista de él, aunque lo hubiese intentado. Y no lo intentó.

—Tardé un poco en comprenderlo. Era demasiado sencillo achacar el motivo al plan urdido por los Selwyn, pero al poco empecé a darme cuenta de que…, de que era tu atención la que deseaba llamar cuando sucedía algo divertido; era tu opinión la que quería oír, siempre. Es contigo con quien quiero compartir todos mis secretos, es contigo con quien quiero caminar, sentarme, bailar —prosiguió Melville—. Siempre has sido tú, antes y después, y las horas que pasamos juntos en aquel pequeño salón son de las más felices de toda mi vida.

La miró de reojo.

—¿Sirve como respuesta?

Sí que servía, pero… Eliza no sabía si bastaba.

—Quiero creerte —susurró con los ojos anegados en lágrimas—. Es que… no sé cómo.

—¿Quieres que te lo diga de nuevo? Todas las veces que necesites saberlo.

—Te resultará difícil hacerlo desde París —puntualizó mientras se pasaba una mano por la cara.

—No me voy a París.

—¿No te vas?

—¿Cómo iba a irme… si tú estás aquí?

Eliza se quedó sin aliento. Melville le estaba diciendo todo lo que había anhelado oír y, además, todo lo que no sabía que necesitaba oír.

—Ahora no tengo ninguna fortuna —dijo, porque una parte de ella, incluso entonces, se seguía preguntando si esa era la razón del interés de él—. Somerset me la ha arrebatado.

—¿De veras? ¿Por qué? —quiso saber Melville.

—Los rumores, los chismes… Alguien nos vio bailando —le contó Eliza—. Y estas dos últimas semanas no me he comportado bien.

—Iré a hablar con él. Le haré ver que ha sido culpa mía —saltó Melville de pronto.

—Ya he hablado yo con él. Me ha dicho que me la devolvería si le prometía cortar todos los lazos que me ataban a ti. Le he dicho que no estaba dispuesta.

Melville detuvo a los caballos de repente en medio de Hyde Park.

—Eliza… —murmuró, bastante sorprendido. No estaba consternado ni inquieto ni alarmado. La miraba como si ella acabara de ofrecerle el regalo más valioso del mundo.

—No es por ti —le aclaró—. Es por mi libertad, por mi independencia… Por mí misma.

—Qué valiente —la felicitó—. Pero… ¿ha sido por mí aunque sea un poco?

Eliza se lo quedó mirando. Melville estaba inmóvil, apenas parecía que respirase. Ella experimentó la misma sensación, la de hallarse en un precipicio, a punto de tomar una decisión que afectaría todo cuanto estuviese por llegar. Y era su decisión, y debía tomarla sola.

—Sí —susurró. El corazón le palpitaba con tal estruendo que estuvo a punto de ahogar su voz.

—¡Ay, gracias a Dios! —exclamó él—. Después de lo que ocurrió anoche, empecé a pensar que no había ninguna esperanza.

—Yo también —admitió.

Melville soltó las riendas para girarse por completo hacia ella.

—¿Creerías que soy el hombre más necio del mundo si te dijera que me alegra que te hayan arrebatado la fortuna? —dijo el conde mientras le cogía las manos.

—No —murmuró con la garganta atorada—, pero sí serías el peor cazafortunas de la historia.

Eliza esbozó una trémula sonrisa para demostrarle que era una broma.

—Imposible —negó él—. Soy el mejor en todo lo que hago.

Los labios de Melville volvían a torcerse. Eliza había echado de menos ese gesto.

—Quizá fue muy positivo que no pintara tu ego —comentó Eliza—. No habría cabido en el lienzo.

Melville se echó a reír, más de lo que aquel comentario merecía.

—Cásate conmigo, querida —le propuso.

—Ahora solo dispongo de quinientas libras al año a mi nombre —lo avisó Eliza.

—Me importa un bledo —le aseguró el conde mirándola a los ojos—. Cásate conmigo.

—Seríamos terriblemente pobres —le dijo Eliza.

—Somos dos de las personas más extraordinariamente inteligentes, talentosas y bellas que conozco. Estoy seguro de que encontraremos el modo de sobrevivir. Cásate conmigo.

—Muy bien —respondió Eliza.

—¿Muy bien? —repitió Melville sonriendo. Le soltó las manos para volver a coger las riendas y arreó a los caballos hasta adoptar una velocidad de vértigo que hizo que Eliza se sujetara el sombrero para no perderlo.

—¿Adónde vamos? —le preguntó entre risas.

—Tengo un lugar en mente, no te preocupes —la tranquilizó—. Un lugar alejado de la vista de los mirones.

—¿Me vas a llevar al sitio donde tienes tus citas secretas? —se indignó.

—O eso o no te puedo besar, así que no sé qué opción prefieres.

—¿A cuántas mujeres has llevado allí? —insistió Eliza.

—Ah… Preferiría no decirlo —respondió mientras cruzaban dos árboles en dirección a un bosquecillo privado—. Pero te aseguro que eres la única a la que le he propuesto matrimonio.

—¡Melville! —exclamó ella, en parte riendo y en parte riñéndolo.

—No me llamo así. —Le agarró las manos y tiró de ella con suavidad por el asiento hacia él.

—Max —dijo Eliza con timidez.

El conde le sujetó las manos con delicadeza.

—Voy a hacer cuanto pueda para que seas la mujer más feliz del mundo.

—No me parece demasiado realista —comentó Eliza.

—¿Acaso no has oído decir que se me considera un hombre brillante? —añadió antes de rozarle con dulzura el labio inferior con el pulgar.

—Ah, pero eso no es más que un rumor injurioso. No deberías creer todo lo que oyes, milord.

Se besaron mientras reían. Eliza notó la forma de la sonrisa de él contra sus labios y sonrió más ampliamente a su vez, demasiado feliz como para preocuparse por entorpecer el beso en lugar de facilitarlo. Pero, a continuación, Melville le puso una mano en la mejilla y le ladeó la cabeza a la izquierda y le separó los labios y…

En fin, después de eso hubo muchas otras cosas que parecieron más importantes que hablar.

34

Eliza se marchó definitivamente de Bath un martes. Y, aunque fue por la más alegre de las razones, el halo rosado y brillante de su felicidad estaba ligeramente empañado por un azul de tristeza. Pues ese día, al trasladarse a Londres con Perkins y con el resto del servicio, Margaret no la acompañaba.

Pero su prima tampoco regresaba a Kent.

—Les he dicho a mi madre y a Lavinia que no pienso ir —le había contado a Eliza mientras se retorcía las manos, nerviosa—. Están consternadas… Dicen que tienen la intención de no volver a dirigirme la palabra jamás. Pero no puedo seguir posponiendo mi vida. Voy a reunirme con Caroline en París.

—¿Cómo vais a…? —le había preguntado Eliza sin saber cómo formular la frase.

—Las personas en las que confiemos sabrán la verdad —respondió Margaret—. Las personas en las que no confiemos tan solo sospecharán que somos grandes amigas. Tendré que permitir que Caroline me mantenga. Ha vendido los derechos de *Holland House* por una buena suma de dinero, y en cuanto a lo demás, ya lo iremos descubriendo poco a poco.

Margaret respiró hondo para recomponerse y sonrió.

—Estoy emocionada —admitió—. Aun con el secretismo, es un futuro mucho más agradable que el que me he atrevido a soñar.

Eliza no había sido capaz de hablar durante unos segundos, y estrechó a Margaret en un silencioso abrazo. Estaba muy contenta por ella, total y tremendamente contenta, pero al mismo tiempo no se imaginaba ser capaz de sobrevivir a un solo día sin su prima.

—¿Cuánto tiempo tenéis previsto estar fuera? —le preguntó junto al hombro.

—Ah, el menor tiempo posible —le aseguró Margaret—. Será el entreacto más insignificante de nuestra historia, ya lo verás, y cuando vuelva empezaremos nuestro acto más emocionante hasta la fecha.

—Será una obra muy larga, entonces —murmuró Eliza con voz temblorosa.

—Ah, la más larga de todas. El final queda todavía muy lejos de nosotras.

Eliza se apartó y se pasó los dedos por debajo de las pestañas para recoger una lágrima solitaria.

—Vas a vivir la aventura más maravillosa con Caroline, no me cabe ninguna duda —dijo—. Será fantástico.

—Como Londres para ti. —Margaret le dio un apretón en la mano—. De hecho, ya preveo que lady Melville será lo último esta temporada.

Eliza sonrió. Todavía no era lady Melville, pero esperaba serlo pronto. Muy pronto. Desde la mágica hora que compartieron en Hyde Park, no había transcurrido ni un solo día sin que Melville se presentara en Russell Square. A la mañana siguiente había acompañado a Eliza hasta Somerset House para admirar el retrato por segunda vez; acudieron lo bastante temprano como para que fuera improbable que los observara mucha gente y que a Melville muchas mujeres le pidieran un autógrafo.

—Es un retrato espléndido —dijo Melville mientras se contemplaba en el cuadro—. Si no es muy vanidoso por mi parte afirmarlo.

—¿Tú, vanidoso? De ninguna de las maneras.

—Nunca llegaste a darme el presupuesto del encargo, ¿sabes? —Melville sonrió—. ¿Cuánto cuesta pintar el retrato?

Eliza fingió reflexionar al respecto.

—¿Te parecerían adecuadas diez mil libras al año? —le preguntó.

—Es un precio un poco más alto del que me imaginaba —terció Melville—. Pero permite que te haga una pregunta: ¿es habitual exigir un presupuesto anual?

—Quizá sea mejor considerarlo un alquiler que una adquisición —le aconsejó.

Él se echó a reír.

—Tendré que derivarte a mi esposa —dijo Melville con una sonrisa—. Buenas fuentes me informan de que es una famosa retratista, y pronto lo bastante pobre como para mantener al pésimo cazafortunas que soy en una vida a la que todavía no estoy acostumbrado, si bien es mi gran deseo.

—¿A tu esposa? —Eliza arqueó una ceja—. No estaba al corriente de que te hubieses casado, milord.

—Es una cuestión que sigue pendiente —admitió Melville.

—¿Pendiente? Deberías resolverlo de una vez.

—Es mi intención —le prometió.

Se acercaron el uno al otro antes de recordar, de pronto, que estaban en público y que todavía no se habían casado.

Melville se aclaró la garganta y se giró para observarse a sí mismo.

—Ojalá no siguieses insistiendo para llevarme por el mal camino —le dijo con delicadeza—. Debo informarte de que no soy de esa clase de condes.

—Es una lástima, pues esperaba que fueras exactamente de esa clase de condes.

Melville se echó a reír. Varias personas empezaron a entrar en la sala, y muchas hicieron cola para admirar el retrato de Melville. En ese momento, el conde se apartó para que no lo viesen. Eliza volvió a quedarse escuchando cómo los asistentes debatían las últimas teorías acerca de la identidad de la artista. Ya se barajaban únicamente nombres de mujeres, y Eliza supo que aquello no implicaba un progreso hacia el respeto de la gente por la habilidad artística de sus congéneres. Los rumores estrechaban el círculo a su alrededor, y era cuestión de tiempo que saliera el nombre de Eliza, pero a esta le traía sin cuidado.

Tal vez incluso fuese ella quien diera la noticia a la alta sociedad para iniciar una nueva carrera. Por mayúsculo que fuera el escándalo que provocase, sin lugar a duda lo atenuaría el matrimonio con Melville. Uno no podía reprender a una mujer por tener una aventura con su propio esposo, ¿verdad que no? Y, aunque no fuera el caso, allí mismo tenía todo lo que necesitaba para ser capaz de capear el temporal. La idea ya no la asustaba, ya no.

—Me han hecho ofertas varios grabadores —murmuró Melville al regresar junto a Eliza cuando el grupo se hubo alejado— que desean hacer una copia y distribuir la imagen. Y los editores de mis títulos ya publicados seguramente pagarán para reproducir el retrato, aunque Paulet lo desapruebe. Debería ser una sólida fuente de ingresos.

Eliza asintió.

—Yo empeñaré mis diamantes —respondió entre susurros—. Venderé el faetón para alquilar salas donde pintar…

—Podemos vender la casa de Berkeley Square y buscar una más pequeña —añadió Melville—. Y dejaremos Alderley para el verano…

La alta sociedad hablaría de ellos, comentaría su situación y se reiría de su escasa fortuna, pero aquello tampoco la asustaba. Eliza estaba tan ansiosa como si estuvieran tratando la luna de miel, no su inminente austeridad.

—Conseguiremos sobrevivir —dijo con un férreo asentimiento.

—Conseguiremos sobrevivir a las mil maravillas —la corrigió Melville.

La economía y la prudencia nunca habían sido tan románticas. Y ya solo faltaba que Eliza y Margaret hicieran las maletas de Camden Place. A diferencia de la rapidez con que se marcharon de Harefield, aquella tarea supuso mucho más tiempo y consideración, pues en los tres meses que habían vivido en Bath, todos los residentes de la casa parecían haber acumulado una ingente cantidad de posesiones. Al final, tuvieron que alquilar dos sillas de postas para transportarlo todo. Eliza iba a cuidar de las pertenencias de Margaret mientras su prima estuviera en el extranjero, y los criados tardaron buena parte de una jornada entera en cargar los baúles.

Fue cuando estaba guiando el traslado del caballete cuando Perkins le informó, en voz baja, de que tenía visita, una persona a la que se había tomado la libertad de llevar hasta el salón. Eliza bajó las escaleras y al abrir la puerta se encontró con la señorita Winkworth, una figura de pálida batista que recorría las teclas del piano con los dedos, pensativa.

—Señorita Winkworth —la saludó Eliza, bastante sorprendida—. ¡Creía que seguías en Londres!

La señorita Winkworth levantó la vista.

—Le pedí a mi madre que nos detuviéramos en Bath —respondió—. Mañana partiremos hacia Harefield para…

—Para la boda —terminó Eliza la frase por ella. El anuncio había aparecido la semana anterior en los periódicos—. Sí. Siento mucho no poder asistir.

La señorita Winkworth sonrió con amabilidad como si supiera que era mentira.

—Sé que se negó usted a ayudar a mi madre —susurró—. Oí lo que le dijo acerca de lord Arden.

Eliza le dedicó una sonrisa.

—Nunca la había visto tan furibunda —confesó, y aquella idea no pareció espantarla tanto como en el pasado.

—Ojalá hubiera podido hacer más —se sinceró Eliza. Miró a la señorita Winkworth. Habría sido indecoroso interesarse por su enlace con Somerset aun cuando ella no hubiera mantenido una relación romántica con el caballero, pero…—. Espero que hayáis podido construir un enlace verdadero durante el tiempo que habéis pasado en Londres.

El rubor de la señorita Winkworth le confirmó a Eliza que comprendía a qué se refería.

—Así es —contestó sin más.

Eliza asintió. De repente, vio que formaban una buena pareja: la señorita Winkworth y Somerset, Winnie y Oliver. Él necesitaba alguien a quien proteger, ella necesitaba protección. Él le daba valor a preocuparse por alguien, ella le daba valor al hecho de que alguien se preocupara por ella. Serían felices.

—Le he dicho a Somerset que no debe disputarle la fortuna a usted —murmuró la señorita Winkworth.

—¿Cómo? —preguntó Eliza. Se temía haberla oído mal—. ¿Qué le has dicho a Somerset?

—No me gusta estar en desacuerdo con él. Pero es que usted ha sido muy amable conmigo, y me sentí demasiado culpable por guardar silencio —añadió la señorita Winkworth con una mueca como si le costara creer su propia valentía.

—¿Culpable? —repitió Eliza—. ¿Por qué ibas a…?

—Porque fui yo quien le contó que usted bailó con Melville —dijo agachando la cabeza—. Esa noche los vi, y no dije nada durante varias semanas… Pero después de que lo dejaran y él y yo comenzáramos a vernos…

Su voz empezó a apagarse poco a poco y su rostro se fue volviendo más rojo.

—Deseaba estar con él, ¿sabe? Necesitaba que se desenamorara un poco de usted.

Eliza la miró un tanto perpleja. No sabía qué decir. Nunca habría esperado nada de eso de aquella muchacha.

—Es evidente que lo lograste —repuso con la boca seca y

la mente dando vueltas. Aquello no cambiaba nada, Eliza no habría querido que cambiara nada y al final todo había discurrido por distintos derroteros, pero…

—Somerset ha aceptado no tocar su fortuna —dijo la señorita Winkworth—. Tuve que aparentar tristeza durante una temporada, por lo cual mi madre no está contenta, pero él ha transigido.

—Eres mucho más astuta de lo que creía —dijo Eliza lentamente, y la señorita Winkworth le dedicó una sonrisa pícara y adorable—. Gracias, creo… Sí, gracias.

Cualesquiera que fuesen los motivos de la señorita Winkworth, era un regalo, sin duda. Iba a poder mantener a su servicio, Melville podría publicar *Medea*, podrían quedarse con Berkeley Square, no tendría que vender sus pertenencias y… y…

A medida que Eliza enumeraba mentalmente las razones por las cuales su vida iba a ser mucho menos difícil de lo que había anticipado, se quedó sin aliento. Habría estado bien sin la fortuna, de verdad que sí, pero recibir aquel inesperado indulto…

—Gracias —repitió.

—¿Sabe? Las palabras del testamento me resultan bastante concretas. Me pregunto si, en el caso de que deje de formar parte de la familia Somerset, la cláusula no habrá perdido toda validez.

Durante unos segundos, Eliza tuvo la certeza de que veía ante sí a la mujer en la que se convertiría Winifred Winkworth. Sería una digna condesa de Somerset. Mucho mejor que Eliza, de hecho. Encontraría las fuerzas que ella no había sido capaz de cultivar hasta ese momento.

—¿Puedo hacer algo más por usted? —le preguntó la señorita Winkworth.

—No podría pedirte nada más —respondió Eliza entre risas—. Yo… —Hizo una pausa—. En realidad… El paisaje del salón de la primera planta de Harefield… lo pintó mi abuelo, y me gustaría comprarlo. Ponle el precio que consideres.

Se lo podría permitir, sin duda. La señorita Winkworth asintió con una sonrisa.

—Que tenga un buen día, lady Somerset.

Le hizo una breve reverencia y se marchó.

—No tanto un cordero, sino más bien un león —dijo Margaret cuando Eliza se lo contó a ella, a Caroline y a Melville unas horas más tarde, pero Eliza solo tenía ojos para Melville. Y lo vio sonreír.

—Podré llevarte a Alderley —se alegró, como si aquella noticia tan solo fuera a cambiarles la vida en ese sentido.

Eliza supuso que no. Sin la fortuna, juntos, habrían podido ir, y ni siquiera el dinero iba a impedirles todas las dificultades. La elección de esposo de Eliza no iba a ser recibida con una aprobación inequívoca; cuando menos, les aguardaba una vida de miradas y de susurros, y Eliza sospechaba que el desagrado que sentían los Balfour hacia el camino que Margaret y ella habían elegido, así como a las personas con quienes pensaban recorrerlo, sería bastante más verbalizado.

—Por lo menos podremos ir bien vestidos —murmuró Melville como si quisiera responder indirectamente a los pensamientos de Eliza. Esta sonrió, entrelazó los dedos con los de él y le apretó la mano.

—Debemos marcharnos —comentó Caroline con suavidad.

Camden y Laura Place se habían vaciado. Fuera, dos carruajes los aguardaban, cargados con sombrereras. Uno se dirigía hacia Londres, el otro hacia Dover.

—Te echaré de menos, Caro —le dijo Melville mientras le sujetaba la mano con fuerza.

—Eso espero —respondió su hermana, pero le rozó el hombro con la frente.

Aquella escena resultaba totalmente privada. Eliza y Margaret se alejaron un poco.

—No volveré a despedirme de ti —le aseguró Margaret—. No deseo viajar con los ojos rojos, pero... ¿me escribirás?

Eliza asintió con la barbilla temblorosa. Le tendió una mano a Caroline para estrechársela cuando se les aproximó, pero Caroline la descartó con un bufido y le dio un fuerte abrazo.

—Cuida de él por mí, ¿quieres? —le susurró a Eliza al oído.

—Solo si tú haces lo mismo por mí —respondió ella.

Y se marcharon. Dejaron a Eliza y a Melville solos al fin. Melville se giró hacia ella, le hizo una extravagante reverencia y le dedicó un ademán superfluo con una mano.

—Te espera tu carruaje —le recordó—. He preparado muchas cosas que decirte durante el trayecto.

—¿Por qué de pronto estoy preocupada? —dijo Eliza con una sonrisa—. Confío en que no sean cosas inapropiadas.

—¿Cómo van a serlo si durante todo el viaje vamos a estar muy acompañados? —exclamó Melville en alto hacia la calle mientras le guiñaba el ojo a Eliza.

Al cabo de menos de diez minutos se pusieron en marcha, y Eliza asomó la cabeza por la ventanilla del carruaje para observar cómo Camden Place se perdía en la distancia. Había sido el primer lugar donde había sido verdadera, completa y radiantemente feliz. Pero como sucedía con lo mejor de la vida, uno no podía llegar a disfrutarlo del mismo modo para siempre.

«Regresaré —le prometió a la ciudad de Bath—. Pronto».

Siempre sería la ciudad más espléndida que hubiese visto nunca.

—¿Para nuestra boda prefieres St. Paul's o St. Mary's? —le preguntó Melville cuando Bath también empezó a alejarse en el horizonte.

—Me preguntaba si... —dijo Eliza mientras apartaba la vista de la ventanilla y la clavaba en su prometido. Cualquiera pensaría que, después de las numerosas horas que se había pasado contemplándolo, estaría cansada de observarlo. En absoluto.

—¿Te preguntabas si...?

—¿Cuán difícil sería conseguir una licencia especial para una boda íntima? —quiso informarse Eliza—. Me pareces la clase de caballero que sabe de esas cuestiones.

—Las calumnias que estás vertiendo sobre mí me traen sin cuidado —saltó Melville.

La miró con los ojos brillantes y los labios sonrientes. Si Eliza fuese a pintar aquella escena, tan solo utilizaría sus colores más cálidos e intensos, pero no la pintaría. Había momentos que únicamente podían vivirse.

—¿No deseas que sea una gran ocasión, con toda la pompa y el boato que podamos conseguir? —le preguntó Melville.

—Ya he tenido una boda como esa —contestó Eliza—. Preferiría evitarlo.

—Tendré que meditar al respecto. Quizá, ahora que voy a casarme y voy a ser lord Melville, me convierta en un hombre sumamente formal y tradicional.

—Qué consternación —dijo Eliza. Se mordió el labio para ocultar la sonrisa—. Ahora que voy a casarme y voy a ser lady Melville, he tomado una decisión muy distinta.

—¿Acaso mi lady Melville es una criatura muy obstinada? —preguntó Melville con cortesía.

—Oh, sí... Y no sabes hasta qué punto —le aseguró Eliza—. Te compadezco de corazón.

Melville se echó a reír y se inclinó hacia delante para depositar un beso en los labios sonrientes de ella.

—Ardo en deseos de conocerla.

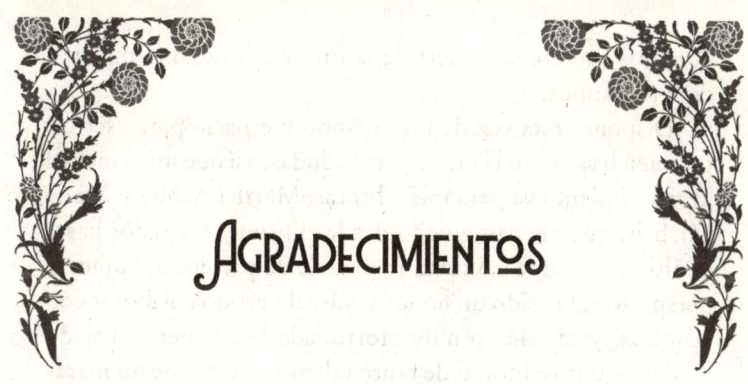

AGRADECIMIENTOS

Escribir el segundo libro no tiene nada pero nada que ver con escribir el primero. De repente, tener lectores reales, editores reales y plazos de entrega reales se convierte en algo extraño, estimulante y fantástico, y disponer del tiempo y del espacio para ahondar más aún en la documentación ha sido una absoluta delicia. Si algún día estás por Londres y te apetece ver algo de arte georgiano, no olvides hacer una visita a la maravillosa (y gratis) galería Tate Britain, donde yo —con la ayuda experta y muy bienvenida de Sara Dibb— empecé la labor de investigación, y si te interesa aprender algo de la historia colonial de Inglaterra y de la experiencia de la gente de origen indio en la época de la regencia, no puedo sino recomendarte encarecidamente la lectura de los fantásticos libros de Rozina Visram, el doctor Arup K. Chatterjee y William Dalrymple. Me encantan las novelas, pero las historias de las personas reales que vivieron en ese periodo son muchísimo más complejas e importantes que cualquier ficción. También he tenido el enorme privilegio de haber podido hablar con Ann Witheridge, de London Fine Art Studios, y con el doctor Arup K. Chatterjee, de O. P. Jindal Global University, que respondieron a mis preguntas con suma elegancia y generosidad. Todos los errores que haya en el libro son míos, por supuesto, y cualquier detalle que se aleje de sus expertos consejos son consecuencia de la influencia de una imaginación romántica.

Disponer esta vez de más tiempo y espacio para escribir también ha abierto la puerta a más dudas, así que mi principal agradecimiento va para mis editoras, Martha Ashby y Marie Michels, que me han guiado desde el primer borrador hasta el último con una cantidad imposible de paciencia, humor y perspicacia. Ha sido un honor y muy divertido colaborar con vosotras, y me siento muy afortunada por haber trabajado con un equipo editorial de tanto talento, además de mi maravillosa agente Maddy Milburn (¡y todas las personas estupendas de MM!) y las profesionalísimas Pam Dorman y Lynne Drew. También quiero darles las gracias en especial a Georgina Kamsika y a Kati Nicholl por sus puntos de vista y sus ojos de lince; ¡os lo agradezco muchísimo!

A continuación me encantaría dar las gracias al equipo entero de HarperCollins por todo el trabajo inteligente, veloz y superespecializado que implica la publicación de un libro: gracias a Meg Le Huquet, Emilie Chambeyron, Roisin O'Shea, Sian Richefond, Sophie Waeland, Izzy Coburn, Harriet Walker, Fliss Porter, Alice Gomer, Holly Macdonald, Melissa Okusanya, Hannah Stamp, Dean Russell y a toda la gente de la cadena de suministro que ha movido cielo y tierra para llevar mi libro dondequiera que debía estar. Mil gracias a los blogueros que invierten mucha pasión en sus reseñas —siempre es un placer hablar con vosotros— y a los libreros que siguen construyendo espacios tan gloriosos en nuestro sector.

Estoy en deuda con mis benévolos amigos, a quienes debo darles las gracias por lo siguiente (elimínese según convenga): por los negronis y la pasta, por responder preguntas al azar sobre literatura clásica, por leer mis libros y luego hacer que se los lean vuestras madres. Gracias por los margaritas, por el vino, por permitirme ponerles vuestro nombre y apellido a mis personajes para divertirme, por perdonarme cuando cancelo los planes, por acompañarme en los museos y por decirme cuándo empiezo a hablar «como una dama de la regencia» en una conversación normal. Gracias, os quiero, quedemos pronto.

Como siempre, todas las palabras de agradecimiento posibles para mi maravillosa familia, mi fuente inagotable de calma y consuelo incluso, o mejor dicho sobre todo, cuando estoy de lo más insoportable. A Myla y Joey, que destrozaron la estructura de mi primer borrador con un entusiasmo innecesario: no os doy las gracias, pero os perdono.

Y, por último, ¡gracias a mis lectores! ¡Hola! Muchas gracias por escoger mi libro, espero haberos hecho sonreír por lo menos una vez. Me encanta que me contéis qué os ha parecido —no os imagináis lo contenta que estoy de que existáis y ya no seáis solo producto de mi imaginación—, así que saludadme por las redes sociales si tenéis un momento.

Besos,

SOPHIE